UNWIDERSTEHLICH

EINE SCHEINEHE MIT DEM SPION

DER PHÖNIX CLUB
BUCH SECHS

DARCY BURKE

Übersetzt von
PETRA GORSCHBOTH

Zealous Quill Press

Unmöglich:
Eine Schöne und ein Scheusal im Liebesglück

✹ Created with Vellum

UNWIDERSTEHLICH: EINE SCHEINEHE MIT DEM SPION

Die exklusivste Einladung der feinen Gesellschaft...

Willkommen im Phönix Club, in dem Londons waghalsigste, anrüchigste und intriganteste Ladys und Gentlemen Skandale, Erlösung und eine zweite Chance finden.

Jessamine Goodfellow hat sich sechs Saisons lang erfolgreich vor dem Gang zum Traualtar gedrückt, und nun ist das Jungferndasein endlich zum Greifen nah. Die brillante Gelehrte sehnt sich nach Abenteuern und neuen Erfahrungen – Dinge, die in ihrer Familie verpönt sind. Als sich ihr die Möglichkeit bietet, ihr Talent zum Lösen von Rätseln bei einer geheimen Mission für das Außenministerium einzusetzen, sagt Jess begeistert zu. Auch wenn sie sich als Frau eines attraktiven Schotten ausgeben muss, den sie als möglichen Doppelagenten entlarven soll.

Lord Dougal MacNair, der neue Viscount Fallin, hat seine Aufträge für das Außenministerium bisher immer allein erledigt. Jetzt wird ihm eine übertrieben enthusiastische

Amateurpartnerin aufgehalst. Sie verfügt über einen bemerkenswerten Intellekt, aber irgendetwas an ihr stimmt nicht, und nach zwei gescheiterten Missionen ist Dougal sicher, dass jemand gegen ihn vorgeht. Im Kampf gegen ihre geheimen Verdächtigungen tauchen Dougal und Jess tief in ihre Tarnung als Ehepaar ein, was Versuchungen mit sich zieht, denen sie nicht widerstehen können.

PROLOG

Edinburgh, Schottland, August 1815

Die niedrige Decke und die dunklen Deckenbalken des *Oak and Thistle* hätten sich klaustrophobisch anfühlen müssen, aber für Dougal MacNair war dieser Ort wie eine herzliche Umarmung nach langer Zeit in der Ferne. Er schaute über den kleinen abgenutzten Tisch auf seinen Cousin, Robert Clark, der nur drei Jahre jünger als Dougal mit seinen achtundzwanzig Jahren war, und verspürte das Aufwallen von Zuneigung. Es tat ihm nur leid, dass der plötzliche Tod seines Bruders ihn zur Heimkehr bewogen hatte.

»Dann wirst du jetzt Earl werden, nicht wahr?«, fragte Robbie.

»Eines Tages.« Dougal konnte es immer noch nicht ganz fassen. Er hatte sich ein Leben eingerichtet – und es war ein Leben, das ihm sehr gefiel –, das nichts damit zu tun hatte, ein Earl zu sein oder gar in Schottland zu leben. Jetzt musste

Dougals Vater nicht, es als sein eigenes anzuerkennen. Er hatte Dougal liebevoll großgezogen und dafür gesorgt, dass niemand seine Abstammung in Frage stellte – zumindest nicht offen. Es wurde allerdings immer gemunkelt. Für einen Mann war es nicht ungewöhnlich, das uneheliche Kind seiner Ehefrau als sein eigenes anzuerkennen, aber in Dougals Fall war es eher offensichtlich, dass er nicht die Frucht seiner beiden hellhäutigen Eltern war. Er war ein dunkelhäutiger Mann in einem hellhäutigen Haushalt und das ließ sich durch nichts verbergen. Und Dougals Vater oder der Rest seiner Familie, die neben Alistair einen weiteren Bruder und zwei Schwestern umfasste, unternahmen auch keinen Versuch dazu. Sie liebten Dougal und erkannten ihn als einen der ihren an.

Das hatte nicht bedeutet, dass Dougal sein unterschiedliches Aussehen nicht bemerkt hätte. Als er seine Mutter danach fragte, hatte sie nicht darüber sprechen wollen. Also hatte er seinen Vater gefragt, und auch er war einer Antwort ausgewichen, was, wie Dougal später erfahren sollte, aus Respekt vor den Wünschen seiner Frau geschehen war. Sie hatte nicht gewollt, dass Dougal seine dunkelhäutigen Verwandten kennenlernte. Tante Mairi sagte, seine Mutter fürchtete, sie könnten ihren Sohn wegnehmen wollen und dass Dougal vielleicht fortgehen wollte.

Nach dem Tod seiner Mutter, als er acht war, hatte sein Vater ihn in genau diese Taverne gebracht, damit er die Familie seines Vaters kennenlernte. Zu jener Zeit war Kapitän John Clark bereits mit seinem Schiff auf hoher See verschollen und in einem Sturm untergegangen, aber der Rest der Familie war hocherfreut gewesen, als sie erfuhren, das John einen Sohn hatte. Sie hatten tatsächlich gefragt, ob sie ihn haben konnten, aber Dougal hatte bei seinem Vater leben wollen. Stattdessen hatten sie zugestimmt, dass Dougal jedes Jahr eine gewisse Zeit mit ihnen verbrachte, wenn der Earl mit seiner Familie nach Edinburgh käme.

Robbie setzte sich auf seinem Stuhl zurück und grinste, als er Dougal anschaute. »Wirst du immer noch herkommen, wenn du Earl bist?«

Dougal antwortete ihm mit einem finsteren Blick. »Natürlich werde ich das. Warum denkst du etwas anderes?«

Ernüchtert beugte sich Robbie vor. »Ich habe nur gescherzt. Ich weiß, dass du immer noch herkommen wirst. Wir zerren dich her, wenn nötig.«

»Das wird niemals nötig sein.« Sie waren seine Familie, wie sein Vater und der hellhäutige Bruder, den er gerade durch einen Unfall verloren hatte. »Verzeih mir meine schlechte Laune.«

»Das war zu erwarten, da du trauerst.« Robbies dunkle Augen leuchteten mitfühlend auf. »Es tut uns allen so leid. Wir haben Alistair auch sehr gern gehabt. Familie ist Familie.«

Das war eine Redewendung, die sie alle benutzten. Und das in einem Ausmaß, dass sie das Familienmotto hätte sein sollen. Außer dem Bruder, den er gerade verloren hatte, hatte er einen anderen Bruder und seine Mutter an das Fieber verloren. Er hatte auch zwei hellhäutige Schwestern, die lang verheiratet waren und eigene Kinder hatten. Hier in der Altstadt hatte er Robbie, seinen Onkel Rob und Tante Mairi, und mehrere Cousins, eine weitere Tante und einen Onkel, der Schneider war. Sie alle waren nach Stagfield gekommen, um mit Dougal und seinem Vater zu trauern. Familie war Familie.

»Ich weiß, dass du ihn geliebt hast«, meinte Dougal leise.

»Das hat mir immer viel bedeutet.« Genauso, wie es ihn immer berührt hatte, dass seine hellhäutige Familie seine dunkelhäutige Familie liebte. Sie alle waren wegen ihm zusammengekommen.

»Was wird mit deinem Posten in London werden?«
Robbie kannte die Wahrheit von Dougals Leben in England
und dass er in einer … speziellen Funktion für das Außenministerium arbeitete. Der Grund war, dass Robbie mit ihm im
Black Watch gewesen war, als Dougal für seine Arbeit angeheuert worden war. Außer den Leuten, mit denen er arbeitete, war Robbie der Einzige, der darüber Bescheid wusste.
Dougal hatte es seinem Vater oder seinem Bruder nie
erzählt. Er hätte es nicht einmal Robbie erzählen sollen, doch
sein Cousin war dabei gewesen und hatte herausgefunden,
was los war. Abgesehen davon vermutete Dougal, dass er es
jemandem sagen wollte, oder musste.

Und jetzt überlegte Dougal, ob er Robbie in ein weiteres
Geheimnis einweihen sollte. Über seinen Vater. Er wollte
wirklich, doch die Worte kamen ihm nicht über die Lippen.
Wenn er sie ausspräche, würde alles zu real werden und
dafür war er nicht bereit. Noch nicht.

»Ich werde ihnen sagen müssen, dass ich meinen
Abschied nehme. Aber es gibt etwas, das ich dringend zuerst
tun will.« Dougal sprach leise, damit ihn niemand hören
konnte.

Robbie beugte sich über den Tisch. »Dringend?«

Dougal sollte ihm das ebenfalls nicht verraten, aber er
würde es tun. Er musste es aussprechen. »Bevor Alistair
gestorben ist, gab es mit zweien meiner Missionen einige
Schwierigkeiten. Bei der ersten wurde mir, wie es scheint,
eine fingierte Nachricht zugespielt.«

»Das Netz der Kuriere war infiltriert?«, fragte Robbie. Er
hatte als Kurier gearbeitet, ehe er das *Black Watch* verlassen
hatte, und er wusste, wie das System funktionierte.

»Das glaube ich, insbesondere, da die darauffolgende
Mission den Tod des Kuriers zur Folge hatte.« Dougal dachte
an den armen Giraud, einen Franzosen, der nach der Revolution nach England gekommen war, und seine Loyalität

geschworen hatte und dann mit aufgeschlitztem Hals sterben musste.

»Verdammt.« Robbie sog scharf die Luft ein. »Glaubst du, es arbeitet im Ministerium jemand gegen dich?«

»Ich weiß es nicht, aber ich muss dieser Möglichkeit offen ins Auge sehen.« Dougal presste die Lippen aufeinander. »Jetzt weißt du, warum ich nach London zurückkehren muss.«

»Aye. Ich wünschte, ich könnte dir helfen.«

»Du hast deine Lehrstelle«, entgegnete Dougal.

»Aber wenn du mich brauchst, würdest du mich fragen?«

»Das würde ich«, versicherte Dougal ihm. »Es gibt nur wenige Menschen, denen ich vertrauen würde, mir zu helfen, und du bist einer davon.« Die anderen waren enge Freunde, die er in England hatte, namentlich Lord Lucien Westbrook, der ebenfalls in geheimer Mission für das Ministerium tätig war.

Ein junges dunkelhäutiges Mädchen sauste zu ihrem Tisch herüber. Es war Aila, die mit neun Jahren Dougals jüngste Cousine war. »Das ist gerade für dich abgegeben worden, Dougie.« Sie gab ihm einen versiegelten Brief. »Ein Diener von Charlotte Square hat ihn gebracht.«

»Ich danke dir, Aila.«

»Und nun fort mit dir«, meinte Robbie mit einem Winken, als sie Anstalten machte, zu verweilen. Sie blinzelte ihn an. »Aber Papa will wissen, was er sagt.«

Dougal lächelte in sich hinein, während Robbie lachte. »Das werde ich ihm später erzählen. Und nun gehst du wieder«, wiederholte er seine Aufforderung.

Aila zuckte mit den Schultern, ehe sie kehrtmachte und wieder dorthin zurückkehrte, wo ihr Vater hinter der Theke stand.

Das wohlbekannte Siegel verriet Dougal, woher der Brief kam – von Lucien. Als Dougal das kurze Schreiben überflog, verstärkte sich die Anspannung, die er seit Alistairs Tod spürte, und er fühlte sich strammer als eine Bogensehne.

»Das sieht nicht nach guten Nachrichten aus«, meinte Robbie, ehe er noch einen Schluck Ale trank.

Dougal faltete das Schreiben wieder zusammen und verstaute es in der Innentasche seines Fracks. »Ich muss sofort nach London zurückkehren.«

»Für wie lange?«

»Ich weiß es nicht.« Luciens Mitteilung war kurz gewesen, wie nicht anders zu erwarten. Er würde nichts Wichtiges schreiben, sondern nur, dass Dougal so rasch in der Stadt zurückerwartet wurde, wie er es einrichten konnte. Das war die Ausdrucksweise des Außenministeriums. Es bedeutete, dass er seinen Hintern schnellstmöglich nach London zu bewegen habe.

»Wirst du erst nach Stagfield zurückkehren?«, fragte Robbie.

»Natürlich.« Obwohl das bedeutete, dass er erst nach Norden reiten musste, ehe er seine Reiseroute in südliche Richtung verfolgen konnte. Dougal konnte jedoch nicht abreisen, ohne zuerst seinen Vater zu sehen. Was immer das Ministerium von ihm wollte, müsste noch einen weiteren Tag warten.

Wie es aussah, würde man sich dort daran gewöhnen müssen, ihn überhaupt nicht mehr zu sehen.

KAPITEL 1

London

*J*essamine Goodfellow beendete den letzten Buchstaben der Entschlüsselung, die sie löste, und legte den Stift mit einem zufriedenen Lächeln weg. Das Leben als Jungfer würde ihr gut zupasskommen. Doch das dachte sie ja auch schon seit langem, nicht dass ihre Eltern in diesem Punkt ihrer Meinung waren. Nach sechs Saisons würden sie gewiss einsehen, dass es an der Zeit war, Jess einfach ihre Mitgift auszuhändigen und ihr zu erlauben, ihr Leben unverheiratet zu leben. Zwei ihrer drei Töchter hatten gut geheiratet. Das reichte doch wirklich aus?

»Bist du fertig?«, fragte Kathleen Shaughnessy, Jess' relativ neue, aber sehr gute Freundin, von der anderen Seite des Tisches, wo sie wie wild auf einem großen Bogen Papier skizzierte. Sie beide waren Hausgäste von Lady Pickering, einer von Londons respektiertesten Ladys, die als ihre zeitweilige Anstandsdame fungierte, während ihre Familien die Stadt verlassen hatten.

Jess nickte. »Das bin ich. Dieser war eine richtige Herausforderung.« Jede Woche erhielt sie von dem geheimnisvollen Mr. Torrance, den sie in der British Library kennengelernt hatte, zwei oder drei Briefe. Er war ein charmanter älterer Herr, der sie beobachtet hatte, wie sie ein Rätsel gelöst hatte und ihr versuchsweise eine Chiffrierung angeboten hatte. Sofort war sie begeistert gewesen und hatte sie schnell enträtselt. Torrance hatte ihr begeistert angeboten, ihr mehr zu schicken, wenn sie gern weitermachen wollte. Sie hatte sich auf die Chance gestürzt, und in den vergangenen Monaten hatte sie ihr neues Hobby sehr genossen. »Sobald ich herausgefunden hatte, dass häufig verwendete Redewendungen mit zwei oder drei Zahlen chiffriert wurden, war alles klar gewesen.«

»Nun, ich bin noch *nicht* fertig«, brachte Kat mit beträchtlichem Verdruss hervor. Sie war sehr eigen, was ihre Zeichnungen anbelangte, und ließ all ihre Energie in ihre Arbeit fließen, so wie Jess es mit ihren Chiffrierungen tat.

Jess verrenkte sich den Hals, um Kats Skizze zu erkennen. »Du wirst es schon schaffen.«

Kat schaute finster auf die Zeichnung hinab. »Möglicherweise bin ich zu weit gegangen, um die Sache zu berichtigen. Wahrscheinlich sollte ich noch einmal von vorn beginnen.« Sie setzte sich auf ihrem Stuhl zurück und schaute über den Tisch hinweg auf Jess' vervollständigte Chiffrierung. »Gut gemacht. Du hast daran für wie lange, drei Tage gearbeitet?«

»Ja. Das war der letzte von Torrance letzter Lieferung. Ich hatte für gestern eine neue Zustellung erwartet, aber es ist nichts gekommen. Es war, als wüsste er, dass ich Schwierigkeiten hatte, mit dem letzten fertig zu werden.«

»Wie interessant.« Kat wirkte allerdings nicht sonderlich interessiert, da ihre Konzentration ihrer Zeichnung galt. Sie konnte bei solchen Dingen sehr verbissen sein und wenn sie mit ihrer Arbeit nicht glücklich war, würde sie sich so lange darauf konzentrieren, bis sie endlich zufrieden war.

»Möchtest du mit deiner Zeichnung von vorn anfangen?«, fragte Jess, die wusste, dass Kat es vorzog, darüber zu sprechen.

»Ich denke, das werde ich müssen«, meinte sie mit großer Resignation. Dann erging sie sich in einem langwierigen Monolog darüber, was sie besser machen musste, und wie sie das eventuell erreichen könnte. Zuletzt schaute sie mit einem leicht verlegenen Ausdruck zu Jess. »Entschuldigung, du bist die Einzige, die mich reden und reden lässt. Du bist so eine rücksichtsvolle Freundin.«

Jess schenke ihr ein herzliches Lächeln. »Ich höre immer sehr gern zu.«

»Ich kann dir gar nicht sagen, wie froh ich bin, dass Lady Pickering uns beide zum Bleiben eingeladen hat, als die Saison zu Ende war. Ich war entschlossen, nicht mit Ruark und Cassandra nach Warefield zurückzukehren.« Ruark war Cassandras Halbbruder und der Earl of Wexford. Zusammen mit seiner Frau wollte er sein Anwesen in Gloucestershire besuchen, wo Kats Mutter und Schwestern lebten. Kat hatte ihn gebeten, in London bleiben zu dürfen, wo sie während der Saison bei Ruark gewohnt hatte, nachdem sie in Gloucestershire einen Skandal ausgelöst hatte. Ihr Wunsch, nicht zurückzukehren hatte damit allerdings weit weniger zu tun als mit ihrer Liebe zu London.

Jess stimmte ihr aus vollem Herzen zu. »Ich bin genauso erfreut, nicht mit meinen Eltern nach Goodacre zurückgekehrt zu sein.« Sie vermisste es allerdings, ihren Großvater zu sehen, dem sie häufig schrieb. Von ihrer Mutter aber brauchte sie eine Atempause.

Kat legte die Zeichnung beiseite. »Lady Pickering hat uns beide gerettet.«

»Das habe ich meinem Großvater zu verdanken«, meinte Jess. »Er hatte Lady Pickering gefragt, ob ich bei ihr bleiben dürfte.« Sie waren alte Freunde und er wusste, dass Jess eine Atempause brauchte. Das war überaus großherzig von ihm, da er sich über Jess' Besuch gefreut hätte.

»Dein Großvater war es selbstverständlich nicht, der mir geholfen hat, also frage ich mich, wie es kommt, dass ich eingeladen wurde. Meiner Vermutung nach war es Lord Lucien.«

Jess hatte gehört, dass er den Menschen gern half. Ihm gehörte einer der beliebtesten Clubs in London – und wahrscheinlich der, über den am meisten geredet wurde. »Warum glaubst du das?«

Kat zuckte mit den Schultern. »Er kennt alle und er ist ein enger Freund von Ruark, der versucht hatte, eine Möglichkeit zu finden, die es mir erlaubte, in London zu bleiben.«

Jess zog die Nase kraus. »Wenn ich offiziell als Jungfer anerkannt würde, könnte ich als deine Anstandsdame fungieren.« Dies war der Hauptgrund für die Auseinandersetzungen mit ihrer Mutter – dass Jess nicht geheiratet hatte und das auch nicht wollte. Ihre Mutter verstand nicht, dass Jess mehr sein wollte als nur irgendjemandes Ehefrau. Sie wollte tätig sein ... Dinge tun. Leider hatte sie noch nicht entschieden, was für Dinge das sein würden, einmal abgesehen davon, weiter als bis nach Kent zu reisen, wonach sie sich sehnte, und was für eine unverheiratete junge Frau nahezu unmöglich war.

»Das wäre sehr praktisch«, meinte Kat. »Aber bis vor einigen Wochen kannten wir einander nicht.« Als Lady Pickering sie miteinander bekannt gemacht hatte, war Kat Jess sofort sympathisch gewesen.

»Vielleicht kann ich in Zukunft deine Anstandsdame sein«, schlug Jess vor.

»Bis ich selbst eine Jungfer bin und keine mehr brauche.«
Kat runzelte die Stirn. »Das scheint in so weiter Ferne. Du
bist fünfundzwanzig und noch nicht einmal eine offizielle
Jungfer.«

»Das bin ich ganz bestimmt, selbst wenn meine Mutter
sich weigert, das anzuerkennen. Ich hatte mit neunzehn
meine erste Saison. *Niemand* wird mich jetzt heiraten.«
Obwohl es zu Anfang der Saison möglich erschien, als der
Earl of Overton ihr seine Aufmerksamkeit geschenkt hatte.
Jess´ Mutter war über die Maßen erfreut darüber gewesen.
Doch dann war ein Gerücht umgegangen, dass er im Phönix
Club ein Dienstmädchen geküsst hatte, und Jess´ Mutter
hatte ihn als unakzeptabel verurteilt. Jess hatte dagegenge-
halten, dass der Klatsch nicht zu seinem Ruin führen sollte,
worauf ihre Mutter – nicht zu ersten Mal – erwidert hatte,
dass Jess nie verstehen würde, wie die feine Gesellschaft
funktionierte.

Gut, denn das interessierte Jess nicht.

»Ich hoffe, ich kann die gesellschaftlichen Veranstaltungen in der nächsten Saison ganz umgehen«, meinte Kat.
»Glücklicherweise wurde ich in diesem Jahr nicht zu jeder
Veranstaltung gezerrt.« Sie zuckte mit den Schultern und
stand auf. »Ich denke, ich muss einen Spaziergang um den
Platz machen. Vielleicht die Oxford Street hinauf und wieder
zurück, wenn du Lust hast, mich zu begleiten?«

»Das würde ich gern, danke. Es ist ein herrlicher Tag.«
Jess erhob sich vom Tisch und folgte Kat zur Tür der
Bibliothek.

Lady Pickering erschien auf der Türschwelle. Ihre
scharfen blaugrünen Augen sahen zuerst in Kats Richtung,
ehe sie sich auf Jess fixierten. »Jessamine, könnte ich Sie
kurz sprechen?« Sie sprach mit einer majestätischen Überlegenheit, die ein bisschen gewöhnungsbedürftig gewesen
war. Unter ihrem leicht einschüchternden Äußeren verbarg

sich eine herzliche und großzügige Frau mit großem Mitgefühl.

»Natürlich.« Jess trat zur Seite.

»Ich werde unsere Hüte und die Handschuhe holen«, meinte Kat. »Und Dove Bescheid sagen.« Dove war die Kammerzofe, die sie beide sich teilten, und die von Lady Pickering zur Verfügung gestellt worden war. Die Zofe begleitete die beiden jungen Frauen auf all ihren Spaziergängen und Besorgungen.

Nachdem Kat gegangen war, schloss Lady Pickering die Tür. Diese einfache Handlung ließ Jess' Interesse schlagartig zu ungezügelter Neugier umschwenken. Mit einer Geste bedeutete sie Jess, ihr zu einer der Sitzgruppen zu folgen.

Lady Pickering ließ sich auf einem Sessel nieder und ihre Haltung war beeindruckend. Ihr immer noch dunkles Haar – sie war Mitte fünfzig und hatte kaum eine graue Strähne auf dem Kopf – war zu einem schlichten, eleganten Stil geschlungen und ihre Züge wiesen sie als jüngere Frau aus, denn nur wenige Falten verunzierten ihre elfenbeinfarbene Haut. Jess fragte sich, ob es daran lag, dass sie so selten lächelte. Es war nicht so, dass sie keinen Humor besaß, sondern sie drückte ihn einfach anders aus – mit einem unmerklichen Heben ihrer Augenbraue oder einem kurzen Zucken ihres Mundwinkels.

Vor Neugier brennend, setzte Jess sich auf das breite Sofa. »Ich habe einen Brief für Sie, meine Liebe.« Lady Pickering hielt ein kleines, versiegeltes Schreiben, das Jess nicht bemerkt hatte. »Es ist eher delikater Natur und es tut mir leid, aber Sie werden mit keinem außer mir darüber sprechen können. Wenn Sie sich damit einverstanden erklären, werde ich Ihnen den Brief aushändigen.«

Jess' Herz fing an zu hämmern. Dies war alles so überraschend – und fesselnd. Es kam ihr gar nicht in den Sinn, nein zu sagen. »Ich bin einverstanden.«

Lady Pickering hielt ihr den Brief hin, doch sie ließ ihn nicht sofort los. »Ich kann nicht deutlich genug betonen, wie wichtig es ist, dies geheim zu halten. Es könnte unschöne Folgen haben, wenn Sie nicht verschwiegen sind.«

Jess schluckte. »Ich verstehe. Und ich werde geloben, kein Wort zu sagen.«

Lady Pickering legte den Brief in Jess' Hände. Jess holte tief Luft und starrte auf das Schreiben. Auf der Außenseite war es unbeschriftet. Sie brach das Siegel und sah zu Lady Pickering.

»Wissen Sie, was darin steht?«

»Nicht genau, aber ich weiß, was der Zweck dahinter ist.«

Jess senkte den Kopf und las.

Miss Goodfellow,

Sie wurden als eine sehr fähige Kryptografin identifiziert. Folglich benötigt das Außenministerium Ihre Hilfe. Insbesondere bitten wir Sie, eine Mission von größter Wichtigkeit und Geheimhaltung zu übernehmen. Die Person, die diese Nachricht überbracht hat, ist Ihr Hauptansprechpartner und wird dafür sorgen, dass Sie die nötige Vorbereitung für dieses Unterfangen erhalten.

Diese Kontaktperson hat den Inhalt dieser Nachricht nicht gelesen, und Sie dürfen ihn an niemanden außerhalb des Außenministeriums weitergeben. Bei dieser Mission werden Sie nicht nur möglicherweise Nachrichten entschlüsseln, sondern auch herausfinden, ob Ihr Partner, dessen Identität Ihnen bald offenbart wird, gegen uns arbeitet. Sie müssen mit Ihrem vollen Verstand und all Ihren Fähigkeiten zu Werke gehen, um seine Aktivitäten und Motive zu ergründen. Nach Ihrer Rückkehr werden Sie einen Bericht abliefern müssen. Ihre Kontaktperson ist über diesen Teil Ihres Auftrags nicht informiert.

Verbrennen Sie dieses Schreiben sofort nach dem Lesen.

In Dankbarkeit und Erwartung,

Das Außenministerium

Jess' Herz fühlte sich an, als wollte es ihr aus der Brust bersten. Ihr Atem raste. Sie schluckte in dem Versuch, sich zu beruhigen. Das war unglaublich. Das Außenministerium bat sie, Spionin zu werden.

Auch ein zweites Durchlesen des Briefes beruhigte ihre Nerven nicht. Sie war gleichzeitig über die Aussicht aufgeregt und wegen der Erwartungen eingeschüchtert. Wie um alles in der Welt sollte sie die geheimen Aktivitäten und Beweggründe eines anderen Spions ergründen? Es handelte sich wahrscheinlich um jemanden, der mehr Erfahrung hatte als sie, denn sie hatte ja keine.

»Sie sind schrecklich schweigsam, meine Liebe«, bemerkte Lady Pickering.

Jess blickte von dem Zettel auf, faltete das Schreiben und betrachtete den kalten Kamin. Da August war, gab es kein Feuer. Und sie musste den Brief sofort verbrennen. Es fühlte sich in der Tat so an, als könnte der Brief mit seinem brisanten Inhalt Jess´ Hand versengen.

»Ich bin überaus schockiert«, verkündete Jess über das Tosen hinweg, das von ihrem Puls zu stammen schien und in ihrem Kopf rauschte. Das konnte Lady Pickering natürlich nicht hören. Jess holte tief Luft und fragte: »Wie ist es dazu gekommen?«

Lady Pickerings hob eine ihrer dunklen Brauen an. »Sind Sie nicht eine ausgezeichnete Kryptografin?«

»Es macht mir Spaß, chiffrierte Dokumente zu entschlüsseln.« Jess lief es kalt den Rücken hinunter. Der scheinbar unschuldige Vorfall, dass ein unbekannter, aber freundlicher Herr sie in der British Library bei der Arbeit an einem Rätsel beobachtete und sie bat, eine Chiffrierung zu entschlüsseln, war alles andere als unschuldig. »Wer ist Mr. Torrance?«

Lady Pickering zuckte mit den Schultern. »Ich weiß es wirklich nicht.«

Jess war nicht sicher, ob sie ihr glaubte, aber sie würde nicht drängen, um mehr zu erfahren. Zumindest für den Augenblick nicht. Es schien offensichtlich, dass Torrence irgendwie mit dem Außenministerium in Verbindung stand. Ebenso, wie das offenbar auch auf Lady Pickering zutraf. Das allein war schon außerordentlich.

Es war schwer nachvollziehbar. »Dies ist eine außergewöhnliche Gelegenheit. Entschuldigen Sie mich bitte.« Sie musste das Schreiben vernichten.

Jess stand auf, ging zum Kamin hinüber und setzte ein Streichholz in Brand. Dann steckte sie das Schreiben an, ehe sie es in den Kamin warf. Das Papier kräuselte sich und verbrannte vor Jess' Augen. Sie kehrte erst zum Sofa zurück, als es nur noch Asche war.

»Gut gemacht«, meinte Lady Pickering. »Sie werden die nächste Woche damit verbringen, zu erlernen, sich perfekt zu verkleiden und eine neue Identität anzunehmen.«

Eine Woche? Jess' rasendes Herz hatte allmählich angefangen, sich zu beruhigen, doch nun schlug es wieder schneller und sie fühlte sich, als hätte sie siebenundvierzig Runden durch das Zimmer gedreht. »Für die Mission?«

»Ja. Sie werden die Rolle der Mrs. Smythe spielen. Weitere Einzelheiten werden sie später erfahren. Im Augenblick müssen Sie lernen, ein neues Gebaren an den Tag zu legen und anders zu sprechen, als Sie es normalerweise tun. Sie müssen sich auch wie eine verheiratete Frau geben.«

Alles in Jess spannte sich an. »Verheiratet?«

»Ja«, bestätigte Lady Pickering. »Sie werden bei dieser Mission einen Partner haben – Ihren Ehemann. Sie würden nie gebeten werden, eine Mission auf Sie allein gestellt durchzuführen, oder zumindest nicht am Anfang.«

Bei dem Gedanken daran, sich einen vorgetäuschten

Ehemann einzuhandeln, den sie ausspionieren sollte, ballte sich Jess' Magen zu einem unbehaglichen Kloß. Das war außerordentlich riskant. Und trotzdem würde sie die Gelegenheit unter keinen Umständen ausschlagen. Genau davon hatte sie immer geträumt. Nein, es war weit mehr als alles, was sie je erwartet hatte. Es könnte ihrem Leben eine vollkommen neue Wendung geben.

»Ist dies mit einer Entschädigung verbunden?«, fragte sie und dachte, dass sie vielleicht ohne ihre Mitgift existieren könnte, falls ihr Vater die Zahlung verweigerte.

»Ja. Allerdings kann das nicht Ihre einzige Motivation für die Annahme dieser Einladung sein.« Lady Pickering beäugte sie erwartungsvoll. »Es wird nicht leicht sein. Sie müssen Ihre Verkleidung tragen und sich wie Mrs. Smythe benehmen und Sie müssen auch entschlüsseln, was Sie und Mr. Smythe bei der Mission möglicherweise an Dokumenten finden.«

»Ich verstehe.« Dies war mehr als nur eine Spur überwältigend, aber hatte sie das nicht gewollt? Sie hatte sich so danach gesehnt, sich herausgefordert zu fühlen und sich für etwas zu begeistern.

»Gut. Morgen werden Sie sich mit der Modistin treffen, die Ihre neue Garderobe anpassen wird. Wir werden ohne Kathleen eine Besorgung machen, nicht dass sie das stören würde.« Lady Pickering hatte recht, dass es Kat egal war, wenn sie bei einer Besorgung ausgeschlossen wurde. Es sei denn, sie gingen in ein Museum, eine Bibliothek oder in eine Buchhandlung. »Denken Sie daran, dass Sie ihr kein Sterbenswort verraten dürfen.«

Jess nickte. Ihre Gedanken kehrten zu der Tatsache zurück, dass sie so tun sollte, als ob sie verheiratet sei. Verheiratete Paare verhielten sich auf die unterschiedlichste Weise. Sollten sie vorgeben, ineinander verliebt zu sein?

Sollten sie ein Zimmer teilen? Ein Bett? »Wie verheiratet werden Mr. Smythe und ich sein?«

Lady Pickerings Züge wurden weich und sie schenkte Jess ein kleines Lächeln. Das war der Ausdruck, der sie am zugänglichsten wirken ließ – wenn sie ihr scheinbar autoritäres Äußeres ablegte. »Ich denke, ich verstehe die Frage. Machen Sie sich keine Sorgen. Hinter geschlossenen Türen wird alles sehr respektabel vonstattengehen. Das versichere ich Ihnen.«

Fast konnte Jess den Schrei des Entsetzens ihrer Mutter hören, dass ihre Tochter ruiniert wäre. »Niemand wird erfahren, wer ich bin?«

»Sie werden mit einer Perücke nicht zu erkennen sein und Sie werden lernen, sich anders zu geben. Sie sollten nicht erkannt werden, was auch der abgelegene Ort dieser Mission sicherstellt. Sie werden an der Küste von Dorset eingesetzt werden. Es besteht in der Tat die Möglichkeit, dass Sie dort nur mit den Menschen Kontakt haben werden, die Sie ausspionieren sollen. Und deren Haushalt natürlich.«

Jess hatte jede Menge Bedenken und Vorbehalte, aber die Aufregung über diese Gelegenheit wog das mehr als auf.

Dennoch würden ihre Eltern in einigen Wochen nach London zurückkehren und wenn sie dann immer noch in Dorset war, würde ihre Abwesenheit bemerkt werden. Was sollte sie außerdem Kat erzählen? »Wie wird meine Abwesenheit erklärt werden?«

»Sie werden mich auf einen Besuch meines Hauses in der Nähe von Winchester begleiten. Das ermöglicht mir, Sie auf einem Teil Ihres Reiseweges zu begleiten. Ihr Partner wird Sie in meinem Haus treffen und von dort aus werden Sie mit ihm zusammen weiterreisen.«

»Was ist mit Kat?«, fragte Jess, da Lady Pickering auch ihre Anstandsdame war.

»Wexford wird vorher zurück sein.«

Jess hatte nicht erkannt, dass ihre Zeit mit Kat bald zu Ende wäre. »Werden Sie in der Nähe von Winchester bleiben, während ich meine Mission durchführe?« Jess fragte sich, wie lange das dauern würde.

»Ich werde eine Woche bleiben, aber wenn Sie länger brauchen, werde ich nach London zurückkehren und einfach behaupten, Sie würden Ihren Aufenthalt in Hampshire genießen.« Sie sprach mit einer Zuversicht, die zeigte, dass sie sich nicht die geringsten Sorgen über den reibungslosen Ablauf der Mission machte. Das lag wahrscheinlich an den vielen Malen, die sie dies bereits getan hatte.

»Sie müssen für das Ministerium arbeiten«, meinte Jess.

Lady Pickering presste die Lippen zusammen. »Das tue ich nicht. Ich helfe gelegentlich bei gewissen Dingen.« Ihr Blick traf auf Jess' und hielt ihn einen Augenblick lang fest. »Es ist am besten, wenn Sie nicht zu viel über mich nachdenken oder darüber, wie es zu diesem Auftrag gekommen ist.«

Im Gegenteil. Jess würde jede Menge über diese Dinge nachdenken. Lady Pickering war über den vollen Umfang ihres Auftrags nicht informiert. Sie würde lernen müssen, alles und jeden in Frage zu stellen, wenn sie ihre Nachforschungen anstellte.

Lady Pickering stand auf. »Sie sollten nun Ihren Spaziergang mit Kathleen machen.«

Als Jess sich erhob, fühlte sie sich plötzlich größer und erhabener. Sie fühlte sich auch unbeschwert und ausgelassen, obwohl sie Letzteres niederdrückte. Sie *musste* ihren Enthusiasmus im Zaum halten.

Das ist leicht. Denk nur einfach daran, so tun zu müssen, als seist du die Ehefrau eines Fremden. Und versuche nebenbei herauszufinden, ob er gegen die Krone arbeitet.

Jess wischte sich über die Stirn, als Lady Pickering die Bibliothek verließ. Sie bewegte sich auf die Tür zu und wünschte, sie hätte mehr über Mr. Smythe in Erfahrung gebracht. Sie wusste über den Mann nichts anderes, als dass er ein erfahrener Spion war.

Das stimmte nicht ganz. Sie wusste auch, dass ihm nicht zu trauen war. *Niemandem* war zu trauen, nicht einmal Lady Pickering. Es schien, als müsste Jess einen außerordentlich hohen Grad an Geheimhaltung gegenüber absolut jedem wahren.

Plötzlich dachte sie an ihre Mutter. Sie würde einen Anfall erleiden, wenn sie es herausfände. Und ihr Vater? Jess konnte sich nicht entscheiden, wie er reagieren würde. Sie wusste auch nicht, ob er sich überhaupt äußern würde. Normalerweise überließ er dies ihrer Mutter.

Glücklicherweise würden sie ja nichts erfahren. Lady Pickering hatte alles geplant – oder jemand hatte das getan, und sie führte nur die Einzelheiten durch.

Ehe Jess das Zimmer verließ, kam Lady Pickering zu ihr zurück und hielt ein weiteres Schreiben in der Hand. »Es gibt eine kleine Planänderung. Ihr Partner ist in die Stadt zurückgekehrt und Sie werden ihn heute Abend kennenlernen. Machen Sie sich bereit, um halb sieben aufzubrechen.«

Lady Pickering drehte sich um und ließ Jess stehen, die auf ihren Rücken starrte und sich fragte, wie sie ihre Erwartungsfreude für den restlichen Nachmittag im Zaum halten sollte. Sie musste damit fertigwerden, da das Verheimlichen von Dingen nun ebenfalls eine Disziplin war, die sie beherrschen musste – und das schnell.

KAPITEL 2

ougal betrat Luciens kleines Arbeitszimmer auf
der Rückseite seines schmalen Terrassenhauses.
Vorhin hatte er zu Hause haltgemacht, sodass er nicht mehr
mit dem Staub der Great North Road bedeckt war. Eine
beharrliche Traurigkeit und Unbehagen erfüllte ihn allerdings immer noch. Traurig war er über Alistairs Tod und
Unbehagen verspürte er darüber, seinen Vater allein lassen
zu müssen, auch wenn er für Dougals Bedürfnis, nach
London zurückzukehren, Verständnis gezeigt hatte.

Kaum hatte Dougal das Arbeitszimmer betreten, trat
Lucien hinter ihm ein.

»Lord Fallin, Sie sind zurück.« Lucien verbeugte sich,
was völlig unnötig war.

»Du musst mich nicht so nennen.« Dougals Bruder Alis-
tair war sein ganzes Leben lang der Viscount Fallin gewesen.
Noch immer war Dougal damit beschäftigt, auf diesen
Namen zu hören. »Und du verbeugst dich nicht.«

Lucien verzog das Gesicht zu einer leichten Grimasse
und neigte den Kopf. »Ich bitte um Verzeihung. Ich wollte es
bagatellisieren, und das hätte ich nicht tun sollen. Ich hätte

wissen müssen, dass du noch immer trauerst. Es tut mir in der Tat leid, dass ich dich nach London zurückbeordert habe.« Er drehte sich zu der Anrichte um, auf der er seine alkoholischen Getränke aufbewahrte. »Etwas zu trinken?«

Dougal winkte mit der Hand ab. »Ich habe wegen dieser dringenden Angelegenheit eine weite Strecke in der größten Eile zurückgelegt. Ich würde es vorziehen, wenn wir gleich zur Sache kämen.«

»Wie stehen die Dinge mit deinem Vater?«, fragte Lucien, dessen Züge von Sorge gezeichnet waren.

Diese Frage war nicht leicht zu beantworten. Sie ging über Alistairs plötzlichen Tod hinaus. Dougal war überwältigt und wollte nicht daran denken. Ein Teil von ihm war erleichtert, zurückbeordert worden zu sein, da es ihm ermöglichte, das Unvermeidliche hinauszuzögern.

»Wie zu erwarten war«, gab er einfach zur Antwort. »Er hat seinen Sohn verloren.« Verdammt, er hatte nicht so wütend klingen wollen. Er wollte seine Reaktion auf die Erschöpfung schieben, aber er *war* wirklich wütend. Es war nicht fair, dass Alistair von ihnen gegangen war. Er war der Erbe. Dougal war derjenige, der sich für ein risikoreiches Leben entschieden hatte. Wenn einer von ihnen jung hätte sterben müssen, dann er. Er zog sich den Hut vom Kopf und fuhr sich mit der Hand von der Schläfe bis zum Kinn über das Gesicht. »Ich will nicht ungehalten sein.«

Luciens dunkler Blick war voller Mitgefühl. »Du hast jedes Recht, dich so zu geben, wie dir zumute ist. Wie du dich geben *musst*.«

»Es war schwer, meinen Vater zu verlassen.« Denn er hatte seinem Sohn offenbart, dass es gesundheitlich nicht zum Besten um ihn stand, und dass Dougal in ein oder zwei Jahren Earl werden würde. Allein der Gedanke daran erfüllte ihn mit Schrecken, und deshalb hatte er versucht, ihn zu vermeiden. Er liebte seinen Vater mehr als alles.

»Ich hätte dich nicht bitten sollen, herzukommen.«
Lucien fluchte leise. »Ich hätte es nicht getan, aber das
Außenministerium besteht auf dich. Ich konnte ihnen
einfach nicht sagen, dass du durch deinen Kummer verhindert bist, und die Mission nicht ausführen kannst.«

Dougal warf ihm einen mürrischen Blick zu. »Mir wäre
es lieber, du würdest sie nicht zu dem Gedanken verleiten,
ich sei der Aufgabe nicht gewachsen.« Seine Zeit im Ministerium war von absehbarer Dauer, und er wollte nicht für
einen Versager gehalten werden. Diese Situation wäre nicht
genug, um sich darüber Gedanken zu machen, aber nachdem
im letzten Frühjahr zwei Missionen einen schlechten
Ausgang genommen hatten, gab es allen Grund zu der
Annahme, dass seine Vorgesetzten ihn für unzulänglich
halten könnten. Er hatte zu hart gearbeitet und war gegenüber der Krone zu sehr verpflichtet, um das zuzulassen. Er
wollte nach seinen eigenen Vorstellungen das Ministerium
verlassen. Eigentlich wollte er gar nicht gehen.

»Das ist keine Schande«, meinte Lucien. »Dein Bruder ist
gestorben. Dein Vater braucht dich. Du hast ... Nun, die
Dinge liegen jetzt anders.«

»Weil ich plötzlich der Erbe des Earls of Stirling bin«,
entgegnete Dougal ausdruckslos. »Ich habe mir nie vorgestellt, diese Position einmal innezuhaben, und das auch nicht
gewollt.« Dougal war zu einem eingefleischten Mitarbeiter
des Außenministeriums geworden und als ihr Chefermittler
im Vereinigten Königreich tätig. Er liebte seine Arbeit.

Lucien legte den Kopf schief. »Sie können einen anderen
Ermittler für diese Aufgabe finden.« Das würden sie bald
auch tun müssen.

Dougal schob diesen beunruhigenden Gedanken
beiseite. »Niemand macht, was ich tue. Jedenfalls nicht hier.
Es ist schon gut, Lucien. Mir geht es gut.« Außerdem war
Dougal eigentlich froh über die Unterbrechung. Er fühlte

sich zwar schuldbewusst, weil er seinen Vater allein gelassen hatte, aber er wollte sich in Wahrheit nicht in Trauer *oder* Wut suhlen. Außerdem hatte Alistairs Tod Dougals Ermittlungen in seinen beiden gescheiterten Missionen beeinträchtigt, weshalb sie gescheitert waren.

»Sag mir, aus welchem Grund ich so schnell zurückgekehrt bin?«

»Es geht um eine Mission an der Küste von Dorset. Du reist in einer Woche ab.«

Dougal runzelte die Stirn. »Wenn ich erst in einer Woche abreise, warum bin ich dann jetzt schon hier?«

Lucien zögerte einen kurzen Moment. »Weil du Zeit brauchst, um dich mit deiner Partnerin vorzubereiten.«

»Meiner *was*?«

Stimmen in der Halle unterbrachen das weitere Gespräch, denn einen Moment später kündigte Luciens Butler die Ankunft von Lady Pickering und Miss Jessamine Goodfellow an. Dougal war mit Lady Pickering sehr vertraut, aber die andere blasse Frau war ihm unbekannt. Größer als die meisten Ladys, besaß Miss Goodfellow lebhafte blaue Augen, die ihn voller Neugier musterten.

Tatsächlich konnte ihre unverhohlene Aufmerksamkeit nur eines bedeuten – dass sie seine Partnerin sein sollte.

Lady Pickering richtete ihren aufmerksamen Blick auf ihn. »Ich bin erfreut, dass Sie so schnell zurückkommen konnten, Lord Fallin. Ich entschuldige mich allerdings, dass Sie zu diesem Zeitpunkt abberufen worden sind.«

Dougal neigte den Kopf. »Ich bin immer gern zu Diensten.«

»Das ist eine Ihrer besten Qualitäten.« Lady Pickering drehte sich leicht zu der jungen Dame um. »Jessamine, dies ist Lord Fallin.« Lady Pickering schaute zu Dougal. »Gestatten Sie mir, Ihnen Miss Jessamine Goodfellow vorzustellen. Sie wird bei dieser Mission Ihre Ehefrau sein.«

»Meine *was?*« Erst hatte er eine Partnerin und jetzt hatte er eine Ehefrau? »Ich habe immer allein gearbeitet.«

»Nicht in diesem Fall.« Lady Pickering lenkte ihre Aufmerksamkeit zu Lucien. »Haben Sie es nicht erklärt?«

»Er ist gerade erst angekommen«, entgegnete Lucien. »Ich habe ihn noch nicht in die Einzelheiten der Mission eingeweiht.«

»Ich verstehe«, murmelte Lady Pickering. Nur schwer ließ sich feststellen, ob sie davon verstimmt war. Es gefiel ihr nicht, wenn ihre Erwartungen nicht erfüllt wurden. »Setzen wir uns und ich werde alles erklären.«

Die Sitzgelegenheit in Luciens kleinem Arbeitszimmer waren eher beengt, und es gab nur zwei Sessel und ein Sofa. Lucien ließ sich wie zu erwarten war in seinem Lieblingssessel nieder und ehe Dougal den anderen okkupieren konnte, hatte Lady Pickering sich bereits auf das Polstermöbel gesetzt. Damit blieb Dougal nichts anderes übrig, als sich neben Miss Goodfellow auf das Sofa zu setzen.

»Sie beide werden sich daran gewöhnen müssen, nebeneinander zu sitzen«, meinte Lady Pickering, als ob sie Dougals Gedanken lesen könnte.

Dougal setzte sich neben seine »Frau«, aber nicht zu dicht. Miss Goodfellow drehte den Kopf zu ihm. Ein paar hellbraune Locken streiften ihr dabei über die Schläfe. Sein Blick wanderte über den hohen, eleganten Bogen ihrer Wangenknochen zu rosafarbenen, geschwungenen Lippen, die eher dünn waren. Dafür war ihr Kinn um so ansprechender. Sie war hübsch, aber keine klassische Schönheit, und das machte sie zu einer guten Wahl als Spionin.

Sie lächelte auf eine Weise, die ihre blauen Augen noch mehr leuchten ließ. »Ich freue mich darauf, mit Ihnen zu arbeiten.« Ihre Begeisterung war nicht zu übersehen. Dougal konnte ihre Aufregung sehen und sie fühlen – als ob von ihrer Haut eine gewisse Elektrizität ausgestrahlt würde.

»Miss Goodfellow ist eine Neuanwerbung«, meinte Lady Pickering, als ob das nicht offensichtlich wäre. Es war nicht so, als würde Dougal alle anderen Ermittler kennen. Um der Geheimhaltung willen und des Schutzes anderer wie ihm, kommunizierte er nur mit wenigen Menschen, die für das Außenministerium arbeiteten. Aber der Enthusiasmus der jungen Frau und ihre Offenheit entlarvten sie als Amateurin.

»Das kann ich sehen«, meinte Dougal. »Wie ist sie angeworben worden?« Er erwartete nicht wirklich eine Antwort. Er wusste immer noch nicht, wie Lady Pickering dazu gekommen war, sich mit dem Ministerium einzulassen oder warum sie darauf bestand, zu sagen, sie würde *nicht* für sie arbeiten.

»Sie ist eine ausgezeichnete Kryptografin. Sie werden ihre Expertise auf dieser Mission brauchen können.«

Nein, sie würde es ihm nicht sagen. Abgesehen davon drängte es Dougal, zu des Pudels Kern in dieser Sache zu kommen. »Worin besteht die Mission genau?«

»Sie und Miss Goodfellow werden als Mr. und Mrs. Smythe an die Küste von Dorset reisen. Sie sind auf dem Weg nach Poole und Ihre Kutsche erleidet einen Schaden, weshalb Sie bei Mr. und Mrs. Gilbert Chesmore um Hilfe ersuchen müssen. Wir haben von ihrer Haushälterin, Mrs. Farr, einen Brief erhalten, in dem sie über verdächtige Aktivitäten schreibt.«

Dougal beobachtete Miss Goodfellow aus dem Augenwinkel. Sie beugte sich ein wenig vor und verfolgte mit gespannter Aufmerksamkeit jedes Wort von Lady Pickering. Oh, sie war noch sehr grün. Und sie hatten nur eine *Woche*, um sie vorzubereiten.

»Mrs. Farr berichtet, dass sie in Französisch miteinander reden und häufig ausgehen, wobei sie Bilder malen oder schreiben. Sie schießen auch jede Woche auf Objekte. Der allerverdächtigste Beweis ist ein Papier, das sie fand, das mit Zahlenreihen bedeckt war.«

»Ein Code«, unterbrach Dougal.

Lady Pickering nickte. »Es klingt ganz danach. Leider hat sie uns den Brief nicht geschickt, da sie fürchtete, sein Fehlen könnte bemerkt werden.«

»Vielleicht sind sie französische Spione«, mutmaßte Dougal. Er hatte schon viele Ermittlungen dieser Art durchgeführt. Er verstand immer noch nicht, warum es notwendig war, dass er einen Partner hatte, einmal abgesehen von einer vorgeblichen Ehefrau.

»Ja.«

Miss Goodfellow runzelte leicht die Stirn. »Aber wir haben endlich Frieden mit Frankreich.«

Ein leichter Kopfschmerz meldete sich in Dougals Hinterkopf. »Wenn Sie glauben, die Franzosen würden uns in Friedenszeiten nicht ausspionieren, dann wissen Sie nicht viel über internationale Affären.«

»Ich bin sehr lernbereit«, entgegnete Miss Goodfellow leise und ihre Wangen färbten sich dabei rosa.

»Und das werden Sie, meine Liebe.« Lady Pickering nickte ihr aufmunternd zu. »Und auch schnell, weil Sie in einer Woche aufbrechen werden.« Sie wandte ihre Aufmerksamkeit wieder Dougal zu. »Ich bin sicher, dass Sie sich fragen, warum eine Partnerin notwendig ist. In diesem Fall müssen Sie sich mit den Chesmores anfreunden und ihnen so vertraut werden wie möglich. Die beste und wirksamste Weise besteht darin, als Gäste in ihrem Haus aufgenommen zu werden. Von dem Wenigen, das wir über sie wissen, neigen sie dazu, sich mit anderen Paaren anzufreunden, und nicht mit Einzelpersonen.«

Dougal nickte verständig. »Nachdem unsere Kutsche einen Unfall erleidet, werden wir einen Platz brauchen, wo wir die Nacht verbringen können. Und sie werden uns so sehr mögen, dass sie uns einladen werden, zu bleiben.« Bei vielen Gelegenheiten hatte er schon ein ähnliches Schema angewandt.

»Genau. Sobald Sie in ihrem Heim sind, werden Sie sich auf die Suche nach dem verschlüsselten Brief machen und Miss Goodfellow wird ihn entschlüsseln.«

»Vorausgesetzt, wir finden einen Brief«, meinte Dougal. »Ich würde meinen, dass sie den Brief geschrieben und an einen Kurier übergeben haben. Es ist möglich, dass wir überhaupt keinen Brief finden.«

»Das ist wahr.« Lady Pickering schaute ihn mit einem erwartungsvollen Blick an. »Ich vertraue auf Sie, dass Sie jede Gelegenheit wahrnehmen, ihn in die Hände zu bekommen.«

»Das steht außer Frage«, versicherte Dougal ihr.

»Wir werden die Lage auch auf den Grund für ihre verdächtigen Aktivitäten sondieren«, fügte Miss Goodfellow hinzu.

Lady Pickerings Blick enthielt einen Anflug von Anerkennung. »Sie sehen, Fallin, Miss Goodfellow wird sich sehr gut machen.«

»Das wird die Zeit erweisen. Wenn sie ihre Verkleidung nicht meistern kann oder die Fähigkeit nicht besitzt, die ihr zugedachte Rolle zu spielen, werden ihre kryptografischen Fähigkeiten und ihr Intellekt keine große Rolle spielen.«

»Ich hoffe doch, Sie sind nicht pessimistisch«, meinte Lady Pickering mit einer gewissen Schärfe, die Dougal nicht im Geringsten aufstachelte. Sie war stark und sagte genau, was sie wollte, insbesondere in den Fällen, wenn sie ihre Arbeit für das Ministerium besprachen. Nicht dass sie offiziell damit in Verbindung stand. Laut ihrer Aussage half sie nur gelegentlich aus.

»Ich bin besonnen, was eine weitere Eigenschaft ist, für

die ich wertgeschätzt werde«, entgegnete Dougal ein bisschen scharf. »Anders wollen Sie mich gar nicht haben.«

»Das entspricht vermutlich der Wahrheit, aber ich hoffe doch, dass Sie sich gegenüber Miss Goodfellow freundlich und unterstützend zeigen. Ich verstehe, dass dies eine Veränderung für Sie ist, aber es ist unvermeidlich. Die Chesmores sind dafür bekannt, andere Paare einzuladen. Aus diesem Grund werden Sie diese Mission gemeinsam durchführen.«

Dougal verstand, wie diese Dinge funktionierten. Er wusste, wie er sich tief in eine Rolle verstricken musste, um an die notwendigen Informationen heranzukommen. Oder Informationen unterzuschieben. Er richtete seinen Blick auf Lady Pickering. »Ich werde meinen Verpflichtungen wie immer nachkommen.« Er wollte es nur nicht gleich jetzt tun. Er brauchte Einsamkeit und Schlaf in einem Bett, das nicht rumpelte.

»Ausgezeichnet«, entgegnete Lady Pickering knapp. »Morgen wird Miss Goodfellow ihre erste Anprobe für ihre neue Garderobe haben. Wir werden auch an ihrer Verkleidung arbeiten.« Sie warf Lucien einen Blick zu. »Ist alles arrangiert?«

»Ja. Sie erwartet Sie. Und ehe Sie fragen, sie kennt die Einzelheiten nicht und sie ist zu klug, um zu fragen.«

»Wer ist es?«, fragte Miss Goodfellow.

»Das werden Sie morgen herausfinden«, antwortete Dougal und drehte sich zu ihr. »Dies ist Ihre erste Lektion – stellen Sie keine Fragen.«

»Sie haben Fragen gestellt«, eiferte sich die junge Dame mit einem Anflug von Hitze.

»Ich habe mir mit den Jahren das Recht dazu erarbeitet, und sowohl mein Können als auch meine Vertrauenswürdigkeit unter Beweis gestellt.« Dougal sah Lady Pickering stirnrunzelnd an. »Haben Sie ihr nicht erklärt, wie dies funktioniert? Dass sie jederzeit die erforderlichen Attribute für diese Arbeit demonstrieren muss?«

»Das habe ich, aber Sie müssen verstehen, dass Miss Goodfellows Anwerbung nicht mit der Ihren zu vergleichen ist«, entgegnete Lady Pickering kühl. »Sie können nicht erwarten, dass sie diese Fähigkeiten bereits besitzt. Im Gegensatz zu Ihnen war sie nicht im Regiment.«

Dougal war vom *Black Watch* angeworben worden. »Und Sie glauben wirklich, dass eine Woche genug Zeit ist, um sie vorzubereiten?« Er warf Miss Goodfellow einen Blick zu. »Ich habe das nicht als Beleidigung gemeint.«

Sie antwortete mit einem leichten Krausen der Nase, als ob sie schlechten Fisch gerochen hätte.

Lady Pickering antwortete. »Mehr als eine Woche haben wir nicht, also vertraue ich darauf, dass Sie dafür sorgen, dass es angemessen ist. Ich schlage vor, dass Sie beide so viel Zeit wie möglich miteinander verbringen, ohne die Aufmerksamkeit auf sich zu lenken, natürlich. Sie müssen sicherstellen, dass Ihre Geschichte glaubwürdig und stichhaltig ist.«

»Ich bin sicher, jeden davon überzeugen zu können, dass wir ineinander verliebt sind.« Miss Goodfellow rutschte über das Polster, bis ihr Oberschenkel den seinen berührte. Sie legte die Hand um seinen Arm und blickte ihn sehnsüchtig an.

Darauf war Dougal nicht vorbereitet. Er zuckte zusammen und entzog sich ihrem Griff. Ihre Lippen teilten sich und sie blinzelte, während ihre Wimpern gegen ihre Wangen klimperten und ihre kobaltblauen Augen sich in unterdrückter Überraschung auf ihn fixierten.

»Das ist nicht sehr überzeugend«, murmelte Lady Pickering.

Lucien erhob sich abrupt. »Dougal ist einen weiten Weg gereist und er hat eine schwierige Zeit. Lassen Sie ihn nach

Hause gehen, damit er sich ausruht. Ich bin sicher, dass er morgen auf der Höhe sein wird.«

Er lächelte Lady Pickering und Miss Goodfellow freundlich an und vermied es, Dougal anzuschauen.

»Das war zu erwarten.« Lady Pickering sah ihn mitfühlend an und dachte offensichtlich an seinen Verlust. Sie erhob sich. »Kommen Sie, Miss Goodfellow. Sie haben morgen einen anstrengenden Tag.«

Als Miss Goodfellow aufstand, stellte Dougal sich neben sie. »Guten Abend, Mylord.« Sie machte einen kurzen Knicks und folgte Lady Pickering aus dem Arbeitszimmer.

»Du hättest mich vorwarnen können«, schimpfte er.

Lucien hob die Hand. »Das habe ich versucht. Leider kamen sie an, bevor ich alles sagen konnte.«

»Das ist ein verrückter Plan«, grummelte Dougal. Wie konnte er seine gescheiterten Missionen von der Küste Dorsets aus ermitteln? Sie hätten ihm zumindest einen Partner geben können, der kein Neuling war, und somit jemand, den er einschätzen und subtil nach Informationen über andere Missionen ausfragen konnte. Jemanden, der ihm bei seinen Ermittlungen eine Hilfe sein konnte. Eine neue Ermittlerin war ihm überhaupt keine Hilfe.

»Du hast dich auf weitaus gefährlichere Unternehmungen eingelassen.«

»Da war ich nur selbst in Gefahr. Dies hier ist etwas anderes. Ich habe für ihre Sicherheit zu sorgen und gleichzeitig muss ich auf mich selbst aufpassen. Wir haben nur eine verdammte Woche, um sie vorzubereiten. *Das* ist Irrsinn.«

»Wir werden es schaffen. Wir haben Evie angeheuert, damit sie lernt, sich zu verstellen. Es gibt keine Bessere.«

Das stimmte allerdings. Dougal war einer der wenigen Menschen, die wussten, dass Evangeline Renshaw sich vor fast zwei Jahren völlig neu erfunden hatte. »Ist sie es, wo ich morgen hingehen soll?« Auf Luciens Nicken hin fuhr er fort:

»Was hast du Evie erzählt?« Soweit Dougal es verstanden hatte, wusste sie nichts von seiner – oder Luciens – Verbindung zum Außenministerium.

»Ich habe ihr gesagt, eine Freundin, Miss Goodfellow, wolle sich auf ein unabhängiges, geheimes Abenteuer außerhalb Londons begeben und sie müsste dabei vorgeben, jemand anderes zu sein. Sie wird nicht wissen, dass du dazugehörst. Du und ich tauchen dort morgen einfach auf, da du wieder in der Stadt bist.«

»Was für ein Zufall.« Bei seiner Arbeit versuchte Dougal, Zufälle auf ein Minimum zu beschränken.

Lucien legte den Kopf schief. »Ganz genau.« Er klopfte Dougal auf den Arm. »Geh jetzt nach Hause und schlaf dich aus.«

Dougal stieß ein unwillkürliches Grunzen aus, als er sich zur Tür drehte. »Wir sehen uns morgen.«

Als er sich auf den Weg zu seiner Kutsche machte, schien die Last auf seinen Schultern ihn niederzudrücken. Ja, Schlaf war nötig.

Er war nicht gerade nett zu Miss Goodfellow gewesen. Und das war untypisch für ihn. Er schob seine schlechte Laune auf seine Müdigkeit und den Schock darüber, dass sie mit ihm kommen würde, aber in Wirklichkeit war es wohl die Unterbrechung seiner Ermittlungen. Oder die Tatsache, dass dies seine letzte Mission sein könnte. Das Leben, das er erwartet und geplant hatte, sollte es nicht geben. Stattdessen würde er der Earl of Stirling werden.

Doch darüber konnte er derzeit nicht nachdenken. Hoffentlich würde diese Mission in Dorset rasch erledigt sein, damit er nach London zurückkehren konnte, um die Identität derjenigen aufzudecken, die seine Missionen im Frühjahr ruiniert hatten.

Dann würde er dafür sorgen, dass sie zur Rechenschaft gezogen wurden.

KAPITEL 3

$\mathcal{A}$m nächsten Tag wurde Jess von Lady Pickering vor dem Haus von Mrs. Evangeline Renshaw abgesetzt. Mrs. Renshaw, die eine Freundin von Lucien war und die Hauptpatronin des Phönix Clubs, würde die Zusammenstellung von Jess' neuer Garderobe überwachen. Sie würde Jess auch zeigen, wie eine Verstellung erfolgreich durchgeführt wurde.

Zwei Stunden nach ihrer Ankunft war Jess es leid, Kleider anzuprobieren und mit Stecknadeln abgesteckt zu werden. Sie verstand jedoch immer noch nicht, warum Evie – die sie Mrs. Renshaw nennen sollte – diese Rolle übernahm.

Jess kehrte in den Kleidern, die sie getragen hatte, in Evies eleganten Salon zurück und ließ sich auf dem Sofa nieder. Evie befand sich noch immer in dem Schlafzimmer, das sie mit der Modistin benutzt hatten. Jess freute sich über den Moment der Einsamkeit.

Jess wusste, dass Evie weder in ihre Mission eingeweiht war noch mit dem Außenministerium in Verbindung stand. Das hatte Lady Pickering auf dem Weg von ihrem Haus aus klargestellt. Jess war überrascht gewesen, als Lady Pickering nicht geblieben war. Sie hatte angenommen, dass die ältere Frau bleiben würde, um alles zu beaufsichtigen.

Evie schwebte mit einem strahlenden Lächeln in den Salon. »Ich habe alles mit der Modistin geklärt. Am Montag haben Sie eine letzte Anprobe, und am Mittwoch ist alles für Ihre Abreise bereit.«

Jess brachte sich schnell in eine damenhaftere Haltung. Evie war so selbstsicher und schön. Es war leicht, sich neben ihr wie ein schlaksiges Entchen zu fühlen. Jess hatte sich in den letzten Jahren oft wie eine schlaffe Gans gefühlt, wenn sie versucht hatte, sich in einem Meer von Schwänen zurechtzufinden.

Schwäne waren allerdings, so dachte sie immer mit einem Lächeln, garstige, unfreundliche Kreaturen. Das machte den Vergleich umso amüsanter, da die meisten jungen Damen, denen Jess begegnet war, sie sofort abgewiesen hatten, sobald sie anfing, über Bücher oder Reisen oder, Gott bewahre, über Politik zu sprechen.

»Ich weiß Ihre Hilfe heute sehr zu schätzen«, sagte Jess mit aufrichtiger Dankbarkeit. »Ich hatte im Laufe der Jahre schon mehrere Anproben, aber noch nie so viele Sachen an einem Tag.«

Evie nickte ihr aufmunternd zu. »Das kann anstrengend sein. Sie haben sich sehr gut gehalten, vor allem, wenn man bedenkt, wie schnell wir zu Werk gegangen sind. Kommen Sie und setzen Sie sich zu mir an den Tisch, denn ich habe nach Erfrischungen geläutet. Sie müssen ausgehungert sein.«

»Das bin ich, danke.« Jess begab sich zu dem runden Tisch in Nähe des Fensters, auf dem ein Bouquet aus rosa, roten und gelben Dahlien aus einer Vase in der Mitte quoll.

Evie schaute sie mit aufrichtigem Interesse an. »Und jetzt erzählen Sie mir mehr von Ihrem Abenteuer.«

Lady Pickering hatte Evie informiert, dass Jess ohne das Wissen ihrer Eltern einen kurzen Ausflug außerhalb

Londons machen wollte. Deshalb brauchte sie die Verkleidung.

Jess ließ sich auf einen Stuhl gegenüber von Evie sinken, als der junge Butler mit dem goldenen Haar ein Tablett mit Tee, Sandwiches und wunderschön verzierten Küchlein brachte, die einfach zu schön aussahen, um sie einfach zu verspeisen. Jedes Küchlein war eine Blume in leuchtenden Farben, die ebenso lebendig waren, wie die der Blumen auf dem Tisch.

»Ich reise mit Lady Pickering nach Hampshire«, antwortete Jess. »Von dort aus werde ich … nun, das sage ich lieber nicht. Das Ziel ist herauszufinden, ob ich wirklich bereit bin, ein unabhängiges Leben zu führen. Meine Mutter unterstützt meinen Wunsch nach einem Leben als Jungfer nicht.«

Evie schaute zu dem Butler auf. »Danke, Foster.« Er neigte den Kopf und ging hinaus.

»Natürlich möchte Ihre Mutter das nicht.« Evie verdrehte die Augen und goss den Tee ein. »Töchter sind für vorteilhafte Ehen vorgesehen und für wenig mehr.«

Das hatten sie Jess auf brutale Weise klargemacht, als sie im Alter von achtzehn, vor ihrer ersten Saison, in einen unpassenden jungen Mann verliebt war – einen *Amerikaner.* Ihre Eltern hatten sich geweigert ihnen zu erlauben zu heiraten, und hatten, wie Jess viele Monate später erfahren hatte, Geld bezahlt, damit er verschwand. Von diesem Moment an, hatte Jess alles in ihrer Macht Stehende getan, um sich gegen die Machenschaften ihrer Eltern zur Wehr zu setzen.

»Sie sind Witwe, nicht wahr?«, fragte Jess, und beneidete die Frau um ihre Freiheit.

»Das bin ich, aber ich hatte keine Eltern, die mich zu einer Ehe gedrängt hatten.« Evie goss Milch in ihren Tee.

»Zucker?« Auf Jess' Nicken rührte Evie etwas in beide Tassen. »Was Ihre Verkleidung bei diesem Abenteuer anbelangt, habe ich die kastanienbraune Perücke vorgezogen. Ich denke, sie sieht zu Ihrer elfenbeinfarbenen Haut am besten aus und sie ist ein schöner Kontrast zu Ihren blauen Augen. Welche war Ihr Favorit?«

Jess dachte immer noch über Evies Kommentar über ihre fehlenden Eltern nach. Es schien allerdings, dass Evie nicht darüber sprechen wollte, denn sie hatte das Thema schnell gewechselt.

Jess nahm sich ein Sandwich. »Diese Perücke hat mir auch gefallen.«

»Gut ich werde dafür sorgen, dass Sie mehrere Frisuren in diesem Ton haben, unter denen Sie wählen können. Zwei für den Tag und eine für den Abend. Sie werden die Ornamente nach Bedarf auswechseln müssen. Und nun sollten wir uns über Ihr Gebaren unterhalten. Haben Sie eine Idee, wie Sie vielleicht die Art und Weise verändern könnten, wie Sie sich halten oder die Art, wie Sie sprechen? Vielleicht können Sie einen Ton tiefer sprechen oder Ihren Akzent verändern.«

»So etwa?« Jess sprach in einer etwas höheren Tonlage und wendete ein leichtes Lispeln des walisischen Akzents an, womit sie die Sprechweise ihrer langjährigen Gouvernante, Miss Evans, nachahmte.

Evies kastanienbraune Augenbrauen schossen in die Höhe. »Das ist sehr gut. Werden Sie Waliserin sein?«

»Ich denke, das könnte ich. Nur um anders zu sein.« Jess nahm an, dass sie Lord Fallin fragen sollte. Vielleicht sollte ihr Akzent übereinstimmen. Sie hoffte nur, dass er nicht den seinen benutzte – ihr schottischer Dialekt war nicht besonders gut.

»Ihre Aufgabe besteht darin, diesen Akzent in den nächsten Tagen so oft wie möglich zu üben, bis er Ihnen zur zweiten Natur wird. Nun, können Sie sich auch irgendwie anders bewegen?«

Die Stimme ihrer Mutter hallte in Jess' Kopf. »*Geh lang-*

samer und mach kleinere Schritte, Jessamine!« Vor ihrer ersten
Saison war ihr die Beherrschung ihrer Bewegungen in
Fleisch und Blut übergegangen. »Ich könnte gehen, wie ich
es normalerweise tue.«

Evie legte die Stirn in Falten. »Der Punkt ist, dass Sie sich
nicht bewegen oder aussehen, wie *Sie selbst.*«

»Gestatten Sie mir, es vorzuführen.« Jess stand auf und
durchquerte den Salon auf die Weise, die ihre Mutter von ihr
gefordert hatte. Sie machte kleine, gemessene Schritte, wobei
sie sehr darauf achtete, dass ihre Schritte nicht zu lang
wurden. »So bewege ich mich in der Gesellschaft.« Sie
erreichte die andere Zimmerseite, drehte sich um und kehrte
zum Tisch zurück, wobei sie so lief, wie sie es normalerweise
außerhalb der Gesellschaft und ohne die Aufsicht ihrer
Mutter zu tun pflegte. »Das ist mein normaler Gang.«

»Aha, ich sehe den Unterschied. Der erste ist eleganter,
aber Sie sollen ja nicht der Königin vorgestellt werden.
Können Sie die Schultern ein wenig mehr zurücknehmen
und Ihr Kinn heben? Nehmen Sie eine beinahe hochmütige
Haltung ein, als ob Sie jemanden herausfordern wollten,
Ihren Gang zu bemängeln.«

Das brachte Jess zum Lachen. »Ich würde es lieben, dies
vor meiner Mutter zu tun. Vielleicht würde es ihr dann
endlich die Sprache verschlagen.« Jess bezweifelte, dass das
möglich war, als sie ein Blumenküchlein vom Tablett nahm
und es in den Mund steckte. Das zu tun und unangemessen
zu gehen, *könnte* ihre Mutter vielleicht so schockieren, dass
ihr die Worte fehlten.

»Mütter können sehr anstrengend sein«, meinte Evie.
»Häufig steckt allerdings Liebe dahinter.«

Das war bei Jess' Mutter nicht der Fall. Nie hatte sie in
Jess' gesamtem Leben ein liebendes Wort an ihre Tochter
gerichtet. »Sie sprechen wahrscheinlich aus Ihrer eigenen

Erfahrung. Meine Mutter lässt sich nicht von Gefühlen leiten.«

»Das tut mir sehr leid.« Evies Stimme klang sehr leise.

»Meine Mutter hat zu viel geliebt, denke ich.« Sie schüttelte den Kopf, als ob sie unerwünschte Gedanken verscheuchen wollte. »Dann haben wir uns auf eine andere Art, sich zu bewegen geeinigt, nicht wahr?«

»Das nehme ich an.«

»Ausgezeichnet. Wie kann ich Ihnen noch helfen? Vielleicht müssen Sie mich noch ein paarmal besuchen, um noch ein wenig zu üben. Vergessen Sie nicht, Ihren Akzent anzuwenden.« Mit einem Zwinkern nahm Evie ihre Teetasse auf.

Wobei Jess wirklich Hilfe brauchte, war, sich als Ehefrau auszugeben. Als Witwe konnte Evie sie wahrscheinlich beraten, aber wie könnte Jess wohl in dieser Sache um Hilfe bitten? Sie müsste sich eine Geschichte zur Begründung zurechtlegen.

Jess erkannte, dass sie in der Lage sein sollte, dies zu tun, und dass das Erfinden von Dingen, in ihrer neuen Rolle *gefordert* würde. Würde Evie aber über Jess' Bitte schockiert sein?

Sie musste es riskieren. Da sie nie verheiratet oder auch nur standesgemäß umworben worden war, beschränkte sich Jess' gesamtes Wissen auf romantische Romane und belauschte Gespräche unter den Dienstmägden.

»Ich habe noch eine Frage, bei der Sie mir hoffentlich helfen können«, meinte Jess mit mehr Selbstbewusstsein, als sie verspürte. Ganz offensichtlich war sie imstande, gegen ihre Gefühle zu handeln. Das war ermutigend. »Ich hoffe, Sie denken nicht schlecht von mir.«

Evie erwiderte ihren Blick direkt und sprach mit aufrichtiger Fürsorge, was Jess berührte. »Ich würde nie über Sie urteilen. Wir Frauen müssen uns miteinander verbünden und tun, was wir können, um einander zu unterstützen. Wie kann ich helfen?«

Jess dachte, dass sie heute wirklich eine Freundin gewonnen hatte. »Ich bin so froh, Sie das sagen zu hören. Viel zu viele der Frauen, die ich kennengelernt habe, sind nur auf Wettbewerb oder Überlegenheit aus. Danke.« Jess versuchte, so vage wie möglich zu bleiben und fragte: »Es könnte sein, dass ich mich auf meinem Ausflug mit einem Gentleman treffe. Und es könnte sein, dass wir so tun, als seien wir verheiratet. Wie mache ich das überzeugend?« Jetzt würde Evie denken, es ginge bei der ganzen Sache nur darum, dass Jess eine Affäre haben könnte.

Evies Nasenflügel flatterten, aber das war auch ihre einzige Reaktion. »Ich verstehe. Nun, *wenn* es dazu kommt, würde ich Ihnen raten, Sorge dafür zu tragen, dass Sie sich selbstbewusst geben. Seien Sie nicht eingeschüchtert und zeigen Sie keinerlei Anzeichen von Nervosität. Niemand wird Sie zweimal anschauen, wenn Sie sich benehmen, als ob Sie verliebt sind, insbesondere dann nicht, wenn Sie sich diese leicht arrogante Kopfhaltung angewöhnen.«

»Danke, das ist sehr hilfreich.« Aber es war nicht annähernd genug. Um sich zu benehmen, als ob sie verheiratet wären, würde Jess annehmen, dass sie sich auf eine bestimmte Weise benehmen musste, insbesondere wenn sie mit ihrem »Ehemann« interagierte.

Vielleicht sollte sie Fallin fragen. Er war nicht verheiratet, aber er hatte weit mehr Erfahrung in der Kunst, sich zu verstellen, als sie. Doch andererseits musste er sich nicht verstellen, um sich als hochnäsig zu geben. Das schien ein Teil seines natürlichen Gebarens.

Zumindest war das gestern Abend so gewesen. Sie hatten sich tatsächlich einmal vor vier Jahren getroffen, als er auf einem Ball mit ihr getanzt hatte, und ihr Eindruck war ein ganz anderer gewesen. Er erinnerte sich eindeutig nicht an die Gelegenheit, aber Jess hatte sie nie vergessen. Das war das Jahr gewesen, als ihre mittlere Schwester ihre erste Saison hatte, und Jess hatte nur selten getanzt. Ihr hatte nicht der Sinn danach gestanden – tatsächlich war sie erleichtert gewesen, als die Aufmerksamkeit auf Marianne anstatt sie selbst fiel. All das hatte sich geändert, als sie Dougal MacNair in den Ballsaal hatte kommen sehen. Sofort war sie von seinem guten Aussehen und seiner selbstbewussten Ausstrahlung fasziniert, insbesondere da über seine dunkle Haut gemunkelt wurde und wie ausgefallen er aussah. Ihrer Meinung nach sah er perfekt aus. Als er zu ihr gekommen war, um ausgerechnet sie unter all den jungen Ladys im Ballsaal zum Tanzen aufzufordern, hatte sie sich auf eine Weise besonders gefühlt, wie schon lange nicht mehr.

Als sie gestern Abend in Lord Luciens Arbeitszimmer getreten war und erkannt hatte, dass MacNair oder besser Fallin ihr Partner sein würde, war sie von einer überschwänglichen Aufregung überkommen worden, welche die bereits verspürte Aufregung bei weitem überstieg. Dann hatte er sich rüpelhaft benommen und sie kam zu dem Schluss, dass er sich in den letzten vier Jahren verändert haben musste. Der Mann, mit dem sie getanzt hatte, hatte unbeschwert gelacht und ihr Komplimente über ihren Charme und ihre Anmut gemacht. Er hatte sogar über den Krieg mit Frankreich gesprochen. Gentlemen ignorierten sie normalerweise, wenn sie solche Themen zur Sprache brachte.

Doch dann rief sie sich Evies Reaktion bei seinem Anblick heute in Erinnerung, was damit in Verbindung stand, das Lady Pickering gestern Abend über Fallin gesagt hatte, nämlich dass er ›zu diesem Zeitpunkt abberufen worden war‹. Sie hatte ihn auch mit einem gewissen Mitgefühl betrachtet. Vielleicht gab es einen Grund für seine Unverblümtheit und generelle Verdrießlichkeit.

Unabhängig davon würde Jess ihre Plicht tun und seine Ehefrau spielen. Während sie gleichzeitig nachforschte, ob er gegen das Außenministerium arbeitete. Die Monstrosität ihrer Aufgabe fing an sie zu überwältigen. Verfügte sie über die Fähigkeiten, ihn hinters Licht zu führen, wie auch alle anderen in ihrer Nähe? Er war ein erfahrener Spion, der scheinbar nicht das geringste Interesse daran hatte, sie als Partnerin zu haben. Worauf ließ sie sich da nur ein?

»Ich bin an der Reihe eine Frage zu stellen, die Sie hoffentlich nicht schockieren wird.« Evie lächelte sanft. »Ihre Frage darüber, wie Sie sich als Ehefrau verhalten müssen... Wollen Sie Beobachter überzeugen oder den fraglichen Gentleman? Um es direkter auszudrücken: Suchen Sie nach einem Rat, wie Sie sich mit ihm benehmen müssen? Im Bett vielleicht?«

Jess konnte ihr natürlich nicht verraten, dass die ganze Sache vorgetäuscht war. Doch nun, da Evie die Frage aufgeworfen hatte, konnte Jess ihre Neugier nicht leugnen. Sie kannte die Mechanismen, was sie bestimmten Büchern und anderen Dokumenten zu verdanken hatte und auch wieder den Dienstmägden im Haushalt ihres Vaters, aber sie hatte das Thema noch nie mit einer Frau erörtert, die Erfahrung besaß. Und ganz bestimmt hatte sie keine eigenen Erfahrungen. Die unbeholfenen Küsse, die sie mit Asa Robinson vor sieben Jahren ausgetauscht hatte, waren bedeutungslos.

Schockierenderweise hatte sie nicht die mindesten Schwierigkeiten, sich die Möglichkeit vorzustellen, Fallins Bett mit ihm zu teilen, und das trotz seines unerhörten Benehmens. Er war außerordentlich attraktiv – groß und breitschultrig genug, dass sie sich tatsächlich normal fühlte, anstatt zu groß geraten. Sein lockiges dunkles Haar war recht kurz gestutzt und seine tiefbraunen Augen waren von goldenen Flecken durchsetzt, die zu schimmern schienen, als er von ihr zurückgewichen war. In diesem Moment hatte sie einen Ruck von ... etwas gespürt und sie fragte sich, ob er das auch gemerkt hatte. Bis sie sich daran erinnerte, dass er vollkommen unbegeistert darauf reagiert hatte, sie als Partnerin zu bekommen, ganz zu schweigen davon, als seine vorgebliche Ehefrau und dass er sehr gut ein Schurke sein konnte.

Ehe sie Evies Frage beantworten konnte, kündigte der Butler die Ankunft von Lord Fallin und Lord Lucien an.

Evie erhob sich sofort und ging zu Fallin hinüber. Sie nahm seine Hand und stellte sich auf die Zehenspitzen, um ihn auf die Wange zu küssen. »Wie geht es dir, Dougal?«

Es schien, als würde Evie ihn sehr persönlich kennen.

»Es geht mir gut, Evie«, entgegnete er mit einem schwachen Lächeln. Sie waren eindeutig Freunde, und das wahrscheinlich wegen Lucien. Oder vielleicht kannten sie einander vor Lucien. Jess wollte fragen, wie sie sich kennengelernt hatten, aber Fallin hatte sie bereits für ihre neugierigen Fragen gerügt.

»Ich bin überrascht, dass du so rasch aus Schottland zurück bist.« Evie drückte seine Hand und ihr Blick ruhte voller Mitgefühl und Sorge auf ihm. Warum? Eine weitere Frage, die Jess nicht stellen konnte.

»Ich habe Geschäftliches zu erledigen, aber ich werde nicht lange hier sein – nur eine Woche.« Denn dann würden sie auf ihrem Weg nach Dorset sein.

Evie nickte. »Komm und lerne Miss Jessamine Goodfellow kennen. Oder seid ihr einander bereits vorstellt worden?«

Fallin blickte zu Jess, die stockstill auf ihrem Platz saß und sich fragte, wie er antworten würde. »Ich bin sicher, dass wir uns schon einmal begegnet sind.« Er trat an den Tisch und Jess versuchte, bei der Akkuratesse seiner Plattitüde nicht zu grinsen. »Ich bin so erfreut, Sie zu sehen, Miss Goodfellow.«

Jess erhob sich und knickste. »Vielen Dank, Mylord. Das bin ich auch.«

»Lucien, kennst du Miss Goodfellow?« Evie nahm ihn am Arm und führte ihn zum Tisch.

»O ja.« Er nickte ihr lächelnd zu. »Miss Goodfellow, wie erfreulich es ist, Sie hier bei Evie anzutreffen. Gibt sie Ihnen Ratschläge in Bezug auf Ihre Garderobe?«

»Natürlich«, antwortete Evie und hatte somit eine Ausrede für ihr Treffen. Was Lucien ihr einwandfrei geliefert hatte, da er den wahren Grund für Jess' Besuch kannte.

»Du hast meine bevorzugten Blumenküchlein«, meinte Lucien, der das Tablett beäugte. »Sind das Mandeln?«

»Die gelben und die orangen ja, aber ich glaube die lilafarbenen und die blauen sind mit Lavendel gemacht.«

Lucien wählte ein gelbes Gänseblümchen und biss hinein. »Eindeutig Mandel.« Er verdrehte die Augen, als er die Süßigkeit verspeiste. »Himmlisch«, murmelte er, nachdem er geschluckt hatte. »Evie, ich habe einige Angelegenheiten zu besprechen, die den Phönix Club betreffen, wenn ich dich belästigen darf.« Er warf einen entschuldigenden Blick zu Jess.

»Vielleicht möchte Miss Goodfellow eine Runde durch den Garten mit mir drehen«, schlug Fallin vor, dessen Blick aus den dunklen Augen sich mit Jess' Blick traf.

»Das wäre entzückend, danke.« Jess nahm den Arm, den er ihr sofort anbot, und sie verließen den Salon. Ein sarkastischer Kommentar darüber, wie er dieses Mal nicht zurückgeschreckt war, lag ihr auf der Zunge, aber sie glaubte nicht, dass dies seine Einstellung ihr gegenüber verbessern würde.

Sie gingen nach unten und dann durch die Bibliothek, zur Rückseite des Hauses. Der Garten war klein, aber prachtvoll mit seiner Fülle an Blumen. Obwohl sie Evie gerade erst kennengelernt hatte, war es genau die Art von Garten, die

Evie zu haben Jess erwartet hätte. »Dies ist so hübsch«, bemerkte sie.

»Alles an Evie ist wunderschön und exquisit«, bemerkte er auf eine etwas oberflächliche Art. »Ich hoffe, dass Ihr Treffen mit Evie heute gut verlaufen ist?«

»Ja, vielen Dank.« Sie erkannte sofort, dass er irgendwie anders von gestern Abend zu sein schien, denn er wirkte weniger aufgewühlt. Sie wollte sich nach Evies Sorge um ihn erkundigen.

»Ich kann fühlen, dass Sie angespannt sind«, meinte er. »Sie fassen meinen Arm mit mehr Kraft als erforderlich, und zwischen Ihren Augenbrauen sind zwei Linien zu sehen, die die Zahl Elf ergeben. Sie werden lernen müssen das nicht zu tun.«

Verdammt und zugenäht, dachte sie und borgte sich damit den Lieblingsfluch ihres Großvaters. »Das habe ich nicht einmal bemerkt.«

»Ich mache Ihnen keinen Vorwurf. Dafür, dass Sie aufgewühlt sind, meine ich. Ich war gestern Abend nicht sehr umgänglich. Ich war von der Reise müde.« Er sah zu ihr, als sie zu einer Steinbank unter einer kleinen Esche hinüberschlenderten. »Ich war auch mit den Neuigkeiten über Sie und den Einzelheiten unserer Mission überrascht.«

»Ich nehme an, dass Sie vorher noch keine vorgebliche Ehefrau gehabt haben?«

Er lächelte und ihr stockte der Atem. Sie hatte ihn für attraktiv gehalten, aber dies katapultierte ihn auf eine vollkommen neue Ebene von gut aussehend. »Das habe ich nicht«, antwortete er. »Tatsächlich hatte ich überhaupt noch nie einen Partner.«

Kein Wunder, dass er verstimmt gewesen war. »Würden Sie dies lieber allein tun?«

»Es tut nichts zur Sache, was mir lieber wäre. Das ist erforderlich.« Er führte sie zur Bank, um sich mit ihr darauf niederzulassen, und sein Blick hielt den ihren mit einem zärtlichen Verlangen, das sie beinahe glauben ließ, dass er die Wahrheit sagte.

»Sie sind sehr gut darin«, sagte sie leise. Sie hob die Hand und berührte ihn am Kinn. Seine Augen weiteten sich fast unmerklich. Sie ließ die Hand in ihren Schoß sinken und dachte, sie sei zu weit gegangen. Sie fragte sich auch, was sie veranlasst hatte, so kühn zu sein. »Ich werde es lernen.« Sie konnte die Hitze in ihrem Nacken spüren.

»Sie schlagen sich gut. Nur hatte ich das nicht erwartet – wie gestern Abend. Ich werde das nicht wieder geschehen lassen.« Er zuckte mit den Schultern und nahm ihre Hand. »Versuchen Sie es noch einmal. Aber etwas anderes, womit ich nicht rechne.«

Jess holte tief Luft und entschloss sich, keine weitere Liebkosung auszuprobieren. Sie hatte dies ohne nachzudenken gemacht und ehrlich gesagt hatte es sie auch überrascht. Doch andererseits hatte sie fast keine Erfahrung darin, den Kiefer eines Mannes oder irgendeinen anderen Teil von ihm zu berühren. Stattdessen sah sie ihm in die Augen und teilte ihre Lippen, wobei sie ihn einen Moment anschaute, als die Worte sich in ihren Gedanken formten. »Du bist der Mond für meine Sonne, der Ozean, der an mein Ufer brandet, die Blütenblätter meiner Blume.« Sie erkannte zu spät, wie lächerlich das klang.

Fallin biss sich auf die Lippe. Seine Schulter zuckte.

»Ach, Sie lachen bereits«, meinte sie und fragte sich, ob sein Benehmen gestern Abend eine Abweichung gewesen war. Das hoffte sie.

Genau das tat er. Er prustete und dann legte er die Hand auf seinen Mund, um sich zu beherrschen. Als er seine Hand sinken ließ, blieb der Anflug eines Lächelns zurück. »Sie sind keine Poetin.«

»Muss ich das sein?«

»Nein, nur eine ausgezeichnete Kryptographin. Sind Sie das?«

»Das hat jemand von mir gedacht.« Jess antwortete ihm vielleicht ein bisschen zu defensiv. Sie wollte sich unbedingt selbst beweisen.

Glücklicherweise reagierte er nicht auf ihren Tonfall. »Wissen Sie, wer dieser Jemand ist?«

Sie schüttelte den Kopf. »Nicht wirklich. Eines Tages habe ich an einem Rätsel in der British Library gearbeitet und ein Gentleman kam auf mich zu. Er gab mir einen verschlüsselten Text und fragte, ob ich imstande sei, ihn zu entschlüsseln.« Zu spät fragte sie sich, ob sie dies mit ihm besprechen sollte.

»Sie haben den Namen des Mannes nicht erfahren?«

»Ich glaube nicht –« Sie holte tief Luft. »Das heißt, ich bin nicht sicher, ob ich das mit Ihnen besprechen sollte.«

Anerkennung blitzte in seinem Blick auf. »Sie sind wirklich klug. Sie werden herausfinden, dass vom Austausch von Informationen vom Ministerium normalerweise abgeraten wird. Allerdings sind wir in diesem Fall Partner. Es ist wichtig für den Erfolg unserer Mission, und auch für unsere Sicherheit, dass wir offen und ehrlich zueinander sind. Stimmen Sie mir zu?«

Das tat sie, aber es wurde auch von ihr erwartet, ihn auszuspionieren, was sie ganz bestimmt *nicht* verraten durfte. Er lieferte ihr ein überzeugendes Argument, wenigstens einige Dinge mitzuteilen. Vielleicht kannte er den geheimnisvollen Mr. Torrance und konnte mit einigen Informationen dienen.

»Ja, ich stimme zu«, meinte sie. »Ich habe den Namen des Mannes erfahren. Es war Torrance. Er hat mir angeboten, mir weitere Verschlüsselungen zu schicken, die ich enträtseln könnte, und ich habe eingewilligt. Allerdings habe ich sonst nichts weiter erfahren.« Ihr Vater, der im anderen

Zimmer gelesen hatte, kam zu ihr, um ihr zu sagen, dass es
Zeit zum Gehen war. Während dieses Austauschs hatte der
Gentleman sich verabschiedet und damit eine weitere Unter-
haltung verhindert. »Kennen Sie Torrance?«, fragte sie.

»Der Name ist mir nicht geläufig aber das Ministerium
benutzt manchmal Decknamen. Können Sie ihn
beschreiben?«

»Er war schon älter. Vielleicht fünfzig? Oder sechzig?«

»Sie klingen nicht sehr überzeugt.« War da ein Anflug
von Enttäuschung? »Sie werden lernen müssen, sich an
spezifische Einzelheiten zu besinnen, insbesondere, wie die
Leute aussehen, selbst solche, die Sie für unbedeutend halten.
Sie wissen nie, wann jemand aus dem Hintergrund für eine
Ermittlung äußerst wichtig wird.«

Er war eindeutig enttäuscht. Jess schob ihre Frustration
beiseite. Vielleicht hätte sie es ihm nicht sagen sollen.
»Wollen Sie damit sagen, Sie können jeden in einem bevöl-
kerten Raum beschreiben?«

Er lächelte kurz. »Nicht ganz. Aber ich schaue mir den
Raum gründlich an – und schnell. Ich mag mich nicht an jede
Einzelheit erinnern, aber ich kann mich normalerweise erinnern, dass dort ein älterer Herr und eine untersetzte Frau
mit grauem Haar und einer Haube waren, die ein gelbes
Band hatte. Diese Art von Dingen. Gestern Abend haben Sie
beispielsweise ein rosafarbenes Kleid mit einem cremefar-
benen Überwurf aus Gaze getragen, Ihre Ohrringe waren
aus hellen Korallen.«

Jess konnte sich nicht erinnern, was er getragen hatte. In
dem Moment schwor sie sich, dass sie die aufmerksamste
Person in ganz England werden würde. Sie würde danach
streben, alles in ihrem Gedächtnis zu vermerken, was sie sah.
Dann würde Fallin beeindruckt sein.

War das ihr Ziel? Ihn zu beeindrucken? Sie konnte sich
nicht erlauben, an den schmucken Gentleman zu denken,

den sie vier Jahre zuvor kennengelernt hatte. Dies war der Viscount Fallin, ein Spion, der möglicherweise gegen die Krone agierte.

Ihr Ziel war es, bei diesem Unterfangen erfolgreich zu sein. Das *musste* sie auch.

»Ich werde umgehend damit beginnen, alles auf dieselbe Weise ins Auge zu fassen«, sagte sie entschlossen.

»Gut. Dieser Torrance hat Sie also in der Bibliothek angesprochen und Ihnen eine Verschlüsselung gegeben. Fanden Sie das seltsam?«

»Nicht besonders. Er war sehr nett. Das Seltsame war wohl, dass er mich fragte, ob er mir jede Woche welche schicken dürfte. Die Rätsel wurden immer schwieriger. Im Nachhinein scheint es klar, dass er herausfinden wollte, ob ich dieser Aufgabe gewachsen bin.«

»Sie sind sich also sicher, dass er für das Außenministerium arbeitet.« Das war keine Frage.

Jess zog eine Schulter hoch. »Alles andere ergibt keinen Sinn. Das wäre ein seltsamer Zufall.«

»Eben. Hier ist ein Ratschlag, den ich schon früh in meiner Karriere erhalten habe und dem ich bis heute treu geblieben bin: Halte nichts für einen Zufall. Das ist entscheidend.«

Sie warf ihm einen vielsagenden Blick zu. »Zum Beispiel, dass unsere Kutsche in der Nähe des Hauses streikt, in das wir Einlass wünschen?«

Seine Zustimmung ließ seinen Blick glänzen. »Sie können sich einen Zufall leisten – vielleicht auch zwei. Deshalb ist es so wichtig, dass unser Verhalten überzeugend ist. Wir müssen jeden Zweifel oder Verdacht mit unserem Charme und Witz ausräumen.«

Jess war nicht klar gewesen, dass sie charmant oder geistreich zu sein hatte. Sie war es gewohnt, dass man ihr an den Kopf warf, sie sei langweilig, weil sie sich für politische

Ereignisse interessierte oder Bücher und Sprachen liebte.
»Ich weiß nicht, wie viel Charme ich besitze. Falls es Ihnen
entgangen sein sollte, bin ich eine Jungfer.«

»Das ist mir nicht entgangen, und ich gestehe, dass mich
das ziemlich fasziniert. Ich bin zu dem Schluss gekommen,
dass Sie alles getan haben, um einer Heirat aus dem Weg zu
gehen. Nur das fällt mir als Erklärung für diese Lächerlich-
keit ein.«

Flirtete er etwa mit ihr? Sie starrte ihn an und versuchte,
seine Beweggründe zu erkennen. Dann ging ihr auf, was hier
vor sich ging. Er spielte bereits die Rolle und behandelte sie,
wie ein Mann eine Frau behandeln würde, die er liebte. »Sie
sind zu freundlich«, entgegnete sie bescheiden. »Ich habe auf
den richtigen Gentleman gewartet.« Das war eine glatte
Lüge, aber sie folgte seinem Beispiel.

»Ich verstehe.« Er lehnte sich an ihre Seite und schaute
sie aus den Augenwinkeln an. »Meiner Ansicht nach sind Sie
charmanter, als Sie glauben.« Dann richtete er sich auf, und
der Augenblick – das ganz und gar vorgetäuschte Inter-
mezzo der gegenseitigen Wertschätzung – war vorbei.
»Erzählen Sie mir etwas über das Enträtseln von Verschlüsselungen. Wie sind Sie zu Ihrer Leidenschaft dafür
gekommen?«

»Ich hatte schon immer Spaß an Rätseln und Puzzles.
Und Worten. Ich finde es äußerst befriedigend, eine
Verschlüsselung zu entschlüsseln.«

Er drehte seinen Kopf zu ihr. »Sie müssen außergewöhnlich gut darin sein, wenn das Außenministerium auf Sie
aufmerksam geworden ist und Sie angeworben hat.«

Sein Respekt überraschte sie. Vielleicht würde diese Partnerschaft doch nicht so mühselig werden, wie sie gestern Abend
gedacht hatte. Möglicherweise würde sie ihn sogar mögen,
obwohl sie sich davor hüten musste, irgendeine Art von freund-

schaftlicher Bindung zu entwickeln, die ihrem Bestreben im Wege stehen könnten. Sie klimperte mit den Wimpern. »Habe ich mir eventuell das Recht verdient, eine Frage zu stellen?«

Er zog eine leichte Grimasse. »Ich war gestern Abend wirklich ziemlich biestig. Ich bitte vielmals um Entschuldigung. Ja, Sie dürfen mir eine Frage stellen. Falls es dabei jedoch um das Ministerium geht, werde ich sie nicht beantworten.«

Sie hatte keine Ahnung, ob dem so war, aber sie ging davon aus, dass er einfach nicht antworten würde. »Evie schien in Sorge um Sie zu sein, weil Sie in die Stadt zurückgekehrt sind. Ist etwas nicht in Ordnung?«

»Das wollten Sie fragen?«

»Ich sollte wohl meinen Mann kennenlernen, auch wenn er nur eine Rolle spielt.«

»Sie haben recht. Allerdings brauchen Sie mein wahres Ich nicht kennenzulernen.«

Ihre Stimmung sank. Er würde ihr nicht verraten, warum Evie besorgt gewirkt hatte. »Ich verstehe.« Das tat sie wirklich, auch wenn es ihr nicht gefiel.

»Aber Sie haben eine ausgezeichnete Gelegenheit aufgebracht, unsere gemeinsame Geschichte abzustimmen – wie wir uns kennengelernt haben, wann wir geheiratet haben, woher wir kommen, all das. Sollen wir anfangen?«

Jess schüttelte ihre Enttäuschung ab, während sie sich ihm zuwandte. »Ja. Soll ich mir Notizen machen?« Wenn ja, würde sie hineingehen und Papier und einen Federkiel holen müssen.

Er schüttelte langsam den Kopf, wobei sich sein Nasenrücken ein wenig runzelte. »Schreiben Sie nie etwas auf.«

Sie sah ihn stirnrunzelnd an. »Ich fürchte, mir bleibt keine andere Wahl, wenn ich eine Verschlüsselung löse.«

»Sonst nicht. Und dann müssen Sie Ihre Aufzeichnungen

anschließend verbrennen, damit unsere Spionage nicht entdeckt wird.«

»Ihr Leute verbrennt immer gleich alles«, murmelte sie.

»*Wir* Leute, meinen Sie, glaube ich. Ja, wir verbrennen alles, was eine Spur oder einen Anhaltspunkt hinterlassen könnte.«

Dem konnte sie nicht widersprechen, auch wenn es mühsam war. Was, wenn kein Feuer oder Kienspan in Reichweite waren?

Jess dachte über ihre erfundene Geschichte nach. »Sagen wir, wir haben uns in der Kirche kennengelernt«, schlug sie mit ihrem walisischen Akzent vor. Dort hatte ihre Mutter letzten Herbst versucht, einen Ehemann für sie zu ergattern. Zum Glück war der Gentleman der Falle entkommen, da er weitaus mehr an einer anderen Dame interessiert war.

Fallin blickte sie mit einer Mischung aus Überraschung und Anerkennung an. »Südwales. Sehr gut«, antwortete er und ahmte den Akzent perfekt nach. »Wir werden aus einem kleinen Dorf stammen, dessen Name unaussprechlich ist.«

»Das ist glaubwürdig, bedenkt man, dass es Wales ist.«

Er lächelte. »So ist es.« Er schlug eine Geschichte für ihre Brautwerbung vor und sie fuhren eine Viertelstunde lang damit fort, die Einzelheiten auszuarbeiten.

Jess fand es überaus erheiternd. Sie bezweifelte, dass sie etwas vergessen würde. Ganz bestimmt würde sie sich anstrengen, das zu vermeiden.

»Ich denke, das reicht für heute«, meinte er und kehrte zu seiner schottischen Aussprache zurück. »Es ist am besten, unsere Gehirne nicht mit zu viel zu überlasten, damit die Information hängenbleibt.« Er erhob sich und war ihr beim Aufstehen behilflich, ehe er sie zum Haus zurück begleitete.

Sie sah zu ihm hinüber, als sie sich der Tür näherten. »Wie sonst werden wir uns im Laufe der nächsten Tage treffen?«

»Bei Lucien, sehr wahrscheinlich. Lady Pickering wird Sie wissen lassen, wann wir uns das nächste Mal treffen.« Er hielt inne und drehte sich zu ihr um. »Sind Sie sicher, dass Sie hierzu bereit sind? Wir verlangen viel von Ihnen. Die meisten Menschen würden diese Art von Risiko nicht eingehen wollen.«

In diesem Moment erkannte sie, dass sie ihrem Enthusiasmus gestattet hatte, jegliche Bedenken zu überschatten, die sie bezüglich der Gefahr hatte. Vielleicht lag es daran, dass sie nicht allein sein würde. Sie wäre mit einem erfahrenen Ermittler unterwegs. »Ich denke, ich würde gerne schießen lernen«, platzte sie heraus.

Er blinzelte vor offensichtlicher Überraschung. »Ich werde nach einer Möglichkeit suchen, damit das geschieht. Sie sind eine interessante Frau, Miss Goodfellow.«

»Sie sollten mich wirklich Jess nennen, da wir eng zusammenarbeiten werden.«

»Dann müssen Sie mich Dougal nennen. Wenn wir unter uns sind, jedenfalls.«

»Das werden wir wohl die meiste Zeit sein«, meinte sie mit einem nervösen Lachen. Sie konnte sich nicht entscheiden, was erschütternder war: vorzugeben, seine Frau zu sein oder eine Ermittlung in Bezug auf seine Königstreue durchzuführen, ohne erwischt zu werden. Er war in seiner Arbeit ein Profi und sie eine blutige Anfängerin.

»Das stimmt«, antwortete er. »Und in etwas mehr als einer Woche werden wir verheiratet sein. Ich hoffe, Sie sind bereit.«

Das hoffte Jess ebenfalls.

KAPITEL 4

ls Dougal den Phönix Club am Dienstagabend betrat, hob sich sein Blick wie selbstverständlich zu dem Gemälde, das Lucien hatte anfertigen lassen. Stets ließ er seine Augen nach links schweifen, wo die Künstlerin ihn, Lucien und ihren gemeinsamen Freund Tobias gemalt hatte, der nun der Earl of Overton war. Ein weiterer Freund, Maximillian Hunt, der Viscount Warfield ritt auf einem Pferd auf sie zu. Das Bild verfehlte nie seine Wirkung, ihn zum Lächeln zu bringen, wenn er die Treppe hinaufstieg.

Die letzten fünf Tage waren in einem Wirbel von Aktivitäten vergangen. Abgesehen davon, dass er sich mit Jess dreimal bei Lucien getroffen hatte, war Dougal darüber hinaus bemüht gewesen, seine eigenen Ermittlungen fortzusetzen, warum die letzten beiden Missionen einen derart schlechten Ausgang gefunden hatten, doch er hatte im Außenministerium keinen Zugang zu den Unterlagen erhalten.

Beides hatte sich ereignet, nachdem Napoleon wieder an die Macht gelangt war. Das erste war eine verschlüsselte Botschaft gewesen, die Dougal von der Isle of Wight abgeholt und in das Ministerium nach London gebracht hatte. Die Botschaft hatte allerdings nur Kauderwelsch enthalten. Oliver hatte Dougal viele Stunden verhört und ihn gefragt, wie er sie erhalten hatte, und ob sie ihm je abhanden gekommen war, plus einem Dutzend weiterer Fragen. Sie waren sein Vorgehen fünfmal durchgegangen. War sie ihm untergeschoben worden oder war die echte Nachricht gestohlen und ersetzt worden? Aus welchem Grund auch immer war diese Mission ein totaler Reinfall gewesen. Die zweite war ähnlich verlaufen – eine Abholung von einem bekannten Kurier. Dougal war nach Bournemouth beordert worden, wo er sich mit Giraud treffen sollte, den er mit aufgeschlitzter Kehle tot aufgefunden hatte.

Nach diesem Vorfall konnte Dougal nicht ignorieren, dass etwas – oder jemand – nicht in Ordnung war.

Dougal begab sich im ersten Stock ins Mitgliederrefugium und als sein Blick durch den Raum schweifte, stellte er fest, dass es noch immer der geschäftigste Abend der Woche war, insbesondere da die Saison vorüber war und keine weiteren Bälle an den Freitagabenden mehr im Erdgeschoss stattfanden. Die Dienstage waren beliebt, weil es der eine Abend in der Woche war, an dem es den weiblichen Mitgliedern des Clubs gestattet war, die Seite der Gentlemen zu betreten – ein Vorzug, den sie sich mit großem Enthusiasmus zunutze machten. Den Gentlemen war es niemals erlaubt, die Seite der Ladys zu betreten – einmal abgesehen von ihrer Seite des Ballsaals während der Bälle.

Diese Regel unterschied den Phönix Club von allen anderen Clubs in der Stadt. Dort waren Frauen niemals zugelassen – sie waren ausnahmslos für Gentlemen vorgesehen. Dass Frauen hier volle Mitgliedschaft erhielten und sogar auf der Seite willkommen waren, die für die Gentlemen vorgesehen war, hatte einen Aufruhr ausgelöst, als der

Club vor mehr als eineinhalb Jahren seine Türen geöffnet hatte.

Es war nicht nur die Einbeziehung der Frauen, die den Phönix Club unterschied. Lucien hatte diesen Club mit der ausdrücklichen Absicht gegründet, ein Hafen für diejenigen zu sein, die von der Gesellschaft ausgeschlossen oder schlechter als andere behandelt wurden. Der Phönix Club war für Menschen wie Dougal – ein dunkelhäutiger Mann von zweifelhafter Abstammung, der als der Sohn eines Earls überall eingeladen wurde, aber sich niemals fühlte, als ob er wirklich willkommen sei. Für Dougal und viele andere Mitglieder war der Phönix Club ein Zuhause.

Trotz allem rümpften viele in der Gesellschaft noch immer die Nase über den Club. Das war für Lucien in Ordnung. Tatsächlich war es ihm lieber, gewisse – arrogante und selbstherrliche - Elemente aus seinem Club herauszuhalten.

Dougal schaute sich im Mitgliederrefugium um und erkannte beinahe jeden dort. Diejenigen, die er nicht kannte, kamen ihm vage bekannt vor, und er merkte sie sich, damit er später herausfinden könnte, wer sie waren. Dies war der einzige Ort, an dem er beinahe jeden kannte und sich keine Gedanken über Störenfriede mit schändlichen Absichten machen musste.

Sein Blick landete auf einem Gentleman, der in einem Sessel mit hoher Rückenlehne in einer Ecke saß. Sechzig Jahre alt wirkte Oliver Kent weit jünger, was vielleicht auf sein dichtes, stahlgraues Kraushaar zurückzuführen war, und er besaß den schärfsten, durchdringendsten Blick von allen Menschen, die Dougal kannte – mit Ausnahme von Lady Pickering. Sie beide waren Vögel – Raubvögel – von der gleichen Sorte. Was um alles in der Welt wollte er hier? Er machte nur selten von seiner Mitgliedschaft Gebrauch.

Dougal schritt auf den älteren Mann zu, der aus einem

Glas trank, das scheinbar Portwein enthielt. »Guten Abend, Kent. Ich kann die Male an einer Hand abzählen, die Sie hier gewesen sind.« Er setzte sich in einen weiteren Sessel, der bei Kents niedrigem runden Tisch stand.

»Sie wissen, dass ich das *Siren's Call* bevorzuge«, meinte Kent mit einem leichten Grinsen, wobei seine dunkelblauen Augen leuchteten. Das *Siren's Call* war gänzlich in Frauenhand, und eine der einzigartigsten Spielhöllen in London. Dort suchten Gentlemen nach weiblicher Gesellschaft – aber nicht nach Geschlechtsverkehr.

»Was führt Sie heute Abend hierher?«, fragte Dougal.

Ein Diener brachte ein Glas Whisky für Dougal, wofür er dem jungen Mann dankte.

»Jedenfalls nicht der untadeligste Service«, murmelte Kent, zur Antwort auf Dougals Frage. »Ich musste um meinen Port *bitten*.«

Dougal schmunzelte. »Urteilen Sie nicht zu hart. Ich bin weit öfter hier als Sie.«

»Darauf hatte ich gezählt.« Kents Augen glitzerten verheißungsvoll und Dougal hatte seine Antwort. Der Mann – sein Vorgesetzter beim Ministerium – war wegen ihm gekommen. »Sie brechen morgen nach Dorset auf? Ich wollte mich vergewissern, dass alles in Ordnung und bereit ist.«

Dougal nahm an, dass er sich auf Miss Goodfellow bezog. Er dachte nicht einen Augenblick daran, dass Kent nicht über Jess' Anwerbung als ihre neueste Dechiffriererin im Bilde war. Hauptsächlich deshalb, weil Dougal zu behaupten wagte, dass er in Wahrheit der geheimnisvolle Mr. Torrence war, der ihr den chiffrierten Text in der Bibliothek gegeben hatte.

»Es läuft alles gut«, meinte Dougal, ehe er an seinem Whisky nippte. Der vertraute rauchige Geschmack benetzte seine Zunge und erinnerte ihn an zuhause. Das lenkte seine

Gedanken zu seinem Vater und natürlich seinem Bruder. Vielleicht hätte er ebenfalls um Port bitten sollen. »Sie hat in kurzer Zeit eine Menge gelernt. Wir sind zu *Gunter's* gegangen – nicht zusammen – und haben die Anwesenden beobachtet. Anschließend habe ich sie darüber ausgefragt und sie hat eine außerordentliche Beobachtungsgabe gezeigt und die Fähigkeit, sich zu erinnern.«

Dougal war sehr beeindruckt gewesen. Sie hatte gesagt, sie würde es sich zur Aufgabe machen, dies zu lernen und das hatte sie nahezu perfekt erfüllt.

»Das klingt überaus ermutigend. Ich kann nicht sagen, dass mich das überrascht. Sie scheint überaus intelligent, wenn ihre Fähigkeiten im Dechiffrieren einen Hinweis darauf zulassen.«

»Wie haben Sie entschieden, sie anzusprechen? Das konnte nicht nur an Ihrem Zusammentreffen in der Bibliothek gelegen haben.«

Kent zog die Augenbrauen ein wenig höher. »Sie wissen davon?«

»Ich hatte sie gefragt, wie sie angeheuert worden ist, ohne das natürlich genau zu sagen. Sie hat einen Gentleman namens Torrance erwähnt, von dem ich annehme, dass es sich um Sie handeln muss.«

»Natürlich haben Sie das getan«, meinte Kent mit einem leichten Schmunzeln. »Es *war* nur dieser eine Grund. Sie hatte schneller Rätsel gelöst, als ich irgendjemanden zuvor dabei erlebt hatte, also gab ich ihr einen verschlüsselten Text – es war ein relativ leichter. Innerhalb von Minuten hatte sie ihn gelöst.«

Dougal konnte die Bewunderung des Mannes heraushören. »Also haben Sie entschieden, ihr mehr zu schicken, um sie auf die Probe zu stellen.«

Kent nickte. »Lucien hat es auch so eingerichtet, dass sie bei Lady Pickering wohnte, also konnte sie beobachtet werden. Sowohl ihre Fähigkeiten Rätsel zu lösen als auch ihr Gebaren machten sie für diese Mission empfehlenswert. Ich vertraue darauf, dass Sie Ihren Beitrag geleistet haben, um erfolgreich zu sein. Wird sie die erforderliche Rolle spielen?«

Dougal war sich ziemlich sicher, dass er sich damit auf ihre Rolle als Mrs. Smythe bezog und er nickte.

»Gut. Das war ein Risiko, da sie nie verheiratet war.«

»Machen Sie sich keine Sorgen, dass sie ruiniert werden könnte?«, fragte Dougal.

»Nein. Weil sie nicht identifiziert werden kann.« Er blickte Dougal scharf an. »Sie haben mir gerade versichert, dass sie der Aufgabe gewachsen ist. Außerdem erwarte ich von Ihnen, dass Sie sich wie ein Gentleman benehmen.«

Dougal schüttelte den Kopf. »Vergessen Sie, dass ich gefragt habe.« Er selbst hatte vermutlich einige Bedenken darüber, eine junge Lady zu korrumpieren, obwohl nichts Unangebrachtes geschehen würde. Meistenteils jedenfalls. Dougal musste davon ausgehen, dass sie sich zumindest an den Händen halten oder sich auf die Wange küssen würden. Diese Dinge hatten sie allerdings nicht wirklich geübt. Letzte Woche hatte sie ihn bei Evie liebkost, und das war die einzige Berührung gewesen, die sie ausgetauscht hatten.

Er hätte sicherstellen sollen, dass sie das geübt hätten. Warum hatte er das nicht getan?

Er hatte keine Antwort. Nur, dass etwas an ihr ihn faszinierte, und das sollte er nicht zulassen.

»Werde ich Sie jetzt verlieren, da Sie der Erbe sind?«, fragte Kent und unterbrach Dougals Gedanken.

Dougal umklammerte sein Glas fester und sein Unterarm ruhte auf der Sessellehne. Er wollte dies nicht zu seiner letzten Mission machen. »Noch nicht.« Allerdings bald. Sein Vater konnte noch ein paar Jahre leben oder auch nicht. Dougal vermochte nicht in die Zukunft zu blicken. »Ich kann über den Zeitpunkt nicht sicher sein.« Würde er gehen, sobald er die Geheimnisse gelöst hätte, die seine beiden gescheiterten Missionen umgaben? Das sollte er.

»Sie werden vermisst werden.« Kent hielt sein Glas zu einem Trinkspruch hoch.

Dougal hob sein Glas ebenfalls, um einen Schluck zu trinken, und war über das Engegefühl in seiner Kehle überrascht.

Kent nippte an seinem Portwein. »Werden Sie heiraten?«

»Wahrscheinlich.« Ein Earl brauchte eine Countess und Dougal würde seine Pflicht erfüllen.

»Ich hoffe doch, dass Sie mich zur Hochzeit einladen.« Kent trank seinen Portwein aus und stellte das Glas auf den Tisch zwischen den beiden Sesseln. »Ich wünsche Ihnen wie immer eine sichere Reise, Mac–« Er schüttelte den Kopf. »Fallin.« Dann stand er auf und nickte Dougal zu, ehe er davonging.

Noch einmal schaute Dougal sich im Raum um und versicherte sich, ob jemand Neues angekommen oder Lucien hereingekommen war. Es gab einige neue Gesichter, einschließlich eines, das er eindeutig nicht kannte, aber er konnte sie auch nur im Profil sehen. Eine Pfauenfeder zierte ihr rotbraunes Haar und große Perlenohrringe hingen an ihren Ohren. Im Geiste machte er sich eine Notiz, Lucien nach dieser Frau zu fragen. Er setzte seinen Rundblick fort und als er Augenkontakt mit einem Bekannten herstellte, erhob er sich und ging hinüber, um mit ihm zu sprechen.

Aus dem Augenwinkel sah er, wie sich ein dunkelblauer Rock bewegte und drehte den Kopf. Die unbekannte Frau kam auf ihn zu. Jetzt konnte er sie sehen. Es war etwas entfernt Bekanntes an ihr. Es waren nicht die dichten kastanienbraunen Augenbrauen oder die dunkelroten Lippen, und auch nicht ihre arrogante Kopfhaltung. Verdammt, sie war attraktiv. Dougal gestattete sich normalerweise nicht, sich vom schwächeren Geschlecht ablenken zu lassen, wenn er gerade im Begriff war, eine neue Mission anzugehen. Er musste sich auf seine Arbeit konzentrieren. Diese Frau könnte allerdings die Fähigkeit besitzen, ihn abzulenken.

Er musste sich von ihr entfernen, ehe sie ihn umgarnte.

»Guten Abend, Mylord«, brachte sie mit einem entzückenden südwalisischen Akzent hervor.

»Der Teufel soll mich holen«, hauchte er, als er sie endlich erkannte. »Jess?«

»Sie haben mich nicht erkannt.« Das war keine Frage und ihre Aussage enthielt ebenso viel Bescheidenheit wie ihre Haltung, sprich gar keine.

»Ich bin nicht gerade stolz darauf zuzugeben, dass ich das nicht getan habe. Bis Sie gesprochen haben. Dann wusste ich es.«

Sie lächelte. Nein, es war mehr ein Grinsen. »Dann sollte ich mir selbst gratulieren.«

»Das sollten Sie nicht.« Er runzelte die Stirn. »Habe ich Ihnen nichts beigebracht? Bewahren Sie die ganze Zeit Haltung.«

Sie schürzte die Lippen und gab einen eher undamenhaften Laut der Verärgerung von sich. »Und mir ist nicht ein Augenblick der Freude vergönnt? Wir sind ja noch nicht in Dorset.«

»Nein, aber in diesem Moment sind Sie ganz und gar Mrs. Smythe. Jeder hier kann Sie anschauen, Sie beschreiben, mit Ihnen sprechen, Sie ausfragen –«

»In Ordnung. Ich verstehe Ihren Standpunkt«, entgegnete sie verstimmt. »Absolut kein Spaß.«

»Nicht in der Öffentlichkeit.« Er stellte sein Glas neben Kents Glas auf den Tisch und nahm sie am Ellbogen. »Gestatten Sie mir, Sie in die Bibliothek zu geleiten, meine Liebe.«

»Wie liebenswürdig«, schnurrte sie und entzog ihm ihren Ellbogen, um ihre Hand um seinen Unterarm zu legen.

»Wie sind Sie heute Abend hier hereingekommen?«

»Lady Pickering hatte für mich arrangiert, als Evies Gast früher einzutreffen. Ich habe meine Verkleidung oben angezogen. Es ist sehr aufregend, sich auf der Seite der Gentlemen des Clubs aufzuhalten.«

»Waren Sie schon auf der Seite der Ladys?«

»Nein, aber ich hoffe, ich erhalte eines Tages, wenn ich eine offizielle Jungfer bin, eine Einladung für eine Mitgliedschaft.«

Das konnte Dougal beinahe garantieren. Das Mitglieder-Komitee lud besonders gern Jungfern und Witwen ein, obwohl es einige Überzeugungsarbeit gekostet hatte, die Schirmherrinnen auf der Seite der Ladys zu der Einsicht zu bringen, dass auch Jungfern einbezogen werden sollten und bislang waren das noch nicht viele. Dougal wünschte, sie hätten überhaupt keine Schirmherrinnen, aber Lucien hatte entschieden, dass sie notwendig waren um ein Mindestmaß an Respektabilität zu erzeugen. Sie waren nicht annähernd so streng – oder furchterregend – wie die Schirmherrinnen des *Almack´s*, aber Dougal wäre es dennoch lieber, wenn sie nicht erforderlich wären. Zumindest Evie war eine von ihnen. Tatsächlich hielt sie sie – einigermaßen – im Zaum.

Sie verließen das Mitgliederrefugium und gingen zur Bibliothek auf der Vorderseite des ersten Stocks. Dieser kleinere Raum war im Allgemeinen ruhiger und weniger bevölkert. Da heute allerdings Dienstag war, schien es nicht so ein großartiger Schlupfwinkel wie an anderen Tagen.

Dougal führte sie zu dem großen Kamin, der im Winter sehr gemütlich war, wenn ein Halbkreis aus hochlehnigen Sesseln davor arrangiert war. »Das ist Ihr Ziel? Eine Jungfer zu werden?«, fragte er.

Der Spiegel über dem Kaminsims reflektierte den Schimmer der untergehenden Sonne, die durch die Fenster schien. Das Licht fiel auf Jess´ Gesicht und er fragte sich jetzt, wie er sie trotz der verändernden Kosmetik nicht erkannt hatte.

»Das ist es in der Tat, und ich habe es bereits geschafft. Ich muss nur noch meine Mutter dazu bringen, es anzuerkennen. Ich denke, mein Vater ist bereit, das zu tun, und hoffentlich wird er sie überzeugen. Sie kann bemerkenswert starrköpfig sein.«

»Ihre Mutter klingt schwierig.« Dougal hatte das Glück gehabt, zwei liebevolle Eltern zu besitzen, selbst wenn ihre Beziehung untereinander recht ungewöhnlich war. Sie waren sich nahe gewesen – wie Freunde – aber sie hatten keine romantische Beziehung geführt.

»Ich denke, sie ist eine unglückselige Person. Meine jüngeren Schwestern und ich haben immer versucht, sie zum Lächeln und zum Lachen zu bringen, aber das war beinahe unmöglich. Irgendwann haben wir aufgegeben.« Sie klang von dieser Erfahrung eher unberührt, aber seiner Vermutung nach hatte sie gelernt, das zu sein.

»Was erhoffen Sie mit ihrem Status als Jungfer zu erreichen?«, fragte Dougal.

»Freiheit. Unabhängigkeit.« Sie stieß ein schwaches Lachen aus. »Das ist vermutlich das Gleiche.«

»Die Heirat hat Sie nie gereizt?«

»Einmal vielleicht«, antwortete sie leise. Dann schüttelte sie vehement mit dem Kopf. »Nein.« Das machte ihn wirklich neugierig, doch er fragte nicht. Ihr Blick aus den atemberaubenden blauen Augen legte sich auf ihn. »Was ist mit Ihnen?«

»Zu beschäftigt.« Er hatte die Notwendigkeit dazu nicht verspürt, nicht wenn sein Bruder den Titel erben sollte.

»Was für ein herrliches Leben Sie führen.« Sie schaute ihn mit einem Anflug von Neid an. »Ich würde liebend gern etwas über Ihre vergangenen Eskapaden hören, aber ich fürchte, dass Sie mir nichts erzählen können.«

Das konnte er nicht, zumindest keine Einzelheiten. »Ich darf spezifische Details nicht preisgeben, aber lassen Sie mich nachdenken, wie ich vielleicht eine Möglichkeit finde, etwas von den aufregenderen Begebenheiten meiner Abenteuer zu verraten.«

Überraschung mischte sich mit Vorfreude in ihrem Blick. »Ich kann es kaum abwarten.«

Er fixierte den Blick auf ihr Gesicht. »Erzählen Sie mir nun, wie Sie diesen bemerkenswerten Effekt erzielt haben, dass ich Sie kaum erkannt habe.«

»Das müssen Sie Evie fragen. Sie ist eine Expertin darin, Kosmetika anzuwenden, um meine Gesichtsform irgendwie anders wirken zu lassen. Sie hat mich auch, ich wage zu sagen, schön gemacht.«

Es gefiel ihm nicht, dass sie schockiert klang, als ob sie sich nie schön gefühlt hätte. »Sie hat Ihnen ein anderes Aussehen verliehen. Ich würde behaupten, dass Sie immer schön waren.«

»Oh, hören Sie auf«, meinte sie mit einem Lachen, das ein bisschen nervös klang. »Ich meine das ernst.«

Sie blinzelte, doch er erkannte die pure Emotion in ihrem Blick, ehe sie sie rasch verbarg. Er hatte sie überrascht. Und etwas anderes – als ob sie über das Kompliment aufrichtig geschmeichelt und erfreut wäre. »Ich dachte, Sie spielen Ihre Rolle«, meinte sie leise. »Haben Sie das nicht getan?«

Natürlich hatte er das. Er sollte die Dinge nicht durcheinanderbringen, indem er zuließ, dass zwischen ihnen eine wahre Freundschaft erblühte. Zumindest jetzt nicht, wenn sie sich auf ihre Mission konzentrieren sollten. »Ja, genau das haben wir getan.«

Er konnte den Gedanken nicht abschütteln, dass niemand zuvor sie je als schön bezeichnet hatte. Wie war das möglich? Er kämpfte den Drang zurück, ihre Familie aufzuspüren und sie zur Rede zu stellen, weil sie ihre Tochter so schlecht behandelt hatten, und konzentrierte sich auf die vordringlichen Angelegenheiten. »Ich vertraue darauf, dass Evie Ihnen gezeigt hat, wie Sie diese Wirkung erzielen können?«

»Ja. Das ist mein Werk – nach vielem Üben mit Evie und ihrer Kammerzofe.« Sie lehnte sich noch näher. »Ich arbeite noch immer an den Augen. Ihre Zofe hat es fertiggebracht, sie so aussehen zu lassen, als wären sie in den Augenwinkeln nach oben geschwungen.«

»Ich würde sagen, dass Sie das sehr gut hinbekommen haben.« Es verlieh ihr ein sinnliches Aussehen.

»Sie schmeicheln mir«, meinte sie mit einem leichten Erröten und jetzt fragte er sich, ob sie eine Rolle spielte. Das musste er annehmen. »Aber ich werde eine Möglichkeit finden, das zu bewerkstelligen.« Sie senkte die Stimme, bis sie kaum noch ein Flüstern war. »Lassen Sie uns den Plan für morgen durchgehen.«

Dougal sorgte dafür, dass sie nicht belauscht wurden. Niemand stand in einem Umkreis von zehn Schritten in ihrer Nähe. »Morgen ist einfach. Sie und Lady Pickering werden nach Hampshire reisen. Ich werde Sie am darauffolgenden Tag nachmittags dort abholen. Die Reise zur Küste wird etwa vier Stunden dauern und wir wollen sicherstellen, dass wir im Dunkeln eintreffen.«

»Werden Sie selbst fahren, kein Kutscher?«

»Einen Einspänner, ja. Ich beziehe niemanden sonst in meine Missionen ein.« Sein Mundwinkel hob sich. »Bis jetzt jedenfalls.«

»Ich kann mir vorstellen, dass es die Dinge verkomplizieren würde, eine weitere Person in die erforderliche Geheimhaltung des Unternehmens mit einzubeziehen. Oder wenn Sie das nicht täten, könnte der Kutscher vielleicht bemerken, dass Sie die Kutsche sabotiert haben.«

»Aus genau diesem Grund finde ich es besser, allein zu arbeiten.«

»Sie haben *nie* mit irgendjemandem zusammengearbeitet, bis auf mich?« Sie klang, als ob sie nicht sicher wäre, ob sie ihm glauben sollte. »Ich fühle mich schon wieder geschmeichelt.«

Er lachte. »Wenn Sie sich erinnern, habe ich nicht darum ersucht, jetzt mit jemandem zusammenzuarbeiten.«

Sie lächelte ihn kokett an und legte ihre andere Hand um seinen Unterarm, sodass sie ihn sicher – oder besitzergreifend – hielt. »Lassen Sie mich geschmeichelt sein, Dougal. Das unterstützt unsere Inszenierung.« Sie spielte eindeutig ihre Rolle. Und das perfekt.

»Ich würde sagen, dass Sie für dieses Abenteuer bereit sind. Ihre Verwandlung in Mrs. Smythe scheint abgeschlossen zu sein.«

»Ich bin froh – und erleichtert – dass Sie mir zustimmen.« Ihre Aufmerksamkeit schwenkte zur Tür. Dougal folgte ihrem Blick und sah Lucien mit gerunzelter Stirn auf sie zukommen.

»Guten Abend, Lucien«, meinte Dougal zur Begrüßung.

Lucien nickte ihm zu, doch er starrte Jess an. »Dougal, du musst mich mit deinem Gast bekannt machen.« Er beugte sich zu Dougal und murmelte: »Über dessen Einladung ich nicht Bescheid gewusst habe.«

Gelegentlich baten die Mitglieder, an den Dienstagabenden, Gäste mitzubringen. Sie wurden von Lucien zugelassen.

Dougal unterdrückte sein Grinsen und bewahrte eine ausdruckslose Miene. »Dies ist Miss Goodfellow. Sie ist Evies Gast.«

Zu beobachten, wie Luciens Augen groß wurden, als er Jess von Kopf bis Fuß musterte, war ungemein befriedigend. Jetzt war Dougal sich mehr als sicher, dass ihr Plan funktionieren würde. Oder zumindest, dass kaum eine Chance bestand, dass jemand seine Partnerin erkennen würde. Aber es war mehr als das. Ihr Akzent, den sie den gesamten Abend beibehalten hatte, war untadelig und sie hatte gelernt, ihre Reaktionen zu beherrschen und Selbstvertrauen auszustrahlen. Sie war absolut außerordentlich.

So sehr, dass Dougal sich fragte, ob sie wirklich eine Neuanwerbung war.

»Der Teufel soll mich holen«, bemerkte Lucien mit einem Grinsen. »Gut gemacht, Miss Goodfellow. Sie sind eine wahrhafte Göttin. Ich dachte, Dougal hätte mir seine neue Liebe verheimlicht.«

Jess' künstliche kastanienbraunen Augenbrauen schossen hoch. »Neue Liebe?« Sie schaute zu Dougal. »Gab es eine alte?«

»Nein.« Er war nicht nur zu beschäftigt gewesen, um zu heiraten, sondern er hatte sich auch keine Zeit für Verwicklungen dieser Art genommen. Er gab sich mit kurzen Affären oder spontanen Bettgeschichten zufrieden.

»Dougal ist seiner Arbeit ungemein ergeben«, meinte Lucien.

»Ebenso wie du«, bemerkte Dougal. »Du entfernst dich nur selten vom Club.«

»Und schau nur, wie erfolgreich er geworden ist!«, gab Lucien lachend zurück. Wieder schaute er zu Jess. »Sie haben sich wirklich gründlich verändert. Ich hatte keine Ahnung, wer Sie sind. Allerdings wollen Sie wahrscheinlich bald gehen, um keine Aufmerksamkeit auf sich zu lenken. Sie sehen zu verlockend aus, um Sie zu ignorieren. Alle werden mich nach der atemberaubenden Frau an Dougals Arm fragen.«

»Das hatte ich nicht bedacht. Dann werde ich gehen.«

»Ihr gebt ein bezauberndes Paar ab«, fügte Lucien hinzu. »Ich würde glauben, dass ihr verheiratet seid.«

Jess drückte Dougals Arm, ehe sie ihn losließ. »Weil wir so ineinander verliebt sind, nicht wahr Liebster?«

»Mit jedem Augenblick mehr.« Dougal nahm ihre Hand

und führte ihre behandschuhten Fingerknöchel an seine Lippen.

Ihr Blick flatterte ein wenig – es war eine winzige Reaktion, aber er nahm sie wahr. Er gab keinen Kommentar dazu ab, weil es eine glaubwürdige Reaktion zwischen zwei Liebenden war, die es kaum erwarten konnten, unter sich zu sein. Sie war versierter, als er angenommen hatte. Und überraschenderweise durchfuhr ihn – eine sehr reale – leidenschaftliche Hitze.

Was, wenn sie sich besser unter Kontrolle hatte als er sich? Was, wenn sie nicht die Amateurin war, für die er sie gehalten hatte? Kent hatte sie allerdings anhand ihrer Fähigkeiten auf dem Gebiet der Dechiffrierung angeworben, was bedeuten musste, dass sie ihn vollkommen hinters Licht geführt haben musste, indem sie ihn glauben machte, keine Erfahrung zu haben. Das kam Dougal unmöglich vor. Außerdem hatte sie letzten Frühling nicht einmal etwas mit dem Außenministerium zu tun gehabt, als seine beiden Missionen gescheitert waren.

Er ließ ihre Hand los und rügte sich im Geiste für sein übertriebenes Misstrauen, das darauf zurückzuführen war, was bei seinen Missionen passiert war. Diese Fehler könnten Zufälle gewesen sein. Nicht alles lief immer nach Plan. Er hatte nur noch nie erlebt, dass ihm zwei Dinge so misslungen waren und das in so kurzer Zeit hintereinander.

Er war einfach auf diese Ereignisse fixiert und er versuchte herauszufinden, was schiefgelaufen war. Dougal fühlte instinktiv, dass diese beiden Fehlschläge miteinander in Verbindung standen. Er musste nur herausfinden, wie.

Leider würde er dies nicht bei dieser verdammten Mission tun.

»Ich wünsche Ihnen einen guten Abend«, meinte Jess, ehe sie das Kinn reckte und aus der Bibliothek schritt, als ob ihr der Club gehörte.

»Das ist eine bemerkenswerte Metamorphose«, murmelte Lucien.

Dougal riss den Blick von Jess los und schaute Lucien an, der ihren Abgang verfolgte. »Du scheinst fasziniert.«

»Jeder wäre das. Sie ist atemberaubend.«

»War sie das vorher nicht?«, fragte Dougal und fühlte sich ihr gegenüber ein bisschen beschützerisch, was vielleicht albern war.

Lucien drehte sich zu ihm um. »Nicht wirklich, und sie würde mir vermutlich zustimmen. Ich denke, ihre Absicht war es immer gewesen, mit dem Hintergrund zu verschmelzen.«

Um einer Heirat aus dem Wege zu gehen. Angesichts dessen, was Dougal von ihr wusste, war das vollkommen einleuchtend.

Oder steckte noch etwas anderes dahinter, wie vielleicht eine hinterhältige Absicht, unbemerkt zu bleiben?

Jetzt *war* er albern. Bei jeder Wendung suchte er nach Antworten, anstatt dort, wo es vernünftig war. Der Tod seines Bruders hatte ihn aus dem Gleichgewicht gebracht und er war nicht so konzentriert, wie er sein musste. Er konnte sich nicht davon ablenken lassen, sich mit seiner Partnerin einzulassen oder durch sein Bedürfnis, die geheimnisvollen Umstände seiner gescheiterten Missionen aufzuklären.

Letzteres würde er bis zu seiner Rückkehr nach London aufschieben müssen und Ersteres … Nun, er würde sich einfach nicht gestatten, sie attraktiv zu finden. Er war immer ein beherrschter und disziplinierter Mann gewesen. Dies würde nun nicht anders sein.

KAPITEL 5

*E*in letztes Mal kontrollierte Jess ihre Erscheinung im großen Spiegel in der Eingangshalle von Lady Pickerings Zuhause in Hampshire. Noch immer war sie nicht daran gewöhnt, Mrs. Symthes Spiegelbild zu betrachten, was sie für gut hielt. Es bedeutete, dass sie in ihrer Verkleidung nicht wie sie selbst aussah.

»Ausgezeichnet.« Lady Pickering trat strahlend hinter sie. Es war das Überschwänglichste, was Jess je bei dieser Frau gesehen hatte. »Sie sehen fantastisch aus. Wie ich mir wünschte, ich könnte Ihren Erfolg bei den Chesmores miterleben. Wie dem auch sei, erwarte ich Ihren verbalen Report bei Ihrer Rückkehr.« Lady Pickering hatte Jess informiert, dass sie das tun könnte, und dass es in der Tat von Jess erwartet würde, das Ergebnis ihrer Mission mitzuteilen.

Jess drehte sich vom Spiegel weg und zog ihre Handschuhe an. »Ich weiß Ihr Vertrauen in mich sehr zu schätzen.«

»Ich erkenne ein winziges Aufflackern von Zweifel, aber ich werde wiederholen, was ich Ihnen gestern Abend beim

Abendessen gesagt habe: Sie sind hierfür bereit«, versicherte Lady Pickering ihr.

Gestern Nachmittag waren sie angekommen und hatten ein angenehmes Abendessen genossen, nachdem Lady Pickering einen Rundgang durchs Haus mit ihr unternommen hatte. Sehr zu Jess' Überraschung hatte sie auch einige Informationen über Dougal preisgegeben.

Offensichtlich war er in seiner Jugend ein Wüstling gewesen und war in Gesellschaft von Lord Lucien und Maximillian Hunt, der jetzt der Viscount Warfield war, durch London gezogen. Liebend gern wollte Jess die Geschichten über ihre Abenteuer hören. Dougals Vater hatte ihn dann vor die Wahl gestellt, entweder das Familienanwesen in Schottland zu bewirtschaften oder eine militärische Karriere einzuschlagen. Dougal war *Black Watch* beigetreten und hatte im Krieg gegen Spanien und Portugal gedient.

Lady Pickering richtete den Blick auf die Tür. »Kommen Sie, Fallin wartet in der Auffahrt. Vergessen sie den Proviantkorb nicht.«

Jess ergriff den Korb, der neben der Tür stand, und folgte Lady Pickering aus dem Haus. Ein Einspänner für zwei Personen stand in der Auffahrt. Allerdings war der Gentleman, der darauf wartete ihr in die Kutsche zu helfen, nicht der, den sie erwartet hatte.

»Dougal?«, flüsterte sie. Er besaß die gleiche, dunkle, mandelfarbene Haut, den kräftigen Kiefer und den sinnlichen Mund, aber seine braunen Augen waren hinter einer Brille und sein schwarzes Kraushaar unter einer umbrafarbenen Perücke verborgen. Sein Aufzug war auffallender als das, was er normalerweise trug – die Weste hatte ein leuchtendes Muster und ein großer Rubin glitzerte in den Falten seines Krawattentuchs. Er sah vollkommen verändert aus, obwohl sie ihn erkennen konnte.

Er verneigte sich. »Dougal Smythe, zu Ihren Diensten.« Sein walisischer Akzent umhüllte sie wie ein warmer Umhang an einem späten Herbsttag – vertraut und willkommen.

»Sie sehen anders aus«, bemerkte Jess, den Blick auf seinen Haaransatz gerichtet.

»Sie haben etwa vier Stunden Zeit, sich daran zu gewöhnen«, meinte er mit einem Lächeln. als er ihr in den Einspänner half. »Ihren Koffer habe ich bereits hinten aufgeladen.«

»Danke.« Jess stellte den Proviantkorb neben ihre Füße und schaute zu Lady Pickering, die mit verschlungenen Händen stand und sie beobachtete. »Und danke. Wir werden Sie bald wiedersehen.«

»Viel Glück, für Sie beide«, antwortete Lady Pickering. »Sein Sie vorsichtig.«

Dougal stieg auf den Einspänner und nahm die Zügel auf. Er nickte Lady Pickering zu und er fuhr an. »Ich vertraue darauf, dass Sie eine angenehme Nacht mit Lady Pickering verbracht haben.«

»Das habe ich, danke. Was ist mit Ihnen? Wo sind Sie abgestiegen?«

»Ich war in einem kleinen Gasthaus außerhalb von Winchester. Es war komfortabel.« Er legte den Kopf kurz in den Nacken, um zum Himmel aufzusehen. »Es könnte regnen, was unserem Vorhaben nur zuträglich ist. Es wäre mir nur lieber, wenn das Wetter noch so lange halten würde, bis wir in der Nähe unseres Ziels sind.«

Der Einspänner hatte ein Verdeck, aber das würde sie nicht vollkommen trocken halten. »Wenn wir vom Regen durchgeweicht sind, werden die Chesmores eher Mitleid mit uns haben.«

»Genau so wird es sein«, stimmte er mit einem Nicken zu.

Sie schaute zu ihm hinüber und versuchte, sich an seine Verkleidung zu gewöhnen. »Ist die Brille aus einfachem Glas?«

»Das ist sie, also müssen wir darauf achten, dass kein anderer sie in die Hände bekommt.«

Jess nickte. »Die Perücke ist das Irritierendste. Ich bevorzuge Ihr natürliches Haar.«

»Ich ebenfalls, doch sie verändert meine Erscheinung mehr als nur die Brille. Meine Hautfarbe hebt mich normalerweise schon genug von anderen ab. Das ist nicht die beste Eigenschaft für einen Mann, dessen Beruf normalerweise verlangt, mit dem Hintergrund zu verschmelzen.«

»Wie sind Sie zu diesem Beruf gekommen? Lady Pickering hat mit erzählt, dass Sie bei *Black Watch* gewesen sind. Ich gebe zu, dass ich keine Schwierigkeiten habe, Sie mir in einem Kilt mit einem roten Umhang vorzustellen.« In diesem Moment erkannte sie auch, dass ihr sein schottischer Akzent lieber war als der walisische. Aber sie würden beide auch dann walisisch sprechen müssen, wenn sie allein waren. Dann würde keine Gefahr aufkommen, dass sie Fehler machten.

»Ist das so?«, fragte er mit einem leisen Lachen. »Ich trage nur selten einen Kilt.«

»Das ist schade.« Sie warf einen Blick zu seinen Beinen und fragte sich, wie er wohl in seiner traditionellen Tracht aussehen würde. »Werden Sie meine Frage beantworten?«

»Es ist keine aufregende Geschichte, fürchte ich. Ich habe unter den *Black Watch* gedient und den Auftrag bekommen, Informationen zu überbringen. Ich tat dies ohne Schwierigkeiten und im Vergleich zu anderen offenbar sehr schnell. Danach wurde ich aus dem Regiment verabschiedet und zum Außenministerium überstellt.« Er lenkte den Einspänner von Lady Pickerings Auffahrt auf die Straße. »Sie müssen wissen, dass Sie das niemandem weitersagen dürfen.«

»Da niemand wissen darf, dass Sie – und ich – für das Ministerium arbeiten, versteht sich das von selbst. Danke, dass Sie mir Ihre Geschichte erzählt haben. Es ist gut, etwas voneinander zu erfahren. Ich habe nicht vergessen, dass Sie gesagt haben, wir bräuchten uns nicht kennenzulernen, aber ich behaupte, es kann unserer Partnerschaft nur zuträglich sein, wenn wir uns besser kennen.«

»Da haben Sie vielleicht sogar recht. Wenn wir uns wenigstens ein bisschen kennen, wird unser Plan viel glaubwürdiger wirken.«

Er hatte seine Meinung geändert? »Dass Sie so denken, macht mich froh.« Sie wollte ein Dutzend Fragen stellen, doch noch immer war sie sich nicht sicher, ob er sie beantworten würde. Vielleicht sollte sie ihm eine offene Einladung zum ... Reden anbieten. »Sie wirken sehr zurückhaltend. Gibt es sonst noch etwas, das Sie mir erzählen möchten? Vielleicht über Ihre Familie? Oder darüber, wo Sie aufgewachsen sind?«

»Ich bin in der Nähe von Stirling aufgewachsen.«

»Ist das in den Highlands?«

»Es ist ungefähr dort, wo die Highlands beginnen«, antwortete er.

»Ich wollte schon immer mal nach Schottland, insbesondere in die Highlands. Es klingt wunderschön.«

»Wenn Sie eine unabhängige Jungfer sind, können Sie tun und lassen, was Sie wollen, und auch eine Reise in den Norden unternehmen.«

»Das kann ich dann, vermutlich.« Sie hoffte, er würde noch mehr sagen, doch dann beschlichen sie Zweifel, ob er das tatsächlich tun würde. Sie würde ein letztes Mal nachfragen, und ihn dann in Ruhe lassen. »Ihr Vater ist der Earl?«

»Ja.«

»Gibt es noch weitere Familienmitglieder?« Anscheinend waren daraus doch noch zwei Fragen geworden.

Er stieß die Luft aus. »Zwei Schwestern, genau wie Sie.« Irgendwann im Laufe ihres Kennenlernens hatte Jess ihre beiden jüngeren Schwestern erwähnt. »Ich hatte auch zwei ältere Brüder. Einer starb vor zwanzig Jahren zusammen mit meiner Mutter, und den anderen haben wir im Juli verloren. Außerdem habe ich Tanten und Onkel und viele Cousins und Cousinen.«

Jess drehte den Kopf, um seinen Gesichtsausdruck zu erkennen, aber er hatte sich nicht verändert. Sein Blick war fest auf die Straße gerichtet, und seine Gesichtszüge waren entspannt. Entweder hatte ihn der Verlust seines Bruders nicht berührt, oder er war außergewöhnlich gut darin, seine Gefühle zu verbergen. Sie tippte auf Letzteres. »Vor zwei Monaten erst?« Jetzt verstand sie, warum Lady Pickering und Evie ihn auf diese Weise empfangen hatten, als er letzte Woche nach London zurückgekehrt war. Sie verstand auch, warum er an jenem ersten Abend bei Lucien so aufgewühlt gewirkt hatte.

»Ja. Er hatte einen Unfall. Er hätte diesen Monat heiraten sollen.«

»Seine arme Verlobte««, flüsterte Jess. »Und Sie Armer. Standen Sie sich nahe?«

»Ich glaube schon, ja.« Er blieb einen Moment still. »Ja, wir waren uns nahe. Wie dem auch sei, bin ich nun der Erbe der Grafschaft, und somit weiß ich leider nicht, wie lange ich dies hier noch machen werde.«

Sie hörte das Bedauern in seiner Stimme. »Sie werden es vermissen.«

Er warf ihr einen Blick zu, und sie wünschte, er trüge die Brille nicht, damit sie seinen entblößten Blick erkennen könnte. »Ich war nicht dazu bestimmt, Earl zu werden. Ich war glücklich, etwas gefunden zu haben, das ich liebte, und das mir das Gefühl gab, geschätzt zu werden.«

»Earl zu sein, mag auf das Gleiche herauskommen.« Sie

berührte ihn kurz am Arm. »Anders, aber dennoch erfüllend, meine ich.«

»Vielleicht. Es spielt jedenfalls keine Rolle, wie ich darüber denke. Es ist meine Pflicht.«

Sie schwiegen einige Augenblicke. Der Wind frischte auf, und Jess bemerkte, dass eine Decke unter dem Sitz hervorlugte.

»So ein schweres Wort, nicht wahr?«, sinnierte sie. »Pflicht. Ich habe lange Zeit eine bedrückende Verantwortung empfunden, mich zu verheiraten. Und warum?«

»Ich würde behaupten, dass diese besondere Pflicht nicht mit meiner gleichzusetzen ist. Ich wurde dazu geboren.« Seine Schulter zuckte ein winziges bisschen, aber sie nahm es wahr. »Vielleicht ist es sogar das Gleiche. Frauen werden als Frauen geboren, und ihr Wert misst sich oft daran, wen sie heiraten.«

Es erstaunte sie, dass er das verstand. »Sie wünschten, Sie wären das nicht? Dazu geboren, meine ich.«

»Die Wahrheit ist, dass mein Vater nicht mein leiblicher Vater ist. Er hat mich als seinen Sohn aufgezogen, aber ich bin nicht sein leiblicher Sohn.«

Große Güte, mit so einer Offenbarung hatte sie nicht gerechnet. »Das war ganz wunderbar von ihm.« Ihrer Vermutung nach musste es so gewesen sein, aber was, wenn Dougal und sein Vater sich nicht verstanden? Vielleicht war das einer der Gründe, warum Dougal kein Earl werden wollte. »War es das? Wunderbar, meine ich.«

»Das war es, vor allem, wenn man bedenkt, dass weder meine Mutter noch mein Vater dunkelhäutig waren.« Er warf ihr einen schiefen Blick zu.

Seine Worte gruben sich in ihr Gehirn. Jeder musste gewusst haben, dass er nicht der Sohn seines Vaters war. Dass ein Mann das Kind seiner Frau als sein eigenes ausgab, war nicht unüblich. Über die Vaterschaft ließ sich zwar spekulieren, aber niemand würde tatsächlich die Wahrheit wissen. In diesem Fall wäre es ganz klar gewesen, dass Dougal nicht der Sohn seines Vaters war.

»Dann klingt es ja besonders schön«, meinte sie leise.

»Das war es. Und ist es noch. Mein Vater ist ein einzigartiger Mensch. Er hat dafür gesorgt, dass niemand meine Abstammung in Frage stellt. Ich habe Blicke geerntet, und ich weiß, dass die Leute darüber reden, insbesondere in London, aber da ich der anerkannte Sohn des Earls of Stirling bin, stellt das niemand in Frage. Zumindest nicht öffentlich. Ich bin mir sicher, dass einige diesen Umstand ausführlich diskutiert haben.«

»Genau das gehört zu den Dingen, an denen sich die schrecklichsten Klatschtanten ergötzen.«

»Das beunruhigt mich nicht«, gab er zurück.

»Machen Sie sich Sorgen, dass Ihre Erhebung zum Erben neues Interesse aufkommen lässt?«

»Nicht sehr, aber ich kann auch nicht sagen, dass es mir gar keine Sorgen bereitet. Was ich allerdings weiß ist, dass mein Vater nichts davon dulden wird. Er wird – und hat schon immer – allen erzählt, dass er mein Vater ist, und zu diesem Thema gibt es nichts weiter zu sagen.«

Sie schaute ihn an und hörte den Stolz und die Liebe in seiner Stimme. Und sie beneidete ihn mehr als nur ein kleines bisschen. »Danke. Ich bin so froh, dass Sie mir dies anvertraut haben. Ich gebe zu, dass ich mich Ihnen nun ein bisschen näher fühle.«

»Wie eine Ehefrau?« Er blickte einen Moment lang in ihre Richtung. Ehe sie antworten konnte, hatte er seine Aufmerksamkeit wieder auf die Straße gerichtet. »Das ist unserer Sache nur zuträglich.«

Sie fühlte sich ein wenig entnervt und erinnerte sich

daran, dass sie nicht seine Frau war und nur vorgab, das zu sein. Wie er vorhin erwähnt hatte, war dies ein *Plan*. »Ich werde jetzt aufhören, Sie zu belästigen.«

»Ich fürchte, dass Sie ohnehin an der Reihe sind«, meinte er. »Ich weiß, dass Ihre Mutter kalt und herrschsüchtig ist und Ihr Vater normalerweise liest. Was sollte ich außerdem noch wissen?«

»Dass mein Großvater ebenso wundervoll ist, wie Ihr Vater klingt. Er ist Lord Goodfellow.«

»Ich glaube nicht, dass ich ihn kennengelernt habe.«

»Er kommt selten nach London. Meine Eltern sind jetzt auf seinem Anwesen. Ich hätte sie normalerweise begleitet, aber ich brauche eine Verschnaufpause von meiner Mutter. Ich werde ihn Weihnachten sehen.«

»Und unterstützt er Ihren Wunsch nach einem Leben als Jungfer?«

»Darüber habe ich nicht mit ihm gesprochen.« Das hätte sie inzwischen tun sollen. »Vermutlich bin ich nervös gewesen. Was, wenn er mich nicht unterstützt?« Sie war nicht sicher, ob sie mit dieser Enttäuschung fertigwerden würde.

»Wenn er so wundervoll ist, wie Sie sagen, wird er das tun«, bemerkte Dougal, als ob das offensichtlich wäre. »Sie können sich in ihm nicht irren. Vertrauen Sie ihm, der Mann zu sein, als den Sie ihn kennen.«

»Sie stecken doch wirklich voller Weisheiten«, meinte sie mit einem Lachen. »Sie bringen ein überzeugendes Argument hervor. Ich werde mit ihm darüber sprechen. Danke.«

»Eine letzte Frage. Für den Augenblick«, fügte er mit einem aufblitzenden Lächeln hinzu. »Haben Sie versucht, mit dem Hintergrund zu verschmelzen? Ich kann überhaupt nicht verstehen, warum Sie bisher nicht zumindest einen einzigen Heiratsantrag bekommen haben. Oder hatten Sie das und haben ihn abgewiesen?«

Jess überlegte, ob sie ihm von Asa erzählen sollte. Seit Jahren hatte sie ihn niemandem gegenüber erwähnt. Aber im Interesse der Vertiefung ihrer Verbindung und zum Wohle der Mission entschied sie, dass es keinen Grund gab, die Geschichte zurückzuhalten.»Ich hatte tatsächlich einen.«

Er drehte den Kopf.»In der Tat? Warum haben Sie ihn abgelehnt?«

»Das hatte ich nicht. Er hatte seine Meinung geändert. Später fand ich heraus, dass meine Eltern ihn dafür bezahlt hatten.« Er murmelte etwas Unverständliches und obwohl sie nicht verstehen konnte, was er sagte, hätte sie wetten können, dass er ihre Eltern verfluchte. Jetzt mochte sie ihn sogar noch mehr.»Ich fange an zu verstehen, warum Sie so schlecht auf Ihre Eltern zu sprechen sind.«

»Ich gestehe, dass ich mich aus Trotz kategorisch geweigert habe, jeden in Frage kommenden Kandidaten auch nur zu erwägen.« Sie zuckte mit den Schultern.»Vermutlich ist es nach den ersten Saisons zu einer eingefleischten Gewohnheit geworden.«

»Ist es dann fair zu sagen, dass Ihr Widerstand zu heiraten, auf eine Gewohnheit zurückzuführen ist, die Sie für die richtige Person brechen könnten?«

Darüber lachte sie.»Das glaube ich nicht. Wie gesagt, ist diese Gewohnheit jetzt ziemlich eingefleischt. Außerdem habe ich noch keinen anderen Mann kennengelernt, der auch nur den Hauch eines Heiratswunsches in meinen Gedanken ausgelöst hätte.«

»Nicht ein einziger hat in irgendeiner Weise Ihr Interesse geweckt?«

»Nein. Ich habe kein Interesse, mich an einen Mann fesseln zu lassen, insbesondere nachdem ich mitangesehen habe, wie meine Schwestern sich ihren unerträglichen Ehemännern untergeordnet haben.«

»Nicht alle Männer sind unerträglich. Ich kann mir nicht vorstellen, dass Sie einen auswählen würden, der das wäre«, fügte er trocken hinzu.

»Ich würde hoffen, dass das nicht der Fall ist, aber ihre Unerträglichkeit war nicht zutage getreten, bis sie verheiratet gewesen waren.« Nachdenklich legte Jess den Kopf schief. »Meine mittlere Schwester erkennt das tatsächlich nicht, aber das liegt daran, dass sie ebenfalls ein bisschen unerträglich ist.«

Dougal lachte. »Ausgezeichnet. Jetzt sagen Sie mir doch bitte, dass sich in dem Korb zu Ihren Füßen etwas zu essen befindet.«

»Ja, es ist unser Abendessen aus Schinken, Käse, Obst und Brot. Es gibt auch Ale. Sind Sie jetzt hungrig?«

»Noch nicht, aber ich werde mich darauf freuen. Ich denke, wir müssen unsere Geschichten ein letztes Mal abstimmen.«

Ein letztes Mal. Sehr bald würde sie Mrs. Smythe sein. Die Nervosität, die sie die ganze Zeit unterdrückt hatte, beschlich sie in kürzester Zeit und machte sich in ihren Knochen breit. Sie warf einen Blick zu Mr. Smythe und fragte sich, wie sie miteinander auskommen würden, wenn sie allein wären. Mehr als das, fragte sie sich, was sie tun würde, wenn ihre Ermittlung seiner Aktivitäten etwas Hinterhältiges ergeben würden.

Sie mochte ihn recht gern und es wäre ihr zuwider, wenn das der Fall wäre. Hoffentlich war es das nicht. Schließlich würde er eine Grafschaft erben und er hatte einen reizenden Vater, den er stolz machen wollte.

»Stimmt etwas nicht?«, fragte er. »Sie beobachten mich mit unverhohlenem Interesse.«

Jess schüttelte den Kopf. »Überhaupt nicht. Ich denke nur über die Arbeit nach, die vor uns liegt. Fangen wir am

Anfang an. Wir haben uns vor drei Jahren in der Kirche kennengelernt.«

Und so ging es weiter, wie sie es viele Male zuvor besprochen hatten. Allerdings ebbte ihr Unbehagen dieses Mal nicht ab.

KAPITEL 6

er Regen, den Dougal einige Stunden zuvor vorhergesagt hatte, setzte ein. Aufgrund der dichten Wolken brach die Dunkelheit schneller herein, als er erwartet hatte. Dennoch schaffte er es, sie bis zu ihrem vorgesehenen Ziel zu bringen – direkt vor dem Torhaus am Ende der Auffahrt zu dem Herrenhaus Seaview House, das die Chesmores Anfang des Jahres erworben hatten.

Er lenkte den Einspänner an den Straßenrand und wandte sich an Jess. »Bleiben Sie hier, während ich die Haltegurte auswechsle und mich um das Pferd kümmere. Versuchen Sie, trocken zu bleiben.«

»Ich dachte, es wäre besser, wenn wir vom Regen durchnässt sind.«

»Ja, aber ich rechne damit, dass das passiert, wenn wir die Auffahrt zum Haus hinauflaufen.« Er schaute zum Himmel auf und bekam einen Regentropfen ins Auge. »Verdammt«, murmelte er und blinzelte heftig.

»Sind Sie sicher, dass ich Ihnen nicht helfen kann?« bot Jess an. »Ich kann mich um das Pferd kümmern.«

»Daran zweifle ich nicht, aber diese Dinge können nicht

gleichzeitig getan werden. Wenn ich die Sabotage durchführe, während das Pferd noch angeschirrt ist, könnte es schlecht reagieren oder zumindest nervös werden. Das will ich ihm nicht antun.« Er kletterte aus der Kutsche, und war somit dem vollen Regen ausgesetzt, der noch stärker zu fallen schien als gerade eben.

»Das ist vernünftig. Sie sind sehr gutherzig.«

»Normalerweise.« Er machte das Pferd los und band es an einem nahen Baum fest, der ihm ein wenig Schutz bot.

»Du wirst nicht lange hier draußen sein, mein Junge«, sagte er beruhigend und streichelte dem Tier den Hals.

Dann eilte er zur Kutsche zurück, entfernte den Halteriemen und ersetzte ihn durch einen durchgescheuerten. Den guten Riemen warf er ein gutes Stück weit in das Gebüsch am Straßenrand. Anschließend wandte er sich an Jess und reichte ihr die Hand. »Zeit zu gehen.«

In diesem Moment zuckten Blitze über den Himmel. Einen Moment später grollte der Donner. Jess sprang ihm praktisch in die Arme, als sie aus dem Einspänner stieg.

Er umfasste ihre Taille, hielt sie fest und blickte in ihr aufschauendes Gesicht. »Alles in Ordnung?«

»Ich habe Gewitter noch nie gemocht. Beeilen wir uns.«

Die Regentropfen wurden immer größer. In kürzester Zeit würden sie vollkommen durchnässt sein.

Dougal nahm ihre Hand. Mit raschen Schritten eilten sie zum Torhaus und dann die Auffahrt hinauf. Das Haus ragte vor ihnen auf, und es war ein bezauberndes Gebäude aus Stein und Holzgiebeln, das in den vergangenen fünfzig Jahren erbaut worden war. Es war nicht sonderlich groß, aber auch nicht klein. Er schätzte dreißig Zimmer.

»Wir sind fast da«, sagte er ermutigend.

Sie beschleunigte ihre Schritte und er musste es ihr gleichtun, denn ihre Beine waren fast so lang wie seine. Endlich erreichten sie die Schwelle.

»Es geht los«, flüsterte er.

Er klopfte laut mit der Faust. Sie warteten einen Moment, im Regen, der noch heftiger zu werden schien. Endlich öffnete sich die Tür und gab den Blick auf einen älteren Butler mit einer krummen Haltung frei. Er musterte sie mit scharfem Blick und schürzte die Lippen. »Mr. Chesmore erwartet Sie nicht.«

»Nein, wir waren auf der Durchreise, und unser Einspänner ist fahruntüchtig geworden«, antwortete Dougal. »Dann hat es angefangen zu regnen. Dürfen wir eintreten?«

Der Butler schniefte. »Sie werden den Fußboden nass machen.«

»Wenn ich verspreche, ihn zu putzen, lassen Sie uns dann bitte rein?« fragte Jess mit klappernden Zähnen.

Dougal hoffte, dass sie das absichtlich tat, um einen Effekt zu erzielen, und ihr nicht wirklich so kalt war.

Der Butler verzog missmutig den Mund, öffnete die Tür weiter und ließ sie eintreten. »Warten Sie hier. Versuchen Sie, nicht zu tropfen.«

»Wir werden unser Bestes tun«, versprach Dougal mit einem strahlenden Lächeln anstelle des Sarkasmus, den er empfand.

Der Butler drehte sich langsam um und entfernte sich aus der Halle. Sehr zu Dougals Verdruss bewegte er sich dabei im Schneckentempo.

»Kann er denn nicht schneller laufen?«, murmelte Jess.

Dougal unterdrückte ein Lächeln. »So etwas dürfen Sie nicht sagen, nicht einmal im Flüsterton««, murmelte er zurück.

»Tut mir leid. Mir ist kalt.«

»Klappern Sie wirklich mit den Zähnen?«

»Wenn ich sie lasse. Ich dachte, es würde helfen.«

»Es schien ihn zu überzeugen.« Dougal bemerkte, dass ihr Gesicht blass war und ihre Verkleidung gelitten hatte.

»Ihre Kosmetik hat durch den Regen nicht gut gehalten. Daran hätte ich denken sollen.«

»Ich hatte gehofft, meine Haube würde mich gut genug schützen. aber zum Ende hin kam der Regen ein wenig schräg.«

Er bewegte sie so, dass sie sich in einem schattigeren Bereich der Halle befanden. »Mehr kann ich nicht tun.«

»Es wird genügen, da bin ich sicher. Meine Güte, mir ist sehr kalt.«

Schritte ertönten aus der Nähe – schneller, als die des Butlers – und einen Moment später traten ein Mann und eine Frau Arm in Arm in die Eingangshalle. Er war eher klein und besaß dicke dunkle Brauen und eine breite Nase. Sie war beinahe so groß wie er mit hellblondem Haar und einer ziemlich schmalen Nase.

»Meine Güte, Sie sind ja klatschnass!«, rief Mrs. Chesmore bestürzt aus und ihre blauen Augen weiteten sich. »Ogelby sagte, Sie hätten Probleme mit Ihrem Einspänner. Was für ein schrecklicher Zeitpunkt für so eine Unannehmlichkeit. Gott sei Dank haben Sie unser Haus gefunden. Kommen Sie von weit her? Es sieht aus, als wären Sie schon seit Stunden unterwegs.«

»Es regnet, glaube ich, einfach so heftig, mein Täubchen«, meinte Chesmore und tätschelte ihren Unterarm. Er lenkte seinen dunklen, prüfenden Blick auf Dougal und Jess. »Sind Sie noch weit von Ihrem Ziel entfernt?«

»Unser nächster Halt sollte Poole sein«, sagte Dougal und merkte, dass Jess neben ihm zitterte. »Wir sind die Smythes. Ich fürchte, meine Frau ist schrecklich unterkühlt. Dürfen wir Sie vielleicht darum bitten, dass wir uns aufwärmen? Ich muss wieder hinaus und unsere Sachen holen – der Einspänner steht Gott sei Dank nicht weit von Ihrem Torhaus entfernt.«

Mrs. Chesmore, nahm ihre Hand vom Arm ihres

Ehemannes. »Unsinn. Sie beide werden sich aufwärmen und über Nacht bleiben. Mein Ritter wird die Knechte losschicken, die Ihre Sachen herbringen und sich um Ihren Einspänner und Tiere kümmern.«

Dougal lächelte sie dankbar an. »Ein Pferd. Danke. Ich habe ihn unter einem Baum angebunden, damit er etwas Unterstand hat, aber ich wage zu sagen, dass er inzwischen ziemlich nass sein muss.«

Ihre Gastgeberin drehte den Kopf zu ihrem Ehemann. »Sir Lancelot, wenn Ihr so freundlich sein würdet?«

Sir Lancelot? Dougal wusste, dass der Mann Gilbert hieß, und ihr Name war Mary.

»Ich werde mich darum kümmern.« Chesmore nahm die Hand seiner Frau und drückte ihr einen Kuss auf das Handgelenk, ehe er die Halle verließ.

Er ging am Butler vorbei, der endlich seinen Rückweg gefunden zu haben schien. Lief er wirklich so langsam?

»Da sind Sie ja, Ogelby«, meinte Mrs. Chesmore. »Ich werde unsere Gäste, die Smythes, nach oben in den Wordsworth Room bringen.«

Der Wordsworth Room? Sie nannte ihren Mann nach einem Ritter der Tafelrunde und ihre Schlafzimmer trugen die Namen von Dichtern? Zumindest wäre das bei ihrem so. Rasch gewann Dougal den Eindruck, dass ihre Gastgeber eine faszinierende Verschrobenheit besaßen.

»Bitte lassen Sie mit größter Eile ein Bad bereiten«, wies Mrs. Chesmore ihren Butler an. »Wir müssen die Smythes aufwärmen. Ich wage zu sagen, dass Mrs. Smythes Lippen sich blau verfärben.«

Dougal ließ seinen Blick zu Jess' Mund schnellen, aber glücklicherweise war das nicht der Fall. Sie war nur ein wenig blass an den Stellen, an denen die Kosmetik vom Regen abgespült worden war. Er legte ihr den Arm um die Schultern. »Wir werden es dir im Nu behaglich machen, meine Liebste.« Er gab ihr einen flüchtigen Kuss auf die Schläfe. Sie duftete nach Rosen und Regen, was eine überraschend köstliche Kombination war.

»Danke, Liebling«, murmelte sie und legte den Kopf an seine Schulter.

Mrs. Chesmore lächelte ergriffen. »Ich bin so froh, dass der Zufall Sie zu uns geführt hat. Kommen Sie, gehen wir nach oben.«

Mrs. Chesmore führte ihre Gäste in die Treppenhalle im Mittelpunkt des Hauses. Die Treppe erhob sich linker Hand und mündete in einem Podest an der hinteren Wand. Ganz oben führte sie zu einer breiten Galerie. »Wordsworth ist hier entlang.«

»Sind alle Zimmer nach Poeten benannt?«, fragte Jess, deren Zähne vor Kälte klapperten.

Dougal wurde langsam besorgt. Er wollte sie warm bekommen, aber er konnte nicht riskieren, dass sie sich vor den Dienstboten ihrer Verkleidung entledigte. Hoffentlich würden ihr Bad und ihre Koffer schnell gebracht.

»Nicht nur Poeten, sondern Autoren«, antwortete Mrs. Chesmore mit einem warmen Lächeln, das ihr normaler Ausdruck zu sein schien.

Jess konterte:

> »Denn oft, wenn auf meinem Lager ich liege
> In entrückter oder nachdenklicher Stimmung,
> sie für das innere Auge aufblitzen
> Dass Einsamkeit die Seligkeit ist;
> Und dann mein Herz von Freude erfüllt,
> mit den Narzissen tanzt.«

Dougal blickte sie mit offener Bewunderung an, die nicht im Mindesten gespielt war.

Mrs. Chesmore lachte leise. »Das ist eine meiner Lieb-

lingspassagen. Wie passend, dass Sie in Wordsworth untergebracht sein werden. Es ist unser schönstes Zimmer,
abgesehen von demjenigen, das ich mir mit meinem Ritter
teile. Es handelt sich dabei um das Blake Zimmer. Es liegt in
der entgegengesetzten Richtung und geht aufs Meer hinaus,
und hat somit eine ähnliche Lage wie das Ihre.«

Mrs. Chesmore führte ihre Gäste zur rechten Seite der
Treppe und folgte der Galerie zu einer Tür zur Linken. »Es
ist jetzt dunkel, aber morgen werden Sie einen herrlichen
Blick auf das Meer haben.«

Mrs. Chesmore öffnete die Tür und strebte auf direktem
Wege zum Kamin, wo sie einen Kienspan und eine Laterne
fand. Licht erfüllte das große Eckzimmer mit Fenstern an
der entfernten rechten Wand. Der Kamin befand sich
zwischen zweien dieser Fenster an der rechten Wand, gegenüber dem breiten Himmelbett, das aussah, als würde es ohne
weiteres Platz für vier Erwachsene bieten. Das war sehr hilfreich, da Jess und er sich ein Bett teilen mussten. Sie hatten
keine Einzelheiten besprochen und er fragte sich, ob sie sich
ebenso wie er gefragt hatte, wie dies funktionieren sollte.
Dieses Bett war groß genug für sie, um vielleicht nicht
einmal zu merken, dass der andere im gleichen Raum war.

»Verzeihen Sie«, hörten sie eine hohe weibliche Stimme
hinter ihnen.

Dougal führte Jess weiter in das Zimmer und machte für
die Dienstmagd Platz, die eilig hereinkam. Sie ging zum
Kamin und fachte rasch ein Feuer an.

»Danke, Polly«, meinte Mrs. Chesmore. »Ist das Bad
unterwegs?«

»Es ist auf dem Weg«, antwortete die junge Magd, als sie
sich anstrengte, um das Feuer in Gang zu bekommen.

Sobald die Flammen aufloderten, begab Jess sich so nahe
wie möglich an den Kamin. Muscheln waren in den Stein

eingekerbt und ein kleines Boot stand auf einer Seite des Kaminsimses.

»Sie Ärmste«, meinte Mrs. Chesmore zu ihr. »Was für eine schreckliche Tortur Sie zu erleiden hatten. Sind Sie hungrig? Ich werde auch eine Erfrischung heraufschicken lassen.« Sie sah zu dem Tisch, der vor dem Fenster stand, das aufs Meer hinausging.

Zwei Diener kamen herein, die eine Wanne zwischen sich trugen.

»Stellt sie in die Nähe des Feuers anstatt in das Ankleidezimmer.« Mrs. Chesmore gestikulierte vor dem Kamin herum. »Stellt sicher, dass das Wasser schön heiß ist.«

Jess trat zur Seite, damit die Diener die Wanne abstellen konnten. Dann entfernten die beiden sich geschäftig aus dem Zimmer.

»Polly kann Ihnen beim Auskleiden behilflich sein«, bot Mrs. Chesmore an. »Ich nehme an, dass Sie keine Kammerzofe oder Kammerdiener haben.« Sie richtete den Blick auf Dougal.

»Nicht einmal einen Pferdeknecht«, antwortete Dougal, der Hut und Handschuhe ablegte, die er auf einem kleinen Tisch neben der Tür deponierte. »Wir sind auf unseren zweiten Flitterwochen und wollten etwas Privatsphäre.« Er warf Jess einen verliebten Blick zu, den sie mit einem koketten Lächeln antwortete.

Mrs. Chesmores Züge erstrahlten. »Wie ungemein romantisch. Nun, dann müssen Sie Polly als Ihre Zofe akzeptieren, solange Sie hier sind.«

»In Wahrheit würde ich meinem Liebsten gern erlauben, mir behilflich zu sein«, entgegnete Jess, deren Blick sich auf ihn legte, als ob er eine Nascherei wäre, der sie nicht widerstehen konnte.

Dougal drückte die Handfläche an seine Brust, was er

umgehend bedauerte, da sein Frack sehr nass war. »Das ist auch mir das Liebste, meine Süße.«

»Sie sind ein überaus charmantes Paar«, stellte Mrs. Chesmore fest und klatschte vor ihrer Brust in die Hände.

Dougal war erleichtert, dass ihr Plan wie vorgesehen funktionierte. Es war nicht vorherzusehen, wie viel Gefühl zu viel sein würde. Für die Chesmores schien allerdings keine Gefühlsduselei groß genug.

Jess versuchte, ihre Haube abzusetzen, aber Dougal konnte erkennen, dass sie Schwierigkeiten hatte, weil das Band durchweicht war und ihre Hände zitterten. Noch immer trug sie ihre Handschuhe, die ebenfalls aufgeweicht waren. Zuerst zog er ihr die Handschuhe aus.

»Lassen Sie Ihre nasse Kleidung einfach im Ankleideraum. Er ist dort.« Mrs. Chesmore zeigte zu einer Tür an der gleichen Wand wie das Bett. »Ich werde Polly bitten, sich darum zu kümmern.«

»Das würden wir sehr zu schätzen wissen«, entgegnete Jess mit einem erleichterten Lächeln, als Dougal ihr den ersten Handschuh auszog. Ihre Hand war rosa und gerunzelt. Er zog den anderen Handschuh aus und dann zögerte er, als er sich zu überlegen versuchte, wo er sie hinlegen sollte, während er ihre Haube losband.

Jess, die sein Dilemma verstand, nahm ihm die Handschuhe ab, damit er sie von der Haube befreien konnte.

»Wir sind ein ausgezeichnetes Team«, murmelte er ihr zu. Es würde ihm nichts ausmachen, wenn Mrs. Chesmore dies hörte. Wahrscheinlich würde sie es einfach als weiteres bewundernswertes Kennzeichen ihrer Ehe betrachten.

»Das sind wir in der Tat«, antwortete Jess leise.

Behutsam nahm er ihr die Haube ab, damit er ihre Perücke nicht durcheinanderbrachte. Gott sei Dank war sie dank der schützenden Haube trocken geblieben. Er nahm ihr die Handschuhe ab und ging zur Kommode, um sie dort abzulegen. Dann überlegte er es sich anders und warf sie in das Ankleidezimmer. Mit einem raschen Blick hatte er registriert, dass das relativ große Zimmer mit einem Kleiderschrank und einer Frisierkommode ausgestattet war.

Die Diener kehrten mit den ersten Eimern zurück und fingen an, die Wanne mit dampfendem Wasser zu füllen. Da die Diener auch nach dem Bad im Zimmer ein und ausgehen würden, mussten sie ihre Perücken aufbehalten und er trug auch seine Brille weiter.

Er kehrte wieder zu ihr zurück und bemerkte: »Dein Haar ist überraschend trocken.« Er hoffte, dass sie verstand, wovon er sie überzeugen wollte – dass sie bis später warten konnte, die Perücke abzusetzen.

Jess betastete ihren Kopf, als ihre Blicke sich trafen. Ja, sie verstand. »Vermutlich sollte ich es im Augenblick so lassen.«

»Und jetzt werde ich mich zurückziehen«, meinte Mrs. Chesmore fröhlich. »Ich bin sicher, dass Sie nicht erwarten können, aus diesen nassen Kleidern zu kommen. Bitte fragen Sie Polly nach allem, was Sie brauchen. Sie wird Ihnen mit Freuden behilflich sein. Dann wünsche ich Ihnen eine gute Nacht und wir unterhalten uns dann morgen.« Sie trat zu Jess und ergriff kurz ihre Hand. »Ich fühle, dass dies ein außerordentlicher Zufall ist und hoffe, wir werden großartige Freundinnen. Dass Sie Wordsworth sofort zitieren konnten …« Sie schüttelte den Kopf und schnalzte mit der Zunge. »Wundervoll. Wir frühstücken jeden Morgen in unserem Zimmer, also schlage ich vor, dass Sie das Gleiche tun. Klingeln Sie einfach, wenn Sie bereit sind.« Sie rauschte zur Tür und rief noch einmal: »Schlafen Sie gut!« Dann war sie fort.

Dougal wollte sich entspannen, aber jeden Augenblick würden die Diener zurückkehren. »Wir haben es fast geschafft«, meinte er leise. »Wollen Sie sich entkleiden?«

Sie legte den Kopf ein wenig schief und schaute ihn mit

einem Blick an, als ob sie ihn fragen wollte, ob er das ernst meinte.

»Sie müssen warm werden«, meinte er. »Und diese nassen Kleider richten mehr Schaden an, als sie Gutes bewirken.«

»Ich wünschte, ich hätte einen Morgenmantel.«

»Ich gehe davon aus, dass die Koffer bald hier sind.« Und hoffentlich wäre der Inhalt trocken, aber das sagte er nicht laut. »Lassen Sie mich nach einer Decke suchen.« Er ging zur Kommode und sah die Schubladen durch, doch da war nichts zu finden. »Ich werde etwas von Polly bringen lassen, wenn sie zurückkehrt.«

Noch mehr Wasser wurde gebracht, und kurz nachdem die Diener wieder gegangen waren, kam Polly mit einem Tablett herein, das sie zum Tisch trug. »Hier sind Sandwiches, Kuchen und Tee.«

Jess´ Lippen formten sich zu einem verführerischen Lächeln, das Dougal veranlasste, wieder auf ihren Mund zu starren. »Der Tee wird himmlisch sein.«

»Soll ich ihn für Sie einschenken, Madam?«, fragte Polly. Sie war zierlich und jung – jünger als Jess – mit dunklem kastanienbraunem Haar und runden, braunen Augen, schien sie begierig, alles recht zu machen.

Dougal lächelte die Zofe an. »Wenn Sie in der Tat eine Decke oder einen Morgenrock auftreiben könnten – etwas für Mrs. Smythe, das sie überwerfen könnte, während sie auf ihr Bad wartet. Sie muss wirklich aus diesen nassen Kleidern raus.«

»Ich werde mich sofort darum kümmern.« Polly eilte aus dem Zimmer.

»Ich werde Ihnen etwas Tee einschenken.« Dougal ging zum Tisch und er wusste, dass sie Milch und Zucker mochte.

»Danke – für den Tee und dafür, Polly zu bemühen.« Jess kam zum Tisch, dessen beiden Stühle keine Polster hatten.

Sie setzte sich und fing an, ihren Stiefel auszuziehen. »Ich fühle mich, als ob mein Kopf im Augenblick zu kalt zum Denken ist.«

»Gestatten Sie mir.« Dougal beendete die Zubereitung ihrer Tasse und reichte sie ihr. »Trinken Sie.«

Sie schloss die Finger um die Tasse und hob sie vor ihr Gesicht. Verzückt schloss sie die Augen und für einen Augenblick fühlte Dougal sich, als ob er sich zusammen mit ihr verzücken lassen könnte. »Absolut himmlisch.«

Dougal bückte sich. Sie streckte ihren Fuß aus und er schnürte ihren Stiefel auf. Als er ihn ihr auszog, schob er seine Hand über ihr Fußgelenk. Ein überraschend feuriger Ruck durchfuhr ihn. »Das ist überaus vertraulich«, meinte er und schaute zu ihr auf.

Ihr Blick war auf ihn fixiert und trug zu dem langsamen Pochen seines Verlangens bei, das sich schlängelnd Bahn in ihm brach. »Sehr.« Sie wackelte mit den Zehen.

Ihre Stiefel waren vollkommen durchnässt und er konnte sehen, dass auch der Strumpf nicht mehr trocken war. Sanft zupfte er an dem wollenen Beinkleid. »Soll ich die auch ausziehen?«

»Wenn es Ihnen nichts ausmacht?«

Er lächelte zu ihr auf. »Ich bin hier, nicht wahr?«

Sie nippte an ihrem Tee und wenn er ihren Gesichtsausdruck beschreiben sollte, würde er sagen, dass er verklärt war. Oder als ob sie gerade ihren Höhepunkt erreicht hätte.

Mist. Er sollte solche Dinge nicht über sie denken, insbesondere nicht, wenn er ihr nacktes Fußgelenk streichelte, wie er es jetzt tat, da er ihr den Strumpf ausgezogen hatte. Dies war eine verstörende Vermengung der Rollen, die sie spielten und der natürlichen Chemie, die zwischen ihnen herrschte. Er hatte nicht bedacht, dass Letzteres passieren könnte und jetzt erkannte er, was für ein offenkundiges Versäumnis das war.

Er ließ den Strumpf auf den Boden fallen und wandte sich nun ihrem anderen Fuß zu. Die Diener brachten noch mehr Wasser und Polly kehrte mit einem anderen Diener zurück. »Ihre Koffer sind hier. Ich habe ihn angewiesen, zuerst Mrs. Smythes zu bringen. Er wird ihn gleich in das Ankleidezimmer bringen und dann wird er Mr. Smythes Koffer holen.«

»Gott segne Sie«, meinte Jess als Dougal ihren zweiten Strumpf auszog und sich Mühe gab, nicht mit dem Finger über die empfindliche Oberseite ihres Fußes zu streicheln.

Dougal stand auf und bot ihr seine Hand. Sie trank einen raschen Schluck Tee und stellte die Tasse dann auf den Tisch, ehe sie die Finger in seine legte. Der Kontakt löste eine weitere Welle der Wahrnehmung aus.

Das war nicht gut. Er war ein Gentleman und sie arbeiteten zusammen. Es war kein Platz für Leidenschaft oder irgendeine ähnliche Empfindung oder Gefühl.

Sobald sie stand, ließ er sie los. »Brauchen Sie Hilfe?«

Jess schüttelte den Kopf. »Ich komme zurecht. Sie sollten zumindest Ihren Frack und die Weste ausziehen.« Sie schaute zu Polly. »Danke für Ihre Hilfe. Sie dürfen gehen.«

Polly knickste und verließ das Zimmer.

Dougal schaute an sich hinab. Er sollte seine Oberbekleidung ablegen. Er war auf sie fixiert gewesen. Wie ein fürsorglicher Ehemann das sein sollte. Das Faszinierende daran war, dass er das nicht bewusst beabsichtigt hatte. Er hatte einfach gehandelt. Die Grenze zwischen Rolle und Realität war eindeutig verschwommen.

Jess verschwand im Ankleidezimmer. Er schälte sich aus seinem Frack und der Weste, die er für den Augenblick über die Rückenlehne von einem der Stühle am Tisch drapierte. Die Wanne war vielleicht halbvoll. Dougal war von der Effizienz der Diener verblüfft. Sie mussten schon heißes Wasser für ein Bad bereitgehalten haben. Hatten sie es den Chesmores gestohlen? Morgen früh würde er ihnen danken.

Dougal setzte sich und zog seine Stiefel und die Strümpfe aus. Anders als bei Jess waren seine Füße noch trocken. Trotzdem war ihm kalt und deshalb ging er zum Kamin hinüber, um sich aufzuwärmen. Es wurde noch mehr Wasser gebracht und Jess kam schließlich in einem dunkelroten Morgenrock, der ihre Brüste umschmeichelte, aus dem Ankleidezimmer. Er zwang seine Aufmerksamkeit auf das Feuer. »Das Bad wird gleich fertig sein.«

Sie kam zu ihm und stellte sich neben ihn. Flüsternd fragte sie: »Und dann was?«

Er drehte den Kopf zu ihr. »Fragen Sie etwa, was ich tun werde?«

»Nun, ja. Normalerweise würde ich in der Privatsphäre meines Ankleidezimmers baden.«

»Aber sicher. Ich werde mich in das Ankleidezimmer zurückziehen, bis Sie fertig sind. Ich muss ohnehin etwas Trockenes anziehen.«

»Ich möchte nicht, dass Sie dort drin bleiben. Sie sollten sich am Feuer aufhalten.«

»Ich werde eine Tasse Tee trinken.«

Sie verdrehte die Augen. »Das wird Sie nicht genug aufwärmen.«

»Mir ist nicht so kalt, wie Ihnen gewesen ist. Ach, hier kommt das restliche Wasser.«

Die Diener kippten die Eimer in die Wanne und Dougal informierte sie, dass dies genügen würde. »Sollen wir nach Ihnen läuten, wenn wir fertig sind?«

»Ja, Sir«, antwortete einer der beiden. Dann gingen sie hinaus und schlossen die Tür hinter sich.

»Nun das war ein ziemlicher Rummel«, bemerkte Jess, als sie zur Wanne hinüberging.

Dougal schritt auf das Ankleidezimmer zu. »Ich werde Sie allein lassen.«

»Danke für alles. Sie geben einen ausgezeichneten Ehemann ab.« Sie fing an, ihren Morgenrock aufzubinden.

Er wandte den Blick ab, damit er nicht vergaß, was er hier tat oder sogar seinen eigenen Namen. Diese Reaktion auf sie war vollkommen inakzeptabel und er musste einen Weg finden, sie zu verbannen. »Genießen Sie es«, riet er ihr. »Lassen Sie sich Zeit.«

»Ich werde nicht lange brauchen. Ich nehme an, Sie wollen nach mir baden?«

Der Gedanke, in die Wanne zu sinken, die ihr nackter Leib gerade erst verlassen hatte, reichte seinem Schaft vollkommen aus, um zu voller Aufmerksamkeit zu erwachen. »Ich denke, ich kann es auslassen. Sie müssen warm werden. Ich werde mich beim Feuer in eine Decke hüllen, wenn Sie fertig sind.« Er schenkte ihr ein aufmunterndes Lächeln, um seine Worte zu unterstreichen, und dann verschanzte er sich im Ankleidezimmer.

Wo er verzweifelt versuchte, nicht an sie zu denken oder sich vor lauter Frustration selbst zu befriedigen. Er dachte allerdings darüber nach, wie er es bloß schaffen würde nur vorzugeben ihr Ehemann zu sein.

KAPITEL 7

ach dem Bad hatte Jess sich trocken gerieben und dann wieder in ihren Morgenmantel gehüllt. Ihr Appetit trieb sie zu dem Tablett mit dem Imbiss, wo sie in peinlicher Geschwindigkeit ein Sandwich und einen Keks verschlang.

Nachdem sie einen zweiten Keks genommen hatte, näherte sie sich voller Nervosität der Tür zum Ankleidezimmer und fühlte sich in ihrem kaum bekleideten Zustand sehr verlegen. Daran musste sie sich erst einmal gewöhnen. So würde es in den nächsten Tagen sein. Vielleicht sogar zwei Wochen lang.

Sie hatte geklopft und war instinktiv einen Schritt zurückgewichen, ehe Dougal die Tür geöffnet hatte. Er trug einen grünen Morgenmantel und hatte seine Perücke und die Brille noch auf. Natürlich musste er das – denn sie waren von den Störungen durch die Diener noch nicht erlöst, da das Bad abtransportiert werden musste.

Dougal behielt seinen Blick auf ihr Gesicht gerichtet. »Haben Sie geläutet, damit die Wanne geholt wird?«

»Das habe ich. Sind Sie sicher, dass Sie sie nicht benutzen wollen?«

»Während Sie gebadet haben, habe ich Polly gebeten, heißes Wasser ins Ankleidezimmer zu bringen. Daran hätte ich früher denken können. Aber es ist alles in bester Ordnung.« Er trat aus dem Ankleidezimmer. »Ich lasse Sie jetzt Ihre Toilette beenden.«

Jess quetschte sich an ihm vorbei und schloss die Tür fest. Sie knabberte an dem Keks und sah sich nach ihrem Koffer um, den sie zu Ende auspacken wollte. Als sie sich vorhin ihrer nassen Kleidung entledigt und den Morgenmantel angezogen hatte, hatte sie darauf geachtet, ihre anderen Perücken zu verstecken, ehe jemand sie sah. Sie hatte sie in eine Schublade gelegt und sie mit Unterwäsche bedeckt.

Ihre Truhe stand in der Ecke unter Dougals kleinerer Truhe, und somit nicht dort, wo der Diener sie abgestellt hatte. Als sie seine Truhe anhob, stellte sie fest, dass sie leer war. Sie hob den Deckel, um ihre Vermutung zu überprüfen, und stellte sie dann beiseite. Polly musste seine Sachen ausgepackt haben. Hatte sie das auch mit Jess' Sachen gemacht?

Eine Überprüfung ihres Koffers ergab, dass er ebenfalls leer war. Jess war jetzt ziemlich stolz auf sich, dass sie die Perücken versteckt hatte. Hätte sie es nicht getan würde Polly von ihnen erfahren haben.

Als Jess die Koffer wieder in der Ecke auftürmte, betrachtete sie Dougals Koffer stirnrunzelnd. Sie hätte ihn nach Hinweisen durchsuchen können, aber er war leer. Sollte sie seine Sachen durchsuchen? Wonach genau sollte sie Ausschau halten, und würde sie überhaupt wissen, ob sie etwas gefunden hatte? Es war ja nicht so, dass er seine Verbrechen in einem Tagebuch dokumentieren würde, das er nach Dorset mitbrachte, während er mit seiner allererstem Partnerin auf einer Mission war.

Ehrlich gesagt, konnte sie einfach nicht glauben, dass er gegen das Außenministerium arbeiten sollte. Er schien ein Mann zu sein, dem sein Posten und sein Land sehr am Herzen lagen.

Bedeutete das, sie würde nicht tun, was das Ministerium von ihr forderte?

Als ob sie überhaupt wüsste, was sie zu tun hätte. Ihrer Vermutung nach sollte sie einfach gut aufpassen, doch das würde sie ohnehin tun.

Die Geräusche aus dem Schlafzimmer verrieten ihr, dass die Diener gekommen waren, um das Wasser und die Wanne abzuholen.

Sie wandte sich von den Koffern ab und ging zur Kommode, in der sie ihre Nachthemden untergebracht hatte. Als sie wieder angekleidet war, machte sie sich an das Absetzen ihrer Perücke, indem sie die zahlreichen Haarnadeln entfernte, mit der sie befestigt war. Dann lockerte sie ihr geflochtenes Haar, das fest um ihren Kopf gewunden und festgesteckt worden war. Seufzend ließ sie es herab, fuhr mit den Fingern durch die Strähnen und rieb sich die Kopfhaut.

Schließlich, nachdem es im Schlafgemach einige Zeit still gewesen war, machte sie die Tür einen Spalt auf und spähte mit einem Auge durch die Öffnung. »Sind sie weg?«

Dougal stand neben dem Kamin. »Ja, bis zum Morgen sind wir nun allein – und wir werden nicht gestört werden. Hoffentlich waren Sie nicht noch hungrig, denn das Tablett haben sie auch mitgenommen.« Er massierte sich den Nasenrücken.

Allein bis zum Morgen. Darüber durfte sie nicht näher nachdenken. »Das habe ich auch gerade mit meinem Kopf gemacht«, sagte sie, als er seine Kopfmassage hinter seinen Ohren fortsetzte. »Stört die Brille Sie?«

»Daran muss man sich erst einmal gewöhnen.« Er

musterte ihren langen Zopf.»Braunhaarig und wieder ohne Kosmetik, wie ich sehe.«

Sie berührte die Haarspitzen.»Finden Sie es langweilig?«

»Nein, ganz und gar nicht. Sie sehen wie Sie selbst aus.« Er ließ seine Hand sinken.

Sie fühlte sich aber nicht ganz wie sie selbst. Obwohl sie sich hierauf vorbereitet hatte, löste die Tatsache, hier allein mit ihm in diesem Schlafzimmer zu sein und so zu tun, als wären sie wirklich verheiratet, eine Reihe von Gefühlen aus: Unsicherheit, Angst und vielleicht einen unerklärbaren Anflug von Vorfreude.

»Nun sehen *Sie* auch wieder aus wie Sie selbst - ohne die Brille.« Ihr Blick glitt zu seinen nackten Füßen und Waden, die dunkel und muskulös waren. Jäh lenkte sie den Blick zu seinem Gesicht zurück.

»Ich habe mit der Brille furchtbar intellektuell ausgesehen, nicht wahr?«, fragte er lächelnd.

Sie lachte.»Wie kann man intellektuell aussehen?«

»Ich habe es nur gehofft. Sie sind es, die *wirklich* intellektuell sind und Gedichte vortragen, als hätten Sie sie einstudiert.«

»Ich habe Ihnen glaube ich gesagt, dass ich viel lese.«

»Lesen und jederzeit Strophen rezitieren zu können, sind nicht dieselben Fähigkeiten. Sie verblüffen mich immer wieder.«

Sein Kompliment erfüllte sie mit Wärme. Sie konnte sich tatsächlich kaum daran erinnern, dass ihr vorhin kalt gewesen war. Von dem Moment an, als sie ihren Morgenrock ausgezogen hatte und in die Wanne gestiegen war, hatte sie ihren »Ehemann« im Ankleidezimmer nur allzu deutlich wahrgenommen. Das hatte genügt, um ihre Körpertemperatur in die Höhe steigen zu lassen. Sie rief sich in Erinnerung, dass er nur eine Rolle spielte und dass nichts von alldem real war.

Jess trat an die Bettkante. »Wo sollen wir schlafen?«

»Ich dachte im Bett, da es ziemlich groß ist.«

Jess verdrehte die Augen mit einem halben Lächeln und fragte nach: »Welche Seite bevorzugen Sie?«

»Da Sie dort drüben sind, nehme ich die Seite, die näher am Fenster liegt. Lassen Sie mich nur meine Perücke und die Brille ins Ankleidezimmer bringen.« Er nahm seine Brille vom Kamin und die Perücke von einem Stuhl beim Kamin und ging an ihr vorbei.

Als er wieder aus dem Schlafzimmer kam, blieb er abrupt stehen. »Ich dachte, Sie würden bereits im Bett liegen.«

Nun, das hätte sie natürlich tun sollen. Stattdessen hatte sie einfach wie eine Halbidiotin dagestanden. »Vielleicht ist mein Verstand noch von der Kälte beeinträchtigt.« Das war reiner Unsinn.

Er hielt ihren Blick. »Das ist trotz unserer Pläne sehr heikel. Das Schlafen im gleichen Bett, meine ich.«

»In der Tat, alles davon.« Bei der Erinnerung an seine Hände auf ihren Waden und Füßen vor einer kurzen Weile, war ihr allerdings nicht peinlich. Sie hatte sich ein wenig schwindelig und vollkommen wunderbar gefühlt. Aber es *war* heikel, weil sie sich nicht so fühlen sollte. Das konnte sie nicht. »Gott sei Dank kann das Bett leicht den gesamten Haushalt aufnehmen.«

Dougal lachte und zeigte seine gleichmäßigen, weißen Zähne. »Allerdings würde ich sie lieber nicht einladen.«

»Eine kluge Entscheidung.« Nervös kaute Jess auf ihrer Unterlippe. »Ich hatte gedacht, wir würden eine Decke zusammenrollen und zwischen uns legen.«

Er ging um das Bett herum zu seiner Seite. »Das können wir immer noch, wenn Sie möchten.«

Sie zog ihre Schulter hoch. »Es ist nicht notwendig. Ich bin eine ordentliche Schläferin. Ich gehe davon aus, Sie werden nicht einmal bemerken, dass ich im Bett liege.«

Er zog die Augenbrauen hoch, doch für einen Augenblick flackerte Belustigung in seinem Blick auf. »Was bedeutet es, eine ›ordentliche Schläferin‹ zu sein?«

»So haben meine Schwestern mich bezeichnet, als wir die Kinderstube teilten. Ihre Betten waren am Morgen stets ein wildes Durcheinander – die Kissen zerknautscht und die Decke verdreht. Marina hatte die halbe Zeit einen Fuß oder einen Arm aus dem Bett schauen.«

»Ich verstehe. Nun, ich bin weder unordentlich noch ordentlich, vermute ich. Ich bin dafür bekannt, die Bettdecke umherzuwerfen oder einen wohlplatzierten Tritt auszuteilen. Wenn man meinem älteren Bruder Glauben schenken darf.«

»Dann bin ich froh, dass ein breiter Abstand zwischen uns besteht.«

Die beiden standen einfach da und schauten zaudernd auf das Bett. Endlich bewegte er sich und löschte die Lampe auf dem Nachttisch.

Jess drehte sich ebenfalls um und kehrte ihm den Rücken zu, als sie ihre Lampe löschte. Als sie das leichte Knarzen des Bettes unter seinem Gewicht hörte, schälte sie sich aus ihrem Morgenrock und legte ihn ans Fußende. Dann schlüpfte sie zwischen die Laken.

»Was halten Sie von den Chesmores?«, fragte Dougal.

»Ich glaube, dass ich nicht genug Zeit hatte, mir eine Meinung über Mr. Chesmore zu bilden. Ich fand ihre Kosenamen …« Sie dachte über ein passendes Wort nach.

»Amüsant?«, schlug er vor.

Sie lächelte in der Dunkelheit. »Ja. ›Mein Ritter‹«, ahmte sie nach und ließ ihren walisischen Akzent fallen, als sie versuchte, den hohen Ton von Mrs. Chesmores Stimme zu treffen.

Dougals Gelächter erschütterte das Bett. »Gut gemacht. Sie sind sehr gut darin. Haben Sie einmal über eine Bühnenkarriere nachgedacht? Sie sind in der Lage, sich einen Text zu merken und Sie haben ein bemerkenswertes Talent zum Schauspielern unter Beweis gestellt. Ich würde sagen, Sie könnten Erfolg haben.«

Sie wollte ihn fragen, was er genau mit ihrer schauspielerischen Leistung meinte, doch sie hielt sich zurück. Auch er war sehr begabt. Alles fühlte sich viel realer an, als sie sich vorgestellt hatte. Sie würde die Dinge unbeschwert halten, was ihr die sicherste Antwort erschien. »Ich werde das in Betracht ziehen, wenn mein Leben als Jungfer sich als langweilig erweist. Es sei denn, ich habe das Glück, weiter für das Ministerium arbeiten zu dürfen.«

»Ich würde Ihnen empfehlen, ein wenig abzuwarten, um zu sehen, ob es Ihnen gefällt. Wir haben kaum angefangen.«

»Das ist wahr.« Sie hielt inne und dachte an die vor ihnen liegende Mission. »Ich glaube, dass Mrs. Chesmore vielleicht geneigt sein könnte, uns zum Bleiben einzuladen. Sie war überaus aufmerksam.«

»Ich stimme zu. Unser hauptsächliches Ziel sollte morgen darin bestehen, diese Einladung zu erhalten und eine Führung durch das Haus zu unternehmen. Das wird uns sozusagen Kenntnis über unser Schlachtfeldes verschaffen. Wir sollten auch versuchen, in Erfahrung zu bringen, wie viele Dienstboten im Haushalt beschäftigt sind – sie alle bilden Teil des Feldes.«

Jess nickte, obwohl er sie gar nicht sehen konnte. All das war sinnvoll. »Wir wissen bereits, wo ihr Schlafzimmer liegt. Und wir können zwei Diener neben Polly und Ogelby zählen.«

»Da ist auch Mrs. Farr, die ich dringend kennenlernen möchte. Wir müssen uns versichern, dass sie vertrauenswürdig ist. Es geht nicht, einfach damit herauszuplatzen, dass wir vom Außenministerium gesandt worden sind.«

»Was geschieht, wenn wir nicht entscheiden können, ob

sie vertrauenswürdig ist?«, wollte Jess wissen.

»Wir werden unsere Ermittlungen durchführen, ohne unsere Identität preiszugeben.« Dougal stieß die Luft aus. »Zu erfahren, wo das Schlafzimmer der Chesmores liegt, war ein Glücksfall. Es erfüllt mich mit der Hoffnung, dass Mrs. Chesmores Lippen eher locker sind, wenn es um die Preisgabe von Informationen geht.«

»Das ist der Eindruck, den ich ebenfalls habe«, meinte Jess. »Die Zimmer mit Namen zu versehen, hilft uns auch, sie auseinanderzuhalten.«

»Das ist wahr. Ich bin neugierig, wer die anderen Autoren sind.«

Das war Jess ebenfalls. »Ich würde erwarten, dass mindestens Shakespeare dabei ist.«

Dougal schmunzelte. »Vermutlich haben Sie recht.«

»Meiner Ansicht nach sollten wir wohl schlafen.« Jess gähnte.

»Das sollten wir«, stimmte er zu. »Gute Nacht, mein Täubchen.« Er hatte kaum geendet, als ein Lachen ihn übertonte.

»Täubchen«, kicherte Jess. »Ich denke, so müssen Sie mich morgen nennen.«

»Und wie werden Sie mich nennen?«

»Wenn wir bei Tiernamen bleiben wollen, wie wäre es dann mit mein Hirsch?«

»Oh, das ist majestätisch. Es gefällt mir. Täubchen erscheint mir jetzt allerdings unangemessen.« Er wurde einen Augenblick still. »Wie wäre es mit mein Schwan?«

Jess schrak zurück. »Schwäne sind hinterhältig. Ich muss eingestehen, dass ich die anderen jungen Ladys der feinen Gesellschaft immer als Schwäne betrachtet habe.«

»Dann eben nicht«, entgegnete er. »Mir wird etwas Angemessenes einfallen.«

»Ich kann kaum erwarten, es zu hören. Gute Nacht,

Dougal.«

»Schlafen Sie gut, Jess.«

~

*Ü*berrascht hatte Jess festgestellt, dass sie rasch eingeschlafen war, nachdem sie mit Dougal zu Bett gegangen war. Sie hatte nicht einmal bemerkt, dass sie mit einer anderen Person neben sich geschlafen hatte. Gott sei Dank hatte er nicht geschnarcht.

Nachdem sie aufwachten, hatten sie ihre Perücken aufgesetzt, und er außerdem auch seine Brille. Dann hatten sie nach dem Frühstück geklingelt und am Tisch sitzend die Aussicht auf das Meer genossen.

Sie konnten sich größtenteils selbst ankleiden, aber Dougal musste beim Binden seiner Krawatte ihre Hilfe in Anspruch nehmen, und sie hatte ihn beauftragt, ihre Halskette zu schließen. Ihr kam ein Wort in den Sinn, das er gestern Abend benutzt hatte: vertraulich.

Eine Scheinehe vorzutäuschen war schockierend erfreulich. Beim Frühstück hatten sie sich über Autoren unterhalten und darüber spekuliert, wer sonst noch unter den Zimmernamen vertreten sein könnte. Dougal war intelligent und charmant und sie war sehr erfreut, dass er sich nicht als der Miesepeter erwies, der zu sein sie nach ihrer ersten Begegnung bei Lucien befürchtet hatte.

Sie gingen nach unten. Ogelby stand in der Treppenhalle, als ob er sie erwartet hätte.

»Guten Morgen, Ogelby«, grüßte Dougal den Mann fröhlich. »Haben Sie auf uns gewartet?« Sein Tonfall war neckend.

»Ja.« die knappe Antwort des Butlers veranlasste Jess und Dougal zum Austausch von Blicken. »Ich soll Sie zum Salon geleiten.«

Ogelby drehte sich um und führte sie – mit eisiger Würde – durch ein Wohnzimmer mit einem Pianoforte und einigen anderen Instrumenten, ehe sie in einem großen Salon ankamen. Die Fenster gingen aufs Meer hinaus und zwei Flügeltüren führten zu einem offenen Patio.

Ihre Gastgeber saßen dicht beieinander auf einem Sofa. »Kommen Sie und setzen Sie sich zu uns!«, begrüßte Mrs. Chesmore sie.

Ihr Sofa zeigte zum Fenster, womit zwei Sessel oder ein kleineres Sofa für Jess und Dougal blieben. Sie wusste, dass er das kleinere Sofa wählen würde, damit sie dichter beieinander sitzen und ihre Zuneigung zur Schau stellen konnten.

Sie bewegten sich im Einklang zu dem zweiten Sofa und setzten sich gleichzeitig hin. Dougal legte den Arm über die Rückenlehne hinter ihren Schultern. Er brachte die nackte Haut in ihrem Nacken zum Kribbeln und sie hoffte, dass er es nicht bemerkte.

»Wir können Ihnen nicht genug danken, dass Sie uns gestern gerettet haben.«

Mrs. Chesmore blickte sie ernst an. »Das ist das Mindeste, das jeder getan hätte, nicht wahr, mein Ritter?« Sie drehte den Kopf zu ihrem Ehemann um.

»Ohne Frage, meine Sphinx.« Er wandte den Blick von seiner Frau ab und fixierte ihn auf Jess und Dougal. »Mein Stallmeister repariert den Haltegurt an Ihrem Einspänner und für Ihr Pferd ist gut gesorgt. Ich hoffe, Sie haben gut geschlafen.«

»Überaus gut, vielen Dank«, antwortete Jess.

»Ihre Großzügigkeit ist einfach überwältigend«, bemerkte Dougal, der dabei die Hand auf seine Brust legte. »Mit dem reparierten Einspänner werden wir in der Lage sein, unsere Reise nach Poole fortzusetzen.«

»Ist das Ihr endgültiges Ziel?«, fragte Chesmore. »Meine

Liebste sagt, Sie seien auf ihren zweiten Flitterwochen. Was für eine fantastische Idee.«

»Wir wollten etwas Zeit an der See verbringen«, erklärte Jess. »Nach unserer Hochzeit sind wir in den Lake District gereist.«

»Wie lange sind Sie schon verheiratet?«, fragte Mrs. Chesmore.

»Zwei Jahre«, entgegnete Dougal.

»Lancelot und ich sind beinahe fünf Jahre verheiratet. Wir wollten Paris besuchen, aber die Zeitwahl war eher schlecht«, meinte Mrs. Chesmore, die dabei einen Schmollmund zog.

»*Mais oui*«, meinte Chesmore mit einem Stirnrunzeln »*La guerre stupide.*«

»Gott sei Dank ist er jetzt vorbei«, entgegnete Jess.

»*Parlez-vous français?*«, fragte Mrs. Chesmore aufgeregt.

Jess erkannte ihren Fehler. Dougal und sie sollten so tun, als verstünden sie kein Französisch in der Hoffnung, dass die Chesmores sich vielleicht auf Französisch austauschten, ohne zu erkennen, dass sie verstanden wurden. »*Un plus*«, entgegnete sie, wobei sie absichtlich das falsche Wort benutzte.

»Ich denke, Sie meinen *peu*«, berichtigte Chesmore sie.

»Oh, ja.« Jess schüttelte den Kopf. »Ich war bei meinem Französisch-Unterricht nicht sehr gut, fürchte ich. Immer verwechsle ich das bisschen, an das ich mich noch erinnere.« Sie winkte mit einem sich selbst herabwürdigenden Lachen ab, während sie sich im Geiste rügte.

Eine Frau mit dunkelblondem Haar, auf dem eine weiße Kappe saß, trat ein. Ihr scharfer Blick aus den braunen Augen schwang zu Jess und Dougal.

»Dies ist Mrs. Farr, unsere Haushälterin«, meinte Chesmore. Er schaute sie an. »Etwas Kuchen käme nicht ungelegen. Und Kaffee natürlich.«

Jess tauschte einen kurzen Blick mit Dougal aus. Jetzt, da sie wussten, wer sie war, würden sie einen Plan ersinnen können, um ihr Zimmer zu durchsuchen, und vielleicht auch bei den anderen Dienstboten Erkundigungen einzuziehen. Jess hatte keine Ahnung, wie sie all dies unter der Nase ihrer Gastgeber bewerkstelligen sollten.

Mrs. Farr nickte Chesmore zu und dann wandte sie ihre Aufmerksamkeit wieder Jess und Dougal zu. Sie knickste kurz, ehe sie sich entfernte.

Chesmore nahm die Hand seiner Frau in den Schoß und liebkoste ihre Haut mit seinem Daumen. Fast alles, was sie taten, war ablenkend. Noch nie zuvor hatte Jess ein Paar wie diese beiden getroffen.

»Mein Lämmchen und ich haben uns über Ihr plötzliches Erscheinen unterhalten und sind zu dem Schluss gekommen, dass der Zeitpunkt zu perfekt ist, um ignoriert zu werden.« Er tauschte einen hoffnungsvollen Blick mit Mrs. Chesmore aus. »Und da wir jetzt Ihre Absicht kennen, die See zu genießen, würden wir Sie gern zum Bleiben einladen.«

Jess drehte den Kopf zu Dougal, der das Gleiche tat. Nach einem unmerklichen Nicken hoffte sie, das Dougal das Wort ergriff. Sie fühlte sich, als hätte sie die Dinge mit dem Französisch bereits vermasselt und fürchtete, dass sie sich wieder verplappern könnte. Sie war ganz durcheinander wegen sich selbst.

»Wir wollen Ihnen nicht zur Last fallen«, meinte Dougal, der seine Aufmerksamkeit auf ihre Gastgeber lenkte. »Sie haben uns bereits so sehr geholfen.«

»Dies ist ein perfekter Ort, um die See zu genießen«, erklärte Chesmore. »Es gibt tatsächlich einen Pfad, der direkt nach unten zum Strand führt.«

»Das klingt verlockend«, murmelte Dougal. Wieder lenkte er den Blick auf Jess. »Liebling?«

Ehe Jess antworten konnte, unterbrach Mrs. Chesmore.

»Sie müssen bleiben. Wir lieben es, Gäste zu haben. Tatsächlich werden wir in einigen Tagen eine Dinnerparty geben und Sie müssen zumindest einfach dafür bleiben.«

»Sie werden hier einen weitaus besseren Teil der See genießen als in Poole«, fügte Chesmore hinzu.

»Ich denke, wir sollten bleiben«, flüsterte Dougal. Er war so gut darin, sich zu verstellen.

»Einverstanden.« Jess lächelte ihn an.

Dougal schlug sich mit der Hand auf den Oberschenkel. »Es ist abgemacht. Wir sind erfreut, Ihre freundliche Einladung anzunehmen. Wir fühlen uns von Ihrer Großzügigkeit überwältigt.« Er sah Jess in die Augen. »Sind wir das nicht, mein Kolibri?«

Jess musste sich auf die Innenseite ihrer Wange beißen, damit sie nicht laut auflachte. Sie nahm an, dass dies besser war als Täubchen. Dass er von ihr als etwas derart Zierliches und Elegantes dachte, bescherte ihr ein Gefühl überraschender Berauschung. »Ganz sicher.«

»Ausgezeichnet!« Mrs. Chesmore lachte ausgelassen.

»Ich möchte Sie etwas über das Haus fragen«, meinte Dougal und schaute sich in dem Raum mit seinem vorherrschenden hellblauen Dekor um. Es gab einen großen Kamin mit steinernen Meerjungfrauen, die an beiden Seiten eingeschnitzt waren. Sie stützten den Kaminsims mit ihren Händen und ihr Haar wogte, als ob der Wind es tatsächlich aufbauschte. »Das Wenige, das ich davon gesehen habe, ist atemberaubend. Es gibt so viele Einzelheiten, die mit der See im Zusammenhang stehen.«

»Sie müssen einen Rundgang mit uns machen«, schlug Chesmore vor. »Nachdem wir unseren Kuchen und den Kaffee genossen haben, werden wir eine Führung mit Ihnen machen.«

»Das klingt wundervoll.« Jess unterdrückte einen Schauder, als Dougal mit den Fingerspitzen über die Rückseite ihres Arms strich.

Dougal legte ihr die Hand auf die Schulter. »Wir freuen uns schon darauf, zu erfahren, nach welchen Autoren Sie die Zimmer benannt haben.«

Mrs. Chesmore lachte hell auf. »Es ist vielleicht albern, aber wir haben Gefallen an Literatur. Und daran, den Dingen Namen zu geben. Wir brauchen allerdings noch immer einen besseren Namen für das Haus. Seaview House ist so wenig inspirierend.«

»Vielleicht etwas von Shakespeares *Der Sturm*?«, schlug Dougal vor.

»Oh!« Mrs. Chesmores blaue Augen leuchteten auf und sie ließ den Kopf zu ihrem Ehemann herumschnellen. »Warum haben wir nicht schon vorher daran gedacht?«

»*Prosperos Retreat*«, brachte Chesmore mit Entschlossenheit hervor und drückte seiner Frau die Hand, die er ein wenig von seinem Schoß anhob.

Mrs. Chesmore streckte die andere Hand nach ihm aus und fasste ihn am Unterarm. »Das ist perfekt. Wir sollten gleich ein Schild für das Torhaus in Auftrag geben.«

»Wahrhaftig.« Chesmore küsste sie auf die Wange und rieb seine Nase an ihrer Schläfe. Sie lehnte sich mit dem Kopf an ihn und hieß seinen Beweis der Zuneigung willkommen. Sie wirkten wie Katzen, die einander putzten.

Mrs. Farr kam mit einem Tablett herein, das sie auf einem Tisch in der Nähe der Sitzgruppe abstellte. Sie tischte den Kuchen auf und fing dann an, Mrs. Chesmore einen Teller zu reichen.

»Lassen Sie uns dort hinübergehen.« Mrs. Chesmore erhob sich und Chesmore stand schnell mit ihr auf – wobei er quer durch den Salon auf einen Tisch zeigte, der bei einem anderen Fensterpaar stand und das dem aus dem Wordsworth Raum sehr ähnlich war.

Chesmore legte seiner Frau einen Arm um die Schultern, als er sie dorthin führte. Dougal sprang auf und half Jess beim Aufstehen.

Jess widerstand dem Drang, ihm überschwänglich zu danken und ihm in ungezügelter Bewunderung die Arme um den Nacken zu schlingen. »Danke«, murmelte sie.

»Sie müssen Ihr Selbstbewusstsein zurückgewinnen«, flüsterte er so leise, dass sie sich anstrengen musste, ihn zu verstehen. »Ich mache hier die ganze Arbeit.«

»Ich habe einen Fehler gemacht.« Sie biss die Zähne zusammen.

Er bewegte kaum die Lippen als er murmelte: »Ja, und Sie müssen darüber hinwegkommen.« Er führte sie zu den Chesmores und formte die Lippen zu einem breiten Lächeln, während er sie in der Taille hielt.

Vielleicht war ihr mangelndes Selbstvertrauen auch auf seine männliche Aufmerksamkeit zurückzuführen. Noch nie zuvor hatte sie so etwas erlebt und es war verdammt ablenkend. Sie konnte es sich nicht leisten, unkonzentriert zu sein. Warum musste er auch so gut aussehen und so liebenswert sein? Warum konnte er nicht arrogant und rüde sein, wie an dem ersten Abend bei Lucien? Das würde es so viel leichter machen, die Distanz zu ihm zu wahren und ihn auszuspionieren, wie es von ihr erwartet wurde.

Er war jedoch charmant und attraktiv und bislang genoss sie ihre Mission. Vielleicht so sehr, dass sie vergessen hatte, auf einer Mission zu sein, und ihr deshalb ein Fehler unterlaufen war. Sie musste sich zusammennehmen, wenn sie erfolgreich sein wollte, ganz zu schweigen davon, eine Chance zu bekommen, dies noch einmal zu tun.

Nachdem sie nun einen Vorgeschmack auf ein eigenständiges Leben erhalten hatte, wollte sie auf keinen Fall dahin zurückkehren, wo sie vorher gewesen war. Sie würde alles tun, um dafür zu sorgen, dass das nicht passierte.

KAPITEL 8

ougal hielt die Tür zu ihrem Schlafzimmer auf, als Jess vor ihm eintrat. »Ich gebe zu, dass ich hin- und hergerissen war, mit den Chesmores einen Spaziergang am Strand zu unternehmen oder hierzubleiben und Mrs. Farrs Zimmer zu durchsuchen.« Die Chesmores hatten sie eingeladen, während sie den Rundgang durchs Haus unternahmen.

Sie ging hinüber, um sich an einen Tisch am Fenster zu setzen. »Hätte ich sie begleiten sollen?«

»Das hätte ich vielleicht vorgeschlagen, wenn ich Sie nicht gebraucht hätte, um Mrs. Farr zu beschäftigen.« Er trat zu ihr an den Tisch. »Bekommen Sie das hin?«

Jess zog eine Grimasse. »Fragen Sie mich wegen meines Schnitzers vorhin, als ich das Französisch verstanden hatte?«

Dougal war überrascht und verärgert gewesen, aber nur für einen kurzen Augenblick. Sie war ein Neuling auf diesem Gebiet und hatte bislang mit außerordentlicher Gelassenheit und Würde agiert. Er konnte sehen, wie sehr ihr Fehler ihr zu schaffen machte. Danach hatte sie kaum etwas gesagt, weshalb er sie ermuntert hatte, ihr Selbstvertrauen wiederzugewinnen. »Jeder macht gelegentlich Fehler, einschließlich mir.« Er konnte nicht anders, als an die fehlgeschlagenen Missionen letzten Frühling zu denken. Es waren allerdings nicht seine Fehler gewesen. »Das Wichtigste ist, sich nicht davon beeindrucken zu lassen. Wir müssen mit unserer Verantwortung fortfahren. Bezüglich der jetzigen Aufgabe, hätte ich meine Frage anders formulieren sollen. Haben Sie irgendwelche Vorbehalte, Mrs. Farr abzulenken, während ich ihr Zimmer durchsuche?«

»Das habe ich nicht, danke. Was muss ich tun?«

»Finden Sie Mrs. Farr und beschäftigen Sie sie mindestens eine Viertelstunde. Sie müssen mehr tun, als sie nur abzulenken. Bringen Sie alles in Erfahrung, was Sie können, um zu sehen, ob sie vertrauenswürdig ist. Wir wollen nicht, dass dies irgendeine Art von Falle ist.«

Stirnrunzelnd legte Jess den Kopf schief. »Was meinen Sie?«

Er zog eine Schulter hoch. »Es besteht die geringe Möglichkeit, dass die Chesmores Mrs. Farr benutzt haben, um diese Ermittlung in die Wege zu leiten.«

»Was wäre der Sinn, dies zu tun?«

»Sie könnten uns nach Informationen ausfragen. Oder eine falsche Information übermitteln, die wir dem Ministerium mitteilen würden. Oder andere Dinge, an die ich im Moment nicht denke.« Er richtete den Blick nachdenklich an die Decke. »Fragen Sie die Frau nach der Dinnerparty und welche Nachbarn daran teilnehmen werden. Fragen Sie sie nach Besuchern im Seaview Hou–« Er brach ab und richtete den Blick erneut auf sie. »*Prosperos Retreat.*« Er konnte nicht anders als die Augen zu verdrehen.

Jess lachte. »Der Blick auf Mrs. Chesmores Gesicht, als ihr Ehemann den Namen hervorgebracht hatte … So etwas habe ich noch nie gesehen.«

»Es war schon bemerkenswert«, stimmte Dougal zu.

»Fragen Sie Mrs. Farr auch, wie lange sie schon hier arbeitet, und wie viele Dienstboten es gibt. Nachdem ich ihr Zimmer durchsucht habe, werde ich mich in die Stallungen begeben und nachsehen, wie viele Pferdeknechte dort beschäftigt sind. Ich werde auch nach dem Pferd und dem Einspänner schauen.«

»Ich habe nicht erkannt, dass Sie die Leute zählen würden, die in den Stallungen beschäftigt sind. Ist es so wichtig, die Anzahl der Dienstboten zu kennen?«

»Immer. Denken Sie über das, was wir tun, wie an ein Schachspiel. Stets müssen Sie die Figuren auf dem Brett im Auge behalten. Wir haben keine Ahnung, wie viele Dienstboten hier sind – oder wie sie miteinander verbunden sind.«

»Wenn wir sie einfach zählen, wird uns das Letzteres nicht verraten«, meinte sie.

»Nein, also müssen wir davon ausgehen, dass sie nicht wohlgesonnen sind. Das ist immer der sicherste Weg.«

Sie nickte und ihre Stirn war leicht gerunzelt, wie sie es immer tat, wenn er diese Art von Informationen mitteilte. Es hatte immer den Anschein, als würde sie eingehend darüber nachdenken, was er sagte.

»Sie hören auf eine Art und Weise zu, die einzigartig ist«, bemerkte er.

Ihr Blick schnellte zu ihm. »Was meinen Sie?«

»Sie passen genau auf, als ob Sie wirklich etwas lernen wollten.« Er war überrascht, wie sehr er es genoss, ihr etwas beizubringen. Wenn dies seine letzte Mission sein sollte, wäre sie ganz bestimmt denkwürdig. Aus so vielen Gründen. »Vermutlich bin ich an Menschen gewöhnt, die glauben, dass sie bereits alles wissen.«

»Dann müssen Sie sich mit mehr Männern als Frauen unterhalten«, entgegnete sie trocken.

Er konnte nicht anders als lachen. »Wahrscheinlich.« Das war ganz eindeutig der Fall, wenn es um seine Arbeit ging.

»Gibt es noch etwas, das ich für meine Unterhaltung mit Mrs. Farr wissen sollte?«, fragte sie.

Er beugte sich in seinem Sessel vor und fing ihren Blick ein. »Verhalten Sie sich nicht verdächtig, indem Sie die Frau mit Fragen bombardieren. Machen Sie eine lockere Unterhaltung daraus.«

»Das kann ich tun.«

»Sie könnten ihr sogar sagen, dass wir darüber nachdenken, unser eigenes Paradies an der Küste zu erwerben, und Sie gern verstehen möchten, was erforderlich wäre, um so ein Haus zu führen.«

Sie sah ihn mit schmalen Augen an. »Das haben Sie schon einmal getan.«

Ein bellendes Lachen entwischte ihm. »Ein- oder zweimal.«

Für einen Moment verfielen sie in Schweigen und blickten beide auf die See hinaus. Nach einer ganzen Weile meinte sie: »Glauben Sie, dass die beiden wirklich Poesie am Strand verfassen?« Das hatten die Chesmores laut ihrer eigenen Aussage tun wollen. An den meisten Tagen gingen sie aus und marschierten entweder zu Fuß oder sie nahmen ihren Einspänner. Dann verfassten sie ihre eigene Poesie oder sie skizzierten, was sie sahen – was immer ihre Neugier an diesem Tag weckte.

»Was würden sie sonst noch tun?« Er wusste, was ihm angesichts ihrer übertriebenen Zuneigung zueinander in den Sinn kam, aber er war nicht sicher, ob sie das auch denken würde. Er war sich sehr sicher, dass sie unerfahren war. Das bedeutete allerdings nicht, dass sie ignorant war.

»Sie sammeln Informationen, um sie an Frankreich weiterzuleiten? Sie verfassen verschlüsselte Nachrichten mit diesen Informationen? Sie denken sich neue und noch haarsträubendere Kosenamen füreinander aus?«

Dougal schnaubte. Entweder hatte sie nicht gedacht, was

er gedacht hatte, dass die Chesmores einander wie wild vögelten – oder sie wollte es nicht laut sagen. Beides war für ihn in Ordnung. Angesichts der Anziehung zwischen ihnen beiden schien es ihm eine gute Idee, Unterhaltungen über Sex zu vermeiden. Und obendrein noch die Tatsache, dass sie ein Bett teilten. Obwohl es breiter war als die Themse, war er sich ihrer Gegenwart mehr als bewusst.

»Da wir schon davon sprechen, Sie hätten mich beinahe zum Lachen gebracht, als Sie mich Kolibri genannt haben.«

»Ich dachte, das sei besser als Täubchen. Habe ich mich geirrt?«

»Nein, ganz und gar nicht. Es ist trotzdem lustig. Können wir mit diesen Namen aufhören? Oder einfach einen auswählen und dabei bleiben, damit ich nicht aus dem Konzept gerate?«

»Entschuldigung. Ich bin nicht daran gewöhnt, eine Partnerin zu haben.« Seiner Vermutung nach war er auf diesem Gebiet ebenso ein Amateur, wie sie es war. »Ich werde bestrebt sein, Sie nicht zu einem Fallenlassen Ihrer Rolle zu veranlassen. Von nun an sollen Sie Kolibri sein.«

Mit einem schwachen Lächeln schüttelte sie den Kopf. »Dann werde ich wohl damit fortfahren, sie meinen Hirsch zu nennen.«

»Die Chesmores scheinen es zu mögen, wenn wir einander ebenso zugetan sind wie sie selbst. Erkennen Sie, wie gerade Mrs. Chesmore vor Freude zu strahlen scheint?«

»Das tue ich«, antwortete Jess mit einem resignierten Seufzen. »Ich finde es merkwürdig, aber wir müssen tun, was erforderlich ist.«

Dougal entschied, dass dies der perfekte Augenblick war, diese Auffassung weiter zu besprechen. »Es kann sehr gut notwendig für mich sein, mehr zu tun, als nur meine Hand auf Ihre Schulter zu legen oder Ihren Arm zu streicheln.«

Noch einmal schaute sie zum Fenster. »Das nehme ich an. Gestern Abend haben Sie mich auf die Schläfe geküsst.«

Das hatte er und sie war nicht zurückgewichen. »Ja, diese Art von Dingen. Es scheint, dass Sie gut darauf vorbereitet sind.«

»Ich versuche, das zu sein.«

Was, wenn er sie küssen müsste? Auf den Mund? Sie war verlobt gewesen, wenn auch nur kürzlich, aber das bedeutete nicht unbedingt, dass sie sich geküsst hatten. »Jess, sind Sie schon einmal geküsst worden?«

»Ja. Ich habe auch selbst schon geküsst.« Mit einem leicht irritierten Ausdruck schaute sie zu ihm hinüber. »Frauen sind nicht nur die Empfänger männlicher Leidenschaft.«

Das ließ Dougal zusammenzucken. »Ich hatte nicht beabsichtigt, das zu unterstellen. Da Ihnen das Küssen nicht fremd ist, könnten sie sich vielleicht sogar wohlfühlen, mir Zärtlichkeiten zu erweisen, wenn es angemessen ist.«

»Das kann ich tun.«

Er dachte weiter daran, was sie gesagt hatte – dass Frauen auf der empfangenden Seite von etwas waren, worin sie keine gleichwertigen Partner waren. »Ich sehe das Küssen als ein Zusammentreffen beidseitiger Leidenschaften: die Manifestierung einer sinnlichen, gegenseitigen Anziehung.« Jetzt blickte er wieder auf ihren Mund und dachte daran, solch einen Kuss mit ihr auszutauschen.

Sie betrachtete ihn einen Augenblick und ihre Augen bekamen einen verschleierten Glanz. »Das ist bezaubernd.« Sie blinzelte und fügte hinzu: »Das sollten Sie vor Chesmore wiederholen. Er wird es vielleicht in ein Gedicht einfügen.«

Dougal grinste und war dankbar für den Humor, um seine anschwellenden Gefühle von Wollust für sie beiseitezuschieben. Sie hatten in dieser Mission keinen Platz. Es war zu dumm, denn so zu tun, als seien sie intim miteinander, erwies sich als sehr einfach. Es sich nur vorzustellen, war sogar noch einfacher.

Er stand auf. »Es ist an der Zeit, herauszufinden, ob wir Mrs. Farr trauen können.« Er streckte seine Hand aus und half Jess auf die Füße. »Ich werde heimlich folgen, während Sie sich auf die Suche nach ihr machen. Sobald Sie sie gefunden haben, mache ich mich auf den Weg zu ihrem Zimmer in der Dienstbotenetage im Untergeschoß. Ich gehe davon aus, dass sich das Quartier der Haushälterin dort befinden wird.«

»Diese Arbeit ist wirklich risikobehaftet«, meinte sie.

»Ich gebe zu, dass oft ein wenig Glück vonnöten ist. Nachdem Sie dies eine Zeitlang getan haben, werden Sie lernen, es sich zu verschaffen.« Auf ihrem Weg zur Tür schritt sie an ihm vorbei. »Ich kann kaum erwarten zu lernen *das* zu tun.«

~

Wie es schien, war das Glück ihnen hold, denn Jess fand Mrs. Farr im Wohnzimmer am Pianoforte. Sie arrangierte frische Blumen als Jess eintrat.

»Diese Blumen sind wunderschön, Mrs. Farr«, lobte Jess laut, damit Dougal sie hören konnte und wusste, dass sie ihr Opfer gefunden hatte. »Die Gärten hier sind hinreißend. Wie viele Gärtner sind notwendig, um alles in Schuss zu halten?«

Mrs. Farr blickte von der Vase auf, als sie mit ihrem Arrangement fertig war. »Es ist nur Mr. Timmons. Ich werde Ihr Kompliment weitergeben.« Die Haushälterin war in etwa in Jess' Alter. Somit erschien es Jess leichter, mit ihr ins Gespräch zu kommen, was Jess' Nerven beruhigte.

»Sie müssen meine Komplimente auch an Polly weitergeben. Sie war gestern Abend so hilfsbereit. Ich habe sie heute nicht gesehen und wollte ihr noch einmal danken.«

»Sie verbringt den Tag mit einem der anderen Dienstmädchen und einem Diener mit dem Einkaufen der Zutaten für die Party. Ich werde sie bei ihrer Rückkehr über Ihre freundlichen Worte informieren.« Mrs. Farr wandte sich vom Tisch ab, auf den sie die Blumen gestellt hatte.

»Was die Party anbelangt, wird sie sehr groß sein?«, fragte Jess. »Wenn ich mir die Frage erlauben darf. Manchmal finde ich große Menschenmengen ein wenig einschüchternd.« Sie lächelte verlegen.

»Nein, sie wird überhaupt nicht groß sein. Es sind vielleicht zehn Personen. Zwölf, da Sie jetzt hier sind. Es wird sehr überschaubar sein.«

»Das klingt entzückend. Ich habe mich gefragt, wie viele Dienstboten hier beschäftigt sind.« Jess rückte näher zu der Haushälterin hin. »Wissen Sie, Mr. Smythe und ich sind von *Prosperos Retreat* sehr beeindruckt und denken nun darüber nach, selbst ein Haus an der Küste zu erwerben.«

Mrs. Farr zog die Stirn kraus. »*Prosperos Retreat?*«

Jess erkannte, dass die Frau wahrscheinlich nichts von der Namensänderung wusste, da sie ja erst heute früh stattgefunden hatte. »Es scheint, dass die Chesmores versucht haben, sich einen neuen Namen für ihr Haus einfallen zu lassen. Er ist sehr fantasievoll, nicht wahr?«

»Ja. Was perfekt zu Mr. und Mrs. Chesmore passt«, meinte die Haushälterin. Sie wandte den Blick ab, als ihr ein bisschen Farbe in ihre Wangen schoss. Wahrscheinlich erkannte sie, dass sie dies vielleicht nicht hätte sagen sollen.

»Ich finde die Chesmores *sehr* fantasievoll«, meinte Jess in der Hoffnung, die Frau in Sicherheit zu wiegen. »Und sehr, nun ja, einander zugewandt.« Das hatte sie überhaupt nicht sagen wollen, doch Jess lernte, Andeutungen der Menschen in ihrer Umgebung wahrzunehmen und sich in die Richtung zu wenden, in die sie führten, wenn das überhaupt irgendeinen Sinn ergab, und sie war sich dessen nicht sicher.

»Ja.« Mrs. Farr erweckte den Eindruck, als wollte sie noch mehr sagen, was sie allerdings nicht tat.

Jess machte ihr keinen Vorwurf. Dennoch musste Jess herausfinden, ob Dougal und sie der Frau trauen konnten. »Arbeiten Sie schon lange für sie?«

»Nein, ich bin kurz nach ihrem Erwerb des Hauses eingestellt worden.«

»Trifft das auf die meisten Dienstboten hier zu oder haben sie zum Haus gehört? Ich frage Sie, weil ich nicht sicher bin, ob ich das zu erwarten habe, wenn wir uns nach einem Anwesen umschauen.«

»Vermutlich ist es für jedes Haus anders, aber ja, die meisten der Dienstboten hier haben für den Vorbesitzer, Monsieur Dumont, gearbeitet.«

Der Vorbesitzer war Franzose gewesen! Das könnte nichts zu bedeuten haben, oder sehr wichtig sein. Jess konnte es kaum abwarten, Dougal darüber zu informieren. »Warum hat Monsieur Dumont es verkauft?«

»Was haben wir hier?« Mrs. Chesmores trällernde Stimme hallte durch das Wohnzimmer. Jess schaffte es gerade so, nicht vor Überraschung aufzuspringen. Mrs. Farrs Augen wurden allerdings groß.

»Mrs. Farr hat mir gerade etwas über das Haus erzählt.« Jess schlug die Hände zusammen und lächelte breit. »Ich fürchte, ich habe sie ausgefragt, weil Mr. Smythe und ich uns in Ihr entzückendes Heim verliebt haben. Wir denken, dass wir hier in Dorset ein eigenes Heim erwerben wollen.«

»Wie wundervoll!« Mrs. Chesmore eilte rasch zu Jess und führte sie zu einem Sofa. Sie schaute zu Mrs. Farr. »Tee, wenn ich Sie bitten darf, Mrs. Farr. Es war unerträglich windig am Strand, also haben wir unseren Spaziergang abgekürzt. Etwas Warmes würde mir guttun.«

Die Haushälterin nickte und ging hinaus. Jess hoffte, dass sie Dougal genügend Zeit verschafft hatte. Wenn nicht, würde die Haushälterin zumindest nicht in ihr Zimmer gehen.

Es hatte den Anschein, als ob Mrs. Chesmore nichts mitgehört hatte, oder wenn sie das doch getan hatte, fühlte sie sich davon nicht irritiert. Dennoch fühlte Jess sich genötigt, die Haushälterin zu loben. »Mrs. Farr scheint überaus befähigt.«

»Das ist sie, trotz ihres jungen Alters. Die frühere Haushälterin, die hier gearbeitet hatte, als wir das Haus erwarben, ist nicht lange nach unserer Ankunft verschwunden.«

Jess' Interesse erwachte. »Was meinen Sie damit? Verschwunden?«

»Genau das. Eines Tages ist sie einfach gegangen. Niemand weiß, wann genau sie verschwunden ist, oder wohin. Sie war beim Frühstück noch da und vor dem Mittagessen fort.«

»Ich gehe davon aus, dass ihre Sachen ebenfalls verschwunden sind.«

Mrs. Chesmore nickte. »Ja, es war sehr merkwürdig. Ich frage mich, ob sie uns einfach nicht gemocht hat.« Sie schniefte. »Das passiert manchmal«, flüsterte sie.

Jess hatte das Gefühl, dass mehr hinter der Geschichte steckte, aber sie war nicht sicher, ob dies der richtige Moment war, um nachzubohren. Sie würde sich die Information für ein anderes Mal merken, nachdem sie Mrs. Chesmore ein bisschen besser kennengelernt hatte.

»Nun, *ich* mag Sie«, meinte Jess wahrscheinlich wegen des verlorenen Ausdrucks, der über das Gesicht der anderen gehuscht war. Sie konnte diese Frau wirklich gut leiden. Falls es sich allerdings herausstellte, dass sie eine französische Spionin war, wäre das allerdings schwierig. »Ich frage mich, ob wir morgen ein Picknick zum Strand mitnehmen sollen, wenn das Wetter gut ist.«

»Das ist eine fantastische Idee und eine, die ich hätte vorschlagen sollen. Allerdings ist morgen normalerweise der Tag, an dem mein Ritter und ich am Strand schießen. Das tun wir jede Woche, wenn das Wetter es erlaubt.«

»Was schießen Sie?« Jess achtete auf einen unschuldigen und neugierigen Tonfall, trotzdem sie wusste, dass die beiden Schießübungen machten.

»Auf eine Zielscheibe natürlich. Mein Ritter besitzt eine ganze Anzahl an Feuerwaffen – Gewehre, Pistolen.«

»Geht er gern jagen?«, fragte Jess.

Mrs. Chesmore lächelte strahlend. »Nein.«

Das war überhaupt nicht seltsam. »Er schießt einfach gern auf Zielscheiben?«

»Er ist sehr gut. Er hat es mir beigebracht und jetzt bin ich auch gut – das sagt jedenfalls mein Ritter.« Sie streckte die Hand aus und tätschelte Jess am Arm. »Mr. Smythe und Sie sind herzlich eingeladen, sich uns anzuschließen. Schießt er?«

»Ja.« Sie hatten nicht darüber gesprochen, aber da er bei *Black Watch* gedient hatte, fühlte Jess sich sicher, ihre Frage zu bejahen. Sie hoffte nur, dass Mrs. Chesmore sie nicht fragen würde, ob er gut war, weil sie das nicht beantworten konnte. Vermutlich könnte sie behaupten, dass er erbärmlich war und ihm einfach sagen, dass er schlecht schießen sollte. Ja, das würde sie tun, wenn es nötig war. »Wir würden Sie liebend gern begleiten.«

»Wunderbar! Wir werden auch ein Picknick mitnehmen. Warum nicht? Beten wir für schönes Wetter morgen.«

Mrs. Farr kehrte mit dem Tee und den Keksen zurück und Jess richtete die restlichen Fragen, die sie der Haushälterin hatte stellen wollen, an ihre Gastgeberin. Und anstatt um gutes Wetter zu beten, hoffte sie, das Dougal erreicht hatte, was er brauchte.

~

*J*ess hatte gerade ihre Perücke für den Abend aufgesetzt, als sie Dougal hörte, wie er ins Schlafzimmer trat. Sie eilte aus dem Ankleidezimmer und steckte die letzte Nadel in ihrem Haar fest, als sie auf ihn zuging, um ihn zu begrüßen.

»Ist alles in Ordnung?«, fragte sie.

Er setzte seine Brille ab und massierte sich wieder einmal den Nasenrücken. »Ja, und bei Ihnen?«

»Alles in Ordnung. Ich hatte nicht erwartet, dass Sie so lange brauchen.« Er legte die Brille auf den Kaminsims und setzte sich, um die Stiefel auszuziehen. »Das hatte ich auch nicht. Ich gebe zu, dass ich mehr Zeit in den Stallungen verbracht habe, als ich musste. Die beiden Pferdeknechte waren sehr gesprächig.«

»Ist das nicht eine gute Sache?«

»Normalerweise, aber das meiste dessen, was sie besprochen haben, gehörte nicht zu den Dingen, die ich wissen wollte«, erwiderte er trocken. »Hoffentlich hatten Sie mit Mrs. Farr mehr Glück.«

»Das nehme ich an, aber Mary hat uns unterbrochen. Für einen Moment war ich in Sorge, dass ich Ihnen nicht genügend Zeit gelassen hatte, das Zimmer der Haushälterin zu durchsuchen. Dann hat Mary um Tee gebeten und ich wusste, das Mrs. Farr nicht in ihr Zimmer gehen würde.«

»›Mary‹?«, fragte er.

»Während des Tees hat sie mich aufgefordert, sie beim Vornamen zu nennen. Ich hatte das Gefühl, dass ich sie bitten müsste, das Gleiche zu tun.«

»Ganz bestimmt. Beim Dinner werde ich dafür sorgen,

dass Chesmore und ich nachziehen.« Er stand von seinem Sessel auf. »Sie sehen aus, als wären Sie zum Dinner angekleidet. Macht es Ihnen etwas aus, wenn ich das Ankleidezimmer zum Umziehen benutze?«

»Überhaupt nicht. Ich muss nur noch meine Kosmetik auffrischen.«

Er ging auf das Ankleidezimmer zu. »Ich werde mich beeilen und dann können Sie wieder hereinkommen.«

»Würde es Ihnen etwas ausmachen, mein Kleid zu schließen, ehe sie gehen?« Sie trat zu ihm und präsentierte ihm ihren Rücken. Vorfreude kribbelte über ihre Haut.

Wortlos machten seine Finger sich an die Arbeit und schlossen das Kleid, aber sie streichelten auch ihre Haut mit ihren Bewegungen. Sie fühlte sich, als ob sie mühelos in Trance verfallen könnte.

»Ich werde die Tür einen Spalt offen lassen, damit Sie mir über ihre Unterhaltung mit Mrs. Farr berichten können. Alles fertig.«

Sie spürte, wie er einen Schritt zurücktrat und drehte sich mit einem Danke auf den Lippen zu ihm um, aber er war bereits in den Ankleideraum gegangen. Er ließ die Tür angelehnt, damit sie vermutlich ihre Unterhaltung fortsetzen konnten, ohne zu laut zu sprechen. Dementsprechend trat sie neben die Tür.

Sie holte tief Luft und strengte sich an, das hartnäckige Gefühl von hitziger Erwartung zu verbannen. »Wo war ich?«

»Sie sagten, Sie hätten sich gesorgt, dass ich nicht genügend Zeit hätte, mit der Durchsuchung von Mrs. Farrs Zimmer zu Ende zu kommen. Wie sich herausstellte, brauchte ich nicht viel Zeit, da es überraschend spartanisch eingerichtet ist. Ich habe nichts Ungewöhnliches gefunden.«

»Das ist gut, nicht wahr?« Sie versuchte, nicht daran zu denken, wie er sich auszog, obwohl er genau das tat.

»Das nehme ich an. Ich habe die Gelegenheit wahrgenommen, um alles in der unteren Etage zu untersuchen. Wieder gab es nichts Außergewöhnliches, einmal abgesehen von den normalen Vorbereitungen für ein gesellschaftliches Ereignis. Dann bin ich zu den Stallungen gegangen. Mein Pferd schien froh zu sein, mich zu sehen. Die beiden Pferdeknechte hatte ich bereits erwähnt und ich habe auch den Gärtner getroffen.«

Jess hörte ihn, wie er Wasser in eine Schüssel goss, und nun versuchte sie die Tatsache, dass er sich wusch, aktiv zu ignorieren. War er nackt? Sie schlug die Hände zusammen und wünschte, sie könnte sich von der Tür fortbewegen. Da sie ihn weiter hören musste, war sie leider nicht in der Lage dazu. »Ich wollte Ihnen sagen, dass ich von der Existenz eines Gärtners erfahren habe.«

»Gut gemacht«, lobte er sie mit einer Wärme, die ihr Selbstbewusstsein anfeuerte. »Was haben Sie noch von Mrs. Farr in Erfahrung bringen können?«

»Der Großteil des Haushalts war vom Vorbesitzer eingestellt worden und ist geblieben, nachdem die Chesmores das Haus gekauft haben. Mrs. Farr ist allerdings erst eingestellt worden, nachdem die alte Haushälterin kurz nach dem Eintreffen der Chesmores gegangen war.«

»Weiß Mrs. Farr warum sie gegangen ist?«, fragte Dougal.

»Ich habe das von Mary erfahren, nicht von Mrs. Farr. Sie sagte, der Weggang der Haushälterin sei merkwürdig gewesen und dass sie einfach ihre Sachen gepackt hätte und eines Tages ohne Ankündigung verschwunden sei. Mary vermutete, dass die Haushälterin sie nicht mochte.« Jess hatte ein schlechtes Gewissen wegen des Anflugs von Traurigkeit in Marys Stimme, als sie dies gesagt hatte.

»Vielleicht liegt es an ihrer Verschrobenheit«, schlug er vor.

»Wahrscheinlich, aber ich habe nicht gefragt.« Das hätte sie tun sollen, wie sie erkannte. »Wie dem auch sei, fand ich es überaus interessant, was Mrs. Farr über den ehemaligen Besitzer des Hauses zu berichten hatte. Er war *Franzose*.«

Einen Augenblick später lugte Dougals Kopf um den Türrahmen. Sie konnte seine Schulter sehen und wusste, dass er zumindest kein Hemd trug. »Tatsächlich? Haben Sie seinen Namen in Erfahrung gebracht?«

Jess schluckte und wandte den Blick von ihm ab. »Monsieur Dumont. Leider habe ich sonst nichts weiter in Erfahrung gebracht. In dem Moment hatte Mary unsere Unterhaltung unterbrochen.«

»Gute Arbeit.« Dann verschwand er wieder im Ankleidezimmer.

Jess schritt zum Fenster und drückte eine Hand an ihr gerötetes Gesicht. So würde das nicht funktionieren! Sie waren Partner, die an einem Strang zogen, und nicht wahrhaftig Mann und Frau. Und doch fühlte sich alles so intim an, da sie so viel Zeit miteinander verbrachten und all diese ... *intimen* Dinge zusammen taten. Sie musste sich zusammenreißen und aufhören, sich von ihrer Anziehung zu ihm ablenken zu lassen. *Er* hatte dieses Problem nicht, und sie sollte es auch nicht haben.

Beim Klang seiner Stimme aus dem Ankleidezimmer schreckte sie auf. »Ich würde gerne wissen, warum Monsieur Dumont das Haus verkauft hat und wo er sich jetzt befindet. Vielleicht hat er die ehemalige Haushälterin einfach zu sich geholt.«

Sie lenkte ihre Schritte zum Ankleidezimmer zurück und hielt aber immer noch Abstand von der Tür. »Das halte ich für möglich, aber warum sollte sie ohne Ankündigung gehen, ohne auch nur ein Wort zu sagen?«

»Ich frage mich, ob Ogelby etwas wissen könnte.«

»Ogelby scheint so etwas wie ein nominelles Oberhaupt des Haushalts zu sein«, sagte Jess. »Ich habe mir von Mary über die Dienerschaft berichten lassen, und sie hat mir anvertraut, sie würden es nicht übers Herz bringen, ihn in den Ruhestand zu schicken. Er ist sehr langsam, aber offenbar hat er sein ganzes Leben hier gearbeitet.«

»Dann werde ich mich auf jeden Fall mit ihm unterhalten«, meinte Dougal. »Wie war Ihr allgemeiner Eindruck von Mrs. Farr? Oder hatten Sie nicht genügend Zeit, um mit ihr zu sprechen?«

»Sie scheint über das Verhalten der Chesmores ebenso verwirrt zu sein wie wir. Ich erwähnte den neuen Namen des Hauses, und sie hatte ihn noch nicht gehört. Ich deutete an, dass er sehr fantasievoll sei, und sie stimmte zu. Ich hatte den Eindruck, dass die Chesmores ihr Unbehagen bereiten.«

Als er aus dem Ankleidezimmer kam, war er bis auf seinen Krawattenschal, der lose um seinen Hals hing, und seinen Frack vollständig angezogen. »Würden Sie mir bitte meinen Krawattenschal wieder zubinden? Ich bin in Bezug auf extravagante Knoten völlig unzureichend vorbereitet.«

»Ich glaube nicht, dass ich viel besser bin«, entgegnete sie lachend. Aber sie würde auch die Gelegenheit nicht ausschlagen, ihn zu berühren und ihm nahe zu sein. Sie konzentrierte sich ganz auf den Krawattenschal und ging so flink vor, wie sie sich zutraute.

»Glauben Sie, wir können der Haushälterin vertrauen?«, fragte er.

Sie hob den Blick zu ihm. »Das fragen Sie mich?«

»Ich versuche nur, mir ein Bild von Ihrem Eindruck zu machen. Es ist wahrscheinlich noch zu früh, um das zu entscheiden.«

Sie richtete ihren Blick wieder auf seinen Krawattenschal und brachte das Gespräch damit zu einem raschen Ende, ehe sie zurücktrat. »Was wollen wir dann tun?«

»Wir können versuchen, den verschlüsselten Brief ohne ihre Hilfe zu finden.« Dougal kehrte ins Ankleidezimmer zurück, und sie folgte ihm, um sich für das Dinner zu schminken. »Es wäre weitaus effizienter, den Brief einfach von ihr zu bekommen, aber vermutlich werde ich das William Blake Zimmer durchsuchen müssen. Eher früher als später, nehme ich an. Ich möchte, dass Sie mit dem Entschlüsseln des Codes beginnen.« Er steckte sich eine mit Juwelen besetzte Brosche in den gebundenen Krawattenkonten.

Jess setzte sich an den Schminktisch und fing mit ihren Brauen an, wobei sie darauf achtete, dass sie das Rotbraun gleichmäßig auftrug. »Ich kann es kaum erwarten, damit anzufangen.«

Er stand auf und beobachtete sie einen Moment, wodurch sie sich aus dem Konzept gebracht fühlte. Sie drehte den Kopf. »Was ist?«

»Nichts, ich sehe Ihnen nur bei Ihrer Aufgabe zu. Sie haben sich in kurzer Zeit sehr gut herausgemacht.«

»Das musste ich auch, nicht wahr?«, konterte sie lächelnd.

»Ja, aber Sie haben sich der Situation absolut gewachsen gezeigt. Nicht jede wäre dazu in der Lage gewesen.«

Sie wandte sich wieder ihrem Schminken zu. »Ich lerne noch, aber ich weiß Ihr Vertrauen in mich zu würdigen. Von meinem Tee mit Mary gibt es noch weiteres zu berichten. Wenn das Wetter mitspielt, erwartet uns morgen ein Picknick am Strand und wir üben uns im Schießen. Die beiden schießen jede Woche auf Zielscheiben.«

»Sie schießen beide?«

»Ja, Mary behauptet, ihr Mann hätte es ihr beigebracht. Ich dachte, es wäre eine gute Gelegenheit für Sie, mir diese Disziplin ebenfalls beizubringen. Mary berichtete, dass ihr Mann zahlreiche Gewehre besitzt.«

»Ich habe meine eigene Waffe dabei, was ich den Chesmores allerdings nicht verraten werde.«

Sie unterbrach das Auftragen der Farbe auf ihren Lippen

und drehte sich zu ihm um. »Wirklich? Das hatten Sie bislang nicht erwähnt.«

Er zuckte mit den Schultern. »Ich habe immer eine Waffe bei einer Mission dabei. Es ist mir nicht in den Sinn gekommen, Ihnen etwas davon zu sagen. Ich bitte um Entschuldigung.«

War das verdächtig? Jess hatte keine Ahnung. Es missfiel ihr, wenn er Dinge vor ihr verheimlichte, aber nur, weil sie alles über ihn erfahren sollte, um festzustellen, ob er gegen das Ministerium agierte? Oder lag es daran, dass sie eine Verbindung zu ihm spürte, die sie wünschen ließ, alles zu offenbaren und miteinander zu teilen? Es war eine gänzlich konstruierte Verbindung, und das durfte sie nicht vergessen. »Sollte ich eine Waffe haben?«, fragte sie.

»Erst wenn Sie schießen können«, entgegnete er lachend. »Wo bewahren Sie Ihre auf?«

»Ich trage sie bei mir, es sei denn, ich schlafe, und dann liegt sie in der Nachttischkommode. Zurzeit ist sie unter meiner Weste versteckt.« Er fasste sich mit der Hand an seine linke Seite nahe am Arm. »Ich habe eine kleine Pistole für diesen Auftrag mitgebracht.«

»Haben Sie schon einmal eine bei einem Einsatz benutzen müssen?«

»Wollen Sie die Antwort wirklich wissen?«

Sie wandte sich wieder dem Spiegel zu, um ihre Lippen fertig zu schminken. »Wahrscheinlich nicht. Denn dann werde ich die Einzelheiten erfahren wollen, und Sie werden sich weigern, mir etwas zu sagen. Es ist besser, wenn meine Neugierde nur teilweise geweckt wird.«

Er antwortete nicht, und als sie einen Blick zur Tür warf, erkannte sie, dass er das Ankleidezimmer verlassen hatte. Sie stellte das Lippenrot wieder auf die Frisierkommode und starrte ihr Spiegelbild an. Sie hatten kaum einen Tag ihrer Vorstellung hinter sich gebracht und schon fiel es ihr schwer, das Erfundene von der Realität zu unterscheiden. Sie würde eine Lösung finden müssen, wie sie ihre Gedanken davon abhalten konnte, in unangemessene Richtungen zu wandern. Wie sollte sie das tun, wenn sie den Verdacht hatte, dass sie sich nur noch näher kommen würden?

KAPITEL 9

Später am Abend schenkte Dougal zwei Gläser Brandy ein, als er darauf wartete, das Jess ihre Toilette beendete. Er war bereits bettfertig. Abwechselnd benutzten sie ihr Ankleidezimmer und heute Abend hatte sie darauf bestanden, dass er es zuerst benutzte.

Ehe sie sich in das Ankleidezimmer begab, hatte er ihr das Kleid am Rücken aufgehakt, was sogar noch schwieriger war als das vorhergehende Verschließen. Die Versuchung hatte ihn überwältigt, als er das Kleid geschlossen hatte, aber als er ihre Haut heute Abend enthüllte, anstatt sie zu bedecken, war sein Körper vollkommen und heiß von Begierde erfasst worden.

Er hatte sich in den vielen Minuten vorgestellt, die sie im Ankleidezimmer verbracht hatte, wie er den Akt ihrer Entkleidung beendete. In seiner Vorstellung hatte er sie nackt ausgezogen, ein Kleidungsstück nach dem anderen. Und so war er darauf gekommen, den Brandy einzuschenken. Er musste irgendetwas tun, außer sich auf unangemessene Weise nach seiner Partnerin zu verzehren. Er musste außerdem seine Erektion loswerden, ehe sie fertig war.

Jess kam mit einem frisch gewaschenen Gesicht und ohne ihre Perücke aus dem Ankleidezimmer und ihr natürlich braunes Haar hing ihr in einem ordentlichen Zopf über die Schulter, sodass die Spitzen ihre Brust liebkosten. Just als er die Kontrolle über seinen Körper zurückgewonnen hatte, verlor er sie schon wieder. Er war dankbar, dass er am Tisch beim Fenster saß.

Mit abgewandtem Blick nippte er an seinem Brandy, um sich abzulenken. Als sie näher trat, nickte er zu dem Glas auf der anderen Seite des Tisches, das er für sie eingeschenkt hatte. »Ihr französischer Brandy ist ausgezeichnet.«

»Ist das ein weiterer Beweis, der gegen sie spricht?«, fragte Jess, die sich in ihren Sessel sinken ließ.

»Kaum. Viele Menschen haben französischen Brandy.«

»Ja, aber unterhalten sie sich auch mehr und mehr auf Französisch, je betrunkener sie werden?«, konterte sie und bezog sich damit auf Gils Benehmen heute Abend.

Sie hatten einen ausgezeichneten Madeira zum Abendessen und er hatte mehrere Gläser davon getrunken. Dann war darauf der Portwein gefolgt und der gleiche französische Brandy, den Jess und er jetzt genossen.

»Das tue ich nicht. Und Sie?«

Jess nahm den Brandy und atmete sein Aroma ein. »Ich habe es nicht probiert. Zum Abendessen hatte ich nur zwei Gläser Wein und den Portwein habe ich nicht ganz ausgetrunken.«

»Ich denke, man könnte bestimmt sagen, dass die meisten nicht ins Französische verfallen würden, es sei denn, es ist ihre Muttersprache.« Dougal nippte an seinem Brandy.

»Gil hat unter Beweis gestellt, dass es für ihn nicht so ist. Ehrlich gesagt war es schwer, ihn nicht zu berichtigen.« Sie probierte den Brandy und stellte das Glas wieder auf den Tisch zurück.

Dougal schmunzelte. Das Französisch des Mannes war

immer unkorrekter geworden, je mehr Alkohol er zu sich nahm. »Ich widerspreche Ihnen nicht. Manchmal kann es in diesem Beruf beinahe schmerzhaft sein, bestimmte Fähigkeiten oder Kenntnisse zu unterdrücken. Bei einer Mission musste ich einmal so tun, als ob ich nichts über Schwerter und Messer wüsste. Ich musste Stunden damit zubringen, einem Quatschkopf zuzuhören, der mir von seiner umfangreichen Kollektion an Rapieren, Entermessern und so weiter erzählt hat. Es war eindeutig nervenaufreibend. Ich kann Ihnen sagen, dass ich anschließend eine beachtliche Menge getrunken habe. Nachdem die Mission abgeschlossen war, natürlich.«

Sie zog die Augenbrauen hoch. »Quatschkopf?«

»Haben Sie den Ausdruck noch nicht gehört?« Dougal gestattete sich, in einen waschechten schottischen Dialekt zu verfallen, ehe er wieder zum walisischen überwechselte. »Es ist von einem Lied. ›Trotte dahin du Quatschkopf, mein Name ist Maggie Lauder!‹«, sang er und lachte am Ende, ehe er einen Schluck von seinem Glas trank.

Jess lächelte. »Das kenne ich nicht. Sie haben eine schöne Singstimme. Ist ein Quatschkopf jemand, der zu viel redet?«

»Ja, und wie ich, würde Maggie Lauder es vorziehen, wenn er seiner Wege ginge, anstatt ihre Zeit zu verschwenden. Aber vermutlich müssen wir in diesem Beruf dankbar für die Quatschköpfe sein.«

»Würden Sie Mary als solche beschreiben?«, fragte Jess.

»Sie redet gern. Insbesondere mit Ihnen«, fügte er hinzu und rief sich in Erinnerung, wie oft die beiden Frauen die Köpfe beim Dinner zusammengesteckt hatten. »Es scheint, als würden Sie anfangen, Mary zu mögen.«

»Ich fürchte, das tue ich«, antwortete sie verlegen. »Ich weiß, das sollte ich nicht.«

Er erinnerte sich daran, was Jess ihm über ihre Unterhaltung früher am Tag erzählt hatte – als Mary von ihrer ehemaligen Haushälterin berichtet hatte, die sie verlassen hatte, weil sie das Paar nicht mochte. »Es ist in Ordnung, sie zu mögen. Sie müssen nur wissen, dass jegliche Sympathie für sie keine Rolle spielt, falls sich herausstellt, dass sie eine französische Spionin *ist*.«

»Ich verstehe.« Für einen Augenblick musterte sie ihn nachdenklich. »Wie werden Sie mit all diesen Täuschungen fertig, ohne eine Verbindung zu den Menschen aufzubauen?«

»Das ist noch nie ein Problem gewesen. Vermutlich habe ich das Glück gehabt, dass meine Missionen nicht besonders lang dauern. Ich gebe zu, dass diese sich sehr von den anderen unterscheidet. Die Chesmores sind überaus freundlich und … liebenswürdig.« Dann war da noch sie und ihre vorgebliche Ehe, die sich nach nur einem Tag schon verdammt real anfühlte. »Ich könnte mir sogar gestatten, Gil zu mögen.«

»Es ist schwer, das nicht zu tun. Er ist so gesellig.« Sie schenkte ihm ein kleines Lächeln. »Ich bin froh, dass ich nicht die Einzige bin, die seinem Charme erlegen ist. Aber ich werde auf der Hut bleiben. Wenn ich ein Spion wäre, würde ich ein Übermaß an Charme einsetzen, um alle um mich herum mit einem Gefühl von Wohlbehagen und Vertrauen einzulullen.«

Dougal war beeindruckt, wie weit sie in nur einer Woche gekommen war. »Sie haben sich als sehr versiert in dieser Position erwiesen«, meinte er. »Ich bin beeindruckt, wie Sie sich nach dem Lapsus mit dem Französisch erholt haben und Sie haben sich heute Nachmittag beim Einholen von Informationen sehr gut geschlagen.«

»Vielen Dank. Ich will nur nützlich sein und sicherstellen, dass diese Mission zu einem Erfolg wird. Ich wage zu sagen, dass ich mich nützlicher fühlen werde, wenn ich etwas zum Entschlüsseln habe.«

Das beschäftigte auch seine Gedanken. »Ja. Hoffentlich werde ich eine Gelegenheit haben, nach dem verschlüsselten Brief zu suchen. Ich hoffe nur, dass wir einen finden.«

»Vielleicht sollten Sie das Picknick früher verlassen. Sie könnten vorgeben, sich nicht wohlzufühlen.«

»Ich will das Schießen nicht versäumen.« Er wollte Gil beobachten, um die Fähigkeiten des Mannes einzuschätzen. »Ich muss Ihnen das Schießen beibringen.«

»Das stimmt.« Ihre Lippen formten sich zu einem verführerischen Lächeln, als sie ihren Brandy in die Hand nahm und einen weiteren Schluck trank. Er konzentrierte sich viel zu sehr darauf, wie sie die Lippen an das Glas drückte. Dann stellte er sich vor, wie der Brandy über ihre Zunge rann und den Geschmack in ihrem Mund.

Verdammt.

Dieser ganze Austausch – hier zusammen zu sitzen, Brandy zu trinken und sich zu unterhalten – fühlte sich unbeschreiblich normal an, als ob sie dies jeden Abend tun würden. Als wäre seine Vorfreude darauf, mit ihr ins Bett zu gehen, vollkommen normal. Zum ersten Mal in seinem Leben konnte er sich einen häuslichen Frieden wie diesen vorstellen. Das bedeutete nicht, dass er ihn wollte, sondern nur, dass er ihn sich vorstellen konnte. Er konnte auch erkennen, wie er für manch einen anziehend sein konnte – den richtigen Partner vorausgesetzt. Seine Tante und sein Onkel kamen ihm in den Sinn. Sie arbeiteten zusammen, zogen ihre Kinder zusammen auf und spendeten der gesamten, zahlreichen Familie einschließlich Dougal Liebe und Wärme. Seine Eltern dagegen waren nie so gewesen und Dougal fragte sich nun, ob sein Vater das vermisst hatte. Er hatte ihn nie unglücklich gesehen, aber Dougal wusste, wie viel Freude seine Kinder ihm spendeten. Vielleicht hatte es ausgereicht, um die romantische Leere seiner lieblosen Ehe auszufüllen.

Dougal schüttelte den Gedanken ab. Wenn er sich gestattete, an sein Zuhause und an seine Familie zu denken, würde ihn die Trauer über Alistair zusammen mit den Befürchtungen überkommen, was aus seinem Vater werden würde, und dafür hatte Dougal keine Zeit. All dem müsste er sich bald genug stellen, wenn er dieses Leben hinter sich lassen würde, um seinen familiären Pflichten nachzukommen – und vielleicht – häuslichen Frieden zu finden. Nein, nicht Frieden, sondern Chaos. Als der Earl of Sterling gäbe es für ihn zu viele Verpflichtungen und zu viele Menschen. Er trank einen großen Schluck Brandy.

»Ich freue mich auf morgen«, meinte Jess, die damit seine Gedanken unterbrach, wofür er dankbar war.

»Das Picknick oder das Schießen?«

»Das Schießen, aber eigentlich auf beides.« Sie trank ihren Brandy aus.

Als sie das Glas abstellte, griff er danach und meinte: »Ich nehme es.«

Ihre Finger stießen an dem Gefäß zusammen. Sie schaute zu ihm auf. Und sie zog ihre Hand nicht zurück. Das tat er auch nicht. Der Moment zog sich in die Länge und die Zeit schien zwischen ihnen stillzustehen.

Schließlich löste sie ihre Hand vom Glas und verkündete. »Ich gehe zu Bett.«

Dougal blinzelte und fühlte sich lächerlich, als ob er auf die Erde zurücktaumeln würde. »Gute Nacht.«

Geschäftig stellte er die Gläser auf das Tablett mit der Brandyflasche, die er vorhin auf den Tisch gestellt hatte. Er wollte sie nicht wieder in den Schrank neben den Kamin stellen, aus dem er sie genommen hatte. Das würde ihn ihrer Bettseite näher bringen, und somit in Versuchung, sie zu beobachten, wenn sie ihren Morgenrock auszog.

Dies war ein verdammtes Durcheinander. Er konnte während ihrer Partnerschaft nicht die ganze Zeit nach ihr lechzen. Das war nicht nur unprofessionell, sondern es war ablenkend. Das war auch nicht, wie er seine letzte Mission durchführen wollte.

Dachte er wirklich, dies sei seine letzte? Wahrscheinlich. Dies erfüllte ihn mit Enttäuschung, die ihn mit seiner unterdrückten Trauer gepaart, in einen Zustand der Agonie zu versetzen drohte. Er weigerte sich, das geschehen zu lassen. Er ließ sich nicht von Emotionen beherrschen. Niemals.

Und das würde er seinen sexuellen Gelüsten auch nicht gestatten. Er konnte aufhören, von Jess fasziniert zu sein, und das würde er verdammt noch mal tun. Sofort.

Sie hatte bereits ihre Kerze gelöscht und sich auf ihrer Bettseite unter die Decke gekuschelt. Nachdem er heute Morgen ihre kaum zerwühlte Bettwäsche gesehen hatte, verstand er jetzt, was ihre Schwestern damit gemeint hatten, dass sie eine ordentliche Schläferin war. Plötzlich hatte er das Bedürfnis, ihr zu zeigen, wie man das Bett am besten zerwühlen konnte.

So viel dazu, von seinen lüsternen Vorstellungen abzulassen. Rasch löschte er das Kerzenlicht und streifte seinen Morgenmantel ab, den er an das Fußende des Bettes legte. Er schlüpfte unter die Bettdecke und ignorierte stur die Tatsache, dass Jess in Reichweite war. In einem Bett. Mit sehr wenig Bekleidung.

Er war dabei sich in Windeseile zu einem Biest zu entwickeln.

Er rollte sich auf die Seite, um ihr den Rücken zuzudrehen, und schloss die Augen. Er brauchte Schlaf. Er sollte sich müde fühlen. Morgen war sehr viel zu tun. Er sollte seine Ermittlung eiligst durchführen, damit er nach London zurückkehren konnte, um seine andere Untersuchung fortsetzen zu können.

Ja, denke daran anstatt an Jess. Er musste die Berichte im Ministerium durchsehen und das vorzugsweise ohne dass jemand Wind davon bekam. Wie er zu Jess gemeint hatte, wäre Glück dafür vonnöten.

Oliver Kent war über den Fehlschlag dieser beiden Missionen enttäuscht gewesen, aber er hatte Dougal keinen Vorwurf gemacht – nicht für die wertlose Botschaft, die er überbracht hatte und auch nicht für Girauds Tod. Dougal hatte sich nicht mit Kent über seinen Verdacht ausgetauscht, dass jemand gegen das Außenministerium arbeiten musste. Es war keine Zeit dafür gewesen, ehe er wegen Alistair nach Schottland aufgebrochen war. Bei seiner Rückkehr nach London sollte er mit Kent reden und auch Lucien um Hilfe bitten. Das hatte er schon vor der Mission tun wollen, doch letztendlich hatte er sich entschieden, abzuwarten. Er musste seine Aufmerksamkeit auf diese Mission lenken, insbesondere da er zum ersten Mal eine Partnerin hatte. Eine Partnerin die auf dem Gebiet der Spionage ein Neuling war.

Er drehte den Kopf so, dass er zu Jess schaute, und er nahm ihre Konturen auf der anderen Seite des Bettes wahr. Sie könnte bereits eingeschlafen sein. Er streckte sein Bein aus, wie er es auch am Vorabend getan hatte, als ob er möglicherweise in Kontakt mit ihr kommen könnte. Versehentlich natürlich.

Aber sie war zu weit weg. Wie sie sein sollte. Mit jedem Tag wurde sie eine größere Versuchung für ihn. Er musste alles in seiner Macht Stehende tun, um ihr zu widerstehen.

*J*ess klammerte sich an sein dichtes Haar, als er seinen Mund auf ihre Brust legte und sie mit seinen Lippen und Zunge in einem unerbittlichen Hunger neckte. Sie krümmte sich unter ihm und verlangte verzweifelt nach mehr. Dann spreizte sie ihre Beine, schlang sie um seinen Leib und hob ihre Hüften an. Er presste nach unten, wobei sein steifer Schaft gegen ihr Geschlecht glitt. »Ja, mehr«, stöhnte sie.

Mit seiner Hand glitt er zwischen ihre Schenkel und streichelte ihre Schamlippen. Sie hob sich ihm wieder und wieder entgegen, während ihre Erlösung in ihr aufwallte. Sie konnte das Licht erkennen, und dahinter die undurchdringliche Finsternis, die sie in ihren Empfindungen einhüllen würde.

Sie brauchte ihn jetzt. Sie schob die Hand zwischen sie, fand seinen Schaft und führte ihn begierig zu ihrer Scheide, um ihre Körper zu vereinen. Er hob den Kopf und als er auf sie herabblickte, schimmerten die goldenen Flecken in seinen Augen vor Verlangen.

»Bitte, Dougal.«

Er legte seine Hand um ihre und gemeinsam führten sie seinen Schaft in ihre Scheide ein. Allein die Tatsache, dass er sich in ihr bewegte, reichte schon aus, um sie in das Licht zu treiben. Es war genau dort, und sie musste sich nur ganz hineinbegeben.

Plötzlich wurde alles dunkel.

Jess schlug die Augen auf und starrte auf den Bettvorhang. Dann bemerkte sie ihre Hand, die zwischen ihren Beinen lag, und wie ihr Leib vor Verlangen pulsierte. O Gott, was tat sie da?

Sie hatte geträumt. Das wurde ihr nun bewusst. Ruckartig drehte sie den Kopf zu Dougals Seite des Bettes und hielt den Atem an. Was hatte er gehört oder gesehen? Hatte sie seinen Namen laut ausgerufen? Beschämung überkam sie und verwandelte die Hitze in ihrem Körper von sinnlich zu demütigend.

War er nicht da? Sie konnte seine Gestalt nicht erkennen, aber es war kaum Licht im Raum – nur der spärliche Schimmer, den die glühenden Kohlen im Kamin hergaben.

Nachdem sie mehrmals geblinzelt hatte, schaute sie noch einmal hin. Seine Seite des Bettes war leer.

Jess riss die Hand von ihrem Geschlecht fort, obwohl sie noch nicht zum Höhepunkt gekommen war. Damit konnte sie sich jetzt nicht befassen. Wahrscheinlich befand Dougal sich im Ankleidezimmer.

Sie setzte sich auf und inspizierte seine Seite des Bettes genauer. Die Bettdecke war zurückgeschlagen und sein Morgenmantel war verschwunden.

Stirnrunzelnd glitt sie aus dem Bett, griff nach ihrem eigenen Morgenmantel und legte ihn um ihre Schultern, ehe sie zur Tür des Ankleidezimmers schritt. Sie war angelehnt, und von drinnen war kein Licht zu sehen. Trotzdem sah sie nach. Dort war er auch nicht.

Unruhe kribbelte in ihrem Bauch und trieb sie an das Fenster, von dem sie den Vorhang zurückzog und auf den Strand blickte. Nahm sie etwa an, er sei hinausgegangen?

Sie entfernte sich vom Fenster, ging zu seiner Seite des Bettes und stellte fest, dass auch seine Hausschuhe fehlten. Ihr Blick wanderte zum Nachttisch. Sie schaute in Richtung Tür und öffnete vorsichtig die Schublade.

Warum versuche ich, leise zu sein? Und warum sollte es mich interessieren, wenn Dougal hereinkäme und mich dabei erwischte, wie ich nachsehe, ob auch seine Pistole fehlte? Er ist derjenige, der ohne ein Wort gegangen ist.

Sie holte tief Luft und zog die Schublade ganz auf. Da war keine Pistole. Wohin zum Teufel war er mit seiner Pistole gegangen?

Jess schob die Schublade zu. Sollte sie ihn suchen gehen? War etwas vorgefallen?

In diesem Moment öffnete sich die Tür und schreckte sie auf. Ihr Körper zuckte, und sie ging um das Bett herum, als Dougal eintrat und die Tür schloss.

»Sie sind wach«, stellte er fest und ließ seinen Blick über sie gleiten, bevor er ruckartig zu ihrem Gesicht zurückfand.

»Und Sie auch. Wo waren Sie denn?«

»Ich habe ein Geräusch auf der Galerie gehört und wollte nachsehen. Es war Mrs. Farr. Sie hatte ein Tablett fallen lassen. Das war ein guter Zufall, denn als ich ihr half, die Unordnung aufzuräumen, erzählte sie mir, dass sie sich nicht sicher sei, wie lange sie noch bei den Chesmores beschäftigt sein würde. Ich fragte nach dem Grund, und sie sagte, sie sei sich nicht sicher, ob sie zu ihnen passe. Als ich weiter nachfragte, verriet sie, was Sie bereits scharfsinnig festgestellt hatten, nämlich dass sie sich bei ihnen unwohl fühlt. Ich stellte ihr einige Fragen, um sie zu ermutigen, mehr von sich preiszugeben, und fand sie sehr glaubwürdig. In diesem Moment beschloss ich, ihr reinen Wein einzuschenken, indem ich ihr verriet, dass wir vom Außenministerium sind.«

»Wie konnten Sie sicher sein, dass sie vertrauenswürdig ist?«

Er zuckte mit den Schultern. »Ich mache das schon lange genug, um ein Gefühl dafür zu bekommen, wann jemand lügt oder ausweichend ist und wann er die Wahrheit sagt. Ich konnte ihr Unbehagen nicht nur deutlich sehen, sondern es auch in ihrem Tonfall hören, wenn sie etwas sagte. Es kam mir nicht gekünstelt vor.«

Jess war enttäuscht, nicht dabei gewesen zu sein. Sie wollte alles lernen, was sie nur konnte, und dazu gehörte auch, auf welche Weise und zu welchem Zeitpunkt man sich jemandem offenbaren sollte, dessen Hilfe man in Anspruch nehmen wollte. »Wie hat sie reagiert?«

»Sie war einigermaßen überrascht, wie Sie sich vorstellen können. Allem anderen voraus war sie jedoch erleichtert. Sie wird nach dem verschlüsselten Brief suchen und ihn uns überbringen. Der von ihr gefundene Brief, der sie veranlasst hatte, an das Ministerium zu schreiben, lag wohl in Mrs. Chesmores Nachttisch.« Ihre Blicke trafen sich. »Was hat Sie aufgeweckt?«

»Ein Geräusch, genau wie Sie«, flunkerte sie. Sie dachte nicht daran, ihm die Wahrheit zu sagen. »Ich war in Sorge, als ich bemerkte, dass Sie nicht da waren. Warum haben Sie mich nicht geweckt?«

»Das hielt ich nicht für nötig. Es war nur ein Geräusch.«

Jess konnte das hartnäckige Gefühl in ihrem Hinterkopf nicht ignorieren, dass er ihr etwas verheimlichte. War das ihrer Voreingenommenheit zuzuschreiben, die sie dem Ministerium für den Auftrag zu verdanken hatte, ihn auszuspionieren? Oder war sie einfach verwirrt, weil sie *ihm* etwas nicht sagte? Nämlich die Tatsache, dass sie im Begriff gewesen war, sich zu befriedigen, während sie an ihn dachte.

Sie versagte sich den Gedanken, dass es Letzteres war. Ihre zunehmende Begierde nach ihm – sie musste zugeben, dass die Dinge so standen – einzugestehen, hatte nichts mit ihrer Mission zu tun. Was immer er vor ihr geheim halten mochte, tat das allerdings. Es war nicht so, als ob er die gleichen leidenschaftlichen Gedanken für sie hegen würde. Dafür war er viel zu professionell.

»Wir sollten wieder zu Bett gehen.« Dougal bewegte sich auf sie zu und für einen kurzen Augenblick fragte sie sich, ob er sie umarmen würde.

Das tut er nicht, du Luftikus. Er will einfach nur auf seine Seite von dem verdammten Bett gelangen.

Sie drehte sich seitlich, damit er leichter an ihr vorbei konnte, und er streifte dabei ihre Brust mit seinem Arm. Schnell ging er vorbei. Wusste er, wo er sie berührt hatte?

Die Hitze und das Verlangen, die seit ihrem Aufwachen abgeklungen waren, kehrten rauschend zurück und erinnerten Jess daran, dass sie ihre Erlösung noch nicht gefunden hatte. Sie drehte ihm den Rücken zu und machte kurz ein finsteres Gesicht, als sie auf ihre Seite des Bettes zurückkehrte.

»Nächstes Mal möchte ich, dass Sie mich wecken«, meinte sie, als sie ins Bett stieg und die Bettdecke bis zum Kinn hochzog. »Zu entdecken, dass Sie – und Ihre Pistole – verschwunden waren – war sehr beunruhigend.«

»Es tut mir leid, Sie belästigt zu haben. Ich bin nicht daran gewöhnt, irgendjemanden über meine Aktivitäten in Kenntnis zu setzen, aber ich werde mich bessern.«

Es war eine bequeme Entschuldigung. Er hätte aufstehen können, um alles Mögliche zu tun. Was, wenn er mit den Chesmores zusammenarbeitete? Was, wenn er sich überhaupt nicht mit Mrs. Farr unterhalten hatte? Was, wenn sie Teil dieser ganzen Sache war?

Jess biss die Zähne zusammen und starrte zu den Bettvorhängen auf, wie sie es auch vor einer kurzen Weile getan hatte, als sie aufgewacht war. Jetzt näherte sich ihr Körper allerdings keinem seligmachenden Höhepunkt und ihre Gedanken nahmen einen schrecklichen Weg mit Verdächtigungen und Misstrauen als Streckenposten.

Sie mochte diese Gefühle überhaupt nicht. Sie wollte Dougal vertrauen. Sie wollte seine Partnerin sein. Tatsächlich dachte sie, dass sie seine Geliebte sein wollte.

KAPITEL 10

*D*ie Sonne strahlte über ihren Köpfen, als sie ihr Picknick beendeten. Dougal trank den letzten Rest von seinem Bier aus und beobachtete seine »Frau«, wie sie angeregt mit Mary plauderte. Wenn sie gestern Abend nicht erwähnt hätte, dass sie anfangen würde, ihre Gastgeberin zu mögen, würde er ihre Vorstellung als äußerst überzeugend gefunden haben.

Dougal konnte ihr keinen Vorwurf machen. Mary war überaus liebenswert – beflissen, es allen recht zu machen, heiter und unheimlich gut gelaunt. Dies waren merkwürdige Eigenschaften für eine Spionin, wahrscheinlich weil sie wie eine Person ohne Geheimnisse wirkte. So schien es jedenfalls. Vielleicht war *sie* die geborene Schauspielerin.

Jess drehte den Kopf und ihre Blicke trafen sich. Unmerklich zog sie eine ihrer Augenbrauen hoch, als ob sie ihn fragen wollte, warum er sie beobachtete.

Weil ich dich unglaublich attraktiv finde. Weil ich dich nicht nicht beobachten kann. Weil diese Scheinehe verlockender ist, als ich mir je vorgestellt habe.

Er schaute zu Gil, der nach mehr Ale griff. »Zeit zu schießen?«

»Ganz bestimmt!« Gil füllte seinen Becher wieder auf und dann erhob er sich, um auf den Schießbereich zuzugehen, den zwei Diener eingerichtet hatten. Dougal stellte seinen leeren Becher ab und folgte ihm.

Es gab einen Tisch mit einer eindrucksvollen Auswahl an Feuerwaffen – zwei Gewehre und vier Pistolen.

Etwa dreißig Meter entfernt hatten die Diener drei Pfähle aufgebaut und mit einem Seil verbunden – es waren etwa zwanzig Meter zwischen den äußeren Pfosten mit dem dritten in der Mitte. Die Ziele hingen in verschiedenen Abständen am Seil und bestanden entweder aus Holzstücken oder Ton. Einige waren fünfundzwanzig Zentimeter groß, während andere nicht mehr als zehn Zentimeter aufwiesen. Es schien, als würde Gil das Schießen sehr ernst nehmen. In jeder anderen Situation hätte Dougal diese Aktivität immens genossen – sowohl die Fachsimpelei über die Waffen als auch die Kunst dieses Sports. Das war allerdings bei diesem Unternehmen nicht der Sinn der Sache.

Gil stellte seinen Becher auf den Tisch. »Welche würden Sie gern schießen?«

»Irgendeine, um ehrlich zu sein.« Dougals Erfahrung bestand natürlich größtenteils aus dem Schießen mit militärischen Waffen, die nicht sehr weit verbreitet waren. Die Armee überließ einem seine Waffe nicht.

»Hat Ihr Vater Sie unterrichtet?«, wollte Gil wissen.

»Das hat er tatsächlich.« Dougal verließ sich normalerweise auf die Einzelheiten seines eigenen Lebens, anstatt sich auf eine erfundene Geschichte zu berufen. Es war leichter, sich auf diese Weise an die Dinge zu erinnern. Er dachte an seinen Vater, wie er ihm und Alistair das Schießen beigebracht hatte. »Ich habe meinen ersten Hirsch geschossen, als ich acht war.«

Gil zuckte mit den Schultern. »Mein Vater hat mich auf die Fasanenjagd mitgenommen. Ich fürchte, dass ich nie Gefallen daran gefunden habe, auf Tiere zu schießen, obwohl ich recht gut darin war. Ich habe Freude an diesem Sport, der für mich darin besteht, ein Ziel zu treffen.«

Die Ladys gesellten sich zu ihnen. Mary trat zu ihrem Ehemann und fasste ihn am Arm und lehnte sich an ihn, wie sie es zu pflegen tat. »Langeweilt mein Ritter Sie mit den Einzelheiten seiner Waffen?« Sie lächelte zu Gil auf, der rasch einen Finger auf ihre Nase drückte, als ob sie ein Kätzchen oder ein Welpe wäre.

»Überhaupt nicht«, antwortete Dougal, der den Arm um Jess' Taille legte, als sie an seine Seite kam. Es war so eine natürliche Bewegung, die sich so richtig anfühlte, dass er fast glauben konnte, dass sie verheiratet wären. Er schaute zu Gil. »Sie haben hier eine hübsche Sammlung.« Dougals Aufmerksamkeit wanderte sofort zu einer Waffe, die wie eine französische doppelläufige Steinschlosspistole aussah. »Woher haben Sie diese?«

»Spektakulär, nicht wahr?«, entgegnete Gil mit offensichtlichem Stolz. »Es ist eine Kopie von Napoleons Privatsammlung.«

»Vermuten Sie, dass ihm erlaubt war, sie zu behalten?«, fragte Jess mit einem Lachen.

Dougal unterdrückte seine Bewunderung für ihre Frage, und wartete auf die Antwort ihres Gastgebers.

»Das kann ich mir nicht vorstellen«, antwortete Gil. »Obwohl ich glauben muss, dass er es versucht hat!« Er lachte über seine Worte und Mary stimmte ein.

Lächelnd, um sich ihnen anzupassen, konnte Dougal Gils persönliche Meinung nicht bestimmen, die ihm wahrscheinlich verraten würde, wo seine Neigungen lagen. Nicht dass er von dem Mann ein offenes Eingeständnis erwartet hätte, für die Franzosen zu arbeiten. »Sind Sie ein Anhänger von Napoleon?«, fragte Dougal.

»Lieber Himmel, nein«, entgegnete Gil schnell mit entsetzter Miene, wie es sich für einen Engländer gebot. Doch war seine Reaktion aufrichtig? »Ich bin allerdings ein leidenschaftlicher Bewunderer vieler französischer Dinge, insbesondere dieser Pistole. Vor einigen Jahren habe ich eine Skizze davon gesehen und es hat mich von den Füßen gerissen.« Lachend schaute er seine Frau an. »Allerdings nicht auf die gleiche Weise, wie meine Meerjungfrau das fertiggebracht hat.«

Jess hatte in ihren Heiterkeitsausbruch eingestimmt, doch nun krauste sie die Nase. »Ich bin froh, dass Napoleon wieder im Exil ist.«

Mary nickte zustimmend. »Das ist nur zum Besten.«

Dougal konnte nicht sagen, ob sie das glaubte, aber zwischen ihr und Gil waren keine Blicke ausgetauscht worden. Sie schienen sich beim vorliegenden Thema überhaupt nicht unbehaglich oder ängstlich zu fühlen. Später würde er Jess für die Frage loben. Sie war unverfänglich und betraf dennoch ein Thema, bei dem es von Vorteil war, die Reaktionen ihrer Gastgeber zu beobachten.

»Wie sind Sie in ihren Besitz gelangt?«, fragte Dougal mit einem leutseligen Lächeln. »Wenn Ihnen meine Frage nichts ausmacht. Sie ist wundervoll.«

Zum ersten Mal während ihres Besuchs wandte Gil den Blick ab und wirkte unbehaglich. »Es war ein besonderer Gefallen. Ich will es lieber nicht verraten, um den Mann nicht in Schwierigkeiten zu bringen, der sie für mich beschafft hat.«

Wahrscheinlich ein Schmuggler. Jetzt war Dougal doppelt neugierig. »Was wenn ich selbst eine möchte, nachdem ich damit geschossen habe?«, fragte er jovial.

»Nun, in dem Fall werde ich versuchen, sie für Sie zu

beschaffen«, antwortete Gil beflissen. »Wollen Sie damit schießen?«

»Ja.« Dougal drehte den Kopf zu Jess. In dem gleißenden Sonnenlicht wirkte das Blau ihrer Augen so intensiv, dass es das Meeresblau verblassen ließ. »Ich denke, du solltest mit der einfachen Steinschlosspistole schießen, da es dein erstes Mal ist.«

»Was immer du für das Beste hältst, mein Hirsch.« Sie strahlte ihn an und drückte sich an seine Seite.

Himmel, sie konnte ihn vollkommen aus dem Konzept bringen. Sie an sich zu fühlen war eine schwindelmachende Verlockung. Ihm fielen viele Dinge ein, die er an diesem schönen Nachmittag lieber tun würde als schießen.

»Würde es Ihnen etwas ausmachen, uns Ihr Können vorzuführen?«, fragte Dougal. Er war neugierig auf die Fähigkeiten des Mannes. Angesichts seiner Sammlung an Feuerwaffen, sollte man meinen, dass sie exzellent sein mussten.

»Überhaupt nicht. Gestatten Sie mir, es zuerst mit dem Gewehr zu demonstrieren.« Gil nahm das Gewehr vom entfernten Ende des Tisches. »Ich habe es vor Ihrer Ankunft geladen«, erklärte er und entfernte sich einige Schritte vom Tisch, von wo aus er sein Ziel sorgfältig anvisierte.

»Welches Ziel wollen Sie treffen?«

Gil warf ihm einen Blick zu und ein Lächeln umspielte seinen Mund. »Würden Sie gern wetten?«

»Ganz und gar nicht.« Dougal wollte wissen, wie gut der Mann war – eines dieser Ziele zu treffen war nicht so schwer wie zu sagen, welches er treffen wollte.

»Das dritte von links«, kündigte Gil an und zeigte auf eines der kleineren Ziele. Einen Augenblick später zog er den Abzug. Das Holz splitterte entzwei.

Mary klatschte in die Hände. »Bravo, mein Ritter.«

Gil drehte sich um und verneigte sich schwungvoll vor

ihr. »Noch einen Schuss, mein Täubchen. Du bist an der Reihe.«

Bei dem Wort Täubchen, fasste Jess Dougal am Arm und presste die Lippen zusammen. Er betrachtete ihren zitternden Kiefer und wusste, dass sie genau wie er ein Lachen zurückdrängen musste.

Mary nahm ihrem Ehemann das Gewehr ab und hielt ihm die Wange hin, die er lautstark küsste. Und lange. Dann flüsterte er ihr etwas ins Ohr und ihre Lippen bogen sich nach oben.

Sie nahm eine ähnliche Position wie ihr Ehemann ein und kündigte an: »Das zweite von rechts.« Dies war ein größeres Ziel als das ihres Ehemannes. Nach einem Augenblick der Konzentration zerstörte sie ihr Ziel.

»*Bien fait!*«, rief Gil aus. Er eilte los, um ihr das Gewehr abzunehmen und reichte es einem der Diener. Dann schwang er Mary im Kreis herum, ehe er sie wieder absetzte und ihr einen Kuss auf die Lippen drückte. Bei diesem freizügigen Beweis der Zuneigung hätte sich in London jeder Kopf gedreht.

»Liebe Güte, das war ausgezeichnet«, lobte Jess. »Schießen Sie immer so akkurat?«

»Wie können wir das beantworten ohne unbescheiden zu erscheinen?«, fragte Mary mit einem Lachen.

»Ja, wir schießen immer so akkurat«, bestätigte Gil. Er grinste seine Frau an. »*Mon coeur* hat sehr hart gearbeitet um ihre Fähigkeiten zu verbessern. Es zahlt sich aus, jede Woche zu üben.« Die beiden tauschten bewundernde Blicke aus.

Obwohl beide Schüsse Zufallstreffer hätten sein können, war Dougal geneigt, ihnen Glauben zu schenken, dass sie beide so gut waren. War es jedoch wirklich nur ein Zeitvertreib oder hatten sie ernsthaft geübt, um so gut zu schießen? Die Tatsache, dass Gil ein Gewehr besaß, das nach einem

Exemplar in Napoleons Privatsammlung angefertigt war, ging Dougal nicht aus dem Kopf.

»Sie sind an der Reihe«, sagte Mary zu Jess.

Sie lachte nervös und Dougal fragte sich, ob es echt oder improvisiert war. »O nein, ich werde meinem versierten Ehemann den Vortritt lassen. Ich weiß nicht einmal, wie man eine Pistole hält.«

Gil nahm die doppelläufige französische Waffe und reichte sie an Dougal. »Sie ist bereits geladen.«

Dougal nahm seine Hand von Jess Taille und nahm die Pistole. Er konnte beidhändig schießen, aber er zog die rechte vor. Er begab sich zu der Stelle, von der aus die Chesmores gefeuert hatten, und hielt die Pistole, um ihr Gewicht einzuschätzen. Sollte er besser ein größeres, leichteres Ziel auswählen? Das hing davon ab, ob er seine wahren Fähigkeiten unter Beweis stellen wollte, oder ob er Gil lieber in dem Glauben lassen wollte, nicht so befähigt zu sein wie er.

»Das erste auf der rechten Seite des Mittelpfostens«, kündigte er an. Er zielte und als er schoss, zersprang die Tonscheibe.

»Gut gemacht!« Mary applaudierte auf ein Neues.

»C'est magnifique!«, rief Gil aus.

»Ich denke, ich würde gern eine Waffe wie diese haben«, meinte Dougal bewundernd. »Wenn Sie mir eine besorgen könnten, wäre ich sehr erfreut.«

Gil ließ ein kurzes und vielleicht ein wenig unsicheres Lächeln aufblitzen. »Natürlich.« Rasch wandte er sich an Jess. »Und nun sind Sie an der Reihe, Madame.«

Dougal fragte sich, ob der Mann erkannte, wie er mit seinem französischen Gerede, dem französischen Brandy und der französischen Pistole, die er unter fragwürdigen Umständen beschafft hatte, vielleicht auf andere wirkte. Diese Dinge ließen sich eventuell als unerheblich abtun, aber Dougal wusste auch, dass sie verschlüsselte Briefe schrieben und sich spät in der Nacht an den Strand schlichen. Obwohl ihre Ermittlung alles andere als abgeschlossen war, tendierte Dougal zu der Annahme, dass sie tatsächlich Spione waren. Hatten sie aber ein spezifisches Ziel? Oder warteten sie einfach die Zeit ab, bis der nächste Konflikt unweigerlich ausbrechen musste?

Jess trat an den Tisch und betrachtete die Waffen, ehe sie den Blick zu Dougal hob, der zu ihr trat. »Welche?«, fragte sie.

Er suchte die einfachste aus. »Diese, denke ich.« Wie auch die anderen war sie bereits geladen. »Ich werde dich ein anderes Mal unterrichten, wie man eine Waffe lädt. Oder nach dieser ersten Runde.« Er legte die Hand in ihren Rücken und führte sie zum Schießbereich.

»Das Wichtigste ist, mit den Augen zu zielen und nicht mit der Hand. Bewege deine Hand so, dass eine gedachte Linie entsteht und du die Pistole dorthin richtest, wohin du schießen willst.« Dougal legte ihr die Pistole in die Hand und stellte sich hinter sie, wobei sein Körper sich an den ihren schmiegte. Ihr blumiger Duft erfüllte seine Sinne und er musste sich beherrschen, damit er die Augen nicht vor sinnlichem Genuss schloss. Mit seinen Fingern umfasste er die Außenseite ihrer Hand und hob ihren Arm. »Hebe den Arm so und richte ihn auf das Ziel.«

»Welches?«, fragte sie und hielt ihr Gesicht auf die Ziele gerichtet. »Bitte sag das große auf der linken Seite des Pfostens.«

Er lächelte an ihrem Ohr. »Ja, genau dieses. Und sei nicht enttäuscht, wenn du es nicht triffst.«

Sie holte tief Luft. »In Ordnung. Ich werde einfach den Auslöser mit meinem Finger ziehen?«

»Wenn du bereit bist, ja. Hast du deine Augen auf das Ziel gerichtet?«

»Ja.« Sie richtete die Waffe ein bisschen nach rechts und hob sie ein wenig. »Ich bin bereit.«

»Feuere, wann immer du willst, mein Kolibri.« Er wünschte, er hätte das nicht gesagt. Ein leichtes Zittern durchlief ihre Schulter, als sie den Abzug zog. Die Kugel kam noch nicht einmal in die Nähe des Ziels.

Jess presste die Lippen zusammen und ließ den Arm sinken. »Das war schrecklich.«

»Darf ich Ihnen einen Ratschlag anbieten?« Gil trat vor.

Jess drehte sich zu ihm und übergab ihm die Feuerwaffe. »Ja, bitte.«

Gil nahm die Waffe mit einem Nicken entgegen und kehrte zum Tisch zurück. Sofort nahm der Diener sie in Empfang und lud sie erneut. Gil wählte eine andere Pistole, mit der er zurückkehrte, und zögerte dann, als er zu Dougal schaute. »Würde es Ihnen etwas ausmachen, beiseite zu treten?«

»Überhaupt nicht.« Dougal kehrte zum Tisch zurück.

Gil nahm hinter Jess die gleiche Position wie Dougal ein. Sie war tatsächlich ein wenig größer als er, aber er schmiegte sich dennoch an sie. Es sah sogar so aus, als ob er sie noch fester drückte als Dougal zuvor. Er sprach leise in ihr Ohr, sodass Dougal nicht hören konnte, was er sagte.

Gereizt marschierte Dougal zur Decke, um seinen Becher wieder aufzufüllen. Als er das Ale und den Becher in der Hand hielt, beobachtete er, wie Jess über etwas lachte, das Gil gesagt hatte. Zu seiner Verärgerung wirkten die beiden sehr intim miteinander und Eifersucht flammte in ihm auf, worauf er das Ale beim Einschenken versehentlich über seine Hand schüttete.

Er verhielt sich lächerlich. Gil war seiner Frau ergeben. Er versuchte nur, Jess zu helfen.

Gil hielt ihre Hand und sein Arm war mit ihrem ausgestreckt. Dann passierte alles blitzesschnell. Plötzlich bewegte sie sich. Die Pistole feuerte. Dougal fühlte, wie die Kugel an seinem Kopf vorbeizischte.

Was um alles in der Welt?

Ohne weiter darauf zu achten, ließ Dougal den Becher und die Flasche fallen und schritt auf Jess zu, die ihn mit großen Augen und bebender Brust anstarrte. Die Pistole baumelte von ihren Fingerspitzen.

»Ist dir nichts passiert?« Sie wirkte blass und entsetzt.

»Mir geht es gut.« Dougal nahm die Waffe und übergab sie an einen Diener. Als Jess zu zittern begann, nahm Dougal sie in die Arme und hielt sie fest, wobei er ihr vom Nacken bis zur Mitte ihres Rückens über das Rückgrat streichelte. Sie wirkte kläglicher als am Abend ihrer Ankunft. »Mir geht es gut. Du wirst dich wieder beruhigen.«

Sie zitterte an ihm und ihre Hände krallten sich in seine Frackaufschläge. »Ich weiß nicht, was passiert ist. Gil hat etwas gesagt und ich habe mich erschreckt. Warum ist die Kugel in diese Richtung geflogen?« Sie schaute erschüttert zu ihm auf.

»Weil du dich bewegt hast. Dein Arm muss sich bewegt haben«, antwortete er ruhig, obwohl er sich nicht so gut fühlte, wie er vorgab. Er hatte der Gefahr schon mehrmals ins Auge gesehen und sie als einen Teil dieses Berufs akzeptiert. Allerdings lagen die Dinge jetzt anders. Er war der einzige Erbe seines Vaters und er konnte nicht zulassen, dass dieser einen weiteren Sohn überlebte, ganz zu schweigen davon, dass es sein letzter war. »Es war ein Unfall und kein Schaden ist entstanden.«

»Aber das hätte passieren können«, flüsterte sie und blinzelte die Tränen zurück, die sich in ihren leuchtend blauen Augen gesammelt hatten.

»Still«, beschwichtigte er sie trotz des eisigen Gefühls, das ihm über die Wirbelsäule kroch. »Alles ist gut.« Er küsste sie auf die Schläfe und legte die Hand um ihren Nacken, um sie an sich zu drücken, während er seinen anderen Arm um ihre Taille legte. Sie schloss die Augen und er konnte fühlen, wie ein Teil der Anspannung aus ihrem Körper wich.

Dougal blickte über ihre Schulter zu dem Tisch, an dem die Chesmores zusammenstanden – sie hatte sich an seinen Arm geklammert und er hatte seine Hand über ihre gedeckt. Gil wirkte beinahe ebenso außer sich wie Jess. Allerdings nur beinahe, denn Dougal war sicher, dass niemand so erschüttert sein konnte, wie sie es gerade war.

Jess schob ihre Hand in seinen Nacken und schmiegte sie dann an seinen Kiefer. »Bist du sicher, dass es dir gut geht?« Sie suchte sein Gesicht ab, und ihre Züge waren zu einer Maske der Besorgnis erstarrt.

Er schaute in ihre Augen und für einen Moment war die Welt vergessen. Es gab nur noch ihn und sie und die Emotion, die zwischen ihnen wogte.

Emotion?

»Diese Dinge passieren, mein Kolibri«, sagte er und zwang sich, die Kontrolle wiederzuerlangen. Missionen waren kein Ort für Emotionen irgendwelcher Art, und das nicht einmal bei einem Unfall. *Insbesondere* in diesem Fall. Ruhige Nerven und ein gesunder Menschenverstand waren unerlässlich.

Er nahm seine Hände von ihrem Rücken und fasste die ihren. Mit einem ermunternden Lächeln ließ er sie los und ging auf Gil zu.

»Was war passiert, als sie gefeuert hat?« Dougal verfluchte sich für seine Ablenkung mit dem Ale. Weil er eifersüchtig gewesen war. Das war Beweis genug, dass Emotionen inakzeptabel waren.

»Ich bin nicht sicher. Ich sagte, sie sei bereit in jedem Augenblick zu feuern. Sie zog den Auslöser und ihr Arm schwenkte nach links, auf Sie zu.« Gil warf einen besorgten Blick zu Jess. »Fehlt Jessamine nichts?«

»Sie ist ein bisschen zittrig, aber sie wird sich erholen.« Dougal gefiel Gils Erklärung nicht. Jess hatte gesagt, er hätte gesprochen, und sie hätte sich erschreckt. Warum hätte sie das getan, wenn es so war, wie er gesagt hatte? Es steckte mehr dahinter. Und er würde lügen, wenn er behaupten würde, dass er nicht über die Möglichkeit nachdachte, dass Gil sie verleitet hatte, in Dougals Richtung zu schießen. Was, wenn Gil den Verdacht hegte, das Dougal hier war um gegen ihn zu ermitteln? Was, wenn Dougal sich bezüglich Mrs. Farr geirrt hatte? Was, wenn sie ebenfalls mit ihnen zusammenarbeitete und den Brief ans Außenministerium geschickt hatte, damit Gil sie umbringen konnte?

Dougal erstarrte das Blut zu Eis. Noch nie hatte er seine Sterblichkeit deutlicher gespürt als in diesem Moment. Dies *musste* seine letzte Mission sein. Um seines Vaters willen.

Er schaute zu Jess und sah ihren blassen Ausdruck, und er fragte sich, ob dies ebenfalls ihre letzte Mission sein würde. Er musste sie von hier fortbringen. »Wenn Sie uns entschuldigen wollen. Ich werde meine Frau auf unser Zimmer begleiten.«

»Gewiss«, meinte Mary, deren Augenbrauen tief gefurcht waren. Sie ließ ihren Ehemann los und eilte auf Jess zu. »Es tut mir so leid. Sie dürfen sich keine Vorwürfe machen. Unfälle können passieren. Als ich mit dem Schießen anfing, habe ich aus Versehen in einen Baum geschossen.« Sie umarmte Jess kurz, aber innig. »Lassen Sie mich bitte wissen, wenn Sie etwas brauchen.«

Jess nickte. »Danke.«

Dougal bot ihr seinen Arm, den sie geschwind fest umklammerte – mit beiden Händen. Sie schlugen den Weg zum Haus ein.

»Was hat er gesagt, das dich so erschreckt hat?«, fragte Dougal.

»Ich – ich bin nicht sicher. Ich habe Schwierigkeiten,

mich zu erinnern.« Sie hielt inne und dann drehte sie ihm den Kopf zu. »Es war nicht, was er gesagt hatte. Es war sein Atem. Es hat mich so aus der Fassung gebracht, dass ich dich fast erschossen hätte.«

Sie drückte seinen Arm. »Ich hatte es vergessen. Er hat mir in den Nacken gehaucht und mich damit erschreckt. Außerdem hat er sehr stark nach Zwiebeln und Ale gerochen.«

»Soll ich ihn zum Duell fordern?« Dougal verspürte einen Drang zu lachen und noch einen größeren, Gil zu verprügeln.

»Er hat nichts Falsches gemacht, sondern nur etwas Belästigendes. Ich war zu nervös.« Sie ließ die Schultern sinken. »Ich fühle mich wie eine völlige Versagerin.«

»Hör damit auf. Ich werde nicht erlauben, dass du dich selbst herabwürdigst.« Er zog sie den Pfad entlang mit sich, denn er wollte unbedingt ins Haus kommen, ehe ihnen noch jemand begegnete. »Mir geht es *gut*.« Er würde sie fortbringen. Er war nicht sicher, was ihm mehr zu schaffen machte, der knappe Fehlschuss oder die Erkenntnis, dass er dies nicht länger tun konnte. »Es ist zwecklos, über etwaige Situationen zu grübeln, die hätten passieren können. Es ist ein sinnloses Unterfangen. Du hast etwas gelernt, nicht wahr?«

»Niemals wieder eine Waffe abzufeuern.«

Sie hatten den Garten erreicht und würden in wenigen Augenblicken im Haus sein. »Unsinn, du musst wieder mit einer Pistole schießen.«

Sie schüttelte wie wild mit dem Kopf. »Absolut nicht. Ich bin ein Risiko.«

»Nur, wenn Gil an deiner Seite ist. Ich werde genau wie beim ersten Mal neben dir stehen. Du musst dein Selbstvertrauen wiedererlangen, wie du es nach dem Ausrutscher mit dem Französisch gestern getan hast.« Dougal öffnete die Tür zum Salon.

Sie ließ ihn los und trat ein. Er kam ihr nach und streifte ihren Rücken mit seiner Hand, um sie auf die Treppenhalle zuzuführen. »Das ist kaum dasselbe«, protestierte sie.

»Das ist es. Du darfst dich nicht herabwürdigen. Ich war von deiner Frage am Strand über Napoleon unglaublich beeindruckt. Es war sehr gut, Gil auf diese Weise einen Kommentar zu entlocken, um zu sehen, was er von dem Mann hält.« Er behielt seine Hand in ihrem Rücken, als sie die Treppe hinaufgingen.

Als sie oben angelangt waren, blieb sie stehen. »Du musst das nicht weiter tun.«

»Was?«

»So tun, als wären wir verheiratet, wenn keiner hinschaut.«

»Was tue ich?«

»Mich berühren.«

Das tat er. »Ich würde das für jede Frau tun, mit der ich die Treppe hinaufgehe.« Das stimmte allerdings nicht. Er konnte sich an Zeiten erinnern, in denen er die Treppe des Phönix Clubs hinaufgegangen war, mit Frauen, die er kannte und er hatte sie in keiner Weise berührt.

Sie gingen weiter auf ihr Zimmer zu. Er versuchte wieder zu ihrer Unterhaltung über Gil zurückzukehren. »Ich gebe zu, dass ich nach dem heutigen Ereignis zu dem Glauben neige, dass sie für die Franzosen arbeiten.«

»Wegen der französischen Waffe?«, fragte sie.

»Ja. Die Zeitwahl ist verdächtig, da ich mich gestern Nacht Mrs. Farr offenbarte.« Im Laufe der Jahre hatte er gelernt, sich nicht in Zweifel zu ziehen, doch sein Selbstbewusstsein hatte durch die fehlgeschlagenen Missionen vor einigen Monaten einen Knacks erlitten – wenn auch nur einen leichten.

Jess blieb stehen und schaute ihn mit besorgter Mine an. »Glaubst du, Mrs. Farr hat die Chesmores gewarnt, dass wir vom Ministerium sind?«

Er führte sie auf das Zimmer zu. »Wahrscheinlich nicht, aber wir müssen jede Möglichkeit erwägen.«

Jess erreichte die Tür und er beeilte sich, sie für sie zu öffnen. »Wie kann er überhaupt wissen, welche Waffen sich in Napoleons Privatsammlung befinden?«, fragte sie, während sie Hut und Handschuhe ablegte.

»Genau.« Dougal schloss die Tür fest hinter sich und die Anspannung in seinem Nacken, die er nicht einmal bemerkt hatte, löste sich. Er riss sich seinen eigenen Hut und die Handschuhe herunter, die er auf das Bett segeln ließ. Dann massierte er seinen Nacken und strebte auf direktem Wege auf die Brandyflasche zu.

»Ich werde einen davon trinken«, meinte Jess, als sie sich in einem der Sessel beim Kamin niederließ. »Und sei nicht knauserig.« Sie schnürte ihre Stiefel auf und streifte sie von ihren Füßen, während er mit ihren Getränken zurückkehrte. Sie nahm das Glas von ihm entgegen und lächelte ihm dankbar zu. »Danke. Du glaubst wirklich, dass ich noch einmal schießen sollte?«

Er setzte sich ihr gegenüber an den Kamin. »Vielleicht nicht hier, aber ja. Wenn wir zurück in London sind, kann ich sogar dafür sorgen, dass du Unterricht nimmst – in einer sicheren Umgebung.«

»Ich bin nicht sicher, ob es so etwas gibt, wenn ich mit einer Waffe herumfuchtele«, murmelte sie.

Er nahm den Humor in ihrer Stimme wahr und lächelte. »Du wirst dich wieder fangen. Du gehörst nicht zu der Sorte Mensch, die so leicht aufgibt.«

»Das ist deine Meinung?«

»Hast du je bei einem verschlüsselten Text aufgegeben?«

»Nein.«

»Und ich kann mir vorstellen, dass einige davon nicht leicht waren.«

Sie atmete aus. »Nein, das waren sie nicht.«

»Das habe ich mir gedacht. Ich kenne dich, Jess. Und du bist hartnäckig.«

»Wir kennen uns noch nicht einmal zwei Wochen«, höhnte sie. »Nicht offiziell jedenfalls.«

»Was soll das heißen ›offiziell‹?«

Sie trank einen großzügigen Schluck von ihrem Brandy. »Wir haben uns früher schon einmal getroffen. Vor vier Jahren. Ich erinnere mich genau.«

»Vor vier Jahren?« Verdammt, jetzt fühlte er sich schrecklich. »Wie kannst du dir sicher sein?«

Sie bedachte ihn mit einem hochmütigen Blick, der ihre Gewissheit bewies, und das weckte zweifelsohne sein Begehren. »Weil ich das bin. Du hattest mich auf dem Edgemont Ball zum Tanzen aufgefordert.«

Er hatte mit ihr getanzt? Vor vier Jahren? Und dann nie wieder. Schlimmer noch war, dass er sich nicht erinnerte. Er war ein ausgemachter Flegel. »Ich hätte mich an dich erinnern sollen. Ich kann mir nicht vorstellen, warum ich das nicht tue«, meinte er leise.

Seine Gefühlsaufwallung, mit denen er sich vorzugsweise in kleinen, handlichen Portionen auseinandersetzte, drohte, ihn zu ihrem Sessel zu treiben, ihre Hand zu ergreifen und sie um Verzeihung zu bitten. Ein Ehemann würde das tun. Und ein Liebhaber. Er war weder das eine noch das andere und da sie allein waren, gab es keinen Grund die Farce fortzusetzen. Er war sich allerdings einigermaßen sicher, dass er nicht nur so tat, sondern sich einfach so benahm, wie er sollte. Und wie er *wollte*.

Er wurde vor weiteren Gedankengängen von etwas verschont, das er aus dem Augenwinkel erkannte. »Was ist das auf deinem Nachttisch?«

Jess stand auf und machte ein neugieriges Gesicht, als sie auf den Tisch zuging. Sie stellte ihren Brandy ab und nahm den gefalteten Briefbogen in die Hand, ehe sie sich zu ihm umdrehte. Dann faltete sie ihn auf und sie überflog das Schreiben. Ganz langsam teilten sich ihre Lippen zu einem breiten, zufriedenen Lächeln.

»Es ist ein verschlüsselter Brief.«

KAPITEL 11

»*M*rs. Farr muss ihn gebracht haben«, meinte Dougal.

Jess starrte auf die Zahlen, während ihr Puls immer schneller schlug. Vor ihr lag ein Rätsel und sie konnte es kaum erwarten, es zu lösen. Dougal schloss sich ihr an, und warf über ihre Schulter einen Blick auf den Brief. Er war ihr nahe – fast genauso nahe wie in dem Moment, als er ihr beim Schießen geholfen hatte. Die Erinnerung an seinen Körper, der sich an ihren presste, vermischte sich mit seinem Duft – Sandelholz und Meer. Wenn sie sich ein wenig zurücklehnte, würde sie ihn wieder fühlen …

»Ich sollte anfangen. Ich werde ihn zuerst kopieren, damit du das Original an Mrs. Farr zurückgeben kannst. Auf diese Weise kann sie es hoffentlich wieder an seinen Platz legen, ehe die Chesmores das Fehlen bemerken.« Sie entfernte sich aus seiner verhexenden Nähe und ging zu dem kleinen Schreibtisch in der Ecke. Dann setzte sie sich auf den kleinen Stuhl und legte den Brief auf die Schreibtischoberfläche.

»Wie wirst du ihn entziffern?«, fragte Dougal, als er sich zu dem Tisch beim Fenster bewegte, der hinter ihr stand.

»Ich werde auf sich wiederholende Zahlen achten, die normalerweise vielgebrauchte Buchstaben wie a oder e oder s sind.« Sie nahm einen Bogen Papier von der Schreibtischecke und legte ihn neben den Brief. Dann nahm sie die Feder zur Hand und fing an, den Brief auf sich wiederholende Zahlen zu untersuchen. – sowohl einzeln als auch in Gruppen, was auf sich wiederholende Worte hindeuten konnte.

»Ich nehme nicht an, dass du deine Vorgehensweise beschreiben wirst«, meinte Dougal, womit er ihre Gedanken unterbrach. »Ich bin neugierig zu erfahren, wie du arbeitest.«

Jess drehte sich zu ihm um und schaute ihn an. »Ich bin geschmeichelt. Jetzt ist allerdings keine Zeit, wenn du möchtest, dass ich so schnell wie möglich fertig werde. Ich werde dir meine Herangehensweise liebend gern beschreiben, sobald ich den Code geknackt habe.«

»Natürlich.«

Sie nickte ihm zu, und dann wandte sie sich wieder ihrer Arbeit zu und kopierte den Brief akribisch. Das Geräusch seiner Finger, die auf den Tisch trommelten, unterbrach sie erneut. Sie dehnte ihren Nacken und verdoppelte ihre Bemühungen, sich weiter zu konzentrieren.

Einige Minuten später stand er auf und marschierte zum Kamin, wo er mit den Fingerspitzen an den Kaminsims klopfte. Sie warf ihm einen Blick zu. Er hatte seine Hände an den Sims geklammert und seinen Körper gestreckt, sodass er ein Dreieck mit dem Boden und dem Kamin bildete. Er schien vor dem Kamin zu grübeln, als ob sich etwas überaus Besorgniserregendes darin befände.

Endlich war sie mit ihrer Kopie fertig. »Hier, das kannst du zu Mrs. Farr bringen.« Sie hielt das Originalschreiben hoch. »Dann solltest du vielleicht einen Spaziergang machen«, schlug sie vor. Wenn er sie nicht allein ließe, würde er sie weiter ablenken.

Er stieß sich vom Kamin ab und kam zu ihr, um den Brief in Empfang zu nehmen. »Störe ich dich?«

»Ein bisschen. Ich bin nicht an Ablenkung gewöhnt, wenn ich an meinen Entschlüsselungen arbeite.« Sie war auch nicht daran gewöhnt, etwas von tatsächlichem Wert zu entschlüsseln. Dies war kein Zeitvertreib, sondern ein wichtiger Beitrag zur nationalen Sicherheit.

»Natürlich. Entschuldigung. Ich fühle mich nach dem Schießen beunruhigt – und das nicht wegen deines Schusses. Ich habe Fragen über unsere Gastgeber.«

Jess verstand, aber sie war sich dennoch nicht sicher, ob sie ihm wegen ihres Fehlschusses glaubte. Wie konnte ihn das nicht aus dem Konzept bringen? Wenn er ein bisschen weiter links gestanden hätte, würde sie ihn getroffen haben. Bei dem Gedanken drehte sich ihr der Magen um.

Er sagte, sie sollte es noch einmal versuchen, doch nach diesem Erlebnis war sie sich nicht sicher, ob sie je wieder eine Waffe anfassen könnte. Sie fing auch an zu zweifeln, ob diese Art von Arbeit das Richtige für sie war. Welcher Spion fürchtete sich vor Schusswaffen?

»Dann werde ich dich allein lassen«, meinte Dougal und ging zur Tür.

»Was wirst du tun, nachdem du den Brief zurückgegeben hast?«, fragte sie.

Er zog eine Schulter hoch. »Ich werde mich mit den Dienstboten unterhalten. In den Zimmern herumschnüffeln, die ich betreten kann. Diese Art von Dingen. Viel Glück.«

»Dir auch«, rief sie ihm nach, als er die Tür zumachte.

Für einige Minuten wandte sie sich wieder der Verschlüsselung zu, doch ihre Gedanken wanderten zu Dougal zurück. Vielleicht war das der Grund, warum sie an sich selbst zweifelte. Je mehr Zeit sie mit ihm verbrachte, desto mehr mochte sie ihn und umso weniger war sie an der Ermittlung interessiert, die sie gegen ihn durchführen sollte. Sie konnte sich einfach nicht vorstellen, dass er gegen die Krone arbeitete.

Aber was wusste sie eigentlich wirklich? Er war ein erfahrener Spion. Vermutlich konnte er sie ohne große Mühe hinters Licht führen. Ehrlich gesagt, war das wahrscheinlich gar nicht schwierig, da sie bereits vollkommen von ihm eingenommen war.

Vielleicht sollte sie ihm eine gefälschte Version des dechiffrierten Briefes geben – eine, welche vermeintlich die Ausführung eines französischen Plans bedrohen würde. Wenn er ihn nie an das Ministerium weiterleitete, würde das beweisen, dass er für die Gegenseite arbeitete. Aber wie um alles auf der Welt sollte sie so etwas zustande bringen? Das zu tun würde außerdem ihr hauptsächliches Ziel, die Chesmores, gefährden. Wenn sie ihm etwas gab, das sie zu Kriminellen machte, und er nicht für die Franzosen arbeitete, hätte sie die Chesmores verdammt.

Sie stützte die Stirn in ihre Handfläche. Dies war eindeutig überwältigend. Hatte Dougal sich je so gefühlt? Auch er war einmal ein Neuling auf dem Gebiet der Spionage gewesen. Sie musste annehmen, dass auch er Zweifel gehabt hatte.

Jess machte sich allerdings Sorgen, dass ihre Unsicherheit eine andere Ursache hatte. Sie war sehr begeistert gewesen, sich auf dieses Abenteuer einzulassen. Ihrem Land auf diese Weise zu dienen war eine einmalige Gelegenheit – und ein Traum – im Leben. Warum war sie dann an dem gespielten Teil ihrer Mission am meisten interessiert? Sie hatte angefangen, die Ehe nicht mehr als Falle zu sehen, für die sie sie lange gehalten hatte. Mit dem richtigen Partner wäre sie vielleicht sogar … attraktiv.

Mist, Mary und Gils liebende und partnerschaftliche Beziehung hatte ganz eindeutig eine Auswirkung auf sie. Es war weitaus akzeptabler, es darauf zu schieben als auf die Behaglichkeit und Unbeschwertheit ihrer Scheinehe mit Dougal.

Sie musste ihre Arbeit in den Vordergrund stellen und dazu gehörte, gegen Dougal zu ermitteln und sich nicht darauf zu konzentrieren, wie sie für ihn empfand. Es wäre besser, sich seine verdächtigen Aktivitäten in Erinnerung zu rufen, insbesondere, dass er sich in der Nacht mit seiner Pistole davongestohlen hatte und die Tatsache, dass er nicht erwähnt hatte, sie überhaupt mitgebracht zu haben.

Allerdings hatte er perfekt plausible Gründe für alles, was er tat. Es war nicht so, als hätte er versucht, sie zu erschießen. Das hätte sicherlich zu ihrem Zweifel beigetragen.

Sie stieß ein frustriertes Stöhnen aus und wandte ihre Aufmerksamkeit wieder dem Brief zu. Dies war der Hauptgrund, warum sie hier war – und nicht, gegen Dougal zu ermitteln oder schießen zu lernen und auch nicht, auf die nächste Gelegenheit zu warten, die sich bot, um Dougal zu berühren oder er sie.

Ganz bestimmt nicht das.

Jess führte die Feder übers Papier und verbannte ihn aus ihren Gedanken.

~

*D*as Haus war still, als Dougal spät am Abend in der Bibliothek herumschlenderte. Die Chesmores hatten sich früher als üblich zurückgezogen und Jess hatte nach dem Abendessen Erschöpfung vorgeschoben, damit sie an dem Brief arbeiten konnte. Dougal hatte eine Rückkehr in ihr Zimmer vermieden, damit sie in Ruhe arbeiten konnte.

Oder vermied er, mit ihr in diesem kleinen Bereich allein zu sein, der ein Bett enthielt?

Es wurde immer schwieriger, sein Verlangen nach ihr zu ignorieren. Er war auch immer gereizter auf sich selbst, für seine Unfähigkeit seine fleischlichen Bedürfnisse von dem zu trennen, was ein professionelles Arrangement sein sollte.

Allerdings konnte er die Nacht nicht in der Bibliothek verbringen. Früher oder später musste er in ihr Zimmer zurückkehren und ein weiteres Mal gegen die Versuchung ankämpfen.

»Dougal?«

Beim Klang von Jess' walisischem Akzent wirbelte er herum. Sie hatte ihren Morgenrock angezogen und trug eine Kerze. An der Schwelle der Bibliothek zauderte sie.

Er ging auf sie zu und blieb mitten im Raum stehen, als er plötzlich von Besorgnis ergriffen wurde. »Ist etwas passiert?«

»Nein, ich bin nur hergekommen, um nach einem Buch zu suchen.« Sie trat weiter in die Bibliothek und hielt den Blick dabei auf ihn fixiert.

»Welches Buch? Ich werde dir helfen.« Er würde alles tun, was seine Gedanken von ihr ablenkte. Und ihn davon abhielt, sie anzuschauen.

Ihre Mundwinkel zuckten. »Ich bin nicht sicher.« Sie warf einen Blick zu den offenen Türen, durch die sie gekommen war und einer weiteren, die zu einem separaten Raum führte. Dougal beeilte sich, die beiden Türen zu schließen. Eine der beiden quietschte und er zuckte zusammen, denn er hasste es, wenn Häuser Geräusche verursachten. Es war bei seinen Unternehmungen ungemein kontraproduktiv. Dann ging er zu Jess hinüber und sprach mit leiser Stimme. »Warum glaubst du, dass du ein Buch brauchst?«

»Es gibt einen Schlüssel für diesen Code. Es gibt sich wiederholende Worte, bei denen es sich meiner Ansicht nach um ›das‹ oder ›und‹ oder ›oder‹ handeln könnte – diese Art von Worten kommen häufiger vor. Wenn ich sie isolieren könnte, würde mir das vielleicht helfen, die Buchstaben aufzuschlüsseln, was ich dann für die Entzifferung für den restlichen Text nutzen kann.«

Er nickte und bewunderte ihren Intellekt. »Du glaubst, der Schlüssel ist ein Buch.« Er strich sich nachdenklich über das Kinn. »Die beiden mögen Autoren.«

»Oder ein Gedicht – irgendeine Art von Schriften. Ich glaube, sie würden einen Schlüssel von etwas benutzen, das sie lieben. Etwas von einem der Schriftsteller, nach denen die Zimmer benannt sind.«

»Eine ausgezeichnete Idee«, lobte er. »Sollen wir nachschauen?«

»Ja.« Sie stellte ihre Kerze auf einen Tisch. An den Wänden waren Leuchten angebracht und neben dem Feuer spendeten auch noch zwei Kerzenleuchter Licht. »Weißt du, wo sie stehen könnten?«

»Wie es der Zufall will, habe ich heute Nachmittag einige Zeit hier verbracht, während du im Zimmer geblieben bist.« Dougal ging zu einem Bord, auf dem er Shakespeare und Wordsworth gesehen hatte.

Jess schaute auf das Regal und stöhnte leise. »Ich bin von der Aussicht überwältigt, Shakespeare durchzusehen. Die ganzen Stücke und Sonette.«

»Ich würde annehmen, dass sie eines der romantischsten Sonette ausgewählt hätten.«

»Das würde einen Sinn ergeben.«

Dougal drehte sich zu ihr um. »Anstatt die Dinge auf gut Glück anzugehen, sollten wir die Chesmores vielleicht nach ihren Lieblingsgedichten oder Büchern fragen. Wir müssen darauf achten, dass sie sehr spezifische Angaben machen.«

Sie nickte voller Enthusiasmus. »Ausgezeichnet.«

Das Knarzen der Tür signalisierte, dass jemand ankam –

das war das einzig Gute an einem geräuschvollen Haus. Es wäre nicht merkwürdig, wenn er und Jess um diese nächtliche Stunde hier erwischt würden, aber die Tatsache, dass er die Türen zugemacht hatte, würde komisch erscheinen.

Instinktiv legte Dougal Jess einen Arm um die Taille und zog sie an sich. »Mach einfach mit«, raunte er. »Bieg deinen Hals nach hinten.«

Ihre Augen weiteten sich, kurz bevor sie seiner Aufforderung nachkam und ihren schlanken, wunderschönen Hals darbot. Er konnte den Herzschlag in der Vene unter ihrer elfenbeinfarbenen Haut wie ein Leuchtfeuer erkennen. Dougal senkte den Kopf und küsste sie genau dort. Sie schnappte leicht nach Luft und ihre Hand klammerte sich um seinen Nacken. Sein Körper dröhnte vor Verlangen. Es würde so leicht sein, sich zu vergessen …

»Oh!« Die weibliche Stimme zwang Dougal – widerstrebend – den Kopf zu heben.

Jess ließ seinen Nacken nicht sofort los, was seine Begierde nur noch mehr anfachte.

Die Chesmores betraten, in ihre Morgenmäntel gehüllt, die Bibliothek. Marys blondes Haar war zu einem Zopf zusammengefasst, der sich in weichen Wellen über ihre linke Schulter breitete und sie eher jung wirken ließ.

»Meine Güte, wir hatten nicht unterbrechen wollen«, meinte Gil mit einem herzhaften Lachen. »Ich stelle fest, dass wir nicht die Einzigen sind, welche die Bibliothek stimulierend finden.«

Mary warf ihrem Ehemann einen sehnsüchtigen Blick zu. »Wir kommen oft hierher und lesen … oder kuscheln.«

Dougal war bereit, eine große Summe zu wetten, dass sie mehr taten, als nur kuscheln. Vögeln würde es weit besser treffen.

Jess ließ ihn los und schaute ihre Gastgeber an. Dougal

drehte sich ebenfalls um, aber er behielt die Hand um Jess´ Taille.

»Sie können gern bleiben«, schlug Gil vor.

»Wir sind wirklich nur gekommen, um ein oder zwei Bücher zu finden.« Dougal tauschte einen Blick mit Jess aus und vermutete, dass sie die gleiche unglaubliche Reaktion erlebte wie er. Was um alles in der Welt erwartete Gil von ihnen mit seiner Einladung, hierzubleiben? Es kam Dougal in den Sinn, dass die Chesmores vielleicht gern sexuelle Experimente wagten. Vielleicht luden sie regelmäßig andere Paare ein, sich ihnen anzuschließen. Dougal hoffte, dass die Dinnerparty wirklich nur eine Zusammenkunft für ein *Dinner* war und sonst nichts weiter.

»Es hat nicht so ausgesehen, als ob das alles gewesen war, wozu Sie hergekommen sind«, witzelte Gil. Seine Frau und er lachten und Dougal musste dem Drang widerstehen, die Augen zu verdrehen.

Jess straffte sich neben Dougal. »Wenn Sie uns ein Buch empfehlen können, vielleicht ein Gedicht – Ihr Lieblingsgedicht –, was würden Sie mir dann zu lesen geben?«

»Das ist leicht«, antwortete Gil. »Voltaire. Das Gedicht *From Love to Friendship*, um genau zu sein.« Er legte seine Hand auf die Brust. »Absolut vortrefflich. Ich fürchte, ich kann es Ihnen im Augenblick nicht überlassen, da ich es in meinem Zimmer aufbewahre.«

Jess schlug die Hände zusammen und sprach eifrig. »Wenn Sie es mir irgendwann borgen können, würde ich es liebend gern lesen.«

»Nun, die Kopie ist in Französisch, also glaube ich nicht, dass es Ihnen helfen würde«, entgegnete er mit einem bedauernden Gesichtsausdruck. »Irgendwo hier gibt es eine übersetzte Version. Voltaire ist mir besonders lieb, weil meine Urgroßmutter ihn in Frankreich kennengelernt hat.« Das Letzte sagte er mit mehr als nur einem bisschen Stolz.

Seine Familie stammte aus Frankreich? »Sind Sie deshalb von allen französischen Dingen so begeistert?«, fragte Dougal. »Weil Ihre Familie von dort stammt?«

»Ich erkenne an, dass wir nicht auf bestem Fuße mit ihnen stehen, aber das ist mein Erbe«, meinte er mit einem leichten Schulterzucken.

Dougal merkte sich die Information und dann schaute er zu Mary. »Was würden Sie empfehlen?«

Sie tippte sich mit dem Finger an die Lippen.

»Du bist überaus ablenkend, mein Gänschen«, neckte Gil sie, ehe er sie an sich zog. »Es ist natürlich Wordsworth.«

Mary kicherte. »Natürlich. Lass ihn mich holen. Ich habe ich vorhin gelesen.« Sie musste sich von ihrem Ehemann lösen, der so tat, als würde er sie an sich drücken. Er ließ sie mit einem jovialen Lachen los und sie entfernte sich von ihm.

Dougal schaute ihren Possen zu und staunte über die Freude, die sie miteinander hatten.

Nachdem sie einen dünnen Band von einem Tisch neben einer Chaiselongue genommen hatte, die bei den Fenstern stand, die auf das Meer hinausgingen, brachte Mary es zu Jess. »Hier, bitte schön. Es sind einige meiner Lieblingsstücke. Es enthält auch Coleridge.«

»Danke.« Jess nahm das Buch mit beiden Händen und drückte es an ihre Brust. »Ich freue mich darauf, es zu lesen.«

Dougal schaute zu Jess. »Sollen wir, mein Kolibri?«

Sie nickte und wünschte ihren Gastgebern eine gute Nacht, als Dougal sie aus der Bibliothek führte.

Sie wechselten kein Wort, bis sie wieder in ihrem Zimmer waren und Dougal die Tür fest geschlossen hatte. Er lehnte sich gegen das Holz, während Jess mitten ins Zimmer trat, bis sie zwischen dem Fußende des Bettes und dem Sitzbereich vor dem Kaminsims stand.

Sie drehte sich um und schaute ihn einen Moment mit

einem ungläubigen Gesichtsausdruck an. Dann brach sie plötzlich in Gelächter aus. Dougal fragte sich, ob sie den Verstand verloren hatte, aber nur für einen Augenblick, denn dann lachte er mit ihr. Die Lachsalven bereiteten ihm Bauchschmerzen und trieben ihm die Tränen in die Augen.

Jess sank in einen der Sessel beim Feuer, während sie noch immer das Buch hielt. Dougal nahm in dem anderen Sessel Platz und rang um Luft.

Als sie sich endlich erholt hatte, wischte sie sich mit der Hand über die Augen. »Was war so lustig?«

»Ich bin nicht sicher«, meinte er und gewann die Fassung wieder. »Vermutlich war es Gil, der uns eingeladen hat, zu bleiben und mit ihnen zu kuscheln?«

»Glaubst du, sie wollten, dass wir alle zusammen kuscheln oder dass wir ihnen beim Kuscheln zuschauen sollten? Oder dass wir getrennt kuscheln sollten?« Immer noch lächelnd schüttelte sie den Kopf. »Sie sind das interessanteste Paar, das mir je begegnet ist. Ich kann ihnen keinen Vorwurf dafür machen, das sie unleugbar glücklich sind.«

»Ich weiß und ich stimme zu. Allerdings ist es … merkwürdig. Sie scheinen sich nicht um den Anstand zu scheren.«

»Vielleicht, weil sie sich in der Privatsphäre ihres Hauses befinden?«, schlug Jess vor. »Ich frage mich, wie sie sich in der Öffentlichkeit benehmen.«

»Das werden wir bei der Dinnerparty sehen, würde ich sagen, aber sie findet in ihrem Haus statt, und es scheint sie nicht zu kümmern, was ihre Gäste denken.« Dougal hatte daran nichts auszusetzen. Sich selbst zu kennen und sich in seiner Haut wohl zu fühlen, war ein beneidenswertes Leben. Dougal hoffte, sich gut genug zu kennen, aber nach jahrelanger Verkleidung und Geheimhaltung war er sich nicht sicher, ob das zutraf.

Jess riss die Augen auf und schaute ihn entsetzt an. »Was, wenn die anderen Gäste auch so sind?«

Dougal schnaubte. »Das habe ich mich auch schon gefragt. Oder zumindest so etwas Ähnliches. Wir werden es vermutlich herausfinden.« Immer wieder wanderte sein Blick zu der Stelle auf ihrem Hals zurück, die er geküsst hatte.

»Warum hast du mich auf den Hals geküsst?«, fragte sie und riss ihn aus seinen Gedanken.

»Ich, nun, weil ich die Türen zugemacht hatte. Es könnte seltsam erscheinen – nicht, dass wir dort waren, sondern dass die Türen geschlossen waren.«

Sie nickte. »Das leuchtet ein. Aber warum hast du mich nicht auf den Mund geküsst?«

O Gott. Jetzt schaute er auf ihren Mund, ein Blickfang, der seine Aufmerksamkeit häufig auf sich zog. Immer waren ihre Lippen so rosa und weich. Nicht, dass er wusste, ob sie tatsächlich weich waren oder nicht. Sie sahen nur so aus. Und genauso stellte er sie sich auch an seinen vor.

»Ich, nun, es erschien mir einfach weniger ... zudringlich.«

»Nichts davon ist zudringlich«, sagte sie sachlich und legte das Buch auf einen kleinen Tisch neben dem Kamin. »Du hast angekündigt, dass wir vielleicht Dinge tun müssen, die verheiratete Leute tun.«

»Wäre es dir lieber gewesen, ich hätte dich auf den Mund geküsst?« Dougal wünschte, er könnte die Frage zurücknehmen. Was sollte schon Gutes dabei herauskommen?

Sie zuckte mit den Schultern und stand auf. »Du weißt doch, dass ich schon mal geküsst worden bin.«

Ja, das wusste er. Warum hatte er sie nicht geküsst? Es wäre die perfekte Gelegenheit gewesen, um endlich herauszufinden, wie sie schmeckte. Vielleicht könnte er dann aufhören, immerzu daran zu denken. An sie.

Wenn er sie küsste, war er sich allerdings nicht sicher, ob er sich nur mit ihrem Mund zufriedengeben könnte.

Du hast also mit ihrem Hals angefangen? Das ergibt keinen Sinn.

Sie war in das Ankleidezimmer gegangen, während er seinen Gedanken nachhing. Jetzt steckte sie ihren Kopf durch den Türspalt, eine Haarnadel in der Hand. »Ich war nur neugierig.«

Er stand auf und ging zum Ankleidezimmer, lehnte sich an den Türrahmen und beobachtete, wie sie ihre Perücke abnahm. »Das nächste Mal küsse ich dich auf den Mund. Ist das besser?«

»Es ist nicht besser oder schlechter. Wie ich schon sagte, ich war nur neugierig.« Sie legte die Perücke beiseite und löste den Zopf an ihrem Hinterkopf. Dann lockerte sie ihre vollen, hellbraunen Locken und schüttelte die Haarpracht über ihre Schultern. Dougal starrte sie an und war von ihren Bewegungen und ihrem Haar vollkommen in Bann geschlagen. Es juckte ihn, es mit den Fingern zu durchkämmen, und er sehnte sich danach, sein Gesicht in den seidenen Strähnen zu vergraben und ihren süßen Duft einzuatmen.

Sie hatte das Haar mit einem Band zu einem Zopf gebunden, während er phantasiert hatte, und schritt nun auf ihrem Weg zurück ins Schlafzimmer an ihm vorbei. Ihr Arm hatte den seinen gestreift, und obwohl sie durch mehrere Kleidungsschichten getrennt waren, konnte er die Berührung bis tief ins Mark spüren. Sein Körper brodelte vor Verlangen, während sein Schaft allmählich erwachte.

Das war *nicht gut*. Er stützte sich mit der Hand an der Wand ab, neigte den Kopf nach unten und stieß einen angestauten Atemzug aus.

Sie tauchte wieder in der Tür auf und ließ ihn von der Wand zurückprallen. »Ich bin ziemlich wütend auf mich. Ich hätte Mary fragen sollen, welches der Gedichte von Wordsworth ihr Lieblingsgedicht ist. Und jetzt kann ich nicht mehr nach unten gehen, weil ich meine Perücke schon abgenommen habe.« Sie runzelte die Stirn. »Ich denke, ich könnte sie wieder aufsetzen.« Sie berührte ihren Kopf. »Ich glaube nur nicht, dass ich das kann, nicht nachdem ich meine Kopfhaut befreit habe. Könntest du gehen?«

Er schüttelte den Kopf, ohne auch nur über den Vorschlag nachzudenken. »Auf keinen Fall. Nicht einmal mit einer Bestechung könntest du mich dazu bringen, sie beim ›Kuscheln‹ zu unterbrechen.«

Sie schnitt eine Grimasse. »Da hast du recht. Ich werde sie morgen fragen. Aber ich denke, ich werde jetzt einen Blick in das Buch werfen. Gehst du gleich zu Bett?«

»Ich muss mich fürs Bett umkleiden und mich waschen.« Eigentlich wollte er nur noch, dass sie ging. Sein Schaft wurde nicht kleiner, und er fürchtete, dass er nicht umhin kam, seine Urtriebe zu befriedigen.

»Gut, dann kann ich in aller Ruhe an dem Brief arbeiten, ohne dich zu stören.«

»Bleib so lange auf, wie du willst. Du wirst mich nicht stören.« Das war eine schamlose Lüge. Ob sie nun schlief, am Schreibtisch saß oder durch das Zimmer tanzte, würde er von ihrer Anwesenheit abgelenkt sein.

»Danke.« Sie lächelte ihm zu, und das verschlimmerte sein Ungemach nur noch mehr. Wann würde sie ihn Frieden lassen? Offenbar nicht so bald, denn sie lehnte sich an den Türrahmen, wie er es vor ein paar Minuten getan hatte. »Glaubst du immer noch, dass sie Spione sind?«

Dougal atmete aus. »Gil hat eindeutig eine Affinität zu allem, was französisch ist. Er spricht oft französisch und besitzt eine französische Waffe, die einer Waffe aus der Privatsammlung Napoleons nachempfunden ist. Und dann ist da noch der verschlüsselte Brief. Ich würde sagen, sie machen einen verdächtigen Eindruck, aber mehr ist es bislang nicht – ein Verdacht. Solange der Brief nicht entschlüsselt ist, können wir es nicht mit Sicherheit sagen.

Ich sollte auch erwähnen, dass wir Mrs. Farr vollkommen vertrauen. Sie sagt, sie habe den Brief aus den privaten Sachen der Chesmores, aber was, wenn sie lügt? Morgen muss ich die Suite der Chesmores durchsuchen.«

»Du hast gute Einwände. Es ist fast so, als hättest du das zuvor schon einmal getan.« Ihre Mundwinkel hoben sich zu einem neckenden Grinsen.

Warum musste sie so verdammt liebenswert sein? Zusätzlich zu allem anderen: befähigt, anpassungsfähig … begehrenswert.

»Brauchst du Hilfe beim Durchsuchen ihrer Zimmer?«, fragte Jess.

»Nein, aber ich bin dir für dein Angebot dankbar. Es wird besser sein, wenn du sie beschäftigen kannst.«

»Das ist erheblich sinnvoller. Ich werde die Sache dir überlassen.« Sie warf einen Blick zu ihm hinüber und wirbelte abrupt herum, um das Ankleidezimmer dann ziemlich schnell zu verlassen.

Dougal lehnte sich an den Türrahmen und sah ihr zu, wie sie den Gedichtband auf dem Weg zum Schreibtisch an sich nahm. Sie setzte sich, schlug ihn auf und fing an zu lesen.

Dougal zog sich in das Ankleidezimmer zurück und schloss die Tür. Es gab einen Riegel, aber er hatte ihn nicht benutzt und er glaubte auch nicht, dass sie das getan hatte. Was für einen Sinn hatte das auch, wenn sie beide wussten, dass der andere dort drin war, und sie nicht stören würden? Trotzdem verschloss er die Tür, wobei der den Mechanismus so leise wie möglich betätigte. Er brauchte absolute Privatsphäre.

KAPITEL 12

Nachdem sie gestern Abend sämtliche *Lyrical Ballads* gelesen hatte, war Jess neben Dougal ins Bett gekrochen und eingeschlafen. Sie hatte ihn einige Minuten lang beobachtet, wie seine dunklen und vollen Wimpern sich von seiner mandelfarbigen Haut abzeichneten. Allein ihn anzuschauen, bereitete ihr ein Ziehen, als wäre etwas unbeendet. Vielleicht war es das, da er sie kaum auf den Hals geküsst hatte, als sie unterbrochen worden waren. Von dem Moment an, als seine Lippen ihre Haut berührt hatten, war eine Leidenschaft in ihr aufgeflammt – die heute Morgen immer noch loderte.

Warum hatte er sie nicht stattdessen auf den Mund geküsst? Sie hatte ihn gefragt und seine Antwort für mangelhaft befunden. Es bestand die Möglichkeit, dass das zu ihrem aufgewühlten Zustand beitrug. Er hatte versprochen, sie nächstes Mal auf den Mund zu küssen. Sie hoffte nur, dass es ein nächstes Mal geben würde.

Allerdings würde es nicht real sein. Egal wie sehr du das willst.

Er war schon hinausgegangen, als sie aufgewacht war, was aufgrund der fortgeschrittenen Stunde ihres Zubettgehens später als normal für sie gewesen war. Er hatte allerdings eine Nachricht hinterlassen, die in seiner kräftigen, klaren Handschrift verfasst war, die besagte, dass er zu einem Ausritt aufgebrochen war.

Mit finsterem Blick auf das vollkommen unnütze Buch auf dem Schreibtisch, hatte Jess sich aus dem Bett erhoben, ihr Frühstück verzehrt, sich ihrer Toilette gewidmet und trieb sich jetzt in den Zimmern auf der Rückseite des Hauses herum, während ihre Gedanken sich darum drehten, wie sie den verdammten Brief entziffern sollte. Sie musste Mary finden, um sie zu fragen, welches ihr Lieblingsgedicht war. Ohne diese Hilfe müsste sie anfangen, sich einen Schlüssel für die Chiffrierung auszudenken, was manchmal erforderlich war. Sie würde mehr Glück haben, auf einen Schatz zu stoßen, der an den Strand gespült worden war.

Vom Wohnzimmer aus blickte sie auf das Meer. Dougal! Er kam den Weg vom Strand herauf. Die Stallungen lagen ein ganzes Stück davon entfernt. War er reiten gegangen und dann an den Strand? Oder hatte er über das Reiten gelogen und etwas vollkommen anderes gemacht? Sie wünschte, das Außenministerium hätte sie nie gebeten, gegen ihn zu ermitteln. Sie wusste nicht wie, und sie wollte es auch nicht.

Missmutig stieß sie die Luft aus und presste ihre Hände zu Fäusten zusammen, und dann schüttelte sie sie wieder aus. Dieser Verdacht, gepaart mit Verlangen, erschuf eine Kakophonie der Frustration in ihrem Kopf. Sie wollte diese Dinge nicht. Sie wollte bei dieser Mission erfolgreich sein. Bislang hatte sie absolut nichts für ihre Bemühungen vorzuweisen, weder beim Dechiffrieren noch bei ihrer Ermittlung gegen Dougal.

Er näherte sich dem Haus. Rasch trat sie vom Fenster weg, denn sie wollte nicht von ihm gesehen werden.

»Jessamine!« Mary rauschte mit einem strahlenden

Lächeln in den Salon. »Ich habe Sie hoffentlich nicht gestört.«

»Überhaupt nicht.« Jess war unzweifelhaft missmutig, denn ihre erste Reaktion bestand darin, die Frau daran erinnern zu wollen, dass es ihr Haus war, und sie tun und lassen konnte, was sie wollte. Insbesondere einen Raum betreten. Stattdessen hielt sie ihren Mund fest geschlossen.

»Ich freue mich so, Sie gefunden zu haben«, meinte Mary. »Wollen Sie sich eine Minute mit mir hinsetzen?« Sie ging zu einem Sofa mit blassgelbem und pfirsichfarbenem Blumenmuster hinüber und klopfte auf das Polster neben sich.

Jess musste ihre Gedanken zur Ruhe bringen und sich auf die vorliegende Aufgabe konzentrieren. Schließlich hatte sie nach Mary gesucht. »Ich wäre hocherfreut.« Sie setzte ein Lächeln auf und nahm neben Mary Platz.

Mit ihrem kunstvoll frisierten blonden Haar und dem schwachen Schimmer der Kosmetik, die sie auf ihr hübsches Gesicht aufgetragen hatte, könnte Mary sich sehr gut in London behaupten. Jess fragte sich müßig, wie sie dort empfangen würde, insbesondere da Gil und sie ihre Hände in der Öffentlichkeit offenbar nicht voneinander lassen konnten.

»Ich wollte mich für gestern Abend entschuldigen.« Mary schenkte ihr ein schwaches Lächeln, dass kaum als solches bezeichnet werden konnte. »Ich hoffe, dass wir Ihnen und Dougal kein Unbehagen bereitet haben. Wir versuchen, entgegenkommend zu sein, und mir ist bewusst, dass wir eine Spur zu enthusiastisch wirken könnten. Mir ist auch klar, dass wir zeitweise auf manche Menschen anstößig wirken können.«

Jess fühlte sich zerknirscht, dass sie über ihren … Enthusiasmus hatte lachen wollen. Manchmal war er peinlich, aber er richtete keinen Schaden an. »Das sind Sie für uns nicht. Wirklich.« Sie tätschelte Mary die Hand, um ihr Behauptung zu bestätigen. Marys Züge hellten sich auf. »Das zu hören ist wundervoll. Ich muss mich auch dafür entschuldigen, dass wir Sie beide unterbrochen haben. Die Tür war aus einem bestimmten Grund geschlossen, und wir hätten das respektieren sollen. Ich fürchte, Gil und ich haben nur an uns selbst gedacht.« Sie winkte lachend ab. »Ich kann mir nur vorstellen, wobei wir Sie unterbrochen haben. Es sah sehr unterhaltsam aus.« Sie sah Jess an und wackelte dabei mit den Augenbrauen.

Es schien, als würde Mary eine Antwort erwarten und so entgegnete Jess: »Nun, wir haben oben zu Ende gebracht, was wir angefangen hatten.« Plötzlich war sie auf Mary und Gil und ihren … Enthusiasmus sehr eifersüchtig. Es war schwierig die beiden zusammen zu sehen und nicht auf ihre Intimität eifersüchtig zu sein.

»Ich würde wetten, dass es oben ein genussreiches Erlebnis war«, meinte Mary mit wissendem Blick. »Es gibt nichts Besseres als die Vorfreude zwischen Liebenden, bevor man weiß, dass die Erlösung bevorsteht. Die Aufregung liegt in der Überraschung des Aktes. Wie wird es sein, einander zum Höhepunkt zu treiben? Eine schnelle Vereinigung oder eine langsame Verführung? Gil war in der Stimmung zum Streicheln und mit dem Mund zu spielen. Wie war es für Sie beide?«

Mary sprach freimütig, als wäre dies eine normale Unterhaltung zwischen zwei verheirateten Frauen. Jess konnte nichts sagen, da dies bei ihrer Einweisung durch Evie nicht behandelt worden war. Vielleicht wäre es dazu gekommen, wenn ihre Unterhaltung über Schlafzimmerangelegenheiten nicht unterbrochen worden wäre.

Jess' Verstand fixierte sich auf die Worte Streicheln und mit dem Mund spielen. Das einzige »mit dem Mund spielen«, das sie über das Küssen hinaus erlebt hatte, war Dougals Kuss auf ihren Nacken gestern Abend gewesen.

Allerdings wusste sie, was sich noch ereignen konnte, dass Männer ihre Münder auf die Brüste der Frauen legten – sie hatte davon geträumt, wie Dougal das bei ihr machte – und auch auf ihr Geschlecht. Dieses Mal war die Hitze, die ihr ins Gesicht stieg, nicht aufzuhalten.

»Liebe Güte, ich habe Sie in Verlegenheit gebracht.« Mary verzog das Gesicht und kniff ein Auge zu. Dann stieß sie die Luft aus und entspannte ihre Züge. »Ich entschuldige mich nochmals. Ich bin daran gewöhnt, diese Art von Intimitäten mit meinen verheirateten Freundinnen auszutauschen, aber vielleicht sind Sie das nicht.«

»Ach, nein.« Jess wünschte, sie könnte lügen, denn sie wollte verzweifelt gern mehr hören. »Ich fürchte, meine verheirateten Freundinnen sind konservativer als Sie und Gil. Ist Ihre Ehe das, was Sie sich vorgestellt hatten? Was ich meine ist, dass Sie Beispiele von engen liebevollen Beziehungen haben mussten.«

Mary warf einen Blick zur Tür und dann senkte sie die Stimme. »Ich werde Ihnen ein Geheimnis anvertrauen. Ich hatte mir gelobt, nie zu heiraten, weil meine Mutter so furchtbar unglücklich in ihrer Ehe gewesen war.«

»Was hat Sie zu Ihrem Meinungswandel bewogen?«

»Gil«, antwortete sie einfach. »Ich weiß, es klingt schrecklich romanhaft, aber er hat mich ganz und gar bezaubert und – meines Widerstands zum Trotz – ich hatte mich unerwartet und bis über beide Ohren in ihn verliebt.«

»Er hat Ihre Einstellung zur Ehe vollkommen über den Haufen geworfen?«

»Ja. Ich denke, wenn Sie die richtige Person finden, ist alles möglich. Ich hatte beispielsweise Angst vor Waffen und nun besitze ich eine außerordentliche Fertigkeit, was das Schießen anbelangt. Das hätte ich mir nie vorgestellt! Das Leben ist so ein Abenteuer, Jessamine, insbesondere mit einem Partner, der sogar das Profanste aufregend machen kann. Das scheint zwischen Ihnen und Dougal der Fall zu sein.«

»Tatsächlich?«, fragte Jess leise, als sie über Marys Worte nachdachte. Alltägliche Dinge wie Anziehen und Baden hatten mit Dougal eine neue Bedeutung bekommen. Lieber Himmel, sie sollte mit Mary nicht über solche Dinge sprechen, wenn sie sich auf die Mission konzentrieren musste. »Es ist schön, dass Sie uns in diesem Licht betrachten«, meinte sie, ehe sie die Unterhaltung wieder dorthin lenkte, wo sie längst hätte sein sollen. Sie gab vor, ein Gähnen zu unterdrücken. »Ich gebe zu, dass ich gestern Abend lange aufgeblieben bin, um die *Lyrical Ballads* zu lesen. Sie sind allesamt so wunderschön. Welches ist Ihr Lieblingswerk von Wordsworth?«

»Nun, mein Favorit ist das Gedicht, das Sie bei Ihrer Ankunft zitiert haben, aber das ist nicht aus den *Lyrical Ballads*. Lassen Sie mich überlegen … Was ist mein Favorit aus dieser Kollektion?«

Jess erinnerte sich an Marys Worte an ihrem ersten Abend, als sie die Zeilen zitiert hatte. Sie hatte gesagt, es sei einer ihrer *Favoriten*. Jess wollte vor Wut stöhnen. Es hatte den Anschein, als ob sie keine gute Spionin wäre.

Einen Augenblick lang ließ Mary sich über eines der Gedichte aus *Lyrical Ballads* aus – demjenigen über Tintern Abbey –, während Jess an ein anderes Gedicht über Narzissen dachte. Über die rezitierten Zeilen hinaus konnte sie sich an ein paar weitere erinnern, aber nicht an das ganze Gedicht. Als Mary fertig war, fragte Jess, ob sie eine Kopie von dem Narzissen-Gedicht hätte.

»Ich bin sicher, dass ich eine habe, aber ich weiß nicht, wo. Ich habe es auswendig gelernt, also lese ich es nicht!« Mary lachte ausgelassen und Jess stimmte ein, obwohl ihr nach Weinen zumute war.

»Guten Tag, die Damen!« Gil schritt in den Salon und

sein Blick legte sich voller unverhohlener Liebe auf seine Frau. Es war wirklich wunderschön und es war kein Wunder, dass Mary sich in ihn verliebt hatte. Noch nie hatte Jess solche Emotionen erlebt, ehe sie den Chesmores begegnet war, und zum ersten Mal dachte sie, dass es schön sein könnte, jemanden zu haben, der einen so anschaue. Trotzdem hatte sie keinerlei Erwartung, dass dieser Fall je eintreten würde.

Er lächelte strahlend, als er sich neben Mary auf das eine Ende des Sofas quetschte. »Ogelby hat den englischen Voltaire gefunden. Er bringt ihn in Ihr Zimmer.«

»Ich hoffe, er ist schnell«, meinte Mary. »Wir treffen uns mit ihm und Mrs. Farr in einer Stunde, um die letzten Arrangements für die Dinnerparty heute Abend abzu-sprechen.«

Gil schnaubte laut. »Armer Ogelby. Wir sollten ihn wirk-lich in den Ruhestand schicken, meinst du nicht?«

Mary machte ein mitfühlendes Gesicht. »Ja, aber ihm ist *Prosperos Retreat* so ans Herz gewachsen.«

»Es hat ihm nicht gefallen, dass wir diesen Namen gewählt haben«, meinte Gil dramatisch. »Er könnte sich entscheiden, dies als ein Zeichen für den Anbruch neuer Zeiten zu betrachten.«

»Wie lange ist er schon hier?«, fragte Jess, in der Hoffnung weitere Informationen über den Franzosen in Erfahrung zu bringen, dem das Haus früher gehört hatte.

»Fast sein gesamtes Leben als Erwachsener«, gab Gil zurück. »Er hat als unerfahrener Diener hier angefangen.«

»Das ist eine lange Zeit für einen einzigen Posten. Er hat in der jüngsten Vergangenheit den Wechsel der Besitzer überstanden und vielleicht wird er sich auch an den neuen Namen gewöhnen«, schlug Jess vor.

Mary tauschte einen Blick mit Gil aus. »Er vermisst

Monsieur Dumont, aber es war nicht so, als hätte er ihm ins Hospital folgen können.«

»Hospital?«, fragte Jess.

»Eine traurige Geschichte«, meinte Gil und schnalzte mit der Zunge. »Der arme Monsieur Dumont war sehr krank geworden, was besonders seinen Verstand betroffen hat. Deshalb hat er den Besitz verkauft. Er hat auch keine Familie, die für ihn sorgen könnte. Ich gebe zu, dass er mir sehr leid getan hat, als er nach Bath gegangen ist.«

»Dort ist er also?« Jess konnte es kaum erwarten, Dougal diese Information mitzuteilen.

»Das ist das Letzte, was wir gehört haben.« Mary legte ihre Hand an ihre Wange. »Was für ein rührseliges Thema! Wenden wir uns amüsanteren Dingen zu. Jessamine, wir sind so erfreut, dass Dougal und Sie für die Party hier sind.«

»Wir freuen uns, dabei sein zu dürfen. Ich hätte mir diese Panne mit dem Einspänner nicht ausgesucht, aber ich bin froh, dass es so gekommen ist.« Jess zwinkerte den beiden zu, als sie aufstand. »Ich lasse Sie dann allein.«

Nachdem sie den Salon in gemessenem Tempo verlassen hatte, eilte sie zur Treppe und sauste praktisch hinauf, bis sie an ihrem Zimmer angekommen war. Sie sah, wie Ogelby die Tür schloss.

Er nickte Jess zu. »Mrs. Smythe. Benötigen Sie irgendetwas?«

»Nein, danke. Ich hörte, Sie haben ein Buch gebracht.«

»Das habe ich, auf Mr. Chesmores Bitte hin.«

»Das weiß ich sehr zu schätzen.« Sie bedachte ihn mit einem herzlichen Lächeln, bevor sie den Raum betrat und die Tür hinter sich schloss. Ihr Blick fiel auf den Schreibtisch, auf dem nun zwei Bücher lagen – der nutzlose Wordsworth und der Voltaire.

»Jess?«

Sie drehte den Kopf und sah Dougal aus dem Ankleidezimmer schauen. Nur sein Gesicht war zu sehen. »Dougal. Ich bin gerade Ogelby in die Arme gelaufen.«

»Ja, er hat den Voltaire gebracht. Ich habe die Gelegenheit genutzt, um ihn nach Monsieur Dumont zu befragen.«

»Ach ja?« Jess drehte sich zum Ankleidezimmer. »Ich habe unten mit den Chesmores über ihn gesprochen.«

»Wir sollten unsere Informationen vergleichen«, schlug er lächelnd vor. »Ogelby mochte den Mann. Ihm hat das Haus etwas mehr als zwanzig Jahre lang gehört. Davor war es im Besitz der Familie, die es gebaut hat – und sie haben auch Ogelby eingestellt.«

»Als unerfahrenen Diener, wie die Chesmores gesagt haben«, meinte Jess.

»Ja. Haben sie dir gesagt, dass Dumont in einem Hospital in Bath ist?«

»Das haben sie. Seine Situation klingt sehr tragisch.«

»Ogelby korrespondiert mit ihm«, bemerkte Dougal. »Vielmehr schreibt er an eine Krankenschwester, die in Dumonts Namen antwortet.«

»Das ist schön. Das ist auch mehr, als ich in Erfahrung gebracht habe. Ich konnte nicht wissen, ob Dumont einfach nur ein Franzose war oder ob er irgendwelche Verbindungen zu seinem Heimatland hatte.«

»Ogelby sagte, er sei nach der Revolution geflohen. Es hört sich an, als sei Dumont froh gewesen Frankreich zu verlassen, und er hatte seine neue Heimat hier sehr geliebt.«

»Heißt das, wir werden nicht weiter gegen ihn ermitteln müssen?«, fragte Jess, die den Verdacht hatte, dass Ermittlungen verdammt kompliziert waren.

»Das glaube ich nicht. Ich gebe mich damit zufrieden, dass die Tatsache, dass der Vorbesitzer aus Frankreich stammt, ein reiner Zufall ist.«

Jess zog die Brauen hoch. »Das ist einer.«

Dougal lachte. »So ist es. Ich sollte mein Bad nehmen, ehe das Wasser zu sehr abkühlt.«

Sein Bad. Die ganze Zeit über war nur sein Kopf sichtbar gewesen, was wahrscheinlich daran lag, dass er unbekleidet war. Sie sollte nicht daran denken, vor allem nicht nach dem, was ihr aufgrund von Marys ziemlich provokantem Gerede bereits im Kopf umherging. Bedauerlicherweise war es ihr unmöglich, sich nicht auszumalen, wie er ohne seine Kleidung aussehen könnte. Sie hatte seinen Hals und einen Teil seines Oberkörpers, seine Waden und seine Füße gesehen. Das reichte aus, um ihre Fantasie in Schwung zu bringen.

Sie holte sich in die Realität zurück. »Ah, bevor du dich zurückziehst, habe ich herausgefunden, welches Gedicht Marys Lieblingsgedicht ist – das über die Narzissen, das sie gleich nach unserer Ankunft als eines ihrer Lieblingsgedichte bezeichnet hat. Ich ärgere mich über mich selbst, weil ich mich nicht daran erinnert habe.« Das hätte ihr eine Nacht erspart, die sie sich mit Lesen um die Ohren geschlagen hatte.

Seine Augen weiteten sich kurz, dann schenkte er ihr ein warmes, freundliches Lächeln. »Du bist zu hart zu dir selbst.«

Wahrscheinlich, aber sie konnte an ihren Gefühlen nichts ändern. »Die Chesmores werden sich in etwa einer Stunde mit Ogelby und Mrs. Farr treffen, falls du ihr Zimmer durchsuchen möchtest.«

»Dann werde ich mich mit meinem Bad beeilen müssen. Ich fange am besten gleich damit an.« Er zog sich zurück und machte die Tür zu.

Jess hatte für sich schon für den späteren Nachmittag ein Bad vor der Party arrangiert. Sie freute sich auf die Abgeschiedenheit, die ihre Gedanken hoffentlich zur Ruhe bringen würden. Oder zumindest die aufreizenden Gedanken an Dougal vertrieben. Vielleicht sollte sie beenden, was sie in der letzten Nacht im Bett angefangen hatte. Damit könnte sie sich besänftigen.

Allerdings ahnte sie irgendwie, dass es mehr als Selbstbefriedigung brauchte, um das Verlangen in ihr loszuwerden.

~

Zuerst vergewisserte sich Dougal, dass die Chesmores, Ogelby und Mrs. Farr im Speisezimmer versammelt waren. Dann machte er sich rasch auf den Weg zum William Blake Zimmer. Es war von der Ausstattung her, seinem und Jess' Wordsworth Zimmer recht ähnlich, aber es war größer. Das Ankleidezimmer war ebenfalls ein wenig anders eingerichtet, und die Tür befand sich an derselben Wand wie die Tür zum Schlafzimmer.

Er schloss die Tür hinter sich und begann mit dem Schlafzimmer, indem er sich zuerst Marys Nachttisch vornahm, dessen Schubladen er leise öffnete und deren Inhalt er sorgfältig durchsuchte. Als er nichts Interessantes zutage förderte, setzte er seine Durchsuchung des Zimmers weiter fort und arbeitete schnell und effizient, da er dies schon unzählige Male getan hatte.

Als er beim Schreibtisch anlangte, stieß er dort auf mehrere Zeichnungen, die auf der Oberfläche verteilt lagen. Sie zeigten Mary im Garten und am Strand. Und sie waren nicht übermäßig gut. Das mussten die Skizzen sein, die Gil auf ihren Ausflügen angefertigt hatte.

Als Nächstes durchsuchte er Gils Schubladen, wobei er noch mehr seiner Zeichnungen sowie einige Schriftstücke fand. Sie waren auf Französisch und Englisch verfasst und es schien sich um Gedichte zu handeln. Äußerst blumige, romantische Poesie. Er fand auch andere Skizzen, die von einer anderen, leichteren Hand stammten. Diese waren besser. Es waren Ansichten von Landschaften. Einige zeigten eindeutig die Aussicht auf Strand und Meer vom Haus aus. Sie mussten von Mary stammen.

Da er nichts Bedeutendes fand, schloss Dougal den Schreibtisch und überlegte, wohin er sich als Nächstes wenden sollte. Die Tür zum Ankleidezimmer stand einen Spalt offen. Dougal schlüpfte ins Zimmer und ging mit demselben methodischen Ansatz zu Werke. Bis er beim Schmuckschränkchen ankam. Es war verschlossen.

Er zog eine der Nadeln heraus, die seine Perücke an Ort und Stelle fixierten, und führte sie in das Schloss ein, um es zu öffnen. Er musste ein wenig drehen und probieren, doch dann fand er den Mechanismus und das Schloss sprang auf.

Dougal schob die Haarnadel wieder in seine Perücke und öffnete den Deckel. Es gab eine Lade mit Ringen, Armbändern und Ohrringen, die er herausnahm und beiseite stellte. Die nächste Lade war tatsächlich eine Schublade, die von vorn zu erreichen war. Er zog sie auf und ignorierte den Inhalt von Halsketten. Mit einem Blick hinter die geöffnete Schublade konnte er nun direkt bis zum Boden blicken. Dort lag ein Stapel Briefe, die mit einem rosa Band zusammengehalten wurden. Sein Puls beschleunigte sich und er hoffte, dass einer darunter verschlüsselt wäre.

Er nahm den Stapel in die Hand und sah ihn rasch durch. Es waren alles Zahlen. Alle waren verschlüsselt.

Hatten sie sie nicht nach Frankreich geschickt? Vielleicht schrieben sie viele, ehe sie sich mit einem Kurier für den Transport trafen, und lagerten sie hier. Oder vielleicht hatten sie Kopien angefertigt, was außerordentlich dumm wäre. Und wenn sie von Frankreich kämen und nicht verbrannt worden waren? Nun das wäre der Gipfel der Dummheit.

Er konnte sie nicht alle mitnehmen, aber er konnte einige aus der Mitte herausnehmen. Genau das tat er, und nahm neben dem einen, den er schon genommen hatte, noch zwei weitere Briefe, ehe er den Stapel schnell wieder in die Schatulle legte. Dann setzte er die Schublade wieder ein. Als er den Deckel herunterklappte, öffnete sich die Tür zum Schlafzimmer. Das Geräusch war unmissverständlich.

Dougal hielt die Luft an und sorgte dafür, dass alles so war, wie es sein sollte, ehe er sich hinter der Tür versteckte. Er lugte durch die winzige Öffnung zwischen den Scharnieren und sah, dass es Gil war. Hoffentlich käme er nicht in das Ankleidezimmer.

Gil ging zum Fenster hinüber, sodass Dougal ihn nicht länger sehen konnte. Allerdings konnte er den Mann hören, da er mit sich selbst auf Französisch redete. Dougal konnte nicht jedes Wort verstehen, doch er sprach von Liebe und Behaglichkeit und Aufregung und ... Vögeln. Es erinnerte Dougal an die »Poesie«, die er im Schreibtisch gefunden hatte. Es war schwer, von ihren Gastgebern nicht fasziniert zu sein.

Gil verließ den Raum und Dougal wartete mehrere Minuten, ehe er ihm folgte. Er schob die Briefe in seinen Frack und verließ den Raum so vorsichtig, wie er ihn betreten hatte. Eilig begab er sich in die Bibliothek, in der Absicht, das Narzissen-Gedicht zu suchen, das Jess sich in Erinnerung zu rufen versuchte.

Ihre Frustration beunruhigte ihn. Er wollte ihr helfen, und das nicht nur um der Mission willen. Er wollte, dass sie erfolgreich war – für sie.

In der Bibliothek fing er mit seiner Suche in einer Ecke an und arbeitete sich methodisch vor, wie er es im William Blake Zimmer gemacht hatte. Er zog jedes Buch aus dem Regal und überprüfte seinen Inhalt. Nach einer halben Stunde erkannte er, dass er den restlichen Tag brauchen würde. Den er nicht zur Verfügung hatte.

Er fing an, Jess' Frustration zu teilen.

Er war auch begierig, ihr die Briefe zu bringen. Vielleicht wäre es für ihre Sache hilfreich, sie zu haben. Dann könnte er zurückkommen und nach dem Wordsworth suchen.

»Kann ich Ihnen helfen, Mr. Smythe?«

Dougal drehte sich vom Regal weg, um Mrs. Farr in der Tür stehen zu sehen. Ihre Besprechung mit den Chesmores musste zu Ende sein. »Ich habe nur nach einem Buch mit Poesie gesucht. Mir ist danach, etwas von Wordsworth zu lesen, da wir in seinem Zimmer residieren.« Er schenkte ihr sein entwaffnendes Lächeln, das normalerweise, insbesondere bei den Ladys, half die Hürden zu überwinden.

»Es gibt hier einige davon«, antwortete sie und legte die Stirn in Falten. »Ich denke, sie sind hier drüben.« Sie durchquerte den Raum und trat zu einem Regal beim Kamin.

Dougal folgte ihr und sah zu, wie sie rasch ein Buch aus dem Regal nahm, es schnell wieder wegstellte und ein anderes probierte.

»Ah, hier ist eines.« Sie reichte ihm das kleine Buch.

Er schlug es auf und las *Poems in Two Volumes*. Er blätterte die Seiten um und suchte nach den Worten, die ihm vertraut waren – da war es: *Dances with the Daffodils*. Er hatte es!

Er klappte das Buch zu und schenkte der hilfsbereiten Mrs. Farr ein weiteres Lächeln. »Ich danke Ihnen. Wirklich.«

Sie warf einen Blick zur Tür und senkte ihre Stimme zu einem Flüstern. »Hat das irgendetwas damit zu tun, warum Sie gekommen sind?«

Dougal zog es vor, nichts zu sagen. Je weniger sie wusste, desto besser. »Wie ich schon sagte, stand mir der Sinn nach etwas von Wordsworth. Ich weiß Ihre Hilfe zu schätzen.« Er drehte sich um und verließ die Bibliothek, ehe sie ihn weiter ausfragen konnte.

Zwei Treppen auf einmal nehmend eilte er in ihr Zimmer. Jess saß nicht am Schreibtisch. Ihre Verschlüsselungen und der Brief waren nirgends zu sehen. Die Tür zum Ankleidezimmer war verschlossen.

Er schritt auf die besagte Tür zu und hob die Hand, um anzuklopfen. In diesem Moment hörte er das Plätschern von Wasser. Sie war in der Wanne. Sein Schaft wurde augenblicklich und ärgerlicherweise hart. Er konnte sich nicht an das letzte Mal erinnern, als eine Frau ihn so gründlich durcheinander gebracht hatte. Der bloße Gedanke an sie, wie sie nackt im Nebenzimmer saß, versetzte ihn in einen Anfall von Lust.

Er ließ den Kopf sanft nach vorne gegen die Tür fallen. Das verschaffte ihm keine Befriedigung.

Befriedigung wäre es, Jess in seinen Armen zu halten, während ihr sandbraunes Haar ihr über die Schultern fiel, und ihre Brüste von den seidenen Locken verdeckt würden.

Das war Folter. Er musste aufhören.

Er hob den Kopf. »Jess, ich habe das Wordsworth-Gedicht gefunden.«

Ein weiterer Schwapp. »Hast du? Ich komme gleich raus.«

Natürlich dauerte es mehrere Minuten. Sie musste aus der Wanne steigen und sich abtrocknen. Beinahe hätte er ihr seine Hilfe angeboten.

Beinahe.

Stattdessen schritt er vom Fenster zur Tür und wieder zurück. Er konnte nicht mehr zählen, wie oft er die Streckte zurücklegte, bis sie endlich auftauchte. Ihre Perücke saß ein wenig schief, und einer der Knöpfe an ihrem roten Morgenmantel stand offen.

Er warf einen Blick auf Letzteren, direkt unter ihren Brüsten. »Der Knopf ist offen«, murmelte er.

Sie sah an sich hinunter und schob den Knopf eilig durch das Knopfloch. »Danke. Ich war in Eile. Hast du das Buch?« Sie schien sich der Wirkung in keiner Weise bewusst zu sein, die sie auf ihn hatte. Das war auch gut so.

Während er auf und ab ging, hatte er das Buch weiter in

der Hand gehalten. Jetzt drückte er es ihr in die Hand. »Ich habe noch drei weitere Briefe.« Er zog sie aus seinem Frack und legte sie auf das Buch.

Sie hob den Kopf und sah ihn mit großen Augen an. »Noch *drei* Briefe?«

»Es waren sogar noch einige mehr. Ich habe insgesamt acht gezählt. Ich wollte sie nicht alle mitnehmen und riskieren, dass ihr Fehlen sofort bemerkt wird.«

»Also hast du stattdessen nur ein paar genommen. Brillant.« Sie kniff die Augen zusammen. »Warum sind es so viele? Hätten sie die nicht nach Frankreich schicken sollen?«

Er freute sich, dass sie so schnell kombiniert hatte. »Das habe ich mich auch gefragt, und das würde ich denken. Entweder hatten sie noch keine Gelegenheit, sie zu schicken, oder sie haben Kopien angefertigt.«

»Das wäre nicht sehr klug«, höhnte sie.

»Ganz genau.«

Sie lief an ihm vorbei zum Schreibtisch und legte die Briefe aus. »Die sind in verschiedenen Handschriften.«

Dougal gesellte sich zu ihr und stand Schulter an Schulter mit ihr, als er auf die Schriftstücke hinabschaute. »Du hast recht.« Es erinnerte ihn an die unterschiedlichen Zeichenstile, die er auf dem Schreibtisch gefunden hatte – eindeutig zwei verschiedene Menschen, die den Bleistift über das Papier führten.

»Dieser sieht weiblich aus und passt zu dem, den ich zu entschlüsseln versucht habe.« Sie eilte in das Ankleidezimmer zurück und kam mit dem Brief wieder. »Ich habe ihn bei mir, wenn ich nicht daran arbeite, und ich schäme mich, dass ich ihn in meiner Aufregung um das Buch vergessen habe. Du musst mich für eine herbe Enttäuschung halten.«

»Ganz und gar nicht. Das *ist* aufregend, und es ist nichts Schlimmes passiert.«

Sie knabberte kurz an ihrer Unterlippe. »Das sagst du immer wieder, aber ich fürchte, ich werde einen Fehler machen, der Ärger verursacht.«

»Das wirst du nicht.« Er legte ihr die Hände auf die Schultern. »Im Gegenteil, ich halte dich für brillant. Du wirst diese Briefe entschlüsseln, und wir werden herausfinden, was die Chesmores vorhaben.«

Ihr Blick traf seinen und hielt ihn. Es wäre so einfach, mit seinen Händen über ihre Schlüsselbeine zu streicheln und ihr Gesicht zu umfangen. Seinen Kopf zu senken. Sie zu küssen. Sie hatte gesagt, er solle sie das nächste Mal auf ihren Mund küssen.

Dies war allerdings nicht das nächste Mal. Mit Ausnahme seines unbändigen Verlangens, gab es keinen Grund, sie zu küssen.

Er nahm die Hände von ihr und blickte zum Schreibtisch. »Bist du sicher, dass es nur zwei Schreiber der Briefe gibt?«

Sie ging zum Schreibtisch und legte den anderen Brief zu den bereits ausgelegten, sodass sie ein Quadrat aus jeweils zwei Briefen bildeten. Dann tauschte sie ihn mit einem anderen aus, der an der richtigen Stelle lag. Sie deutete auf die oberste Reihe und sagte: »Das ist die weibliche Hand. Dieser hier ist der, den Mrs. Farr uns gegeben hat.« Sie zeigte auf den linken. »Die unteren beiden scheinen eine männliche Schrift aufzuweisen, wenn ich raten müsste. Sie sind auch länger als die anderen.«

»Ich glaube, du hast recht, was das Feminine und das Maskuline angeht. Es sind eindeutig zwei Verfasser, und nur diese beiden. Ich habe eine Reihe von Skizzen in ihrem Zimmer gefunden. Sie wurden eindeutig von zwei Personen angefertigt. Es waren Zeichnungen von Mary, die meiner Vermutung nach Gil gemacht hat. Seine Strichführung scheint den Briefen hier zu ähneln, die du als männlich erkannt hast. Die anderen Briefe scheinen mehr Landschaftlich zu sein, und ich nehme an, dass sie von Mary gezeichnet worden sind.«

»Wie hilfreich, dass du sie gefunden hast«, meinte Jess. »Waren sie gut?«

»Mary ist vielversprechend. Gil sollte wahrscheinlich besser beim Verfassen von Gedichten bleiben. Beim nochmaligen Nachdenken waren diese Bemühungen auch nicht viel besser«, fügte er mit einer Grimasse hinzu.

»Du hast auch Poesie gefunden?«

»Das habe ich. Ziemlich schwülstig und abgedroschen.«

»Das klingt in etwa richtig«, murmelte sie humorvoll. Ihr Blick wanderte zu den Briefen zurück, die auf dem Schreibtisch lagen. »Ich wünschte, wir hätten diese Dinnerparty nicht, weil ich mich gern an die Briefe setzen würde, um daran zu arbeiten, bis ich den Schlüssel gefunden habe.« Sie zog ein Gesicht. »Kannst du ihnen sagen, ich sei krank?«

»Das könnte ich vermutlich, aber Mary wäre schrecklich enttäuscht.«

Jess stieß die Luft aus und machte ein langes Gesicht. »Du hast natürlich recht. Aber ich kann nicht versprechen, keine Kopfschmerzen zu bekommen.«

Dougal grinste. »Ich werde nicht darüber streiten. Wir sollten uns vermutlich fertig machen.«

»In einem Augenblick. Ich möchte mir nur diese beiden Gedichte zusammen anschauen.« Sie setzte sich an den Schreibtisch. »Der Schlüssel muss in diesen beiden liegen. Wenn nicht, weiß ich nicht, was ich sonst noch versuchen soll.«

Er berührte sie an der Schulter. »Du wirst es schaffen. Ich weiß, dass du es schaffen wirst.« Sie hob das Gesicht, um ihn mit einem dankbaren Ausdruck anzuschauen. Zaudernd zog er seine Hand zurück. »Ich bin gespannt zu erfahren, warum die Chesmores so viele Briefe in ihrem Besitz haben. Das ergibt keinen Sinn für mich.«

»Je eher ich sie entschlüsseln kann, umso besser.« Jess glitt auf den Stuhl und schlug den Wordsworth auf, um dann die Seiten umzuschlagen, bis sie das Gedicht gefunden hatte, das sie brauchte.

»Ich werde dich dann in Ruhe lassen.« Dougal zog sich in das Ankleidezimmer zurück, sodass er sich für das Abendessen umziehen konnte. Er hatte keine Partnerin gewollt, aber er konnte nicht leugnen, dass er es genoss, mit Jess zu arbeiten. Obwohl er sich darauf freute, diese Mission zu einem Ende zu bringen, um zu seinen Ermittlungen zurückzukehren, würde er sie vermissen.

Vielleicht sollte er das Beste aus der Zeit machen, die sie noch hatten.

KAPITEL 13

ie Dinnerparty schien ein durchschlagender Erfolg zu sein, was insbesondere an dem überraschenden Auftauchen von Gilberts älterem Bruder, Sylvester Chesmore lag. Größer und reservierter als sein jüngerer Bruder, was vielleicht nicht viel zu sagen hatte, war Sylvester charmant und unterhaltsam, und Dougal war froh, beim Dinner neben ihm zu sitzen. Die anderen Gäste waren Nachbarn, einige von der Küste und andere aus den benachbarten Städten einschließlich Bournemouth und Poole. Merkwürdigerweise verbrachte niemand von ihnen die Nacht im Haus – mit Ausnahme von Sylvester, der aus Bristol gekommen war.

Die Männer weilten beim Port im Speisezimmer, während die Ladys sich in den Salon begaben. Dougal konnte sehen, dass Jess es vor Verlangen kaum aushielt, in ihr Zimmer zurückzukehren, um ihre Arbeit an der Entschlüsselung fortzusetzen. Sie war beim Abendessen etwas still gewesen, und er stellte sich vor, dass sie sich die möglichen Lösungen im Kopf vorstellte.

»Wie lange sind Sie schon hier zu Besuch?«, fragte Sylvester an Dougal gewandt.

»Erst drei Tage.«

»Lange genug, um meinen Bruder und seine Frau recht gut kennenzulernen. Ich wage zu sagen, dass Sie dies nach einer Nacht könnten«, fügte er mit einem Schmunzeln hinzu, ehe er seine Cheroot-Zigarre anzündete.

Dougal lächelte, ehe er an seinem Wein nippte. »Er ist sehr mitteilsam. Er scheint sich überaus in die französische Sprache und französische Dinge verliebt zu haben.«

Sylvester verdrehte seine braunen Augen. Er beugte sich zu Dougal. »Er ist davon besessen, wenn Sie es genau wissen wollen. Unsere Urgroßmutter war Französin. Sie war mit einem jungen Studenten nach England durchgebrannt und Gil behauptet gern, dass sie vorher bei mehreren Gelegenheiten mit Voltaire zusammengetroffen war.«

»Das hat er erwähnt«, meinte Dougal. »Stimmt es nicht?«

»Es ist ebenso wahr, wie ich den Prinzregenten getroffen habe.« Er nahm einen Zug von seiner Cheroot. »Das habe ich nicht. «

»Ich verstehe. Nun, ein bisschen Ausschmückung kann ja nicht schaden, nicht wahr?«, fragte Dougal mit einem Lächeln. »Ich habe mich gefragt, wie er es geschafft hat, eine Pistole in seinen Besitz zu bringen, die einem Modell aus Napoleons Privatsammlung nachempfunden ist.«

Sylvester grinste. »Eine weitere Fantasievorstellung, Die Pistole ist hier angefertigt worden und sie soll einem Exemplar aus Napoleons Besitz ähneln, aber wie um alles in der Welt würde mein Bruder das mit Sicherheit wissen?«

Das könnte er, wenn er ein Spion wäre.

Aber was, wenn er nur ein vom Französischen besessener Gentleman mit einer Neigung zum Übertreiben wäre? Warum sollte er allerdings dieses mysteriöse Gehabe über die Beschaffung der Pistole an den Tag gelegt haben? Oder lag es daran, dass er versuchte, die wahre Herkunft der Pistole zu verbergen? Er wollte Dougal glauben lassen, dass es eine französische Waffe war und keine in England herge-stellte Kopie.

»Besuchen Sie ihn oft?«, fragte Dougal.

»Dies ist mein zweiter Besuch, seit Gil den Besitz erworben hat. Er hatte jeden Schilling, den er hatte, inves-tiert, um ihn zu erwerben und darauf bestanden, dass es für die Gesundheit und das Wohlergehen seiner Ehe unerlässlich wäre. Angeblich brauchen Mary und er Privatsphäre und die frische Seeluft. Und natürlich, näher an Frankreich zu sein, ohne tatsächlich *in* Frankreich zu sein.« Das Letzte fügte er in einem leisen, trockenen Tonfall hinzu.

»Es ist ein sehr anheimelndes Zuhause. Meine Frau und ich tragen uns mit dem Gedanken, einen Besitz in der Nach-barschaft zu erwerben.«

»Und wo sind Sie zuhause?«

»Llanedeyrn bei Cardiff«, antwortete Dougal glatt.

»Dort drüben haben Sie auch die See. Warum schauen Sie sich nicht auf der Gower Halbinsel um? Das ist eine wunder-schöne Gegend.«

Dougal nickte. »Das ist sie.« Jedenfalls hatte er das gehört. Er war noch nie dort gewesen.

»Es sei denn, Sie ziehen es ebenfalls vor, näher bei Frank-reich zu wohnen.« Sylvester schien seine Frage aufrichtig gemeint zu haben, doch dann brach er in Gelächter aus. »Ich scherze nur.«

Es war für Dougal nicht klar, ob er sich über Gil lustig machte oder das exzentrische Benehmen seines Bruders verharmloste. So oder so entschied Dougal, dass er Gil trotz seiner Marotten, seines potenziellen Verrats und seines Geba-rens, als Jess geschossen hatte, lieber mochte. Dougal erkannte, dass er eifersüchtig gewesen war, was angesichts der Tatsache, wie ergeben Gil seiner Frau war, albern war. Tatsächlich war es die demonstrative Art des Mannes, die Dougals Bewunderung auslöste. In gewisser Weise erinnerte sie ihn an seinen Vater. Er hatte seine Liebe zu seinen Kindern immer offen gezeigt. Dougal fragte sich, ob er so sein könnte. Oder ob er das wollte.

Er lenkte seine Gedanken wieder zu der derzeitigen Situation zurück und war dankbar für die Informationen, die Gils Bruder ihm verschaffte. In diesem Sinne war es Zeit herauszufinden, wer außerdem sein Wissen über die Chesmores teilen würde.

Dougal trank seinen Port aus und erhob sich. »Ich denke, ich bin bereit, mich zu den Ladys zu gesellen.« Auf diese Weise konnte er auch Jess erlösen. Er wusste, dass sie es kaum abwarten konnte, nach oben in ihr Zimmer zu gelangen, und er würde ihre Arbeit nicht länger verzögern.

»Eine ausgezeichnete Idee«, schwärmte Gil und schlug mit der Hand auf die Armlehne seines Stuhls am Kopfende des Tisches.

Er trank den restlichen Port aus und erhob sich, ehe er sie alle in den Salon führte.

Die Damen saßen größtenteils. Nur Jess und eine der Nachbarinnen - Dougal glaubte, es handelte sich um Mrs. Woolford aus Bournemouth – standen. Dougal nahm an, das Jess es nicht ertragen konnte zu sitzen, wenn sie bereit war, die Flucht zu ergreifen, und Mrs. Woolford war wahrscheinlich nur so nett, ihr Gesellschaft zu leisten.

Dougal trat zu ihnen und kam kurz vor Mr. Woolford an. Er war ein großer, kantiger Mann mit zurückweichendem Haaransatz, und er nickte Dougal zu, ehe er sich neben seine Frau stellte.

Dougal schob sich neben Jess und erkundigte sich nach ihren Kopfschmerzen. Sie sah ihn mit einem derart dankbaren Blick an, dass er sie beinahe auf die Stirn geküsst hätte.

»Meine Güte, Sie haben Kopfschmerzen?«, fragte Mrs.

Woolford, die wahrscheinlich ein paar Jahre älter als Dougal war.

»Es war nur ein leichter Kopfschmerz, aber er hat sich im Laufe des Abends verschlimmert. Ich fürchte, ich muss mich zurückziehen. Es tut mir so leid, den Rest der Party zu verpassen.« Sie legte Dougal die Hand auf den Arm. »Du musst bleiben und dich amüsieren.«

»Ich werde dich nach oben begleiten und dann zurück- kehren.« Er nickte den Woolfords zu und dann begleitete er Jess aus dem Salon.

»Ich kann dir nicht genug danken«, meinte sie in einem beinahe amüsierenden Grad der Erleichterung.

»Ich konnte sehen, dass du, nun ja, ziemlich begierig warst, zu deiner Arbeit zurückzukehren.«

Sie runzelte die Stirn. »Ich hoffe, dass war nicht zu offen- sichtlich für alle.«

»Sie hätten deine Ungeduld unmöglich bemerken können«, versicherte er ihr, als sie anfingen, die Treppe hinaufzugehen. »Wenn sie etwas bemerkt haben, wird es leicht sein, dies mit deinen Kopfschmerzen zu erklären.«

»Ich bin froh. Du solltest mit den Woolfords sprechen oder zumindest mit Mr. Woolford, wenn du wieder nach unten gehst. Er hat bei mehreren Gelegenheiten mit Gil auf Zielscheiben geschossen.«

»Das werde ich tun, danke. Ich hatte eine erhellende Unterhaltung mit Sylvester beim Portwein.«

»Ach so?« Sie drehte den Kopf zu ihm als sie bei der Galerie ankamen.

»Er beschreibt Gil als einen Mann, der die Dinge gern ausschmückt und von allem Französischen besessen ist. Insbesondere die Pistole, die Napoleons Waffe nachemp- funden ist, wurde hier in England hergestellt und mag eine echte Kopie sein oder auch nicht.«

»Ich verstehe. Beschleichen dich allmählich Zweifel, dass die Chesmores Spione sind?«

Dougal öffnete die Zimmertür für sie. »Noch nicht, aber bis du die Briefe entziffert hast, oder wir sie auf frischer Tat dabei ertappen, wie sie die Information an einen französischen Kurier weitergegen, haben wir wirklich keinen stichhaltigen Beweis. Es sind weiterhin nur Verdächtigungen.«

Sie ging auf direktem Wege zu ihrem Schreibtisch. »Ich werde nicht schlafen, bis ich dies ausgetüftelt habe.«

Er zweifelte nicht im Geringsten, dass sie dies so meinte. »Soll ich Tee heraufschicken lassen?«

»Noch nicht.« Sie nahm die Briefe aus der Tasche in ihrem Kleid und setzte sich, wobei sich eine tiefe Konzentration auf ihren Zügen abzeichnete.

»Du hättest Gelehrte werden sollen. Um in Oxford zu lehren, vielleicht.«

Blinzelnd schaute sie zu ihm. »Was?«

»Du hast einen brillanten Verstand und deine Hingabe ist bewundernswert.«

»Das macht mich kaum zu einer Gelehrten«, entgegnete sie und errötete dabei leicht. Verdammt, sie war attraktiv, wenn sie das tat. Und in jedem anderen Moment ebenfalls.

»Das würde dir nicht gefallen?«, fragte er und lehnte sich an den Türrahmen.

»Nein. Lieber wäre ich draußen in der Welt und täte etwas wie dies hier. Eine Gelehrte zu sein, klingt nicht besonders abenteuerlich. Ich liebe es zu lesen, aber wenn ich die Wahl habe, würde ich lieber handeln.« Sie winkte mit einer Hand zu ihm. »Jetzt lass mich allein, damit ich mich konzentrieren kann.«

Er wollte sie überhaupt nicht allein lassen. Er wollte ihr seine Hilfe und Unterstützung anbieten. Noch wichtiger war, dass er hier sein wollte, wenn sie diesen verdammten Code entschlüsseln würde. »Viel Glück.«

Er schloss die Tür und machte sich auf den Weg zurück zur Treppe, während seine Gedanken vollkommen auf Jess fixiert waren. Ihre Aufopferung war eine ausgezeichnete Eigenschaft, aber wenn sie diese Briefe nicht entschlüsseln konnte, wären sie keinen Schritt weitergekommen, als sie bei ihrer Ankunft gewesen waren. Dougal fing an, sich Sorgen zu machen, dass sie länger als vorgesehen bleiben müssten.

Es sind erst drei Tage!

Drei Tage plus der Tag, den es sie gekostet hatte, hierher zu kommen und der Tag, den sie für ihre Rückreise nach London brauchen würden – all das war wertvolle Zeit, in der er die Fehler seiner vorherigen Missionen nicht untersuchte. Ein beunruhigender Gedanke kam ihm in den Sinn – was, wenn diese Mission ebenfalls fehlschlug? Wenn sie keinen Beweis finden konnten, dass die Chesmores Spione waren und es sich dann tatsächlich herausstellte, dass sie für Frankreich arbeiteten, würde er wieder versagt haben.

Das konnte Dougal nicht zulassen.

～

*D*ie Buchstaben, die Jess aufgeschrieben hatte, fingen an, über das Papier zu tanzen. Vielleicht brauchte sie eine Tasse Tee. Oder einen Brandy. Oder einen Tee mit Brandy.

Wie viele Stunden arbeitete sie schon daran? Mindestens zwei. Vielleicht drei. Sie hatte tatsächlich keine Ahnung, wie spät es war. Die Tür ging auf und Dougal kam herein. Sofort lockerte er den Krawattenschal und lenkte den Blick zu ihr. »Du wirkst behaglich.«

Sie blickte an sich hinab. »Weil ich meinen Morgenrock trage? Ich habe immer noch meine Perücke auf.«

»Das hast du.« Er nahm seine Brille ab und legte sie auf einen Tisch bei der Tür. »Irgendwelche Fortschritte?«

Sie lehnte sich auf ihrem Stuhl zurück und stieß einen frustrierten Atemzug aus. »Nicht wirklich. Ich fange an zu glauben, dass es unmöglich ist. Ist die Party vorbei?«

Er nickte. »Ich dachte, sie würde nie zu Ende gehen.«

»Wie spät ist es?«

»Beinahe drei Uhr.«

Grundgütiger. Dann waren viel mehr als drei Stunden vergangen. »Hast du irgendwelche wichtigen Informationen herausgefunden?«

»Nicht wirklich, nur dass die Chesmores auf alle gleichermaßen einen exzentrischen Eindruck machen, was nicht überraschend ist. So sind sie eben. Sie haben sich große Mühe gegeben, um hier Anschluss zu finden – Besuche abzustatten und monatliche Dinnerpartys wie diese heute Abend zu veranstalten. Sie scheinen trotz ihres Verhaltens sehr beliebt zu sein.« Er zog eine Schulter hoch. »Oder vielleicht deshalb.«

Jess stützte die Ellbogen auf den Tisch und legte den Kopf seitlich auf die Handfläche. »Das glaubst du wirklich?«

»Ich denke, sie werden von Freude und Liebe füreinander getrieben und für einige ist das eine überaus bewundernswerte Eigenschaft.«

»Für einige. Aber nicht für dich?«

»Ich habe darüber gesprochen, warum die Gäste unsere Gastgeber mögen könnten. Ich habe keine eigene Meinung über sie geäußert.«

»Anscheinend«, meinte sie mit einem leichten Lächeln. Dougal schien Gefühle zu vermeiden, was sie angesichts seiner Arbeit verstehen konnte.

Er nickte zu den Blättern, die über den Tisch verteilt waren. »Kann ich dir irgendwie helfen?«

Jess hatte die kurze Erholungspause von ihrer Tüftelei über den Code genossen. »Ich wüsste nicht, wie. Ich habe mir den Wordsworth vorgenommen.«

»Ihren Lieblingsdichter«, meinte Dougal, der seinen Krawattenschal nun gänzlich auszog.

Das Dreieck aus mandelfarbener Haut, das am Halsansatz hervorschaute, zog ihren Blick an. Es war nicht so, als hätte sie das nicht schon einmal gesehen, oder zumindest einen Teil davon. Dennoch verfehlte es nie seine Wirkung, ihren Puls zu beschleunigen und ihr Verlangen zu wecken.

»Es ist ein schönes Gedicht«, fuhr er fort. »Ich habe es erkannt, als du es nach unserer Ankunft rezitiert hast.«

Jess erstarrte für einen Augenblick und die Buchstaben der letzten Strophe verschwammen vor ihren Augen. Es gab zweiundvierzig Buchstaben im französischen Alphabet, wenn man die Umlaute mitzählte. Die ersten beiden Zeilen bestanden aus fünfundvierzig Buchstaben, es waren somit ein wenig mehr. Was, wenn sie irgendwie im Zusammenhang standen?

Sie schrieb die ersten beiden Zeilen der letzten Strophe auf ein neues Blatt Papier. Unter jeden Buchstaben schrieb sie eine Zahl.

»Lieber Himmel«, rief Dougal aus und erschreckte sie.

Sie hob den Kopf und sah ihn beim Tisch stehen und aus dem Fenster schauen. »Was ist?«

»Auf dem Strandweg bewegt sich ein Licht.«

»Was?« Sie schoss vom Stuhl hoch und stellte sich zu ihm, um aus dem Fenster zu sehen. Ein Licht hüpfte in der Dunkelheit auf und ab. »Wer ist es?«

»Das kann ich nicht sagen. Ich muss es herausfinden.« Er bewegte sich bereits auf die Tür zu. »Ich bin froh, dass ich meine Schuhe oder meine Perücke noch nicht abgelegt habe.«

Zwischen ihrer Aufgabe, den Code zu knacken und was immer draußen passierte hin- und hergerissen, zögerte Jess. Ihr Blick schnellte zum Schreibtisch – sie war kurz davor, die Lösung zu finden. Sie konnte es fühlen.

»Warte«, meinte sie und eilte zu ihm. »Ich möchte dich begleiten.«

»Das brauchst du nicht«, entgegnete er. »Du solltest daran arbeiten, den Code zu entschlüsseln.«

»Das werde ich, sobald wir zurückkommen.« Sie wollte keinen Teil dieser Mission verpassen. Sie wandte sich wieder ihrem Schreibtisch zu und sammelte alle Blätter ein. Der Stapel war leider mehr, als sie in ihrem Morgenrock verstauen konnte. Sie runzelte die Stirn. Vielleicht sollte sie bleiben. Enttäuschung bemächtigte sich ihrer.

Dougal nahm die Blätter von ihr entgegen. »Ich habe sie.« Er faltete den Stapel und schob ihn in seine Weste. »Wir müssen uns beeilen.« Dann nahm er die Brille vom Tisch und setzte sie auf seine Nase.

Jess machte sich nicht die Mühe, ihre feinen Schuhe gegen Stiefel zu tauschen. »Gehen wir.«

Sie eilten aus dem Zimmer und bewegten sich so leise wie möglich. Unten angekommen hielten sie auf das selten benutzte Wohnzimmer zu, das eine Tür in den Garten besaß.

Sobald sie im Freien waren, legte Dougal an Tempo zu und seine langen Beine ließen die Strecke schnell hinter sich, als er auf den Weg zuhielt. Jess beeilte sich, um mit ihm mitzuhalten und sie war froh, dass auch sie lange Beine besaß.

Oben am Weg angekommen, nahm Dougal ihre Hand. »Bleib dicht bei mir«, flüsterte er.

Sie schlichen den Weg entlang, bis sie endlich das Licht sahen. Es bewegte sich nicht mehr. Dougal zog sie hinter einen Felsbrocken, sodass sie in der Lage waren, hinüber zu spähen.

Es waren die Chesmores. Sie hatten eine Decke auf den Sand gelegt und saßen einfach darauf.

»Was tun sie?«, fragte Jess.

»Ich weiß es nicht. Sie könnten jemanden treffen, um

Informationen zu übergeben. Ich würde vermuten, dass jemand in einem Boot ans Ufer rudert.«

Jess fasste seinen Arm. »Was ist mit den Briefen, die du an dich genommen hast? Werden Sie sie nicht vermissen, wenn sie sich mit jemandem treffen, um ihm die Briefe zu geben?«

Er presste den Mund zu einer grimmigen Linie zusammen. »Ich bin sicher, dass sie das bemerkt haben. Allerdings werden sie wahrscheinlich trotzdem zu dem Treffen erscheinen. Vermutlich werden sie Bericht über die fehlenden Briefe erstatten und dann damit beauftragt werden, herauszufinden, was mit ihnen passiert ist.«

»Sollten wir sie zurücklegen? Ich könnte wieder hineingehen.«

Er schüttelte den Kopf. »Das ist jetzt sinnlos. Wahrscheinlich wissen sie, dass die Briefe fehlen. Aber sie werden nicht unbedingt uns verdächtigen. Heute Abend hatten sie das Haus voller Gäste.«

»Das ist sehr hilfreich«, murmelte sie und beobachtete die Chesmores zusammen auf ihrer Decke. Moment, küssten sie sich?

»Verbringen sie so die Zeit, während sie auf die Ankunft des Kuriers warten?« Dougal lachte leise. »Es ist schwer, sie nicht zu mögen. Ich habe wirklich angefangen zu hoffen, dass sie keine Spione sind.«

»Ist dir das je zuvor passiert? Hast du die Leute, gegen die du ermittelt hast, schon einmal gemocht?« Weil Jess ihn unzweifelhaft mochte und sich nicht vorstellen konnte, wie er gegen die Krone arbeiten könnte. Der Gedanke machte sie krank.

»Nein, nicht so«, antwortete er. »Ach du lieber Herr–« Er brach ab.

Jess schaute ungläubig zu den Chesmores, deren Umarmung immer … intimer wurde. Sie legten sich auf den Rücken und ihre Körper waren ineinander verschlungen.

Dann hob Mary ihren Rock und Gil schob eine Hand zwischen ihre Beine.

Zur Antwort fing Jess' Geschlecht zu pochen an. Hitze und Verlangen pulsierten durch ihren Körper, was ein Ziehen in ihren Brüsten verursachte und ihre Glieder zum Beben brachte. Marys Schreie wurden von der Brise zu ihnen getragen und Gil schien sich den Schritt aufzuknöpfen.

Sie sollte den Blick abwenden. Und sie sollte absolut nicht erregt sein. Ersteres konnte sie nicht tun, und gegen Letzteres war sie einfach machtlos. Gil und Mary bewegten sich wie aus einem Guss. Ihre Körper rollten im Gleichklang wie die Wellen, die in der Nähe auf und nieder gingen – es war eine melodische, natürliche Bewegung und so ursprünglich wie das Meer, das unermüdlich an das Ufer brandete.

Dougals Fingerspitzen streiften die ihren. Hatte er das absichtlich getan? Sie schaute zu ihm hinüber, aber er beobachtete die Chesmores, also war das wahrscheinlich nicht so. War er ebenso beeinflusst wie sie?

Mary stieß einen Schrei aus. Es klang, als litte sie große Schmerzen. Dann schrie Gil mehrere Male.

Jess war vollkommen verdattert. Die Szene war so wunderschön und bezaubernd gewesen. »Was ist gerade passiert?«

Dougal schaute sie an und seine Lippen teilten sich. »Sie, nun, sind zum Finale gekommen.«

»Oh.« Jess verstand was er meinte. Viele Male hatte sie sich selbst befriedigt, aber niemals hatte es so geklungen. »Nun, ich denke, dass ich dann wohl etwas verpasse. Würde es dir etwas ausmachen, es mir zu erklären?«

KAPITEL 14

as hatte sie ihn gerade gefragt?

Dougal schaute sie an, während er aus dem Augenwinkel auch die Chesmores beobachtete. »Ich fürchte, ich weiß nicht - was verstehst du nicht?«

Sobald die Frage aus seinem Mund war, bedauerte er, etwas gesagt zu haben. Er hatte sie gerade eingeladen, ihn über alles zu fragen, was sie gerade beobachtet hatten. Bei der Beschreibung würde er wahrscheinlich nicht nur schlecht abschneiden – er würde es ihr viel lieber vormachen – und er sollte nicht derjenige sein, der ihr solche Dinge erzählte. Das sollte ihr Liebhaber oder ihre ... Mutter tun. Obwohl er angesichts dessen, was er über die Mutter wusste, erwartete, dass Letzteres nicht passierte.

»Ich, ähm, unwichtig.« Sie schaute zu den Chesmores zurück. »Vergiss meine Frage.«

Er sah zu, wie sie ihren Kiefer anspannte und entspannte und er bemerkte, dass ihre Hände sich ebenfalls anspannten und entspannten. Er konnte die Energie praktisch fühlen, die aus ihrem Körper strömte. Sie schien sehr ... aufgewühlt.

Vielleicht war sie erregt. Er war das ganz bestimmt.

Himmel, er hatte seine Sehnsucht nach ihr seit Tagen nieder-
gerungen und jetzt standen sie hier im Mondschein und
beobachteten zwei Menschen bei einem atemberaubenden,
herrlichen Liebesakt.

»Wir hätten nicht zuschauen sollen«, flüsterte sie.

Er lenkte seine Aufmerksamkeit wieder auf die Chesmores zurück, die jetzt auf der Decke lagen und scheinbar zu
den Sternen aufblickten. »Wir mussten – wir sind auf einer
Mission. Rüge dich nicht selbst dafür.«

»Es scheint so aufdringlich. Ich würde nicht wollen, dass
andere mich … dabei beobachten.«

»Ich kann nicht sagen, dass ich dir widersprechen würde«,
gab Dougal zurück, der plötzlich von Visionen überkommen
wurde, wie sie dies … tat. Mit ihm. Beinahe hätte er aus einer
Mischung von Frustration und Lust gestöhnt. Wie er es
brauchte, dass diese Mission zu einem Ende kam, ehe er
etwas überaus Dummes tat. »Dennoch war es notwendig. Wir
müssen nachsehen, was sie hier machen. Das ist der ganze
Grund, warum wir nach Dorset geschickt worden sind.«

»Das bedeutet vermutlich, dass wir nicht gehen können?«

»Du kannst, wenn du willst. Kannst du es allein zum
Haus zurück schaffen?« Er blickte zu ihr.

»Nein, ich werde bleiben. Ich werde über eine sexuelle
Vorstellung nicht die Nerven verlieren.« Sie reckte ihr Kinn.

»Du bist kein schüchternes Mauerblümchen.«

»Nein, kein schüchternes. Aber ich bin sechs Jahre ein
Mauerblümchen gewesen, und das war genau das, was ich
hatte sein wollen.«

Er war nicht sicher, ob er ihr glaubte, denn er wusste,
dass sie einmal geplant hatte, zu heiraten. Bis ihre Eltern
eingeschritten waren. »Das möchtest du wirklich? Allein
bleiben?«

Ihre Blicke trafen sich. »Ich erwarte nicht, dass du das

verstehst. Du warst immer der eigene Herr deines Lebens gewesen, mit der Fähigkeit, zu tun, was du wolltest.«

»Nicht ganz«, entgegnete er trocken, wobei er zu den Chesmores zurückblickte. »Jetzt bin ich der Erbe – und plötzlich ist meine Zukunft vorgezeichnet. Und das ist überhaupt nicht, was ich geplant hatte.« Die familiären Vorahnungen drehten ihm den Magen um.

Gil erhob sich und half Mary beim Aufstehen. Er hob die Decke vom Sand und sie faltete sie, während er nach der Laterne griff. Bald darauf gingen sie Hand in Hand den Weg zurück.

Dougal kauerte sich zusammen und zog Jess mit sich. Er legte sich einen Finger an die Lippen.

Ihre Augen waren weit und wachsam und sie verengten sich ein wenig, als sie die Chesmores in der Nähe vorbeigehen hörten. Marys Gelächter hallte durch die Nachtluft. Dougal schaute um Jess und den Felsen herum und beobachtete die beiden, wie sie den Pfad hochgingen. Er sah ihnen nach, bis das Licht von der Laterne verschwand.

»Sie sind weg«, meinte er leise, ehe er aufstand und Jess mit sich zog. »Das war keine heimliche Übergabe von Informationen.«

Die Nummer elf war wieder einmal zwischen ihren Augenbrauen eingekerbt. Sie war sehr gut darin gewesen, das nicht zu tun. »Sie kamen mitten in der Nacht an den Strand, um … das zu tun? Sie sind absolut schamlos.«

»Sie sind anders als alle anderen, die ich je kennengelernt habe.« Dougal seufzte auf. »Sollen wir zum Haus zurückkehren?«

»Gibt es etwas anderes, das wir noch tun könnten?« Sie schaute ihn für einen Moment erwartungsvoll an und dann flatterten ihre Nasenflügel und ihre Augen weiteten sich einen winzigen Augenblick. »Ich hatte nicht unterstellen wollen –« Sie machte schlagartig den Mund zu. »Ja, lass uns zum Haus zurückkehren.«

Er war im Begriff, ihr seinen Arm anzubieten, aber sie hatte sich bereits weggedreht und marschierte auf den Weg zu. Er beeilte sich, sie einzuholen und sagte: »Ich habe nicht geglaubt, dass du das gemeint hast.«

Sie antwortete nicht.

Er konnte sich vorstellen, dass diese Exkursion heute Abend einen Eindruck bei ihr hinterlassen hatte. Es war eine Sache, Zeuge der Leidenschaft anderer zu werden, und eine ganz andere, dies in Gegenwart von jemandem zu tun. Insbesondere jemandem, zu dem man sich hingezogen fühlte.

Glaubte er, dass sie sich ebenso zu ihm hingezogen fühlte, wie er zu ihr? Er bezweifelte, dass er das je herausfinden würde. Wenn das, was er vermutete, die Wahrheit war, würde ihre Mission bald ein unbefriedigendes Ende finden.

»Du musst nicht so schnell laufen«, rief er hinter ihr her, wobei er sorgfältig darauf achtete, die Stimme nicht zu sehr zu erheben.

»Ich kann es kaum erwarten, mich wieder mit der Verschlüsselung zu befassen. Ich war kurz vor dem Durchbruch. Ich hätte einfach bleiben und daran arbeiten sollen.«

Er vernahm die Schärfe in ihrem Tonfall. War das Enttäuschung oder irgendeine andere Emotion?

Verdammt, warum machte er sich darüber Gedanken? Wenn er damit zufrieden war, seine Gefühle zu verstecken oder zu ignorieren, warum sollte er dann über die Gefühle anderer neugierig sein?

Sie waren still, bis sie das Zimmer erreicht hatten. Jess drehte sich zu ihm hin und streckte ihre Hand aus.

Er litt einen Augenblick unter der Verwirrung, ehe er den Grund dafür erkannte – ihre Arbeit steckte in seiner Weste. Er nahm die Blätter heraus und gestand sich ein, dass der Ausflug an den Strand oder besser das, was sie am Strand gesehen hatten, sein Gleichgewicht gestört hatte. Und wahrscheinlich ihres. Er hatte in seiner Arbeit für das Ministerium viele Dinge mitangesehen, aber ein Paar beim Liebesakt zu beobachten war etwas Neues für ihn.

Sie nahm die Papiere vom Schreibtisch und breitete sie erneut aus. Dann setzte sie sich und begann sofort mit dem Schreiben.

Dougal trat zu ihr und blickte ihr über die Schulter. »Was tust du?«

»Denken. Still.« Sie behielt ihren Fokus auf die Arbeit vor ihr.

Als sie sich wieder dem Gedicht zuwandte, schrieb sie zwei Zeilen von der dritten Strophe. Sie unterstrich die Buchstaben, die ihr gefehlt hatten. Damit blieben wenige Buchstaben übrig, die nicht in einer der Zeilen vorkamen, und sie schrieb sie auf.

Dougal dachte, dass sie sehr intelligent war, denn sie hatte angefangen, sehr schnell vorzugehen und er hatte den Faden bereits verloren. Sie schrieb die vier Zeilen erneut von dem Gedicht und nummerierte jeden Buchstaben durch, wobei ihre Hand über das Papier flog. Dann zog sie einen der Briefe zu sich heran und fing an, jeden einzelnen Buchstaben aufzuschreiben, wobei sie von den vier Zeilen zu der verschlüsselten Nachricht blickte, und jenen Buchstaben notierte. Das tat sie wieder und wieder, bis immer mehr Worte Gestalt annahmen. Sie hatte es geschafft.

Triumph durchflutete ihn, gepaart mit gespannter Erwartung auf das, was sie finden würde. Er ging, um zwei Gläser Brandy einzuschenken und brachte sie an den Tisch, wo er sich hinsetzte und wartete.

Als er nach einer Weile bei seinem zweiten Glas Brandy war, schaute sie endlich auf und abermals waren die Furchen zwischen ihren Augenbrauen zu sehen. »Das kann nicht richtig sein.«

Ehe er aufstehen und einen Blick darauf werfen konnte, war sie vom Schreibtisch an den Tisch getreten. Sie schob ihm den Brief mit der dechiffrierten Nachricht über die Oberfläche zu und dann nahm sie einen großen Schluck von dem Brandy. Er fing an zu lesen.

Mein Liebling, ich kann nicht auf deine Berührung warten, Ich verzehre mich nach der Wonne, die nur du mir geben kannst. Meine Brüste sind schwer und kribbeln und sie sehnen sich nach deinem Mund. Führe mich in Verzückung, wie nur du es kannst.

Dougal schaute in ihr entmutigtes Gesicht auf. Es ist ... ein Liebesbrief?«

»Dieser hier ist es. Also habe ich es mit einem probiert, der in der anderen Handschrift – Gils – verfasst ist. Dreh das Blatt um.«

Langsam drehte er es um und konnte kaum abwarten, was er dort finden würde.

Meine geliebte Sphinx, ich kann kaum erwarten, tief in deine feuchte Scheide zu tauchen und zu fühlen, wie du dich um mich herum anspannst und mein Fleisch in die Zange nimmst, bis wir beide den Höhepunkt erreichen. Dann werde ich meinen Samen über deine Oberschenkel ergießen.

Dougal hörte zu lesen auf, weil das alles war, und schaute zu ihr hinüber. »Hört der Brief einfach auf?«

Ihre Wangen verfärbten sich in einem bezaubernden Rosa. »Nein, aber ich bin jetzt mit dem Code vertraut genug, um zu sehen, was diese Briefe sind, und sie sind keine Geheimnisse oder Nachrichten für die Franzosen.«

»Ich erkenne, dass sie ... privat sind.« Was er wirklich meinte, war, dass sie erregend waren, aber das Wort zu sagen, schien noch Öl ins Feuer zu gießen. »Du musst sie vollständig entziffern.«

»Aber ich weiß, worum es darin geht!«, widersprach sie.

»Dennoch müssen wir sicher sein. Gib mir den Code und ich werde dir helfen.«

Vor Frustration brummend schrieb sie den Code auf und übergab ihm eine zweite Feder mit einem frischen Blatt Papier. Sie arbeiteten einige Zeit zusammen am Tisch, bis alle vier Briefe vollständig entschlüsselt waren.

»Dies sind nichts weiter als Liebesbriefe«, meinte er und schaute ungläubig auf ihre Arbeit. Jess´ Arbeit – sie hatte das ganze Lob verdient. »Pikante Briefe, um genau zu sein.«

»Und zwar recht explizite.« Sie setzte sich in ihrem Stuhl zurück und nippte an ihrem Brandy. »Ich weiß nicht einmal, was einige dieser Dinge bedeuten.« Ihr Gesicht erblühte in einem noch leuchtenderen Rosa. Und Dougal fragte sich, ob das am Strand passiert war, als sie ihn gebeten hatte, ihr den Höhepunkt zu erklären.

»Sie sind das sexuell besessenste Paar«, meinte sie, ohne ihn anzuschauen.

»Es scheint ihnen gutzutun«, entgegnete er. »Sie wirken sehr glücklich.«

»In der Tat. Ich bin nur überrascht, dass sie nicht inzwischen ein Dutzend Kinder haben.«

Dougal nahm sein Brandyglas in die Hand. »Es gibt Dinge, die zur Verhütung einer Schwangerschaft unternommen werden können.«

Jetzt schnellte ihr Blick hoch. »Tatsächlich?«

»Ähm, ja.« Dougal erkannte, dass er sie vollständig aufklären könnte und er musste zugeben, dass er sich sehr versucht fühlte das zu tun.

Sie schoss in ihrem Stuhl vor und stellte ihr Glas wieder auf den Tisch zurück. »Was bedeutet das jetzt, da wir wissen, dass es sich bei den Briefen nicht um etwas Schändliches handelt? Es sei denn, es gibt einen Code, der gänzlich auf Liebesakten basiert.«

Dougal lachte. »Das bezweifele ich. Es bedeutet, dass wir keinen echten Beweis haben, der belegt, dass die Chesmores französische Spione sind. Wir können bestätigen, dass die

Briefe keine Geheimnisse sind, und wir können Gils Besessenheit für alles Französische und seine Neigung zu Übertreibungen und Ausschmückungen bestätigen. Ich bin jetzt schockierenderweise zu glauben geneigt, dass sie keine Spione sind. Bist du nicht meiner Meinung?«

Sie schüttelte den Kopf. »Sie sind nicht im Entferntesten geheimnisvoll. Sie wären schreckliche Spione.«

Wieder lachte er. »Ja.«

Sie ließ sich wieder in ihren Stuhl zurücksinken. »Die gesamte Mission war sinnlos. Es fühlt sich wie reine Zeitverschwendung an.«

»Überhaupt nicht. Ich habe viele Ermittlungen dieser Art durchgeführt und bin mehrmals zu dem Schluss gekommen, dass Menschen, die verdächtig waren, letztendlich tatsächlich keine Spione waren. Das ist nicht so schrecklich ungewöhnlich.«

»Hast du dich je geirrt?«, fragte sie. »Hat irgendeiner dieser Leute, die du als Nichtspion erkannt hast, sich letztendlich als Spion herausgestellt?«

»Nein.« Er hoffte aufrichtig, dass dies auch hier nicht der Fall wäre. Doch das bezweifelte er sehr. »Wir wurden mit der Ermittlung gegen die Chesmores beauftragt und wir haben unsere Pflicht erfüllt. Es war überhaupt keine verschwendete Zeit. Wenn schon sonst nichts, habe ich dich kennengelernt und dir gezeigt, was es bedeutet, für das Ministerium zu arbeiten. Glaubst du wirklich, dass das ohne Vorzug gewesen war?«

»Nicht ganz. Ich habe es genossen, mit dir zu arbeiten und von dir zu lernen. Ich habe allerdings etwas zu bedauern.«

»Was ist das?«

»Dass du nie die Notwendigkeit hattest, mich auf den Mund zu küssen.« Ihre Blicke trafen sich und das Blau ihrer

Augen hatte noch nie lebhafter oder verführerischer auf ihn gewirkt.

Dougal sog die Luft ein und jedes Nervenende in seinem Körper wurde plötzlich auf wundersame Weise erweckt. Er stellte sein Glas ab und stand langsam auf, um zu ihrem Sessel zu treten. »Möchtest du, dass ich das gleich jetzt tue?«

»Nein. Ich meine, es gibt keinen Grund dafür.« Sie schlug die Augen nieder. »Das hätte ich nicht sagen sollen.«

Zum ersten Mal hatte er den Verdacht, dass sie seine Gefühle für sie vielleicht erwidern könnte und sie für einen … Annäherungsversuch offen sein könnte. »Ich würde dich küssen«, bot er in der Hoffnung an, dass sie ja sagen würde. Wenn sie sich ihm verweigerte, wäre er am Boden zerstört und nicht, weil sein Körper vor Lust pulsierte. Es war mehr als das. Sie hatte Fragen und er wollte ihr Antworten geben. Er wollte derjenige sein, der ihr zeigte, dass es manchmal nicht gut war, allein zu bleiben. Manchmal war es unbedingt wichtig, eine Verbindung einzugehen und Verlangen zu erfüllen – selbst, wenn sie sich nicht sicher war, was sie waren. Noch nicht.

Er teilte die Lippen, als sie den Blick wieder hob. »Selbst ohne den Vorsatz unserer Charade?«

»Ja. Tatsächlich wollte ich dies schon seit einiger Zeit, aber wie du gesagt hast, bestand kein Grund dazu. Abgesehen von meinem beharrlichen und überwältigenden Verlangen nach dir.«

Sie schaute ihn an. »Die ganze Zeit dachte ich, wir spielten unsere Rollen und dass alles, was zwischen uns passiert war, eine Vortäuschung war.« Sie schüttelte sanft den Kopf. »Nein, das stimmt nicht. Ich habe festgestellt, dass es viel zu leicht war, mich als deine Frau auszugeben. Manchmal hat es sich überhaupt nicht gekünstelt angefühlt«, fügte sie in einem zaghaften Flüstern hinzu.

»Dann sind wir gleichgesinnt, denn es ist schon eine

ganze Weile her, dass ich mein Rollenspiel von der Realität unterscheiden kann. Tatsächlich schon bevor wir nach Dorset kamen.« Er streckte seine Hand aus. »Darf ich dich jetzt küssen?«

Sie ergriff seine Hand und er zog sie sanft hoch, bis sie stand. Ihre Augen glitzerten vor Hitze und Erwartungsfreude. »Das würde mir sehr gefallen.«

~

*E*r hatte nichts vorgespielt. Zumindest nicht ganz. Die Anziehung, die sie für ihn empfand, wurde erwidert. »War es wirklich schwierig für dich?«, fragte sie, ohne glauben zu können, dass das sein könnte. »Mehr als ich zugeben möchte. Ich sollte mich professionell verhalten.«

Und aus ihr sollte eigentlich eine Jungfer werden. Seine Worte machten sie schwindlig und das Wissen, dass er sie so sehr wollte, wie sie ihn wollte, erfüllte sie mit Freude und auch einem unerwarteten Gefühl von Macht und Zweck.

Sie hatte sich nie vorgestellt, diese Art von Anziehung zu jemandem zu fühlen – diese unstillbare und unleugbare Hingezogenheit. Vor sieben Jahren hatte sie gedacht, in Asa verliebt zu sein, aber jetzt erkannte sie, dass es sich nur um eine alberne Schwärmerei gehandelt hatte. Er war gut aussehend, charmant und aus einem fernen Land gewesen. Er hatte Aufregung und Unbekanntes verkörpert. Von Anfang an hatten ihre Eltern ihn nicht gemocht, und vielleicht hatte dies alles noch aufregender gemacht.

Was sie für Dougal empfand, war etwas vollkommen anderes. Sie teilten eine Vertrautheit miteinander, eine Intimität, die ihr das Gefühl gab, als ob etwas fehlte. Es war, als ob sie verheiratet wären, ohne den besten Teil des Ehelebens.

Dougal hielt ihre Hand, als er seine andere um ihre Taille schlang und sie an sich zog. Sein Blick fixierte sich auf sie, dunkel und verführerisch, und löste eine wundersame Sensation in ihr aus. Unerklärlicherweise fühlte sie sich schwer und leicht, sowie begierig und vorsichtig zugleich.

Er ließ ihre Hand los und hob die seine zu ihrem Kinn, wobei sein Daumen über ihre Haut streifte, und dann zu ihrer Unterlippe. »Wenn du nur wüsstest, wie viele Male ich auf deinen Mund geschaut und mich gefragt habe, wie er sich an meinem anfühlen würde«, flüsterte er.

Er strich mit der Daumenkuppe über ihre Lippe und ihr Atem beschleunigte sich.

»Das habe ich mich auch gefragt«, brachte sie hervor. Ihre Hände waren zwischen ihnen gefangen. Sie drehte die Handflächen so, dass sie flach an seinem Frack lagen.

Dann drehte er den Kopf zur Seite und küsste sie auf die Schläfe, wobei seine Lippen zart auf ihr verharrten. Jess schloss die Augen und legte die Fingerspitzen an seine. Dann küsste er sie auf die Wange. Ihr Herz schlug schneller, wie die Flügel eines Kolibri, als die Welt nur auf sie beide und diesen Augenblick zusammenschrumpfte.

Ohne die Lippen abzuheben, küsste er ihre Haut und seine Nase liebkoste sanft die ihre, bevor sein Mund endlich sein Ziel erreichte. In dem Augenblick, als seine Lippen sich mit den ihren verbanden, verspürte sie ein Aufwallen von Leidenschaft. Es war wie beim Erklimmen eines Gipfels, und dann endlich der Anblick einer spektakulären Aussicht. *Das* war es, worauf sie gewartet hatte, wonach sie sich gesehnt hatte.

Jess schob ihre Hand an seinem Nacken empor und hielt ihn, wobei sich ihre Finger in seinem Nacken spreizten. Der Kuss, der anfangs sanft und weich war, fing an sich zu verändern. Er legte den Kopf schief und drückte den Mund auf ihren. Sie teilte die Lippen und lud seine Zunge ein, sich mit der ihren zu vereinen.

Er bewegte sich mit gekonnter Präzision und seine Hand

schmiegte sich um ihren Kopf, als ihr Kuss sich vertiefte, sodass sie einander schmecken konnten. Er fasste sie fest mit seinem Arm und seine Handfläche lag in ihrem unteren Rücken, wobei er sie an sich drückte. Sie fühlte seinen Körper an den intimsten Stellen – an ihren Brüsten, ihren Oberschenkeln und natürlich die Verbindung ihrer Münder in einem zunehmend erregenden Kuss.

Er bewegte die Hand auf ihrem Gesicht ein wenig und dann fing er an, die Haarnadeln von ihrem Kopf zu ziehen und ihre Perücke zu lösen. Sie versuchte mitzuzählen, um zu wissen, ob er fertig war, doch sie versagte kläglich. Die Nadeln fielen zu Boden und eine kratzte ihre Schulter, worauf er ihre Perücke einen Moment später von ihrem Kopf nahm, während er sie weiter küsste und seine Lippen und Zunge jede ihrer Einzelheiten erforschte.

Als Nächstes kamen die Haarnadeln aus ihrem fest gewundenen Zopf. Dies würde sich als schwieriger erweisen. Sie keuchte leise auf, als eine über ihre Kopfhaut schabte.

Dougal zog sich zurück. »Habe ich dir wehgetan?«

»Nein. Es ist nur ... ich kann es schneller machen.«

Er ließ die Hand sinken und liebkoste ihren Nacken. »Möchtest du das? Ich habe dich auf den Mund geküsst und wir haben keine weiteren Dinge besprochen.« Er stellte ihr keine explizite Frage, doch sie stand im Raum – jedenfalls dachte sie das – und baumelte zwischen ihnen wie eine überreife Frucht. Der Duft war verführerisch und sie konnte nicht leugnen, dass sie ihn ganz schmecken wollte.

Sie legte ihre Hände um den Kragen seines Fracks, bereit ihn von ihm abzuziehen. »Das möchte ich. Wenn du geneigt bist.«

Ein leises Lächeln breitete sich über seine Lippen und tief in ihrer Magengrube fühle sie, wie sie sich vor Lust anspannte. »Geneigt ist ein unzureichendes Wort. Ich bin ... inspiriert. Positiv *getrieben*, wenn ich das so sagen darf.« Mit jedem Wort wurde seine Stimme leiser und nahm an Intensität zu. Sie stellte sich vor, jeden Ton tief in ihrem Inneren widerhallen zu hören.

»Ich möchte, dass du alles wagst«, hauchte sie. Dies war verrückt, doch das war ihr einerlei. Wann würde sie in ihrem Leben wieder diese Chance haben? Sie kannte Dougal. Sie wollte ihn. Was auch passierte, würde sie immer diese Nacht haben.

Seine Augen verengten sich, als er sie losließ. »Ich möchte deinen Kopf nicht beschädigen, weshalb du dein Haar lösen solltest, während ich meine Perücke absetze.«

Zur Antwort fing sie an, die Nadeln aus ihrem Zopf zu ziehen. Ihre Blicke waren ineinander verschlungen, was die Hitze zwischen ihnen noch weiter anfachte. Das Entfernen ihrer falschen Frisuren fühlte sich irgendwie wie ein Paarungsritual an. Mit dem Fallen jeder einzelnen Nadel auf den Boden, wurde ihr Körper immer angespannter und ihr Blut heißer.

Er warf die Perücke beiseite, als sie mit den Fingern durch den gelockerten Zopf fuhr und die Strähnen so befreite, dass sie ihr über die Schulter fielen. »Ja, so«, murmelte er und griff mit beiden Händen nach ihrem Haar. Er hob eine Locke und sog die Luft ein, ehe er sie über seine Lippen zog. »Rosen und Seide.«

Er schob die Finger in ihr Haar und seine Hände legten sich um ihren Schädel, ehe sich sein Mund mit hungriger Wildheit auf ihren herabsenkten. Noch einmal umklammerte sie seinen Frack und versuchte, ihn unbeholfen von seinen Schultern zu schieben.

Er ließ sie los und riss sich den Frack herunter, ehe er sich daran machte, die Knöpfe seiner Weste zu öffnen. Sie wusste dies, da ihre Finger bereits dort waren. Zusammen öffneten sie das Kleidungsstück und er zog auch dieses aus, um es beiseite zu schleudern.

Er schlang seinen Arm um ihre Schultern und sie schwelgte in dem neu gefundenen Gefühl seines Oberkörpers mit weit weniger Kleidung an ihrem. Dennoch war dort noch zu viel, was sie voneinander trennte. Sie wollte ihn sehen und fühlen. Dies war ein Abenteuer, das sie nie geplant hatte, doch nun, da es hier vor ihr war, würde sie jeden Teil davon genießen.

Vielleicht hatte er ihre Gedanken gelesen, denn er schob eine Hand zwischen sie und öffnete ihren Morgenmantel. Jess stieß ihre Hausschuhe von den Füßen und befreite sich aus dem Morgenrock, den sie zu Boden fallen ließ.

Dougal küsste ihren Nacken und fing mit der Stelle an, die er neulich Abend gefunden hatte. Schauder tanzten an ihrem Körper auf und ab. Sie klammerte sich an ihn und hielt ihn fest, während sie in seiner Zuneigung schwelgte. Er fasste sie um die Taille und massierte sie mit seiner Hand durch den Stoff ihres Nachthemdes, ehe er sie höherschob. Er streichelte mit dem Daumen über ihre Brust und entlockte ihr ein Keuchen.

Er hob seinen Kopf und sie schaute zu ihm auf, wobei sie kurzzeitig verwirrt war. Warum hatte er aufgehört?

»Bist du sicher, dass du das willst? Ich erkenne, dass die Dinge sehr … intim zwischen uns stehen. Aber wir sind nicht wirklich verheiratet.«

Jess stieß ein kurzes Lachen aus. »Das weiß ich. Und es ist mir egal. Ja, das ist, was ich will, aber wenn du noch einmal darüber nachdenkst und es dir anders überlegst –«

Er nahm ihren Mund mit einem schnellen, sengenden Kuss in Besitz. »Keine zweiten oder dritten Gedanken, sogar. Tatsächlich ist mein erster Gedanke jeden Morgen, dass ich vermeiden muss, dich zu berühren.«

»Vermeiden?«

»Je mehr ich dich berühre, umso mehr will ich dich.

Vermeidung verschafft mir etwas Ähnliches wie Kontrolle. Oder zumindest die Illusion davon.«

Sie blinzelte ihn an, so erstaunt war sie über diese Geständnis. »Ich dachte, es sei allein mein Verlangen gewesen.« Bis heute Abend.

Ein weiteres verführerisches Lächeln umspielte seine Lippen. »Ich hatte keine Ahnung, dass du irgendetwas für mich empfindest, was über eine Freundschaft hinausgeht.«

Sie legte die Hand über seine und zog sie ganz an ihre Brust. »Fühle mich. Ich will dich. Voll und ganz. Du sagst, es gibt eine Möglichkeit, die Zeugung eines Kindes zu verhüten? Ich vertraue dir, was immer das ist, zu tun.«

»Dazu muss ich außerhalb von dir zum Schluss kommen. Ohne meinen Samen gibt es kein Kind.«

Natürlich. Hitze stieg ihr in die Wangen. »Ich fürchte, mein mangelndes Wissen ist überaus peinlich.«

Er rieb mit dem Daumen über ihre Brustwarze, was dazu führte, dass sie die Augen verengte, als die Empfindung sie durchrüttelte. Sie sog die Lippe zwischen ihre Zähne, als er sanft in ihre Brustwarze kniff.

»Du musst mir sagen, wenn dir etwas nicht gefällt. Und wenn dir etwas gefällt«, fügte er mit einem leichten Lächeln hinzu und seine Augenbrauen hoben sich dabei provokativ.

Er drehte sie um und führte sie mit den Beinen zum Bett. »Ich würde dich gern ohne dieses Nachthemd sehen. Ist das für dich akzeptabel?«

»Himmel, ja. Bitte. Ich möchte dich auch sehen.«

Mit einem leichten Nicken ließ er sie los, damit er seine Strümpfe ausziehen konnte.

Dann streckte er sich und zog sein Hemd über den Kopf, während seine Muskeln sich mit der Bewegung dehnten.

Jess schaute verzaubert auf seine Brust. Sie legte eine Hand etwa in der gleichen Weise auf ihn, wie er sie berührt hatte. Sie streichelte mit dem Daumen über seine Brustwarze und lächelte, als er daraufhin erschauderte.

»Hose?« Sie streifte mit den Fingern über seinen Bauch, wo eine Spur dunkler Haare zu seinem Hosenbund und darunter führte.

Er knöpfte den Schritt auf und schob die Hose langsam über seine Hüften nach unten, wobei er ihren erwartungsvollen Blick einlud, als er sich einen verführerischen Zentimeter nach dem anderen entblößte. Sie hielt die Luft an, bis sein Glied zum Vorschein kam. Lang und dunkel mit einem Kranz dunkler Locken war es ebenso schön wie er es war.

Er streifte die Hose ab. »Das ist alles von mir.«

»Dreh dich um.« Das hatte sie ohne Nachdenken gesagt, doch das wollte sie wirklich von ihm.

Ohne Zögern drehte er sich ohne Eile und gestattete ihr, jeden Teil von ihm zu betrachten. Von seinen breiten Schultern bis zu seinem muskulösen Bauch und seiner runden Kehrseite war er absolut perfekt. Keine Statue in einem Museum oder großem Haus kam dieser Versuchung in Form einer echten maskulinen Figur nahe. *Seiner* maskulinen Figur. Als er sie wieder anschaute, verengte er die Augen ein wenig. »Du bist dran.«

Jess fasste das Nachthemd und zog es sich über den Kopf. Ein Zittern durchlief sie, als sie ihre Haut der kühlen Nachtluft aussetzte, aber ihr war nicht kalt.

»Du bist wunderschön«, flüsterte er. »Denke daran, mir jederzeit zu sagen, wann ich aufhören soll, wenn du das willst.«

Sie nahm seine Hand zur Antwort. »Bitte berühre mich.«

»Mit Freuden.« Er legte die Hände um ihr Gesicht und küsste sie leidenschaftlich. Mit seiner anderen Hand kehrte er zu ihrer Brust zurück und umfasste sie. Sie packte ihn um die Taille und zog ihn an sich. Sein Schaft, der hart und warm war prallte mit ihrem Geschlecht zusammen. Mehr oder weniger – denn er war größer als sie. Sie sehnte sich danach, ihn genau da zu fühlen, wo sie es ersehnte, und so stellte sie sich auf die Zehenspitzen. *Da.*

Sie wurde von Verlangen überkommen, das auch er zu fühlen schien. Mit einem Stöhnen hob er sie hoch und setzte sie auf das Bett. Er stieg neben ihr aufs Bett, doch er küsste sie nicht noch einmal. Stattdessen fand er nochmals ihren Nacken. Sobald er dort war, setzte er seinen Weg zu ihrer Brust fort, die er in seiner Handfläche hielt, als er den Mund über ihrer Brustwarze schloss.

Jess umklammerte seinen Kopf und es war genau so, wie sie es geträumt hatte. Wie hatte sie das vorhersehen können, als es noch gar nicht passiert war? Hatte sie es irgendwie daraufhin gesteuert? Ihr Denkvermögen ließ sie im Stich, als ihr Verlangen immer tiefer und tiefer sank und direkt in ihr Geschlecht ausstrahlte.

Dann war seine Hand dort und seine Finger streichelten über ihre Hüften und Oberschenkel bis sie zwischen ihren Beinen ankamen und ihre Schamlippen berührten. Er küsste ihre Brüste und neckte die Leidenschaft, die zu neuen Höhen in ihr aufwallte. Dies war eine Erregung, die sie nicht gekannt hatte und ein neues Bedürfnis, das so dringend war, dass sie sich nur vorstellen konnte, wie es vielleicht befriedigt werden könnte.

Er streichelte ihre Haut weit besser, als sie sich je selbst gestreichelt hatte, und fand ihre empfindlichste Stelle. Sie wölbte sich, als er seinen Daumen kreisen ließ und sie drückte.

Wieder packte sie seine Taille und grub die Finger in ihn. Ihre Hüften begannen, im Takt mit seiner Hand, sich auf der Suche nach mehr zu bewegen, als ihr Verlangen sich verstärkte. »Mehr«, keuchte sie, ohne sich ganz sicher zu sein, worum sie ihn bat.

Er bewegte sich von ihrer Brust fort und küsste sie an

ihrem Nacken bis zu ihrem Ohr hinauf. »Du bist bereit für mich. Hier jedenfalls.« Er schob seinen Finger ein kleines Stück in ihre Scheide.

»Ich bin bereit. Ich will mehr. Ich brauche mehr. Hör nicht auf. Bitte.« Sie hob ihre Hüften und wollte mehr von ihm in ihr.

»Dies?« Er schob den Finger in sie und bewegte sich langsam, bis er seinen ganzen Finger in ihrer Scheide versenkt hatte. »Mein Schaft wird viel größer sein.«

Gott, ja, das wollte sie. Sie spreizte ihre Beine und öffnete sich ihm vollständig. »Bitte«, bettelte sie, wobei sie die Hüften kreisen ließ.

Er schob seinen Finger tief in sie, ehe er ihn wieder zurückzog, um erneut zuzustoßen. Das war es, was sie wollte, und was ihr Erleichterung bringen würde. Er bewegte seine Hand schneller und widmete ihrer Scheide und ihrer Klitoris seine Aufmerksamkeit zu gleichen Teilen, während er sie streichelte und in einem gemessenen, aber beharrlichen Tempo ausfüllte. Sie hob sich vom Bett und umklammerte ihn wild, als sie auf das Ende zutrieb. Oder würde es ein Anfang sein?

Er leckte ihr Ohr. »Komm für mich, Jess. Gib dich der Leidenschaft hin.« Er grub seine Zähne in ihr Ohrläppchen und ließ zwei Finger in sie gleiten, bis er eine Stelle in ihr fand, von deren Existenz sie noch nicht einmal etwas gewusst hatte.

Die Welt um sie zerbarst krachend und umhüllte sie mit Licht, dem eine erlösende Dunkelheit folgte. Jess war nicht sicher, ob sie noch ein Teil von sich selbst war oder ob er etwas in ihr freigesetzt hatte.

Er fuhr fort, ihr Geschlecht zu berühren, als sie nach ihrem Höhepunkt wieder herabstieg. Ihr Körper bebte vor Wonne und Glückseligkeit. Sie konnte nicht anders als zu lächeln. »Das war so viel besser als alles, was ich je selbst getan hatte.«

Sein Lachen liebkoste ihren Nacken, bevor er sie an genau dieser Stelle küsste.»Ich weiß, was du meinst.«

»Tatsächlich?« Was für eine alberne Frage. Natürlich wusste er es. Anders als sie, war er in dieser Sache erfahren. Eine merkwürdige, verwirrende Empfindung beschlich sie, als sie kurz überlegte, wie viel Erfahrung er haben mochte.

Das war ein absurder Gedanke. Was auch immer vorher passiert war, und was immer passieren würde, gehörte er in diesem Augenblick ihr. Dieser Augenblick gehörte ihnen beiden und sie würde keine dummen Gedanken eindringen lassen.

Sie wand sich unter ihm, als sie wieder ganz zu sich kam und bewegte ihre Hand nach vorn zu seiner Hüfte, bis sie auf seinen erigierten Schaft stieß. Er stöhnte leise und sie fühlte sich ermutigt, ihn mit ihren Fingern zu umfassen.

»Sag mir, was ich tun soll«, flüsterte sie und bewegte ihre Hand dabei an seinem Schaft entlang. Er fühlte sich wundervoll an. – hart, aber auch samtig weich.

»Nur das. Fang am Ansatz an und gleite zur Spitze hinauf.« Er sog die Luft ein als sie tat, was er gesagt hatte. »Ja. Genau das. Noch einmal.«

Sie folgte seinem Wunsch. Eifrig. Und während sie das tat, stellte sie fest, dass sie nicht vollkommen befriedigt war. Der gleiche Hunger baute sich wieder langsam in ihr auf und ballte sich ihn ihrem Bauch, um dann in ihrem Geschlecht, ihren Brüsten und jedem Winkel ihres bebenden Körpers zu erblühen.

Dougal schob sich zwischen ihre Beine. Instinktiv hob sie sie und öffnete ihre Oberschenkel, sodass er sich an sie schmiegen konnte. Sie streichelte ihn weiter. Als sie oben ankam, zog sie die Vorhaut zurück und streichelte die Spitze. Seine Haut wurde von Feuchtigkeit überzogen.

Sie hielt ihre Hand still. »Bist du fertig?«

»Was?« Er klang verwirrt. »Nein, Gott, nein.«

»Aber du fühlst dich … feucht an.«

»Das passiert. Normalerweise gibt es am Anfang ein bisschen Feuchtigkeit. Wenn ich fertig bin, wird dort viel mehr sein.« Er küsste sie. »Ich sage dir, wenn ich so weit bin. Es wird wahrscheinlich eher eine Warnung sein, dass ich mich zurückziehen muss.«

Sie nickte und fühlte sich wegen des Missverständnisses töricht. Ihr Blick traf den seinen und er schien zu verstehen.

»Ich bin froh, dass du gefragt hast. Ich hoffe, du wirst mich alles fragen. Es ist besser zu wissen, was passiert, was dir gefällt und was du nicht magst, und was du gern ausprobieren möchtest.«

Sie konnte sich Letzteres noch nicht einmal vorstellen, doch die Vorstellung war verlockend. Sie würde ihn später danach fragen, da er so entgegenkommend war. Im Augenblick wollte sie wissen, wie es war, für ihn zum Ende zu kommen. Und ihn in sich zu fühlen.

Ehe sie ihn fragen konnte, was als Nächstes kam, hatte er seine Hand über die ihre gebreitet. »Hilf mir, mich in dich einzuführen.« Gemeinsam führten sie seinen Schaft an ihr Geschlecht heran und führten ihn in ihre Scheide ein.

Er hatte recht. Er war viel größer als seine Finger. Sie empfand Unbehagen, als sie sich um ihn dehnte, aber er ging langsam vor. Dann war sein Mund wieder auf ihrer Brust und leckte und saugte an ihrer Haut, worauf sie alles außer dem Vergnügen vergaß, das in ihr aufwallte.

Als er ganz in sie eingedrungen war, hielt er inne und hob den Kopf. Sie schlug die Augen auf und sah, wie er sie anschaute.

»Alles in Ordnung?«, murmelte er.

Sie nickte und war sich vollkommen bewusst, dass dies ein Moment war, dessen Erinnerung sie für immer in Ehren halten würde. »Danke.«

Er grinste. »Danke mir später. Jetzt möchte ich, dass du deine Beine um mich schlingst und festhältst. Ich werde mein Bestes tun, um mich zu beherrschen, aber du fühlst dich verdammt gut an, Jess.« Er schloss die Augen und fing an, sich zu bewegen.

Sie beobachtete ihn einen Moment und klammerte sich an ihm fest, als er schwache Stöße ausführte. Dann stieß er tiefer und in ihrem Inneren bewegte sich etwas. Die Begierde, die sie vor so kurzer Zeit überkommen hatte, kehrte zurück und nahm sie wieder in Besitz als sie die Fersen in seine Rückseite grub.

Er fing an, sich schneller zu bewegen und drang mit rücksichtslosen, köstlichen Stößen in sie ein. Die Reibung machte sie beinahe verrückt und trieb sie an ihre Toleranzgrenze, was sich sowohl exzessiv wie auch ungenügend anfühlte. Sie fing zu stammeln an und brachte Worte und Geräusche hervor, die nichts weiter als unzusammenhängender Unsinn waren, als ihre Körper sich miteinander anspannten. Sie konnte ihren Höhepunkt herannahen spüren und dieses Mal dauerte der Anstieg länger als das letzte Mal. Der Gipfel schien gerade so außer Reichweite. Er schob die Hand zwischen sie und fand ihre Klitoris. Seine Berührung katapultierte sie zu den Sternen. Sie grub ihre Finger in seinen schweißnassen Rücken und rief seinen Namen aus, wobei sie in der köstlichen Erfüllung schwelgte, die er ihr bescherte.

»Ich muss –« Er endete mit einem Grunzen, als er sich aus ihrem Körper zurückzog und auf seinen Rücken sank. Sie vermisste ihn bereits und rollte sich auf die Seite, um ihn anzuschauen.

Dann fixierte sie ihren Blick auf seine Hand, mit der er seinen Schaft streichelte, als sein Samen von der Spitze lief. Ohne zu überlegen legte sie ihre Hand über seine und bot ihm ihre Hilfe an.

»Gott, Jess.« Er stöhnte und seine Hüften hoben sich, als sie zusammen zum Ende kamen.

Eine unbekannte, aber willkommene weibliche Macht ergriff sie. Sie fühlte sich herrlich.

Er ließ seine Hand seitlich sinken, also ließ sie ihn los. Zufrieden – wie sie dachte – rollte sie sich auf den Rücken und atmete tief, als ihr Herzschlag zur Ruhe kam.

»Das war erstaunlich«, meinte sie nach mehreren Minuten. »Danke.«

»Dies war das zweite Mal, dass du mir gedankt hast.«

»Du hast recht. Das ist nicht annähernd genug. Danke. Danke. Danke.«

Er lachte und als sie den Kopf drehte, stellte sie fest, dass er sie anschaute. »Ich bin froh, dass du es genossen hast. Ich muss dir ebenfalls danken. Es ist lange her, seit ich –« Er schüttelte den Kopf. »Unwichtig.«

»Seit du eine Frau befriedigt hast?«

»Ja.«

»Ich würde dich fragen, was für dich eine lange Zeit bedeutet, aber ich glaube nicht, dass ich das wissen will. Allein der Gedanke daran, dass du dies mit jemand anderem tust, erfüllt mich mit einem eher unangemessenen Besitzanspruch.« Sie konnte nicht glauben, dass sie ihm dies erzählt hatte.

Er stützte sich auf einen Ellbogen und beugte sich vor, um sie zu küssen. »Ich bin geschmeichelt.« Sein Blick glitt über ihren Körper und er ließ die Fingerspitzen über eine Brustwarze gleiten. »Du bist unwiderstehlich. Obwohl ich es versucht hatte.« Ihr stockte der Atem und sie fürchtete, dass ihr Körper durch seine Berührung wieder in Erregung geriet. War das normal oder war sie unersättlich? »Zu widerstehen?«

»Mmm.« Er küsste ihre Brust und legte die Hand darum,

sodass die Brustwarze höher stand. Dann leckte er über die Spitze und sie versteifte sich.

»Es ist spät«, meinte sie und dachte, dass sie schlafen sollten, aber sie wollte gar nicht.

Er stieß die Luft aus und der Hauch seines Atems über ihrer feuchten Brustwarze war eine Verführung für sich. »Das ist es. Wir sollten schlafen. Morgen werden wir beschäftigt sein, wenn wir unsere nächsten Schritte festlegen.«

»Was werden wir tun?«

Dann sank er wieder zurück und ließ sie los, worauf sie sofort entschied, das sie nicht wirklich müde war.

»Wir werden Mary und Gil zur Rede stellen.«

Überrascht setzte sie sich auf und schaute auf ihn hinab. »Das werden wir?«

Er nickte »Ich werde es dir morgen erklären. Nun, in ein paar Stunden.«

»Dann werden wir also schlafen?« Sie rückte zu ihm hinüber und schwang ihr Bein über seine Hüften.

Er zog eine Augenbraue hoch. »Ich dachte, du hättest gesagt, es sei spät.«

»Das ist es, aber ich habe nicht gesagt, dass das ein Problem ist. Es wird nur ein kurzes Schläfchen sein. Es sei denn, du willst lieber schlafen.«

»Ich möchte dich nach deinem ersten Liebesakt nicht zu sehr ermüden.« Er streichelte ihre Klitoris und ihre Begierde kehrte donnernd zu ihr zurück. »Aber ich bin sicher, dass wir uns etwas … Zufriedenstellendes einfallen lassen können.«

Er legte die Hand um ihren Nacken und zog sie zu einem sündigen Kuss zu sich herab.

Jess war mehr als befriedigt.

KAPITEL 15

Angekleidet und mit seiner Perücke versehen saß Dougal am Tisch und schenkte Tee für Jess ein, während sie ihre Toilette im Ankleideraum beendete. Heute Morgen hatten sie kaum miteinander gesprochen. Lag es daran, dass sie nach ihrem relativ kurzen Schläfchen vielleicht noch müde waren? Oder bedauerte sie, was passiert war? Das tat er nicht. Tatsächlich war er ein wahrer Schuft, weil er es kaum abwarten konnte, es noch einmal zu tun. Selbst wenn er wusste, dass sie das nicht sollten.

Himmel, sie hätten das gestern Abend nicht tun sollen. Sie waren Partner bei einer Mission des Außenministeriums. Sie taten so, als ob sie verheiratet wären und sollten das verdammt nochmal nicht tun. Allerdings stellte sich heraus, dass sie beide unfähig waren, eine sehr reale und beharrliche Anziehung zueinander zu ignorieren.

Der Gentleman, als der er erzogen worden war, sagte ihm, dass er sie jetzt heiraten sollte und sie nichts anderes verdient hatte, nachdem er sie ruiniert hatte. Brauchte er nicht eine Countess? Hatte er sich ihr nicht auf eine Art offenbart, wie nie zuvor mit einer anderen Frau?

Allerdings wollte sie keine Ehe. Sie war über ihre Vorstellungen sehr eindeutig gewesen: ein Leben als Jungfer mit einem Hauch Abenteuer. Vielleicht mehr als einem Hauch.

Jess tauchte aus dem Ankleidezimmer auf, und ihr Naturhaar war von einer kastanienbraunen Perücke bedeckt und ihr Gesicht als Mrs. Smythe geschminkt. Sie trug ein einfaches hellgelbes Tageskleid mit winzigen blauen Blumen. Sie würde es mit einen blauen Überwurf ergänzen, ehe sie nach unten gingen, und sich damit innerhalb von Sekunden von einer charmanten jungen Dame in eine erfahrene Ehefrau verwandeln.

Er fuhr innerlich zusammen, als ihm aufging, dass er damit die Aktivitäten der letzten Nacht beschrieb.

»Gott sei Dank ist der Tee gekommen.« Sie eilte an den Tisch und nahm ihre Tasse hoch, um einen kleinen Schluck zu trinken. Ihr lächelnder Blick senkte sich auf ihn. »Perfekt. Danke.«

Er wusste genau, wie er ihren Tee zu machen hatte. Und wieviel Marmelade sie auf ihrem Brot mochte. Er wusste auch, dass ein kleines bisschen der Marmelade unweigerlich an ihrem Finger haften bleiben würde, den sie dann ableckte. Das tat sie jeden Tag und er wurde zunehmend erregter, wenn er ihr dabei zuschaute. Was würde heute passieren? Würde er mehr oder weniger leidenschaftlich sein?

Er konnte sich nicht vorstellen, es weniger zu sein. Nicht nachdem er ihre Leidenschaft aus erster Hand erlebt hatte. Er wollte mehr, und das sowohl er wusste, dass er nicht mehr haben konnte. Was sie miteinander erlebt hatten, musste ein einmaliges Ereignis bleiben. Ginge es darüber hinaus, würde er auf einer Heirat bestehen.

»Was ist dann unser Plan für heute?«, fragte sie, als sie Marmelade auf ihr Brot strich. Sie biss ein bisschen davon ab und wie erwartet, hatte sie einen kleinen Klecks Marmelade an ihrem Daumen. Sie schob ihn zwischen ihre Lippen und lutschte ihn ab. Er hätte beinahe gestöhnt.

Wie es nicht anders sein konnte, begann sein Schaft anzuschwellen. Er rutschte auf seinem Platz hin und her und nippte an seinem Kaffee, um seine Gedanken neu zu ordnen. Dann stellte er seine Tasse wieder auf der Untertasse ab und nahm sich ein Stück Käse. »Wir müssen mit Mrs. Farr sprechen, ehe wir die Chesmores konfrontieren.«

»Ich bin überrascht, dass wir sie konfrontieren werden.« Sie biss erneut von ihrem Brot ab.

»Zuerst werden wir Mrs. Farr erzählte, zu welchem Schluss wir gekommen sind, und dass die von ihr gelieferten Beweise zufällig und erklärbar sind, was zu dem Ergebnis führt, dass die beiden keine Spione sind.«

Jess schluckte und dann nahm sie ihre Serviette, um sie an ihre Lippen zu führen. »Also ist all dies nur eine Serie von Zufällen. Ich dachte, du hättest gesagt, nur einer wäre erlaubt.«

»Das habe ich gesagt, und ich nehme an, dass dies in gewisser Weise Zufälle sind. Allerdings können die Menschen eine Sache für etwas halten, was in Wirklichkeit etwas ganz anderes ist. Wie ich erwähnt habe, ist dies nicht das erste Mal, dass ich gegen einen potenziellen Spion ermittelt habe, nur um herauszufinden, dass er keiner ist.« Er steckte sich den Käse in den Mund.

»Würdest du sagen, dass die Chesmores mehr oder weniger denselben Eindruck erweckten als bei den anderen Fällen?«

»Ich glaube nicht, dass das etwas zur Sache tut, insbesondere, da wir herausgefunden haben, dass sie keine Spione sind. Hast du deine Meinung geändert?«

»Ich weiß nicht, ob ich sie mir vollständig gebildet habe. Ich überdenke immer noch alles, was vorgefallen ist. Vielleicht ist mein Zögern, sie zu entehren, auf meine mangelnde

Erfahrung zurückzuführen. Oder meiner Begierde. Irgendwie fühle ich mich, als ob ich versagt hätte, das zu liefern, was von mir erwartet wurde.«

»Ganz und gar nicht. Wir haben alle unsere Pflicht getan.«

»Ja. Das hast du gestern Abend gesagt.«

Er konnte merken, dass sie nicht überzeugt war. »Ich vermute, dass du recht hast. Dies ist deine erste Mission und sie hat sich nicht so entwickelt, wie du erwartet hattest. Du hattest voll und ganz damit gerechnet, dass die Chesmores Spione sind.«

»Das hatte ich vermutlich. Selbst nachdem ich sie ins Herz geschlossen hatte«, fügte sie kopfschüttelnd hinzu. »Es gefällt mir nicht, das zuzugeben.«

Er schmunzelte. »Du bist wirklich hart zu dir selbst. Nimm dir Zeit und überdenke alles, wenn du dich dann besser fühlst.«

Sie blickte ihn mit schmalen Augen an. »Wird das etwas ausmachen? Es scheint, als hättest du bereits entschieden, dass sie keine Spione sind. Ich erwarte nicht, dass ich in der Lage sein werde, dich anderweitig zu überzeugen.«

»Das stimmt nicht. Ich bin für neue Beweise offen. Weshalb ich mit Mrs. Farr sprechen möchte. Wir werden alles offenlegen und ihr die Gelegenheit geben, etwas hinzu-zufügen, dass sie vielleicht vergessen oder zu sagen versäumt hat.

Ihre Reaktion wird wichtig sein. Es kann sein, dass sie zugibt, übertrieben vorsichtig zu sein – was das Ministerium zu würdigen weiß. Es ist immer besser zu vorsichtig zu sein als nicht vorsichtig genug.«

»Ich bin sicher, dass du recht hast«, meinte Jess, die ihre Teetasse hob. »Ich denke, dass ich einfach meine Erwar-tungen anpassen muss. Am Ende bin ich erleichtert, dass die Chesmores keine Betrüger sind. Und ich glaube ehrlich gesagt nicht, dass sie in der Lage dazu sind. Sie können einfach nicht so diskret sein.« Sie nippte an ihrem Tee und stellte die Tasse zurück auf die Untertasse. »Na schön. Ich bin überzeugt. Verzeih mir meine Unsicherheit einer Amateurin.«

Wieder lachte er und dann griff er über den Tisch nach ihrer Hand. »Keine Herabwürdigung mehr. Du lernst, und nach allem, was ich sehen kann, hast du das Zeug zu einem ausgezeichneten Spion.« Er würde so gern erleben, wie sie aufblühte. Stattdessen würde er sich in Schottland aufhalten und seine zukünftige Rolle als Earl lernen.

Ihre Züge wurden weicher und unter Mrs. Smythes Kosmetik sah er die Frau, die ihm solch einen unermesslichen Reichtum gebracht hatte. Mehr als einmal. »Ach, danke«, meinte sie leise. »Es bedeutet mir sehr viel, da es von dir kommt.«

Zaudernd ließ er sie los und setzte sich in seinem Stuhl zurück. »Auch wenn wir ihnen sagen, dass wir vom Ministerium sind, werden wir weiterhin die Smythes sein müssen. Es ist am besten, wenn sie so wenig wie möglich über uns wissen.«

»Das bedeutet, dass wir unseren walisischen Akzent beibehalten?«

»Ja.«

Jess legte die Stirn in Falten. »Und warum sollten wir ihnen sagen, dass wir vom Außenministerium sind?«

»In manchen Fällen tue ich das nicht. Allerdings habe ich die Chesmores recht gern und ich glaube, sie sollten sich darüber im Klaren sein, welchen Eindruck ihr Verhalten vermittelt.«

»Du glaubst nicht, dass sie irgendjemandem erzählen werden, dass wir vom Ministerium aus hier sind?«

»Glaubst du das?«, fragte er trocken.

Mit einem leichten Lächeln schüttelte Jess den Kopf. »Nicht, wenn du ihnen sagst, das nicht zu tun.«

»Einverstanden. Jetzt lass uns unser Frühstück fertig essen und dann machen wir uns auf die Suche nach Mrs. Farr.« Dougal hätte den ganzen Tag hier drinnen schwelgen können. Tatsächlich hätte er den Chesmores herzlich gern erzählt, dass sie beide, er und Jess, unter Kopfschmerzen litten und sie den Tag im Bett verbringen würden.

Ihm fiel kein anderer Ort ein, an dem er lieber wäre.

Es stand allerdings Arbeit an, die zu erledigen war. Zum letzten Mal.

~

Kurze Zeit später fanden sie Mrs. Farr im Speisezimmer, wo sie nach der gestrigen Dinnerparty alles wieder an seinen gewohnten Platz räumte. Sie räumte gerade den Tisch mit den Kerzenständern und Blumenarrangements ab.

»Guten Morgen, Mrs. Farr«, begrüßte Jess sie herzlich.

Die junge Haushälterin stand mit dem Rücken zu ihnen, während sie den Kerzenständer gerade auf eine Anrichte stellte, als sie vor Schreck einen Satz machte, wobei ihr das Stück aus der Hand rutschte. Die Kerzen fielen aus den Halterungen und sie kniete sich eilig hin, um das Durcheinander aufzuräumen.

Jess eilte ihr zur Hilfe. »Ich hatte nicht beabsichtigt, Sie zu erschrecken.«

Dougal setzte sich in Bewegung, um rasch die Überbleibsel der Kerzen aufzuheben, die vom Teppich herunter auf den Holzboden gerollt waren. Er stellte den Ständer auf die Anrichte, während Jess und Mrs. Farr das Gleiche mit den Gegenständen taten, die sie gesammelt hatten.

»Ich habe Sie nicht hereinkommen hören«, meinte Mrs.

Farr. »Ist alles in Ordnung? Ich hoffe, Sie fühlen sich besser heute Morgen, Mrs. Smythe.«

»Das tue ich, danke. Uns geht es beiden gut. Wir hatten tatsächlich gehofft, Sie zu finden.«

Die Haushälterin verschränkte die Hände. »Wie kann ich Ihnen behilflich sein?«

Dougal trat auf sie zu. »Ich wollte Ihnen in Bezug auf die Unterhaltung, die wir neulich Abend hatten, Rückmeldung erstatten.«

Ihre braunen Augen weiteten sich kurz und sie hob die Augenbrauen. »Ach! Haben Sie den Code des Briefes entschlüsselt, den ich Ihnen neulich gegeben habe?«

»Das haben wir.« Dougal schaute zu Jess. »Oder besser gesagt, hat Mrs. Smythe das getan. Wir haben auch noch weitere Briefe gefunden. Es handelt sich um Liebesbriefe zwischen den Chesmores.«

Mrs. Farr gaffte sie an. »Warum würden sie ihre Briefe verschlüsseln?«

Dougal zuckte mit den Schultern. »Sie lieben Literatur und sie mögen es, zusammen Spaß zu haben. Es scheint überaus wahrscheinlich, dass es sich lediglich um einen Zeitvertreib handelt, dem sie nachgegangen waren.«

»Das ist so … merkwürdig.« Mrs. Farr blinzelte. »Aber andererseits ist fast alles merkwürdig, was die beiden tun.«

Dougal widersprach nicht, doch er fand ihre Aktivitäten auch irgendwie charmant. »Wir können keinen Beweis finden, der sie als Spione ausweisen würde. Mr. Chesmore ist ein bisschen von allem besessen, was französisch ist, aber insgesamt lässt sich ihr Verhalten bestenfalls als exzentrisch anstatt verdächtig einstufen. Ich verstehe, warum Sie wahrscheinlich Letzteres angenommen haben und das Außenministerium weiß es zu schätzen, dass Sie die Aufmerksamkeit auf diese Angelegenheit gelenkt haben. Man kann nicht vorsichtig genug sein.«

»Ich fühle mich jetzt töricht, weil ich geschrieben habe.«

Jess lächelte sie mitfühlend an. »Das müssen Sie nicht. Ich denke doch einmal, dass das Auffinden eines verschlüsselten Briefes Grund genug ist, jemanden zu informieren. Sie haben ganz richtig gehandelt.«

Mrs. Farr atmete auf. »Danke, dass Sie das sagen.«

»Gibt es etwas anderes, was Sie vielleicht vergessen haben?«, fragte Dougal. »Wir wollen sicherstellen, dass wir eine gründliche Untersuchung durchgeführt haben.«

Nach einem Moment des Nachdenkens schüttelte Mrs. Farr den Kopf. »Das glaube ich nicht. Der Brief war das Beunruhigendste. Ehrlich gesagt schäme ich mich, zugegeben, dass ich mich unbehaglich gefühlt habe, für sie zu arbeiten. Ich habe meine Fantasie Amok laufen lassen und hätte erkennen sollen, dass nichts Ungesetzliches passierte.«

»Was genau hat Ihnen ein unbehagliches Gefühl bereitet?«, fragte Jess sanft und bemerkte dabei, dass sie in der Vergangenheit sprach, und hoffte, dass dies nicht länger der Fall war.

»Ihr exzentrisches Benehmen. Sie sind wirklich sehr freundlich. Ich … manchmal ist es wirklich heikel, in ihrer Nähe zu sein, aber nun frage ich mich, ob dies daran liegt, dass ich mir nicht sicher war, ob sie vielleicht Spione sind. Ich habe eine Kündigung in Erwägung gezogen, doch ich denke, ich werde bleiben.«

»Nun, Sie müssen tun, was das Beste für Sie ist, aber ich glaube, dass die Chesmores nicht nur ungefährliche Arbeitgeber sind, sondern auch freundliche«, entgegnete Jess mit einem aufmunternden Lächeln. Noch nie war Dougal dankbarer gewesen, einen Partner zu haben. Sie beschwichtigte die Haushälterin auf eine Weise, wie er es niemals könnte.

Dougal war im Begriff, ihr zu sagen, dass sie ihren Brotherren nachts nicht an den Strand folgen sollte, doch in dem Moment schlenderte Gil in das Speisezimmer.

»Guten Morgen, die Smythes!«, rief er. »Ich dachte, ich hätte hier Stimmen gehört. Kommen Sie und leisten Sie mir und Mary im Salon Gesellschaft.« Er warf einen Blick auf Mrs. Farr. »Kaffee, bitte.«

»Gewiss Mr. Chesmore.« Mrs. Farr ging davon, ohne Dougal oder Jess auch nur einen Blick zu erübrigen.

»Gehen Sie voran«, meinte Dougal zu ihrem Gastgeber, während er die kommende Unterhaltung voraussah. Es hatte etwas Unterhaltsames, jemanden, der kein Spion war, darüber zu informieren, dass er als solcher verdächtigt worden war. Die Reaktionen schwankten von entsetzt über amüsiert bis hin zu wütend. Er war sich nicht ganz sicher, wie die Chesmores reagieren würden, oder ob sie die gleichen Gedanken dazu haben würden.

Dougal bot Jess seinen Arm. Als ihre Blicke sich trafen, erkannte er den gleichen Hunger in dem ihren, den er selbst empfand. Wie um alles in der Welt sollten sie die Hände voneinander lassen?

Das mussten sie. Er hatte die Grenze bereits überschritten und sich sehr schlecht betragen. Das musste er ihr sagen. Wenn ihre Erwartungen nicht die gleichen waren, mussten sie dies klären.

Gil ging ihnen in den Salon voran, wo Mary auf ihrem Lieblingssofa saß. Sie wirkte müde, oder zumindest nicht ganz sie selbst. Dennoch lächelte sie strahlend, als sie ihrer Gäste ansichtig wurde.

Marys Lächeln wandelte sich zu einem besorgten Stirnrunzeln, als sie sie ansprach. »Jessamine, bitte berichten Sie mir, dass Sie sich heute Morgen besser fühlen. Ich war so enttäuscht, dass Sie sich früh zurückgezogen haben. Wir haben bis spät Karten gespielt. Sie hätten solch eine gute Zeit gehabt.«

Jess ließ sich auf dem kleineren Sofa nieder, das während ihres Besuchs »ihres« geworden war, und Dougals setzte sich dicht neben sie. »Mir geht es viel besser, danke. Dougal hat mich während des Frühstücks mit Geschichten von der Feier unterhalten. Ich bin so froh, dass er sich so gut amüsiert hat.« Sie fasste seine Hand und zog sie auf ihren Schoß.

Verdammt, er würde dies vermissen. Was als Rollenspiel angefangen hatte, war ihm zur zweiten Natur geworden. Und das machte ihm überhaupt nichts aus. Es war eher schockierend für einen Mann, der nicht einmal einen Augenblick erübrigt hatte, um über die Ehe oder Häuslichkeit nachzudenken.

Dennoch musste er das jetzt.

»Wir haben ihn unterhalten«, meinte Gil mit einem Lachen, als er seinen Arm um Marys Schultern legte.

»Ich denke, Sie müssen zu dem Fest nächsten Monat wiederkommen«, meinte Mary mit einer Bestimmtheit, die darauf hindeutete, dass sie wirklich so empfand. »Oder Sie müssen bis dahin bleiben!« Sie blickte zu Gil, der enthusiastisch nickte.

»Das wird uns Zeit verschaffen, um Jessamine zu einer guten Schützin auszubilden. Nicht wahr, Dougal?«

Dougal drückte Jess die Hand. »Ich weiß nicht, ob Jessamine noch einmal schießen möchte. Wir sollten sie in dieser Sache nicht drängen, wenn es Ihnen nichts ausmacht. In diesem Sinne habe ich auch entschieden, dass ich nicht an der französischen Pistole interessiert bin.«

Gil zog die Augenbrauen zusammen. »Warum nicht?«

Jetzt war der Moment gekommen. »Weil sie nicht französisch ist.« Dougal labte sich nicht an dem Ausdruck des Unbehagens, der über Gils Züge strich. »Ich hoffe, Sie haben nicht zu teuer dafür bezahlt.«

»Nein.« Gils Stimme brachte dieses eine Wort quiekend hervor. Er unternahm einen neuen Anlauf. »Nein.« Dieses Mal sprach er gleichmäßig, doch er war eindeutig erschüttert. »Ich glaube zumindest nicht, dass ich das getan habe.

Der Mann, der meinen französischen Brandy beschafft, hat
sie mir verkauft. Ich wollte Ihnen seinen Namen nicht
nennen. Er hat mir das Versprechen abgenommen, seine
Identität nicht preiszugeben.«

»Natürlich nicht«, meinte Dougal leutselig. »Ich bin nicht
verärgert. Ich bin eher neugierig, warum Sie etwas besitzen
wollten, das eine Replik eines Objekts aus Napoleons Besitz
war.«

»Ich –« Gil klappte den Mund wieder zu, als sein Gesicht
und Hals von einem rosa Hauch überflutet wurden.

»Er mag französische Dinge«, meinte Mary leise, die
ihrem Ehemann das Knie tätschelte und ihm mit der aufrich-
tigsten Liebe, die Dougal je gesehen hatte, in die Augen
schaute. »Und es gefällt ihm, sich wichtig zu fühlen.« Sie ließ
ihren Blick zu Dougal wandern. »Tun wir das nicht alle?«

Darüber dachte er einen langen Moment nach, doch dann
war es Jess, die antwortete. »Ja, das tun wir.«

Dougal vermutete, dass dies der Grund war, aus dem er
für das Ministerium arbeitete. Damit er etwas Bedeutungs-
volles tun konnte. Und wenn dies nicht von Wichtigkeit war,
was war es dann?

»Lassen Sie mich offen reden, Gil«, setzte Dougal an.
»Ihre Besessenheit von allem Französischen ist verdächtig.
Ihr exzentrisches Betragen – in wöchentlichem Takt Ziel-
schießen mit einer mutmaßlichen Kopie von Napoleons
Waffe zu veranstalten, Ihre Gewohnheit, französisch zu sprechen und sich verschlüsselte Briefe zu schreiben –, all dies ist
mehr als verdächtig. Es wirft die Frage auf, ob Sie auf irgendetwas aus sind.«

Mary war blass geworden, und ihre Augen waren vor
Verlegenheit ganz rund. »Wie haben Sie davon erfahren ...«
Ganz langsam hob sie die Hand an ihren Mund. Dann ließ
sie sie wieder sinken und ihre Augen verengten sich. »*Sie*

haben unsere Briefe gestohlen!« Sie drehte sich zu Gil um. »Ich habe dir ja gesagt, dass ich sie nicht verlegt hatte.«

Dougal spürte, wie Jess sich neben ihm anspannte und enthüllte deshalb rasch die Wahrheit. »Ja, ich habe die Briefe genommen. Wir sind hierhergekommen, um festzustellen, ob Sie französische Spione sind.«

Gil nahm den Arm von Marys Schultern und sprang beinahe vom Sofa auf. »*Wie bitte?*«

Mary fasste ihn am Handgelenk. »Gil, beherrsche dich.«

»Aber das ist *wundervoll.*« Er drehte den Kopf zu Mary und sein Ausdruck wurde schwärmerisch. »Kannst du dir das vorstellen, Mary? Wir als französische Spione?« Er lachte freudvoll auf.

Die Stirn in noch tiefere Falten gelegt, starrte Mary ihn an. »Du kannst kein französischer Spion sein wollen.«

»Um Himmels willen, nein«, entgegnete er mit einem Winken seiner Hand und einem herzlichen Lachen. »Aber ist es nicht aufregend zu denken, dass jemand uns dafür halten könnte?«

Mary reckte ihr Kinn vor und ihr Gesicht war noch immer von Verwirrung gezeichnet. »Ich bin nicht sicher, ob ich das aufregend finde, aber wenn du das tust –«

Gil lenkte seine Aufmerksamkeit wieder auf Dougal zurück. »Wer war es? Hat uns jemand angeschwärzt?«

»Es war niemand Spezielles. Ihr … fremdartiges Benehmen ist nicht unbemerkt geblieben. Das Außenministerium überwacht verdächtige Aktivitäten. Das gilt insbesondere für die Küste.«

Mary verschränkte die Arme vor der Brust. Ihr Ausdruck hatte von entsetzt zu verärgert gewechselt. »Ich verstehe nicht, wie Sie die Briefe lesen konnten.«

»Ich habe sie entschlüsselt«, antwortete Jess gleichmütig. »Ich war, nun, neugierig, warum Sie sie verschlüsselt hatten.« Es überraschte Dougal, dass sie das gesagt hatte, aber er war auch froh, da er dies ebenfalls erfahren wollte.

Gil zuckte mit den Schultern. »Es ist einfach eine lustige Abwechslung, um die Dinge ein wenig lebhafter zu machen.«

Mussten sie das wirklich tun? Dougal fand sie reichlich lebhaft.

Mary schaute auf den Fußboden. »Ich kann nicht glauben, dass Sie die Briefe gelesen haben.«

Jess streckte die Hand aus, um Mary am Arm zu berühren. »Es tut mir so leid. Bitte fühlen Sie sich nicht beschämt. Sie waren sehr ... sehr süß.« Jess errötete kurz, als ihr aufging, dass süß vielleicht nicht die beste Beschreibung war.

Dougal konnte verstehen, warum Mary sich benutzt fühlte, da sie ihre private Korrespondenz gelesen hatten. »Ich biete Ihnen meine ausdrückliche Entschuldigung an, Mrs. Chesmore. Wir haben unsere Pflicht gegenüber der Krone erfüllt. Ich hoffe, Sie werden das verstehen, auch wenn Sie uns nicht verzeihen können.«

»Sie müssen nicht aufhören, mich Mary zu nennen.« Sie schniefte und dann straffte sie sich und ihr Blick wanderte zu Jess. »Wie haben Sie den Code geknackt?«

Jess schenkte ihr ein schiefes Lächeln. »Es war nicht leicht. Ihre Verschlüsselung war überaus schwierig. Gleichwohl wir hier sind, um eine Untersuchung durchzuführen, möchte ich Sie wissen lassen, dass meine Zuneigung zu Ihnen und unsere Freundschaft absolut echt sind.«

Daraufhin entspannte Mary sich vollkommen, löste ihre Arme und verschränkte die Hände in ihrem Schoß. »Ich bin so erfreut, das zu hören.« Sie fasste sich an die Wange. »Himmel, ich kann mir nur vorstellen, was Sie von unseren Briefen gedacht haben müssen!« Endlich lachte sie und drehte den Kopf zu Gil, der mit einstimmte. Dougal konnte nicht anders als lächeln.

Jess beugte sich nahe zu ihm und flüsterte: »Ist dies

normal? Unwichtig. Dies sind die Chesmores. Natürlich ist es das nicht.«

»Tatsächlich ist es nicht so ungewöhnlich«, murmelte er.

Gil fasste sich und lehnte sich auf dem Sofa zurück. Er legte Mary den Arm um die Schultern. »Ich vermute, dass Ihr Spanngurt nicht wirklich beschädigt war?«

»Nein.« Dougal musste der Unterhaltung ein Ende setzen. Er wollte nicht allzu sehr in die Einzelheiten eindringen, und das sollte er auch nicht. »Noch einmal unsere aufrichtige Entschuldigung, aber ich hoffe, dass Sie Verständnis haben. Jetzt müssen wir uns aber auf den Weg machen.« Er schaute zu Jess, die sich langsam erhob. Dougal stand auf, um ihr behilflich zu sein.

»Müssen Sie das?« Mary war ebenfalls aufgesprungen und Gil kam mit ihr.

»Bleiben Sie«, schlug Gil vor. »Wir haben solch einen Spaß.«

»Ich fürchte, wir müssen nach London zurückkehren«, meinte Jess, und Dougal unterdrückte eine Reaktion. Das hätte sie nicht sagen sollen, und sie wusste es, denn sie hatte sich sofort versteift. »Wir haben uns hier überaus wohlge-fühlt«, fügte sie hastig hinzu. »Wir wissen Ihre Gastfreund-schaft sehr zu schätzen.«

»Nun, dann hoffen wir, dass Sie uns wieder besuchen.« Gil drehte sich zu Mary. »Spione! Was für ein aufregender Gedanke. Nicht für die Franzosen natürlich.« Er schaute zu Dougal zurück und sein Ausdruck war vor Staunen starr. »Würde das Ministerium unsere Hilfe wünschen? Wir würden ausgezeichnete Spione abgeben und sie über die Aktivitäten an der Küste von Dorset auf dem Laufenden halten.«

Jess stieß Dougal an die Hand.

Er brachte ein gutmütiges Lächeln für seine Gastgeber zustande. »Wir können bestimmt, ähm, eine Empfehlung aussprechen. Wenn Sie uns entschuldigen wollen, wir müssen packen, da wir unsere Abreise für den Nachmittag planen.«

Überraschung und Enttäuschung huschten über Marys ausdrucksstarkes Gesicht. In Wirklichkeit würde sie eine jämmerliche Spionin abgeben. »So bald? Können Sie nicht mindestens bis morgen bleiben?«

»Ich fürchte nein.« Jess griff kurz nach Marys Hand. »Nochmals herzlichen Dank. Wir werden uns noch einmal vor unserer Abreise sehen.«

Als Dougal Jess aus dem Raum führte, nickte er Jess zu. Sie waren still, bis sie das Obergeschoss erreicht hatten, wo Jess ein Geräusch ausstieß, dass sich verdächtig nach dem Beginn eines Lachens anhörte. Sie drückte sich die Hand vor den Mund.

Dougal biss sich auf die Lippen, um seinen Humor zu bezwingen, bis sie ihr Zimmer erreicht hatten. Sobald sie drinnen waren, ließen sie ihrer Heiterkeit freien Lauf, bis Jess plötzlich ernüchterte.

Dougal erlangte die Fassung zurück. »Was ist los?«

Sie legte sich die Hand an die Stirn. »Ich habe die Sache *wieder* verpatzt. Ich fürchte, du wirst dem Ministerium erzählen, dass ich ein totaler Reinfall bin und du hast recht, das zu tun.«

Er ging auf sie zu und fasste sie sanft an den Unterarmen. »Du bist kein Reinfall. Du bist neu in dieser Sache.«

In ihren Augen flackerte Unbehagen auf. »Ich habe viele Fehler gemacht. Das kannst du nicht leugnen.«

»So würde ich das nicht bezeichnen. Ja, du hast einige Fehler gemacht. Das passiert allen.«

»Hast du hinsichtlich dieser Mission irgendetwas falsch gemacht?« Sie blickte ihn mit hochgezogenen Augenbrauen an.

Er ließ ihre Arme los und widerstand dem Drang, sich

von ihr abzuwenden. Ganz sicher hatte er etwas falsch gemacht. Als er gestern Abend seiner Leidenschaft nachgab, hatte er sich das Vertrauen zunutze gemacht, das zwischen ihnen bestand. Er musste sich entschuldigen, doch er nahm an, dass auf der Rückreise zu Lady Pickering genügend Zeit bleiben würde. Sie sollten mit dem Packen anfangen.

»Ich bin sicher, dass ich das getan habe«, entgegnete er lahm. »Wir sollten vorankommen.« Er drehte sich zum Ankleidezimmer, doch er gestattete ihr, ihm voranzugehen.

Sie schritt auf die Tür zu. »Ich denke, Gil wird enttäuscht sein, wenn das Ministerium nicht auf sein Hilfsangebot zurückgreift.«

»Da kannst du recht haben. Ich hoffe, er schickt ihnen keinen Brief.«

Sie hielt inne und sah über ihre Schulter zurück zu ihm. »Ich denke, dass es verdächtig wirken würde. Hier ist ein Paar, das verdächtigt wurde, für die französische Regierung zu spionieren und nun wollen sie für die Engländer spionieren?« Sie marschierte in das Ankleidezimmer.

Dougal schaute ihr nach. Hatte er eine andere Mission ruiniert? Nein, das würde bedeuten, dass er andere Missionen ruiniert hätte, und das hatte er ganz bestimmt nicht. Er hatte Giraud nicht umgebracht und er hatte nicht gewusst, dass die Botschaft, die er überliefert hatte, nichts als Unfug war. Er hatte seine Arbeit wie immer erledigt. Dennoch waren diese Dinge passiert.

Er hatte seine Arbeit hier ebenfalls getan und er hatte die Chesmores der Spionage für unschuldig befunden. Es gab einfach keinen überzeugenden Beweis.

Aber was, wenn er sich irrte? Was, wenn sie Spione waren und es ihnen gelungen war, ihn hinters Licht zu führen? Das war absurd.

Wenn die Chesmores Spione waren, dann war Dougal ungeeignet, für das Außenministerium zu arbeiten, weil er es einfach nicht erkannt hat. Und nach vier Jahren vertraute er seinen Instinkten.

Leider tat nichts davon etwas zur Sache. Sehr bald *würde er nicht mehr* für sie arbeiten. Er hoffte nur, herauszufinden, was schiefgelaufen war, ehe er sich abwenden musste.

In der Zwischenzeit blieben ihm einige Stunden, bis er sich von Jess verabschieden musste.

～

*D*ie Rückfahrt von *Prosperos Retreat* war weitaus schneller verlaufen als die Herfahrt. So erschien es Jess jedenfalls. Sie konnte spüren, wie ihr die Zeit mit Dougal durch die Finger schlüpfte, als ob sie sich verzweifelt an einem Ast festhalten würde und sich nun nur mit der letzten Fingerspitze daran klammerte. Bald würden sie bei Lady Pickering ankommen.

Und was dann?

Anstatt zu fragen, sprach Jess über Belangloses. »Dieses Wetter ist viel besser als an dem Tag, an dem wir in die andere Richtung gereist sind.«

»Das will ich meinen«, entgegnete Dougal. Er war sehr still und sogar nachdenklich geblieben. Vorhin hatte sie gefragt, worüber er nachdachte, und er hatte nur gesagt, dass er andere Dinge im Kopf hatte. Er hatte keinen Wunsch zum Ausdruck gebracht über irgendetwas davon zu sprechen.

Ihnen blieb beinahe keine Zeit mehr. Jess würde sehr wütend auf sich sein, wenn sie ihn nicht nach der Zukunft fragte. Oder wenn sie nicht über gestern Abend sprach. Sie hatten sich nicht so verhalten, als ob nichts passiert sei, aber keiner von ihnen beiden hatte das Thema angeschnitten. »Was wird geschehen, wenn wir zurück in London sind?«

»Ich weiß nicht, was du meinst.«

Jess presste die Lippen zu einem leichten Flunsch zusammen. Stellte er sich absichtlich dumm? »Ich meine, ist unsere Arbeit abgeschlossen? Werden wir einen Bericht für das Ministerium abgeben müssen?«

»Ich werde einen Bericht abgeben. Ich weiß nicht, was von dir erwartet wird. Vermutlich wird dir gesagt werden, was du tun sollst.«

Sie verstand es so, dass Lady Pickering ihr sagen würde, was als Nächstes passieren würde. Doch das war es nicht, was Jess wissen wollte. Es war allerdings, was sie gefragt hatte. Auf eine feige Art hatte sie über die Mission anstatt über das gesprochen, was sie wirklich besprechen wollte – nämlich das, was zwischen ihnen beiden passiert war.

»Was ist mit letzter Nacht?«, fragte sie und stahl sich einen Blick auf ihn, um seine Reaktion zu verfolgen.

Er schien nichts preiszugeben. Seine Aufmerksamkeit blieb auf die vor ihnen liegende Straße gerichtet und seine Züge waren verdammt undurchdringlich. Zumindest hatte er die dumme Brille abgesetzt.

»Ja, genau darüber«, meinte er. »Ich schulde dir eine Entschuldigung.«

Eine *Entschuldigung?* »Wofür?«

Jetzt warf er ihr einen Blick zu – aber nur sehr kurz. »Ich sollte meinen, das ist offensichtlich. Ich habe die Grenzen unserer Partnerschaft überschritten. Ich habe dein Vertrauen ausgenutzt und all dies tut mir überaus leid.«

Alles davon? Wut wallte in ihr auf und ballte sich zu einer heißen Kugel in ihrer Brust. »Nun, mir tut es *nicht* leid. Ich bedauere überhaupt nichts. Tatsächlich hatte ich die Hoffnung gehegt, dass wir solch einen Abend vielleicht irgendwann in der Zukunft verbringen könnten. Wenn du geneigt bist. Offenbar bist du das nicht.« Sie fühlte sich wie ein Dummkopf.

»Du klingst wütend.«

»Das bin ich. Ich dachte, wir würden uns gegenseitig

begehren und habe entsprechend gehandelt. Und nun plapperst du hier von der Übertretung von Grenzen und Vertrauensbruch. Hatten wir uns nicht beide darauf geeinigt, was wir getan haben?« Mehrere Male, um genau zu sein!

»Ja, gewiss. Aber ich hätte nicht zulassen sollen, dass das passiert. Du hast mir vertraut, ein Gentleman zu sein, und –«

»Du warst ein perfekter Gentleman. Gestern Abend. Heute könnte ich diese Meinung vielleicht revidieren.«

Er stieß die Luft aus und für einige Minuten fuhren sie schweigend weiter, während derer ihre Frustration nicht nachließ. »Ich hatte nicht beabsichtigt, dir den Eindruck zu vermitteln, dass ich den gestrigen Abend nicht genossen habe. Das habe ich. Sehr sogar. Ich werde die Erinnerung daran immer in Ehren halten.«

Sie glaubte ihm, doch das nahm ihr noch immer nicht den Stachel sowohl seiner früheren Worte und dem Wissen, dass es wirklich nicht noch einmal passieren würde. Hatte sie das nicht gewusst?

Er lenkte den Einspänner in die Auffahrt von Lady Pickerings Anwesen. »Bei unserer Rückkehr nach London erwarte ich, dass du so weitermachst wie zuvor. Genau wie ich. Wir können uns nicht benehmen, als würden wir einander kennen, weil wir das in den Augen der Gesellschaft nicht tun. Wenn wir darüber hinaus vertraut miteinander sind, riskieren wir, preiszugeben, wie wir einander kennengelernt haben. Und das können wir nicht tun.«

Daran hatte sie nicht einmal gedacht. Es wäre, als hätte es diese Abfolge von Tagen, diese wunderbare Zeit als Mr. und Mrs. Smythe nie gegeben.

Nur sie würde wissen, dass es sie gegeben hat. Wie auch er. Sie mussten sich nur so benehmen, als wäre nichts geschehen.

Auf einmal verspürte Jess eine scharfe und giftige Abneigung gegen das Außenministerium und seine verdammten Missionen. »Du verstehst, nicht wahr?«, fragte er.

»Das tue ich.«

»Ich bezweifele ohnehin, dass wir einander wiedersehen. Bald werde ich mich meinem neuen Leben widmen und ich fürchte, es ist so weit vom Außenministerium entfernt, wie es nur sein kann.« Seine Stimme klang ironisch, doch sie konnte die Unzufriedenheit hören, die tief darunter verborgen war. Er würde sich betragen, als ob diese Veränderung ihm nicht das Geringste ausmachte.

Allmählich glaubte sie, dass er sich nicht anders benehmen konnte. Für so lange Zeit hatte er auf so unterschiedliche Weisen vorgegeben, jemand anderer zu sein, dass er vielleicht unfähig war, er selbst zu sein und sich einfach … zuzulassen.

Sie erkannte, dass er dies vor einigen Minuten getan hatte. Er würde den Part des Gentlemans spielen und sich dafür entschuldigen, sie ausgenutzt zu haben, oder so einen Unfug, anstatt die Tatsache anzuerkennen, dass er sie ebenso sehr begehrte, wie sie ihn.

Oder vielleicht redete sie sich das einfach nur selbst ein, um ihre Traurigkeit und Enttäuschung in Schach zu halten.

Ob nun dieses Ziel zu unterstützen, oder weil sie keinen Sinn darin sah, etwas mit ihm weiterzuverfolgen, setzte sie ein Lächeln auf. »Vielleicht wird dir dein Leben als Viscount gefallen. Ich bin sicher, dass es andere Verlockungen birgt als die Spionage.«

Dies brachte ihr ein Lachen ein. »Ich weiß deinen Optimismus zu schätzen und werde mich selbst daran festhalten.«

Er brachte den Einspänner vor der Haustür zum Halten. Sofort kam ein Diener heraus und half Jess herunter, ehe Dougal die Kutsche umrunden konnte.

Dougal unterrichtete den Diener, welchen Koffer er von

der Rückseite heben sollte. Dann griff Dougal nach dem Reisekorb mit Speisen, den Mrs. Farr mit mehr gefüllt hatte, als sie essen oder trinken konnten.

»Behalten Sie dies«, rief Lady Pickering, als sie aus dem Haus trat und auf sie zugeschlendert kam. »Bleiben Sie heute in Winchester oder reisen Sie zurück nach London, solange Sie Tageslicht haben?«

»Letzteres«, gab er grinsend zurück. »Sie kennen mich gut.«

Jess wünschte, dass er aufhören würde, so gut auszusehen. Das galt zumindest, wenn sie in Sichtweite war.

»Ich nehme an, dass sich noch etwas zu Essen in dem Speisekorb befindet«, meinte Lady Pickering, als sie neben Jess stehen blieb. »Wenn dem so ist, werden Sie es zum Abendessen verzehren wollen.«

Dougal beförderte den Korb in den Einspänner zurück. »Danke.« Er ließ seinen Blick zu Jess schwenken und sie erwischte einen Anflug von Wärme in seinem Blick, ehe sich ein Schleier herabzusenken schien. Plötzlich sah er mehr wie der Mann aus, den sie letzte Woche kennengelernt hatte, anstatt derjenige, der ihr falscher Ehemann gewesen war.

»Es war mir ein Vergnügen, mit Ihnen zu arbeiten, Jessamine.« Dougal nahm ihre Hand und drückte ihr einen flüchtigen Kuss auf den Handrücken. Er war so flüchtig, dass sie ihn durch ihren Handschuh kaum fühlen konnte.

Und dann ließ er sie los. Sie fragte sich, wann sie ihn wiedersehen würde.

»Danke, Dougal. Ich habe eine Menge gelernt.« Sie vermochte lediglich, ein kleines Lächeln zustande zu bringen, als sie ihre Hände faltete.

Er stieg in den Einspänner, tippte sich an den Hut und fuhr davon.

»Das hat steif gewirkt«, bemerkte Lady Pickering, als sie sich zum Haus umdrehte.

»Ich bin erschöpft. Wir waren gestern Abend bis spät auf.« Jess erkannte sofort, wie das klingen musste und fügte rasch hinzu: »Ich wollte nicht zu Bett gehen, bis ich den Code entschlüsselt hatte.«

»Ach, fantastisch! Dann habt ihr also einen Brief gefunden?« Lady Pickering ging Jess ins Haus voraus. »Kommen Sie, trinken Sie etwas Tee mit mir – nur für eine kleine Weile. Ich möchte von der Mission erfahren.« Sie wies den Butler an, ein Tablett in die Bibliothek zu bringen.

Obwohl Jess lieber ins Bett gefallen – und allein gewesen – wäre, folgte sie Lady Pickering in die Bibliothek, wo sie einige Tage zuvor die Frau getroffen hatte. »Wir haben sogar mehrere Briefe gefunden.«

Lady Pickering nahm in einem Sessel Platz, der an einem kleinen Tisch stand, und bedeutete Jess, sich in den anderen zu setzen. »Mehrere? Das ist merkwürdig.«

»Das dachten wir auch. Der Schlüssel zum Knacken des Codes war eine Herausforderung. Die Chesmores sind Literaturliebhaber und haben ihr Lieblingsgedicht als Schlüssel benutzt.«

Lady Pickering starrte sie einen Augenblick an. »Ich bin überrascht, dass Sie nur vier Tage gebraucht haben. Sie haben sich als wertvolle Hilfe erwiesen, Jessamine. Aber was ist passiert? Da Dougal Sie hierher zurückgefahren hat, muss ich annehmen, dass die Chesmores nicht verhaftet wurden?«

»Nein, Dougal, oder besser Fallin, hat entschieden, dass sie keine Spione sind.«

»*Dougal* hat das entschieden?« Lady Pickering musterte sie genau. »Was war Ihre Meinung?«

»Wir haben keine Beweise gefunden, die belegen würden, dass sie Spione sind. Im Gegenteil. Alles, was verdächtig gewirkt hat, ließ sich mit ihrer exzentrischen Art erklären. Die verschlüsselten Briefe hatten beispielsweise keine geheimen Informationen enthalten. Es waren Liebesbriefe, die sie untereinander ausgetauscht hatten. Deshalb waren es so viele.«

»Liebesbriefe? Das kann ich kaum glauben. Sind Sie sicher?« Sie winkte ab. »Natürlich sind Sie das. Und ihr anderes Verhalten?«

»Mr. Chesmore ist bloß von französischen Dingen besessen. Seine Urgroßmutter war Französin und aus irgendeinem Grund gefällt es ihm, alles auszuschmücken, was insbesondere auf Dinge zutrifft, die eine Verbindung zum Französischen haben.«

»Faszinierend. Sie werden einen schriftlichen Bericht verfassen müssen, solange Sie noch alles so frisch im Gedächtnis haben.«

»Warum, damit ihn jemand lesen und dann verbrennen kann?« Jess *war* müde. Sie hatte nicht sarkastisch sein wollen, aber war sie wirklich bereit, etwas niederzuschreiben, nachdem ihr gesagt worden war, dass sie dies niemals tun müsste?

Lady Pickerings Augenwinkel kräuselten sich und das war das einzige Anzeichen darauf, dass sie sich über Jess Frage amüsierte. »Die Berichte über Missionen werden im Ministerium unter Schloss und Riegel gehalten. Sie sind aus geschichtlichen Gründen wichtig und um eine Referenz zu haben. Wenn Sie fertig sind, sagen Sie mir Bescheid und wir werden angemessen damit verfahren. Seien Sie vorsichtig und lassen Sie niemanden sehen, was Sie tun. Ich schlage vor, diesen Bericht in einer Sitzung ohne Unterbrechung zu schreiben und ihn nie aus den Augen zu lassen, ehe er der zuständigen Person ausgehändigt ist.«

»Wer wird das sein?«, fragte Jess.

»Ich weiß es noch nicht. Möglicherweise bin ich es. Seien Sie so detailliert wie möglich. Das ist wichtig.«

»Und meine Entschädigung?«

»Wird Ihnen übergeben, sobald wir nach London zurückkehren.« Lady Pickering drückte die Lippen fest zusammen, als ihr Blick zur Tür schoss.

Der Butler trat mit einem Tablett ein und brachte es an den Tisch.

»Danke, Daniels. Ich werde einschenken.«

Der Butler nickte, wandte sich um und ging hinaus.

Als er fort war, schenkte Lady Pickering den Tee ein. »Jetzt erzählen Sie mir, wie die Dinge zwischen Ihnen und Fallin gelaufen sind. Ich habe bemerkt, dass Sie ihn Dougal nennen, aber das war angesichts der Rollen, die Sie zu spielen hatten, vermutlich zu erwarten.« Sie reichte Jess ihre Tasse und legte den Kopf schief. »Ich kann nicht sagen, ob Sie gut miteinander ausgekommen sind oder nicht. Sind Sie das?«

»Ja. Es war überaus … erhellend. Er hat sich gut geschlagen und mich mit seiner Art von Arbeit vertraut gemacht. Er ist sehr gut darin. Die Chesmores mochten ihn und haben ihm vertraut, wie auch die Dienstboten, mit denen ich ihn habe umgehen sehen.« In Gedanken entwarf Jess auch einen Bericht über ihn, da dieser wahrscheinlich von ihr verlang werden würde. Vermutlich würde jemand sie diesbezüglich kontaktieren, aber wie konnte sie das wissen? Natürlich konnte sie dies vor Lady Pickering nicht zur Sprache bringen. »Es ist eine Schande, dass er nicht weiter in diesem Bereich tätig sein wird.«

Lady Pickering hatte ihr Gebäck genommen und nun erstarrte ihre Hand auf dem Weg zum Mund. »Wie bitte?«

Verdammt noch mal. Jess hatte nicht daran gedacht, dass Lady Pickering wahrscheinlich nichts von seinen Plänen wusste. Es war kein Geheimnis, dass sein Bruder verstorben und er nun als Erbe nachgerückt war. »Sie wissen, dass seine Umstände sich geändert haben«, ergänzte Jess ungerührt, in der Hoffnung, dass sie nichts Verkehrtes gesagt hatte, aber auch nicht erkennen konnte, wie sie das getan haben sollte.

»Ja, ich habe nur nicht erkannt, dass er so bald gehen würde.« Stirnrunzelnd blickte sie ihr Gebäck an, ehe sie einen Bissen nahm. »Solch ein Jammer«, murmelte sie einen Augenblick später.

In nervöser Erwartung, was als Nächstes kommen würde, nippte Jess an ihrem Tee. Sie war wegen dieser Mission so aufgeregt gewesen, doch jetzt, da sie abgeschlossen war, fühlte sie sich nicht ganz sicher, ob sie für das Ministerium arbeiten wollte. Ihre liebsten Elemente daran hatten alle damit zu tun, sich als Dougals Frau auszugeben und nicht mit der Untersuchung oder gar der Verschlüsselung. Außerdem war sie nicht sicher, ob sie so diskret und vorsichtig sein könnte, wie es verlangt wurde, oder ob sie das überhaupt wollte. Sie hatte mitangesehen, als Dougal sich auf ihrer Fahrt zu Lady Pickering verschlossen hatte. Dann war ihr »Ehemann«, Dougal Smythe, bei ihrer Ankunft einfach verschwunden. Sie war ehrlich gesagt neugierig, wie er auf sie reagieren würde, wenn sie sich in Zukunft begegneten.

Was allerdings wahrscheinlich niemals der Fall sein würde.

KAPITEL 16

𝒩 achdem er die Nacht in einer kleinen Herberge bei Frimley verbracht hatte, setzte Dougal seine Reise nach London fort und kam am späten Vormittag bei seinem Haus in der Grosvenor Street an. Er ging direkt zu Bett und schlief bis zum Abendessen.

Gebadet und erfrischt las er seine Post einschließlich eines Briefes seines Vaters. Er fragte, wann Dougal heimkehren würde, und hoffte, dass dies bald geschähe. Der Schmerz, den Dougal seit Alistairs Tod vergraben hatte, drängte an die Oberfläche. Als ob dieser Verlust nicht schon schrecklich genug wäre, musste er sich nun auch noch auf den Verlust seines Vaters vorbereiten.

Und die Sache aufgeben, die er liebte und die ihn definierte. Gott er klang so selbstgerecht.

Dougal ging zum Phönix Club mit der Absicht, Lucien zu treffen und ihn über seine Mission zu informieren. Morgen würde er seinen Bericht schreiben und ihn zum Außenministerium bringen. Er plante auch, zu lesen, was auch immer er an Berichten über seine gescheiterten Missionen finden konnte. Er hoffte nur, dass er nicht der Einzige war, der die Zuweisungen dokumentiert hatte.

Da es Dienstag war, fand er es schwierig, sich nicht in Erinnerung zu rufen, dass erst eine Woche vergangen war, seit Dougal im Club gewesen war. Seit er »Mrs. Smythe« zum ersten Mal begegnet war. Wie war es möglich, dass seitdem nur eine Woche vergangen war? Es schien, als hätten sie viel mehr Zeit miteinander verbracht. Ganz bestimmt fühlte sich ihr Eindruck weitaus größer an.

Nie hätte er sich vorgestellt, einmal dieses Gefühl von Behaglichkeit und Häuslichkeit zu erleben, das er mit Jess empfunden hatte. Er würde ihr gemeinsames Frühstück schmerzlich vermissen und auch ihre Unterhaltungen, bevor sie nachts schlafen gingen, und den schlichten Akt, einfach mit jemandem zu *leben*. Immer hatte er erwartet, allein zu sein. Darüber hinaus hatte er nicht einmal gedacht, dass dies vielleicht nicht das Allerbeste war.

Jetzt hatte er allerdings andere Gedanken. Lag dies an seiner Zeit mit Jess oder weil er wusste, dass er als Earl eine Frau finden musste und das Alleinsein nicht länger eine Option war?

Er konnte nicht leugnen, dass Jess etwas in ihm ausgelöst hatte, und dass er ihr Dinge anvertraut hatte, die er noch nie zuvor einer anderen Frau erzählt hatte.

Dougal betrat den Phönix Club und fand ihn wie gewöhnlich für einen Dienstagabend turbulent. Er nickte den Leuten zu, die er kannte, doch er blieb nicht stehen, um sich zu unterhalten. Auf direktem Wege strebte er auf die Treppen zu und ging zu Luciens Arbeitszimmer im ersten Stock hinauf, in der Hoffnung, ihn dort zu finden. Stattdessen traf er ihn auf dem Treppenabsatz.

»Dougal, du bist schon zurück?«, fragte Lucien. »Ich hoffe, das bedeutet, dass du eine ertragreiche Reise hattest.«

»Ich werde dir darüber berichten.« Dougal nickte in Richtung von Luciens Büro zu seiner Rechten.

Lucien bedeutete ihm, voranzugehen. »Führe den Weg an.«

Sobald sie drinnen waren, trat Dougal an den Barschrank, in dem Lucien seinen Spirituosen aufbewahrte, und schenkte sich ein Glas schottischen Whisky ein. Er hörte, wie die Tür ins Schloss fiel und fragte Lucien, was er trinken wollte.

»Was immer du trinkst, ist in Ordnung«, entgegnete Lucien.

Dougal füllte ein zweites Glas und dann drehte er sich, um es Lucien zu reichen. »Auf unkomplizierte Missionen.« Er hob sein Glas und Lucien stieß mit dem seinen an Dougals.

»Unkompliziert?« Lucien zog die Augenbrauen hoch, als er sich zu einem Sessel vor dem Kamin begab, welcher derzeit nicht angezündet war. Es war heute sehr warm gewesen, womit der Sommer kundtat, dass er noch nicht zu Ende war.

Dougal saß seinem Freund gegenüber und nippte an seinem Getränk. »Einigermaßen. Der Code, den Mrs. Goodfellow hatte knacken müssen, war eine Herausforderung gewesen, aber sie hat es geschafft.«

»Sehr schnell, wie es scheint. Was ist dabei herausgekommen?«

»Kannst du glauben, dass die Briefe sexueller Natur waren? Sie hätten vielleicht sogar dir die Schamesröte ins Gesicht getrieben.«

Lucien warf ihm einen Blick zu, der eindeutig besagte, dass dies unmöglich war. »Keine Staatsgeheimnisse also?«

Dougal schüttelte den Kopf. »Nicht einmal annähernd. Es gab einen ganzen Stapel davon, was merkwürdig war.

Warum würden sie diese Briefe nicht nach Frankreich schicken?«

»Weil die Franzosen sehr gut in der Lage sind, ohne Anleitung zu vögeln?«, fragte Lucien.

Dougal konnte sein Lachen nicht unterdrücken. »Und ich hatte geschlussfolgert, es läge daran, dass sie tatsächlich keine Spione waren. Nur ein ausnehmend exzentrisches Paar mit einem übertriebenen Enthusiasmus für Sex. Sie sind tatsächlich sehr nette Menschen, wenn auch ein bisschen merkwürdig. Er ist auf eigentümliche Weise von französischen Dingen besessen, aber nicht von Napoleon. Es gab einfach keinen Beweis, der belegt hätte, dass sie für Frankreich arbeiten.«

Lucien lehnte sich in seinem Sessel zurück und streckte die Beine aus. »Damit hat es sich dann, nehme ich an. Wie war Miss Goodfellow, abgesehen von dem Knacken des Codes?«

Dougal kamen Dutzende von Worten in den Sinn und nicht eines hatte auch nur das Geringste mit ihrem Können als Spionin zu tun. »Sie hat sich gut gemacht. An einem Tag hätte sie mich beinahe erschossen.«

Lucien hatte gerade etwas Whisky getrunken und verschluckte sich. »Wie ist es dazu gekommen?«

»Die Chesmores üben sich jede Woche im Schießen. Sie sind atemberaubend versiert.«

»Ach ja, warum würden wir je auf die Idee kommen, dass sie Spione sein könnten?«, murmelte Lucien ironisch.

Dougal schüttelte den Kopf und lächelte dabei schwach. »Miss Goodfellow hatte das Schießen lernen wollen. Sie ist so schlecht, wie unsere Gastgeber gut sind. Nachdem sie das Ziel unter meiner Anleitung weit verfehlt hatte, half Chesmore ihr. Sie erschrak sich und ihr Arm machte sich selbstständig.«

Lucien schürzte besorgt die Lippen. »Das klingt alles sehr

verdächtig für mich. Der Mann, welcher der Spionage verdächtigt wird, hat deiner Partnerin beinahe geholfen, dich zu erschießen?«

»Das hatte ich anfangs gedacht, aber du musst zugeben, dass dies ein lächerlicher Weg ist, jemanden umzubringen. Warum würde er mich nicht vergiften? Oder mit mir aufs Meer hinausfahren und mich über Bord werfen? Oder er selbst mich versehentlich erschießen?«

»Hast du ausführlich darüber nachgedacht?«

»Ich denke oft darüber nach, wie ich vielleicht meinem Tod gegenübertrete, insbesondere, wenn ich auf einer Mission bin.« Obwohl er das noch nie getan hatte, verspürte er eine instinktive Emotion, dass er *nicht* so sterben konnte, wie es sich in Dorset abgespielt hatte. Das Risiko war ein Teil seiner Verpflichtung und Dougal konnte das nicht länger akzeptieren, denn sein Leben – und sein Tod – gingen nun nicht nur ihn etwas an. Vielleicht war das nie so gewesen, und das gab ihm das Gefühl recht selbstsüchtig zu sein.

Lucien schlug einen ernsteren Tonfall an. »Was passiert nun? Wirst du nach Schottland zurückkehren?«

Dougal hatte seinem Freund nichts von der Erkrankung seines Vaters erzählt. »Warum denkst du das?«

Lucien zuckte mit den Schultern. »Da du so bald nach Alistairs Tod fortgerufen wurdest, dachte ich, dass du vielleicht zu deinem Vater zurückkehren möchtest.«

»Das sollte ich.« Dougal hatte nicht beabsichtigt, das zu sagen, doch die Bürde lastete auf ihm. Und wieder dachte er aufgrund ihrer Unterhaltung über die Sterblichkeit nach. »Ich fürchte, ich muss akzeptieren, dass meine Zeit mit dem Ministerium sehr beschränkt ist. Tatsächlich habe ich das zwar nicht so gesagt, aber ich habe meine letzte Mission abgeschlossen.« Allerdings nicht die letzte Nachforschung. Das lag noch vor ihm und bis er nicht die gesuchten

Antworten gefunden hatte, würde er nicht nach Hause
gehen. Es sei denn natürlich, er müsste gehen.

Himmel, er *sollte* jetzt gehen. Was würde Gutes dabei
herauskommen, sich da reinzusteigern, was bei seinen
anderen Missionen passiert war?

Weil er unabhängig von seiner Zukunft weiterhin die
Wahrheit hinter diesen Fehlern aufdecken wollte. Wenn
jemand aus niederen Beweggründen eine Verwüstung
anrichtete, musste er denjenigen ausmerzen.

Lucien zog seine Beine an und setzte sich in seinem
Sessel vor. Seine Augen hatten sich vor Sorge verfinstert.
»Wirklich die letzte? Ich hatte nicht erkannt, dass du uns so
bald verlässt. Ist etwas passiert?«

Dougal stieß die Luft aus, als er auf den kalten Kamin
starrte. »Ich habe darauf verzichtet, dir mitzuteilen, dass
mein Vater krank ist. Ich muss mich vorbereiten, eher früher
als später, Earl zu werden.«

»Grundgütiger, Dougal, warum hast du nichts gesagt? Du
hättest nicht kommen sollen.«

Dougal fasste sein Glas fester, als er Lucien einen irritierten Blick zuwarf. »Das hast du nicht zu entscheiden.«

»Nun, nein, aber wir sind Freunde, nicht wahr? Als dein
Freund sage ich dir, dass du vielleicht bei deinem Vater
hättest bleiben sollen. Ich hätte es verstanden und auch das
Ministerium.«

»Würdest du auf die Gelegenheit verzichten eine letzte
Mission auszuführen?« Dougal starrte ihn an und forderte
ihn zu einer Lüge heraus. Wieder stieg das Gefühl der Selbst-
nachsicht in ihm auf.

»Nein.«

Dougal nahm die Schultern zurück. »Insbesondere nicht
im Namen deines Vaters, ob krank oder nicht.«

»Das würde er nicht von mir wünschen«, entgegnete
Lucien grimmig. »Das wäre Cons Verantwortung. Und er

würde von Cass erwarten, ihn zu pflegen.« Luciens Vater machte kein Geheimnis aus seiner engeren Beziehung zu seinem Ältesten und seiner Jüngsten. Zu behaupten, dass sein Verhältnis zu Lucien angespannt war, konnte wahrscheinlich als Untertertreibung gewertet werden. Sie im Laufe der Jahre gegeneinander angehen zu sehen und Luciens Schmerz zu erleben – den er tief in sich vergrub –, hatte Dougal mit Dankbarkeit erfüllt für seinen Vater und mehr noch für die Innigkeit, die sie verband. Der Gedanke, ihn zu verlieren, war beinahe unerträglich.

»Wie sieht dein Plan aus?«, fragte Lucien. »Wirst du deinen Bericht einreichen und dich auf den Weg nach Norden machen?«

Es war an der Zeit, Lucien über seine Nachforschungen ins Vertrauen zu ziehen. »Erst muss ich etwas erledigen und ich hoffe, dass du mir helfen kannst. Du weißt, dass mit einem meiner Aufträge im vergangenen Frühling etwas schiefgelaufen ist.« Auf Luciens Nicken fuhr Dougal fort. »Es waren in Wirklichkeit zwei Fehlschläge.«

Lucien setzte sich zurück und trank einen Schluck Whisky. »Was ist passiert?«

»Der erste war ein Rätsel – die Botschaft, die ich erhalten hatte, war vollkommener Unsinn und damit wertlos. Der zweite war eine Katastrophe. Ich bin aufgebrochen, um mich mit einem Kurier zu treffen und er war tot.«

»Mist.« Lucien verzog das Gesicht. »Am Treffpunkt?«

Dougal nickte, »Wer immer ihn umgebracht hat, war ihm entweder gefolgt oder er wusste von dem Treffen.«

»Es war keine Nachricht bei dem Kurier, nehme ich an?«

»Nein, und ich habe ihn gründlich durchsucht.« Manchmal wachte Dougal auf und dachte an Giraud mit seiner durchtrennten Kehle und der rotbefleckten Kleidung, während seine blicklosen Augen ins Leere starrten. Er

massierte sich den Nacken, als ob er das Bild aus seinen
Gedanken vertreiben wollte.

»Was hat Kent zu all dem zu sagen?«

»Er war natürlich aufgewühlt, aber es ist nichts Neues,
dass diese Dinge schieflaufen können. Ich hatte es vorher
einfach nur noch nie erlebt.« Für einige Wochen nach diesen
Vorfällen hatte Dougal keinen neuen Auftrag bekommen. Er
hatte sich gefragt, ob seine Karriere vielleicht vorüber sei.
Dann war er wegen des Todes seines Bruders nach Schottland gerufen worden.

»War er auf dich ärgerlich?«, fragte Lucien.

»Nicht wirklich, aber, in einem Abstand von nur wenigen
Wochen zwei gescheiterte Missionen vorzuweisen, sah nicht
gut aus.«

»Das war vergangenen Frühling? Vor Waterloo und
Napoleons Abdankung.«

»Ja.« Dougal blickte Lucien mit einem ernsten Ausdruck
an. »Du weißt, dass ich Zufälle nicht mag.«

»Ich auch nicht. Ich bin überrascht, dass du mir nicht
früher davon erzählt hast.«

»Das hätte ich, doch dann ist Alistair gestorben und zu
jener Zeit war es unwichtig. Es ist allerdings bedeutsam und
mir gefällt es nicht, mich vom Ministerium zu verabschieden, ohne eine Untersuchung durchzuführen.«

Lucien trank den Rest seines Whiskys aus und setzte sich
aufrecht hin. »Dann lass es uns angehen. Wo sollen wir
anfangen?«

»Ich möchte die Berichte einsehen, die zu den beiden
Missionen gehören.«

»Das könnte sich als schwierig erweisen«, antwortete
Lucien, der dabei eine Grimasse zog. Für einen Augenblick
schaute er an Dougal vorbei und war eindeutig in
Gedanken versunken. »Ich könnte mir vielleicht Zugriff
verschaffen.«

»Ich hoffte, dass das der Fall sein wird. Du scheinst Privilegien zu genießen, die ich nicht habe.«

Lucien verdrehte die Augen. »Davon weiß ich nichts. Du bist derjenige, der durch das Königreich streift und tatsächlich Dinge tut, auf die es ankommt.«

»Gutes Argument«, meinte Dougal, der bei seinen Worten den Kopf schief legte. »Was *tust* du denn?«

Lachend stand Lucien auf. »Manchmal bin ich mir nicht sicher. Meistens biete ich Unterstützung, wie die Dinge so zu deichseln, dass Miss Goodfellow bei Lady Pickering bleiben kann. Oder ich bringe Evie dazu, Miss Goodfellow bei ihrer Verkleidung zu helfen.« Lucien strebte auf den Barschrank zu, um sein leeres Glas dort abzustellen.

Menschen unter die Arme zu greifen und Dinge zu organisieren, war das, worin Lucien am besten war. Deshalb hatte er diesen Club ins Leben gerufen – um den in Not Geratenen zu helfen und all denjenigen einen Hafen zu bieten, die eventuell einen brauchen. Er war ein einzigartiger Mensch.

»Und du wirst mir helfen, an die Berichte heranzukommen, die ich brauche?«

»Ich werde es versuchen. Möglicherweise kann ich sie durchsehen und dir erzählen, was ich gelesen habe. Ich werde mein Bestes tun.« Auf Dougals skeptischen Ausdruck hin, hielt Lucien die Hände hoch. »Du vertraust mir, nicht wahr?« Er scherzte, doch an seiner Frage war etwas dran, weil es wahrscheinlich jemanden gab, dem Dougal nicht vertrauen sollte.

»Natürlich, doch es scheint sich jemand in unsere Operationen einzumischen. Ob ich das Ziel war oder es sich einfach um einen *Zufall* handelte, dass diese beiden Missionen schlecht verlaufen waren, glaube ich, dass jemand gegen uns agiert.«

»Oder mehrere«, pflichtete Lucien ihm bei. »Ganz

bestimmt ist eine Untersuchung vonnöten. Was, wenn wir nichts finden?«

»Dann muss ich akzeptieren, dass es Zufälle gibt.« Dougal dachte an die Chesmores und wie sie aufgrund der Umstände den Eindruck von Spionen erweckten. Was Verdacht erweckt hatte, war lediglich Exzentrizität gewesen. Dougal bezweifelte, dass dies hier der Fall wäre, nicht wenn ein vertrauenswürdiger Kurier umgebracht wurde.

Dougal trank seinen Whisky aus und trat an den Barschrank, um sein leeres Glas abzustellen. »Sollen wir?«

Lucien schaute ihn mit dem Anflug eines Lächelns an. »Du hast einmal abgesehen von ihrem Erfolg beim Entschlüsseln und dass sie dich beinahe erschossen hat, wirklich nichts zu Miss Goodfellow zu sagen?«

»Was sollte ich sagen?« Was konnte er sagen, das nicht ihren Eindruck auf ihn unbarmherzig offenlegte?

»Wird sie eine gute Ergänzung für das Ministerium sein?«

»Ich würde sie ganz bestimmt empfehlen.«

»Es freut mich, das zu hören. Ich mag sie sehr. Ich gehe davon aus, dass du sie ins Herz geschlossen hast?«

Plötzlich fühlte sich Dougal von Fantatsiebildern von ihr im Bett überfallen: wie sie sich unter ihm mit sinnlichem Stöhnen bog und ihn streichelte, während ihre Lippen sich zu einem sündigen Lächeln teilten, und sie seinen Namen herausschrie, als sie in seinen Armen zum Höhepunkt kam. Verdammt. Er hatte sie so erfolgreich aus seinen Gedanken verbannt.

Für einen verdammten Tag. Beglückwünschungen sind nicht *angebracht.*

»Ja. Die gesamte Mission war sehr vergnüglich, was befriedigend ist, da es die letzte war.«

Lucien schlug ihm auf die Schulter. »Ich kann mir nicht vorstellen, wie du dich diesbezüglich fühlst.«

Die Angst und Trauer, die Dougal so angestrengt zu unterdrücken suchte, drohte, an die Oberfläche zu treten, doch er rang sie erneut nieder. »Es ist nicht wichtig, da mein Weg klar vor mir liegt. Es besteht keine Wahl, die ich treffen könnte. Ich bin der Erbe und mein Vater braucht mich.«

»Ich weiß, wieviel dein Vater – deine ganze Familie – dir bedeutet«, meinte Lucien, der Dougals Bizeps drückte, ehe er seine Hand sinken ließ. »Ich werde dich informieren, wenn ich etwas über die Berichte herausgefunden habe, das ich dir mitteilen kann.«

»Tu das bitte.«

Dougal folgte Lucien aus dem Büro und dann schlug er den Weg in die Bibliothek ein. Zum ersten Mal fühlte er sich als Außenseiter. Nicht, als ob er nicht hierhergehörte, sondern als sollte er woanders sein. In Schottland.

Als er die Bibliothek verließ, kam er an einem Freund vorbei. Der Gentleman nickte ihm zu. »Fallin.«

Der Name schreckte ihn noch immer auf. Er war nicht mehr Dougal MacNair, der Spion. Und er war auch nicht Mr. Smythe oder irgendeine andere Rolle, die er gespielt hatte. Er war Viscount Fallin.

War das nicht nur eine weitere Rolle, die er zu spielen hatte? Das konnte er ganz bestimmt schaffen, so wie er auch zahllose andere Rollen angenommen hatte.

Allerdings war diese Rolle nicht nur zeitweise. Dies war das Leben, das er anstatt des Daseins führen würde, das er für sich geplant hatte.

Immer wieder kam er auf die Tatsache zurück, dass die Zeit, die er als Jess` vorgeblicher Ehemann verbracht hatte, dem am nächsten kam, was die Zukunft für ihn bereithielt. Wenn er eine Frau wie sie finden könnte, die seine Countess sein wollte, würde sich dieser plötzliche Wandel vielleicht nicht so überwältigend anfühlen.

Er dachte an die Zeit vor einer Woche zurück, als er die

bezaubernde Mrs. Smythe in genau diesem Raum kennenlernte. Mit einem Blick zur Tür wünschte er, sie würde sich
materialisieren. Als dies nicht geschah, nahm er Zuflucht zu
einer Flasche Whisky und versuchte, sich auf das Mysterium
seiner Zukunft anstatt der Seligkeit der kürzlichen Vergangenheit zu konzentrieren.

~

*D*ie Worte auf der Seite verschwammen vor Jess`
Augen. Sie gab den Versuch auf, die Seite zum
wievielten Mal – sie hatte den Überblick verloren - zu lesen
und klappte das Buch zu. Sie warf es auf den Tisch und
lehnte sich in ihrem Sessel zurück, um in Lady Pickerings
Salon zur Decke aufzuschauen.

Seit ihrer Ankunft in London vor drei Tagen, fühlte Jess
sich ungemein verdrießlich. Kat war während Jess´ Mission
in Dorset in das Haus ihres Bruders in der George Street
zurückgekehrt, was bedeutete, dass Jess´ wichtigste Quelle
für Gesellschaft und Unterhaltung fort war. Gestern hatten
sie sich zum Tee getroffen und waren um den Platz flaniert.
Jess hatte ihr alles darüber erzählt, wie sie mehrere entzückende Tage auf dem Anwesen von Lady Pickering in Hampshire verbracht hatte. Wie sie es verabscheute, ihre Freundin
anzulügen. Und sie wünschte sich verzweifelt, mit jemandem
über alles zu reden, was sich ereignet hatte.

Lady Pickering hatte Jess´ schriftlichen Bericht über die
Mission an sich genommen, doch es hatte keine Unterhaltung mit irgendjemandem in Hinsicht auf Jess´ Ermittlungen
gegen Dougal stattgefunden. Sie hatte ihr Salär erhalten –
eine anständige Summe, für die sie sehr dankbar war – aber
keine Anfrage wegen Dougal. Hatten sie es vergessen?
Erwarteten diese Leute von ihr, irgendeine Art von Kontakt
herbeizuführen? Mit wem? Lady Pickering konnte sie nicht

fragen, da diese offensichtlich nichts davon wusste. Ganz bestimmt hatte sie keinen Hinweis darauf gegeben. Die ganze Angelegenheit war verdammt frustrierend.

Was würde sie ohnehin über Dougal sagen? Sie hatte keinen Beweis für ein Fehlverhalten gefunden und sie hatte auch nichts Fragwürdiges beobachtet. Er hatte sich ausgezeichnet bewährt und sie gut in ihre Aufgabe eingeführt. Wie um alles in der Welt sollte sie, eine Novizin eine angemessene Ermittlung gegen jemanden wie ihn durchführen? Sie konnte sich nicht einmal daran erinnern, vor den Chesmores nicht französisch zu sprechen und ihr war herausgerutscht, dass sie nach London zurückkehren würden, wo sie angeblich aus Wales waren.

Nein, sie war nicht verdrießlich, erkannte Jess an, als sie ihr Buch beiseitelegte. Sie war allein und gelangweilt. Wenn sie auch nicht die beste Spionin abgebeben hatte, so hatte sie doch die Herausforderung genossen, die Briefe der Chesmores zu entziffern. Mehr als das hatte sie Dougals Anleitung und Gesellschaft genossen. Nie hätte sie sich vorgestellt, dass es so befriedigend sein konnte, die Ehefrau von jemandem zu sein. Oder sogar aufregend.

Ihr einziges Bedauern bestand darin, dass sie bis zum letzten Abend gewartet hatten, um sich den körperlichen Aspekten einer echten Ehe zu widmen. Wenn sie doch nur in der ersten Nacht damit begonnen hätten …

Dann wäre die Trennung von ihm sogar noch schwieriger gewesen. So wie es war, vermisste sie ihn schon. Sie vermisste es, morgens mit ihm aufzuwachen, das Frühstück gemeinsam mit ihm einzunehmen und eng mit ihm zum Erreichen des gemeinsamen Ziels zusammenzuarbeiten. Noch nie hatte sie dies mit jemand anderem zuvor getan. Fing sie wie Mary an, ihre Meinung über die Ehe zu ändern?

»Miss Goodfellow?« Der Butler betrat den Salon. »Ihre

—«

Ehe er aussprechen konnte, was immer er zu sagen beabsichtigt hatte, schritten Jess´ Eltern in den Salon. Es war, als hätte der bloße Gedanke an die Ehelosigkeit ihre Mutter auf den Plan gerufen.

»Jessamine, setz dich gerade«, rügte ihre Mutter, als sie sich auf einem Sessel neben Jess´ Sessel setzte.

»Es ist eine Freude, euch zu sehen«, murmelte Jess. Sie warf einen Blick zu ihrem Vater. Er war groß und dünn, mit einem beinahe kahlen Schädel hatte er runde, freundliche Augen. »Guten Tag, Papa.« Sie erhob sich und gab ihm einen Kuss auf die Wange.

»Du siehst gut aus, mein Mädchen«, meinte er mit einem liebevollen Lächeln. »Wie war dein Besuch in Hampshire mit Lady Pickering?«

»Es war entzückend, danke. Ich habe Hampshire sehr schön gefunden.«

»Du hast uns gebeten, dir zu gestatten, in London zu bleiben, während wir nach Goodacre gefahren sind, um deinen armen Großvater zu besuchen und dann entschwindest du nach Hampshire.« Ihre Mutter schniefte.

»Es tut ihr gut, neue Dinge zu erleben«, entgegnete Jess´ Vater ruhig. Er nahm in einem weiteren Sessel Platz, als Jess sich wieder hinsetzte.

»Danke, Papa. Und danke, Mama, mir erlaubt zu haben, hier in London bei Lady Pickering zu bleiben.« Jess wusste, dass es besser war, ihre Mutter zu beschwichtigen, ehe sie sich zu sehr aufregte. Insbesondere, wenn Jess sie auf ihre Seite bringen wollte. »Sie war eine ausgezeichnete Anstandsdame und Ratgeberin.«

»Ich hoffe, sie hat eine positive Wirkung auf dich gehabt.«

»Ich denke, das hat sie.« Jess nahm ihren Mut zusammen und betete um Glück. »In den letzten Wochen hatte ich jede Menge Zeit zum Nachdenken und ich bin mehr als bereit, mich dem Leben als Jungfer zuzuwenden. Wäre es nicht wundervoll für euch, wenn ihr euch nicht länger um Anstandsdamen und die Kosten für die Saison sorgen müsstet?« Sie schenkte ihren Eltern ein breites, heiteres Lächeln.

Ihre Mutter antwortete mit einem angespannten … nein, es war nicht wirklich ein Lächeln. Bestenfalls war es ein Ausdruck von Toleranz. »Ich werde sehr erfreut sein, meine Saison nicht länger mit dem Versuch zu verbringen, dich zu verheiraten. Tatsächlich denke ich, dass wir endlich den perfekten Ehemann für dich gefunden haben.«

Jess biss die Zähne zusammen, während sie ihr Lächeln beibehielt. »Das ist nicht notwendig. Ich bin recht entschlossen, eine Jungfer zu werden.« Was ihre Eltern bereits wussten. Wie sie auch wussten, dass Jess nicht heiraten wollte. Insbesondere niemanden, den ihre Mutter ausgesucht hatte.

»Hör uns einfach nur an«, bat Papa sanft, was Jess überraschte. Hatte er sich gegen sie gewandt? »Ich glaube, dies könnte wirklich eine gute Verbindung werden. Lord Gregory Blakemore ist intellektuell. Ich denke, ihr werdet viel gemeinsam haben.«

Jess hatte Lord Gregory verschiedene Male getroffen. Sie hatte sogar mit ihm getanzt. Er war intelligent und charmant und ganz und gar nicht nervtötend, aber er war auch ein religiöser Gelehrter und beabsichtigte, ein Leben als Vikar zu führen. Da er der Sohn eines Marquess war, könnte er sogar anstreben, eines Tages Bischof zu werden. Jess hatte kein Interesse, eine Ehefrau zu werden, *insbesondere* nicht die eines Vikars. Sie wären an seine Kirche gefesselt. Sie würden nirgendwohin gehen. Jess unterdrückte einen Schauder.

»Wir bitten dich nur, ihm eine Chance zu geben«, meinte Papa. »Wirst du das tun?«

Mit einem Seitenblick zu ihrer Mutter antwortete sie ihrem Vater. »Weiß Lord Gregory, dass ihr versucht, diese Verbindung in die Wege zu leiten?«

Trotz der Tatsache, dass Jess versuchte, mit ihrem eher vernünftigeren Vater zu reden, antwortete ihre Mutter. »Nein. Er ist in Trauer. Wahrscheinlich hast du vergessen, dass sein Vater letzten Frühling gestorben ist.«

Jess *hatte* es vergessen. Allerdings war es nicht so, als wären sie mit der Familie eng befreundet. Warum hätte sie sich erinnern sollen?

»In ein paar Tagen findet ein Ball statt, auf dem du deine Bekanntschaft mit ihm erneuern kannst.« Ehe Jess noch fragen konnte, warum er dort erwartet wurde, wenn er doch in Trauer war, fuhr ihre Mutter fort. »Der Ball wird von Lord und Lady Ringshall zu Ehren der Verlobung ihrer Tochter mit dem Marquess von Witney – Lord Gregorys Bruder gegeben. Lord Gregory wird dort sein.«

Jess' Vater schaute sie ernst an. »Ich verspreche dir, Jessamine, dass wir dich in Ruhe lassen werden, wenn du es mit Lord Gregory versuchst, und es nicht zu einer Brautwerbung führt.«

So etwas hatten sie noch nie zuvor gesagt. Jess warf ihrer Mutter einen Blick zu. Ihre Mutter hatte ihre Hände fest in ihrem Schoß verschränkt und ihr Ausdruck war stoisch. Sie erwiderte Jess' Aufmerksamkeit nicht.

»Keine weiteren Saisons?«, fragte Jess.

Ihre Mutter ließ ihre Zunge unter ihrem Gaumen schnalzen, ehe sie sprach. »Unsere Hoffnung ist, dass du und Lord Gregory zusammenpasst und ihr diesen Herbst heiratet. Ich erwarte nicht, dass Notwendigkeit für eine weitere Saison besteht.«

»Papa hat gerade gesagt, dass ihr mich bei einem Ausbleiben der Brautwerbung in Frieden lasst. So oder so wird es keine weitere Saison mehr geben. Richtig?« Sie richtete die Frage an ihre Mutter, wobei sie jedoch in freudiger Erwartung zu ihrem Vater blickte.

Er war es, der ihr antwortete. »Ja. Aber du musst unser

Versprechen respektieren, indem du dein eigenes gibst, Jessamine.« Der überraschend ernste Ton ihres Vaters unterbrach ihren Jubel. »Du musst es versuchen. Das bedeutet, dass du Lord Gregory nicht von vornherein ablehnen kannst.«

»Aber was, wenn ich auf dem Ball Zeit mit ihm verbringe und ich sofort weiß, dass wir nicht zueinander passen?«

»Das kannst du nicht so schnell wissen«, entgegnete ihre Mutter scharf. »Ich habe dir immer gesagt, dass jeder einmal einen schlechten Tag oder Abend hat. Du hast sie ganz bestimmt. Du wirst ihn mindestens sechs Mal in unterschiedlicher Umgebung treffen, wobei die Zeitdauer der Begegnungen schwankt.« Sie fixierte Jess mit einem humorlosen Blick. »Ich weiß, dass du glaubst, uns wehzutun, wenn du eine Heirat ablehnst, aber in Wahrheit tust du dir nur selbst weh. Das Leben als Jungfer ist nicht das, was du dir vorstellst. Du wirst zu vielen Veranstaltungen nicht mehr eingeladen werden. Manche Menschen werden nichts mehr mit dir zu tun haben wollen. Es wird nicht mehr dasselbe für dich sein.«

Jess biss sich auf die Lippe und nickte feierlich. Sie wollte sagen, dass sie in den Phönix Club eingeladen werden würde und ihr dies genug wäre, doch sie tat es nicht.

»Ich glaube wirklich, dass du Lord Gregory mögen wirst, wenn du Zeit mit ihm verbringst«, meinte ihr Vater mit einem hoffnungsvollen Lächeln. »Versprichst du, ihm eine Chance zu geben?«

»Ich verspreche, es zu versuchen.« Jess konnte es nicht ändern, wenn er nicht dasselbe tat. Sie würde dafür sorgen, dass er beim Ende des Balls nichts mehr mit ihr zu tun wollte.

»Ausgezeichnet!« Ihr Vater stand auf.

»Wie lange wird es dauern, deine Sachen zu packen?«, fragte ihre Mutter.

Jess hätte beim Anblick ihrer Eltern sofort erkennen sollen, dass sie von ihr erwarteten, mit ihnen nach Hause zurückzukehren. Warum sollte sie bei Lady Pickering bleiben?

Weil sie sich hier wohler fühlte. Sie hatte hier ein vollkommen neues Leben angefangen, nicht dass ihre Eltern davon wussten. Was würden sie sagen, wenn sie erführen, dass ihre Tochter im Dienst der Krone gestanden hatte? Wahrscheinlich würden sie ihr nicht glauben. Wer würde das schon tun?

Lady Pickering kam in den Salon geschlendert. »Guten Tag, Mr. und Mrs. Goodfellow. Ich wurde von Ihrer Ankunft unterrichtet. Ich nehme an, das bedeutet, dass ich meinen liebenswerten Hausgast verlieren werde.« Sie schenkte Jess einen freundlichen Blick. »Ich werde Dove bitten, Ihre Sachen zu packen und sie dann zu Ihrem Elternhaus schicken lassen. Kommen Sie meine Liebe, holen wir Ihren Hut und die Handschuhe.« Sie hielt Jess ihren Arm hin, als sie zu ihren Eltern schaute. »Ich habe es wirklich genossen, sie hier zu haben. Sie hat so einen brillanten Verstand und ein wundervolles, angenehmes Benehmen.«

»Vergessen Sie nicht ihre unabhängige Ader«, meinte Jess' Mutter.

»Das ist eine ihrer allerbesten Qualitäten«, bemerkte Lady Pickering. »Es ist ein Jammer, dass sie nicht den richtigen Ehemann gefunden hat, aber ich bin sicher, dass Sie wissen, wie speziell sie ist. Es wird jemanden ebenso Außergewöhnliches brauchen, um mit ihr zu harmonieren. Wir sehen uns unten.«

Jess hakte sich bei Lady Pickering unter und dann verließen sie zusammen den Salon. »Sie sind mein neuer Lieblingsmensch.«

Lady Pickering stieß ein kurzes, herzliches Lachen aus. »Ihre Eltern meinen es gut, aber sie täten besser daran, wenn sie Sie verstehen würden. Eines Tages müssen Sie mir verraten, warum Sie sich so vehement einer Heirat widersetzen.«

Asa kam Jess in den Sinn. »Es gab einmal einen Mann. Meine Eltern wollten uns nicht heiraten lassen.«

»Sie haben eine Wahl getroffen und Ihre Eltern haben sie nicht respektiert. Ein Jammer. War er unangemessen?« Sie warf Jess einen Blick zu, als sie sich dem Zimmer näherten.

»Er war Amerikaner.«

Lady Pickering verzog das Gesicht. »Grundgütiger. Das hätte ich vielleicht auch verboten, Liebes.«

»Ich war sehr jung. Wenn meine Eltern die Dinge vielleicht anders gehandhabt hätten …« Es hatte keinen Sinn auf der alten Geschichte herumzureiten. Ihre Mutter hatte einen Anfall bekommen und ihr Vater war verstimmt gewesen, was wahrscheinlich die stärkste negative Emotion war, die sie je bei ihm beobachtet hatte. Jess hatte damals naiverweise angenommen, dass ihre Eltern sich für sie freuen würden.

Jess schüttelte den Gedanken ab. Die Vergangenheit tat nichts zur Sache. Sie stand an der Schwelle zu einer neuen Zukunft. »Danke, Lady Pickering, dass Sie mich zu diesem Aufenthalt eingeladen haben. Diese Zeit mit Ihnen hat mein Leben sehr verändert.«

»Es war mir ein Vergnügen. Wenn es irgendetwas gibt, das Sie brauchen, oder überhaupt irgendetwas, hoffe ich, dass Sie zu mir kommen.« Sie schaute Jess mit einem eindringlichen Blick an und ihre scharfen Augen waren stechender als je zuvor. »Sie können mir vertrauen, dass ich mich um Sie kümmere.«

Jess hätte sie beinahe umarmt, doch sie war sich nicht sicher, ob diese Frau dies begrüßen würde. Stattdessen fasste sie sie sanft am Arm und drückte ihn. »Ich weiß dies mehr zu schätzen, als Sie ahnen können.«

Nachdem sie sich von Dove verabschiedet hatte, nahm Jess Hut und Handschuhe, ehe sie sich nach unten zu ihren

Eltern begab. Sie ging langsam und in Gedanken ging sie die Möglichkeiten durch, die vor ihr lagen.

Lord Gregory als potenziellen Ehemann loszuwerden, würde leicht sein, aber würden ihre Eltern ihren Teil des Handels erfüllen? Eine leise Stimme in ihrem Hinterkopf sagte ihr, dass sie ihr eigenes Versprechen nicht einhalten würde, aber sie hatten ihr keine Wahl gelassen. Sie war wirklich ausgemustert und so zu tun, als würde sie Lord Gregory anlocken, war absurd. Er wollte eine junge und wahrscheinlich formbare Braut. Wollten sie nicht alle eine Ehefrau, die sie kontrollieren konnten?

Nein, eigentlich nicht. Sie dachte an die Chesmores. Ihre Beziehung war gleichberechtigt und in gegenseitiger Bewunderung und Respekt verwurzelt. Sie konnte auch nicht anders als an Dougal denken. Er hatte es nicht versucht, sie zu kommandieren, doch ihre Ehe war ja auch nur gespielt gewesen. Trotzdem fiel es ihr schwer, ihn sich als diese Art von Ehemann vorzustellen. Und er würde *jemandes* Ehemann werden. Bei dieser Erkenntnis krampfte sich ihr Magen zusammen.

Sie durfte nicht länger an ihn oder ihre gemeinsame Zeit denken. Es war eine Ablenkung von dem, worauf sie sich konzentrieren musste – ihre Zukunft. Ob dies das Außenministerium einschloss oder nicht, würde sie sich bald auf ein neues Leben einlassen. Allein.

War dies etwa nicht das, was sie schon immer gewollt hatte?

KAPITEL 17

*H*ut und Handschuhe in der Hand, eilte Dougal die Treppe hinunter und in die Eingangshalle, in der Lucien ihn erwartete. »Es tut mir leid, dass ich dich habe warten lassen. Ich habe nicht auf die Uhrzeit geachtet.«

Lucien stand mitten in der Halle. »Kein Problem. Ich war eine Spur zu früh und wir haben reichlich Zeit, zu den Wexfords zu laufen.«

Nachdem er seinen Hut aufgesetzt hatte, zog Dougal seine Handschuhe an. Der Diener öffnete die Tür, und Lucien trat vor Dougal in den frühen Abend hinaus.

»Es liegt ein Hauch von Herbst in der Luft, glaube ich«, meinte Lucien und sog die Luft ein.

Der Tag war kühler als die vergangenen, und der Himmel war grau, doch es war noch immer angenehm. Bald würde die Sonne untergehen und die Temperatur sinken.

Sie gingen in Richtung Grosvenor Square, den sie auf ihrem Weg zur George Street, an der das Haus der Wexfords lag, überquerten.

»Gibt es einen bestimmten Anlass für dieses Dinner?«,

erkundigte Dougal sich. Erst gestern hatte er die Einladung erhalten.

»Nur, dass Wex und Cass aus Gloucestershire zurück sind und Menschen sehen wollen. Ich weiß nicht, wie viele Gäste anwesend sein werden. Vielleicht nur die Familie.« Lucien zuckte mit den Schultern.

»Seit wann zähle ich dazu?«, fragte Dougal lachend.

Lucien blinzelte ihn an. »Du bist einer meiner engsten Freunde. Und du bist ein guter Freund von Wexford. Ich würde sagen, das macht dich zu einem Mitglied der Familie, nicht wahr?«

Daran hatte Dougal noch gar nicht gedacht. Er hatte sich sehr weit von seiner Familie in Schottland entfernt, obwohl er sich ihr immer noch ganz nahe fühlte. Er hatte nicht bedacht, dass er hier in London eine Art Familie besaß. Das war überraschend tröstlich.

Es würde nicht lange dauern, bis sie bei den Wexfords eintrafen, und Dougal wollte vor ihrer Ankunft über die Ermittlungen sprechen »Ich hatte gehofft, du hättest inzwischen etwas zu berichten.« Erwartungsvoll schaute er zu Lucien hinüber.

»Das habe ich in der Tat. Gerade heute bin ich auf eine interessante Information gestoßen.«

»Du hättest das Gespräch mit dieser Neuigkeit beginnen können, anstatt mit dem Geruch in der Luft.«

Lucien gluckste. »Ich wusste, dass wir dazu kommen würden. Es ist nicht viel, vor allem, da man mir den Zugang zu den Berichten verweigert hat, aber es ist immerhin etwas. Als ich speziell nach diesen beiden Missionen fragte, wurden sie als die letzten beiden von Giraud genannt.«

»Woher weißt du das?« Dougal bezweifelte, dass Lucien dies verraten würde. Er wollte niemanden in Schwierigkeiten bringen.

»Von jemandem, dem ich vertraue.«

»Giraud war der Kurier, den ich mit aufgeschlitzter Kehle fand. Er war nicht der Kurier, der mir die unsinnige Botschaft überbracht hatte.«

»Er muss an irgendeiner Stelle dieser Kette gewesen sein«, meinte Lucien. »Ist es möglich, dass er hinter der schlechten Nachricht steckt?«

»Glaubst du, dass er deshalb umgebracht worden ist? Giraud war Franzose, der die Seiten gewechselt und für die Briten gearbeitet hat, ehe ich im Ministerium angefangen habe. Sollte er die ganze Zeit noch für Frankreich gearbeitet haben, so hat er es gut geheim gehalten. Man hatte mir gesagt, er sei jahrelang genau beobachtet worden.«

Luciens Gesichtszüge blieben nachdenklich. »Die Franzosen sind gerissene Halunken. Es wäre möglich, dass er abgewartet hat oder besonders geschickt darin war, seinen Verrat zu verheimlichen.«

»Du glaubst, er ist aufgeflogen und dann ermordet worden? Das hätte man mir gesagt.«

»Vielleicht. Vielleicht auch nicht. Bei Castlereagh weiß man nie.«

Der Außenminister, Lord Castlereagh, konnte schwierig sein. »Es wäre unlogisch, wenn sie mich nicht wenigstens befragen würden. Ich habe bei mehreren Gelegenheiten mit Giraud verkehrt.«

»Ich stimme zu, dass das keinen Sinn ergibt. Trotzdem könnte das deine beiden gescheiterten Missionen erklären.«

»Das war alles Giraud.« Dougal runzelte die Stirn. Es war eine vernünftige, doch sonderbare Erklärung. Wenn es sich um ein geplantes Attentat handelte, vermutete er, dass er sich einfach ausgeschlossen fühlte.

»So scheint es. Ich werde mich weiter umsehen, aber vielleicht erfahren wir weiter nichts.«

»Ich spiele mit dem Gedanken, Kent noch einmal danach zu fragen.«

Überrascht schaute Lucien ihn an, als sie in die George Street einbogen. »Hast du das nicht schon getan?«

»Er hat mit geraten, ich solle die Sache auf sich beruhen lassen, denn jeder habe gelegentlich etwas falsch gemacht.«

»Das ist kein schlechter Rat.«

Nein, keinesfalls. Dougal war wegen dieser ganzen Angelegenheit allerdings noch beunruhigt. Vielleicht suchte er aber auch nur nach einem Grund, dem Ministerium die Treue zu halten, obwohl er ganz ausscheiden und zu seinem Vater zurückkehren sollte.

Vor dem Haus der Wexfords kam eine Kutsche zum Stehen. Der Kutscher sprang herunter, um den Insassen die Tür zu öffnen. Dougal wäre beinahe gestolpert, als er erkannte, wer ausstieg.

Jess, deren prächtiges braunes Haar mit Perlen und einer kleinen blauen Feder elegant frisiert war, richtete sich auf, als sie auf den Bürgersteig trat. Dougal musste um Luft ringen. Es kam ihm vor, als hätte er sie seit Monaten – und nicht Tagen – nicht mehr gesehen und als hätte er die Abwesenheit schrecklich empfunden.

Weil dem so war. Erst in diesem Moment kam ihm zu Bewusstsein, wie sehr er sie vermisst hatte und wie sehr er sich danach sehnte, dieselbe Luft wie sie zu atmen.

Dougal ging schneller. Lucien bemühte sich, im Takt mit ihm zu bleiben. »Wer ist das? Miss Goodfellow?«

Sie drehte sich genau in dem Moment um, als Dougal sich ihr näherte. Rasch wich der überraschte Ausdruck auf ihrem Gesicht einer gewissen Gelassenheit. Er konnte sich fast vorstellen, wie sie sich selbst zur Ordnung rief, sich nichts anmerken zu lassen, wenn andere dabei waren, und dass sogar, wenn es nur Lucien war, der von ihrer Bekanntschaft wusste.

»Guten Abend, Miss Goodfellow.« Dougal verbeugte sich und ergriff ihre Hand. Er zauderte, doch schließlich hauchte er einen Kuss über ihre Knöchel. »Welch eine Freude, Sie hier zu sehen.«

»Guten Abend, Lord Fallin.«

Er gab ihre Hand frei und fragte sich, ob er sie zu lange gehalten hatte. Verdammt, er fühlte sich wie ein junger Spund, in seiner ersten Verliebtheit.

Jess richtete ihre Aufmerksamkeit auf Lucien. »Lord Lucien.«

Lucien verbeugte sich. »Miss Goodfellow, wie immer eine Freude.«

Dougal schaute in die Kutsche, aber sie war leer. »Sind Sie allein?« Hatte sie Erfolg gehabt und den Titel einer Jungfer angenommen? Wenn das der Fall war, würde er später mit ihr darauf anstoßen.

»Ja, meine Eltern haben mir erlaubt, der Einladung unter der Obhut von Lady Wexford nachzukommen. Es war hilfreich, dass sie selbst nicht eingeladen waren«, fügte sie hinzu.

»Zweifellos das Werk von Wex' Schwester?«, fragte Lucien. »Ich habe gehört, dass Sie beide eine enge Freundschaft geschlossen haben, während Sie sich unter Lady Pickerings Obhut befanden.«

»Das haben wir. Ich mag Kat– Kathleen sehr gern. Sie war so freundlich, mich zu der Dinnerparty heute Abend einzuladen.« Sie lenkte den Blick in Dougals Richtung. »Ich war mir nicht sicher, was mich erwarten würde. Sie waren es jedenfalls nicht.«

»Wir waren ebenso wenig informiert«, entgegnete Dougal. »Darf ich Sie hineinbegleiten?« Er bot ihr seinen Arm an.

»Gern.« Sie trat näher und legte ihre Hand um seinen Ärmel. Ihr Duft hatte ihn tagelang verfolgt, und jetzt konnte er darin schwelgen. Abermals musste er sich davor hüten, sich wie ein besessener Narr zu benehmen.

Er spürte, wie angespannt ihr Griff war. Und ihre

Antwort ließ ihn wohl innehalten. Der Wandel in ihrem Verhalten außerhalb der Kutsche war möglicherweise nicht darauf zurückzuführen, dass sie ihre Reaktion auf seinen Anblick verheimlichte – zumindest nicht aus den Gründen, die er vermutete. Als sie sich bei Lady Pickering getrennt hatten, war sie ärgerlich auf ihn gewesen.

Lucien folgte ihnen auf dem Weg zur Tür nach, und Dougal nutzte den Augenblick, um etwas Privates zu sagen. »Bist du immer noch wütend auf mich?«, fragte er leise.

»Ganz und gar nicht.« Ihre Stimme war kaum mehr als ein Flüstern. »Ich bin nur überrascht, dich zu sehen, zumal du meintest, wir würden uns nicht wiedersehen.«

»Das hatte ich auch nicht erwartet. Allerdings bin ich ungemein froh, dass wir uns getroffen haben.«

»Tatsächlich?« Sie drehte ihm das Gesicht zu und ihre Blicke trafen sich, als sie in die Eingangshalle traten.

Dougal brachte es nicht über sich, den Blick abzuwenden. Es war, als ob er durch eine Wüste gewandert war und nun endlich Wasser gefunden hätte. Er war fasziniert. Und das, obwohl sie weiterhin ärgerlich auf ihn zu sein schien.

»Willkommen!«, erklang Lady Wexfords begrüßende Stimme. Sie zerstörte den schönen Moment gründlich.

Allerdings nicht ganz. Nun freute Dougal sich auf eine Weise auf den Abend, wie noch nie zuvor.

Cassandra kam auf Jess zu. »Ich bin so froh, dass Sie kommen konnten, Miss Goodfellow. Kat freut sich, eine Freundin hier zu haben. Kommen Sie! Wir begeben uns in die Bibliothek, wo wir uns vor dem Dinner versammelt haben.«

Noch einmal schaute Jess ihm in die Augen, als sie die Hand von seinem Arm nahm. Dann schloss sie sich Cassandra an und schritt mit ihr in Richtung der Bibliothek, die im rückwärtigen Bereich des Hauses lag.

»Das war ein spektakuläres Wiedersehen«, murmelte Lucien dicht neben Dougal.

Dougal rollte mit den Schultern. »Wir sind gute Freunde geworden. Wäre dir das nicht ebenso ergangen, wenn du dasselbe getan hättest wie wir?« Er blickte zu Lucien und bereute dies sofort.

Luciens Brauen schossen in die Höhe. »Was war das, bitte?«

Dougal stieß einen verärgerten Seufzer aus und schlug den Weg zur Bibliothek ein. »Spiele nicht mit Andeutungen. Miss Goodfellow hat deinen jugendlichen Humor nicht verdient.«

»Humor, den du im Allgemeinen teilst«, sinnierte Lucien.

Als sie den Raum erreichten, erkannten sie, dass es eine kleine Party werden sollte. Neben ihren Gastgebern, Wexfords Schwester Miss Shaughnessy und Jess, waren auch Luciens Bruder Constantine, der Earl of Aldington, und seine Frau Sabrina anwesend. Dougal stellte fest, dass es sich um eine gut geplante Versammlung handelte, in der Männer und Frauen in gleicher Anzahl vertreten waren.

Dougal machte die Runde, um die anderen Gäste zu begrüßen. Als er fertig war, trafen sein Freund Tobias, der Earl of Overton, und seine Frau Fiona ein.

»Es sind alle da«, verkündete Cassandra, ehe sie sich aufmachte, um die Neuankömmlinge zu begrüßen.

Einige Minuten später wurde das Dinner angekündigt. Ehe Dougal zu Jess gehen konnte, hatte Lucien ihr angeboten, sie in den Speisesaal zu begleiten. So blieb Dougal nichts anderes übrig, als Wexfords Schwester, Miss Shaughnessy, seinen Arm anzubieten. Am Tisch saß Dougal zwischen ihr und Jess.

»Ich nehme nicht an, dass Sie mit mir den Platz tauschen würden?«, fragte Miss Shaughnessy ihn. »Ich würde gerne neben Jess sitzen.«

Dougal wusste nicht, was er darauf antworten sollte. Abgesehen davon, dass er die Sitzordnung der Gastgeberin nicht ignorieren wollte, wollte er neben Jess sitzen.

Cassandra musste die Frage ihrer Schwägerin mitgehört haben. »Kat, versuchst du, meine Tischordnung durcheinander zu bringen?« Sie lächelte. »Ich nehme an, du willst neben Miss Goodfellow sitzen, aber ich habe alle so platziert, dass wir Männer und Frauen sind. Du kannst dich nach dem Essen mit ihr unterhalten.«

»Oder ich kann mich über Lord Fallin hinweg unterhalten«, murmelte Miss Shaughnessy.

»Es ist in Ordnung«, sagte Cassandra mit einem geduldigen Lächeln. »Du kannst mit Lord Fallin den Platz tauschen.«

Dougal biss die Kiefer zusammen, um nicht zu protestieren. Stattdessen nahm er seinen neuen Platz zwischen Miss Shaughnessy und Lucien ein. Er warf einen Blick über Miss Shaughnessys Kopf hinweg auf Jess, die zufällig in seine Richtung blickte. Sie wölbte eine Augenbraue und zuckte mit den Schultern.

Sie war eindeutig immer noch wütend auf ihn, ganz gleich, was sie behauptete.

Dougal dachte an den letzten Tag ihrer Mission zurück. Er hätte ihr Liebesspiel nicht erlauben dürfen, hatte er zu ihr gesagt. Was war daran falsch? War es ihm nicht erlaubt, sein ungehöriges Verhalten zu bereuen? Er hatte auch betont, dass er ihre gemeinsame Nacht genossen hatte. Verdammt, seitdem war er davon wie verzaubert. Er ging mit dem Gedanken an sie schlafen, er träumte von ihr und er erwachte voller Sehnsucht nach ihr.

Wein wurde ausgeschenkt und die Suppe serviert. Dougal überlegte, wie er sich um Miss Shaughnessy herum mit Jess unterhalten konnte. In der Zwischenzeit lauschte er ihrer Unterhaltung.

»Es tut mir leid, dass du in dein Elternhaus zurückkehren musstest«, meinte Miss Shaugnessy. »Ich bin nur froh, dass sie dich heute Abend haben kommen lassen. Ich fürchtete schon, sie hätten darauf bestanden, dich zu begleiten.«

»Meine Mutter hat es versucht, aber mein Vater hat sie Gott sei Dank davon abgebracht. Aber andererseits glauben sie auch, ich sei eine gehorsame Tochter.« Dougal vernahm den Sarkasmus in ihrem Tonfall und wünschte, er sei Teil dieser Unterhaltung. Er musste eingehender zuhören, als Jess weiterredete, denn sie senkte die Stimme. »Sie wollen, dass ich Lord Gregory Blakemore heirate. Er ist auf der Suche nach einer Ehefrau und sie sind der Ansicht, wir würden zusammenpassen. Sogar mein Vater unterstützt diese Verbindung. Er hat mir das Versprechen abgenommen, dass ich ihm eine faire Chance gebe. Ich soll ihn auf dem Ringshall Ball treffen, den sie zu Ehren der Verlobung ihrer Tochter mit Lord Gregorys Bruder, dem Marquess of Witney, abhalten.«

Dougal kannte Lord Gregory und mochte ihn. Doch die Vorstellung, wie er Zeit mit Jess verbrachte und ihr möglicherweise den Hof machte, brachte ihn auf. Nein, sie machte ihn eifersüchtig.

Miss Shaughnessy schüttelte den Kopf. »Wie furchtbar. Was wirst du tun?«

»Ich habe eine Abmachung getroffen, die vorsieht, dass ich unverheiratet bleiben darf, wenn diese Verbindung nicht zustande kommt, was nicht der Fall sein wird.«

»Was geschieht, wenn Lord Gregory vollkommen akzeptabel ist?« Das war er, und genau darin lag Dougals Befürchtung.

Die beiden Frauen schwiegen einen Moment, dann lachten beide. Dougal musste sich sein Lachen verkneifen.

»Ich habe mir zum Ziel gesetzt, dafür zu sorgen, dass ich es nicht bin«, meinte Jess.

»Brillanter Plan. Er soll entscheiden, dass ihr nicht harmoniert.« Miss Shaughnessy grinste. »Dann können deine Eltern nichts an dir auszusetzen haben.«

»Ganz genau.«

Dougal zollte ihr für diesen klugen Plan Anerkennung. Wenn jemand so etwas bewerkstelligen konnte, dann Jess. Er wusste, wie gut sie schauspielern konnte. Wenn sie wollte, dass Lord Gregory sie nicht begehrenswert fand, würde sie das schaffen. Sie konnte nur nicht sie selbst sein, denn er würde von ihrem Intellekt und ihrem Witz vollkommen in Bann geschlagen werden. Wenn er darüber nachdachte, war er sich nicht ganz sicher, ob sie das gänzlich unterdrücken konnte. Sie hatte mit Dougal geschauspielert, und er war von ihr hingerissen gewesen.

»Belauschst du sie?«, flüsterte Lucien und Dougal erschrak.

»Vielleicht. Ich fürchte, ich bin fast immer in Versuchung, das zu tun, wenn Leute sich leise unterhalten.«

»Das gehört wohl zu deiner Profession«, meinte Lucien mit einem leichten Lachen.

Eine Profession, die Dougal bald nicht mehr haben würde. Dieser Gedanke nahm immer wieder Gestalt in seinem Verstand an. Heute Abend wollte er sich allerdings nicht damit befassen. Erneut fühlte er sich verdrießlich und konzentrierte sich auf seine Suppe. Und auf seinen Wein. Insbesondere auf den Wein.

Dougal ließ seine Aufmerksamkeit von Jess zum anderen Tischende schweifen. Luciens Schwester saß an einem Ende des Tisches neben ihm, und ihr Bruder auf der anderen Seite. Direkt gegenüber von Dougal hatte Lady Aldington ihren Platz. Sie erwartete in den nächsten Wochen ein Kind, und die Vorfreude, die von ihr und Aldington ausstrahlte, war beinahe mit Händen greifbar.

Die restliche Zeit des Dinners verging in netter Unterhaltung, und nach seinem Abschluss waren die Herren nicht geneigt, im Speisesaal zu bleiben, um Portwein zu trinken. Alle zogen sich in den Salon zurück.

Diesmal war Dougal sicher, zuerst zu Jess zu gelangen. Er bot ihr seinen Arm an. Sie zauderte, aber nur kurz.

Außerdem trug er Sorge dafür, dass sie die Letzten waren, die sich auf den Weg machten. »Sollen wir eine Runde durch den Garten gehen?« Er warf einen Blick in Richtung der Treppenhalle, da alle anderen dorthin gegangen waren, doch dann führte er Jess durch die Bibliothek zu der Tür zurück, die auf eine kleine Terrasse hinausging.

»Wird man uns nicht vermissen?«

»Wir werden behaupten, dass wir uns den Garten ansehen wollten«, schlug er leise vor, während er sie nach draußen geleitete. »Wie viele schöne Nächte wird es noch geben? Der Sommer ist beinahe zu Ende.«

»Das ist vermutlich glaubhaft.« Noch immer klang ihre Stimme zögerlich. Oder verärgert. Es war beides, wie er erkannte.

»Du *bist* immer noch böse auf mich. Streite es nicht wieder ab.«

Sie nahm ihre Hand von seinem Arm und drehte sich zu ihm um. »Du verstehst wirklich nicht, aus welchem Grund, nicht wahr?«

»Nicht ganz.« Er umfasste die Unterseite ihres Ellbogens und führte sie zu einer Bank neben einem Beet mit spät blühenden Blumen. »Bitte erkläre es mir. Ich denke, ich habe etwas Falsches gesagt, ehe wir bei Lady Pickering ankamen.« Er zog sie zu sich herunter und setzte sich neben sie.

Sie verschränkte die Arme vor der Brust. »Du warst an diesem Tag sehr gedankenlos. Du hast dich benommen, als seist du die einzige Person, die für das verantwortlich ist, was zwischen uns vorgefallen ist. Außerdem hast du den Eindruck erweckt, als würdest du das Ganze bereuen.«

Er runzelte die Stirn. »Ich sagte, ich habe es genossen.«

Sie stieß die Luft aus. »Ich bedauere deine zukünftige Ehefrau, wenn du so einfältig bist. Du hast gesagt, du hättest es nicht erlauben sollen. Als ob ich nichts zu sagen hätte. Hast du nicht einmal das Küssen als das Zusammentreffen *zweier* Begierden beschrieben?«

»Das habe ich.« Er zuckte innerlich zusammen, als er sich darauf besann, wie er dies gesagt hatte.

Rechtschaffener Zorn loderte in ihren Augen auf. »Du hast mich gefragt, ob ich von dir auf den Mund geküsst werden möchte. Das habe ich gewollt. Zusammen mit allem, was anschließend kam. Ich habe dir sogar versichert, wie gern ich es wieder tun würde, was du prompt ausgeschlagen hast.«

Jetzt verstand er. »Ich *bin* ein Einfaltspinsel.«

Sie verschränkte die Arme und drehte sich zu ihm um. »Ja!«

»Willst du meine Entschuldigung annehmen? Ich habe keine Erfahrung in diesen Dingen.« Denn noch nie hatte er für jemanden so empfunden, da er sich das nie erlaubt hatte. »Ich bin dir dankbar, dass du mir sagst, was ich falsch gemacht habe.«

»Das ist … gut. Und überraschend.«

»Ich habe mich an diesem Tag nicht richtig ausgedrückt. In vielerlei Hinsicht.« Insbesondere betraf es aber den Teil, in dem er es abgelehnt hatte, ihre intime Zweisamkeit zu wiederholen. Als er jetzt hier bei ihr saß, ersehnte er nichts mehr, als sie in seine Arme zu nehmen, seine Vorsicht aufzugeben und sie an sich zu ziehen.

Misstrauisch blickte sie ihn an. »Was zum Beispiel?«

»Eigentlich ist es das, was zu sagen ich versäumt habe –

dass ich in Wahrheit ... für eine weitere Nacht wie die, die wir geteilt haben, empfänglich wäre.«

»Hast du deine Meinung geändert?«

»Nicht wirklich. Ich habe mich an diesem Tag sehr bemüht, ein Gentleman zu sein. Im Gegensatz dazu, was du vielleicht annimmst, ist es für einen Mann nicht sehr ehrbar, das Bett mit einer Frau zu teilen und sie dann nicht zu heiraten.«

»Aber das habe ich weder erwartet, noch will ich es.«

»Ich weiß. Es ist nur ... ich habe noch nie jemanden wie dich getroffen. Noch nie bin ich einer Frau begegnet, die eine solche Anziehungskraft auf mich ausgeübt hat. Du bist absolut unwiderstehlich, Jess.« Dougal hielt es keinen Moment mehr aus, ohne sie zu berühren. Er hob seine Hand und strich über die weichen braunen Locken, die ihre Schläfe umspielten.

Ihre Atmung war schneller geworden. »Sollten wir uns nicht in den Salon begeben?«

»Bald.« Mit der Fingerspitze fuhr er ihr über die Wange bis zu ihrem Kinn. »Es wird niemanden interessieren. Es ist ja nicht so, als ob deine Eltern hier sind.«

»Ich bin mir nicht sicher, ob es sie interessieren würde. Du bist ein begehrter Junggeselle mit einem *Titel*«, entgegnete sie trocken. »Meine Mutter hätte mich wahrscheinlich an deinem Arm zur Tür hinausgeschoben.«

Dougal lachte leise, als er die Haut unterhalb ihres Ohrs liebkoste. »Ich freue mich schon darauf, sie kennenzulernen.« Sobald die Worte aus seinem Mund kamen, wurde ihm klar, dass er wahrscheinlich keinen Anlass dazu haben würde. Er ließ die Hand auf seinen Schoß sinken, während ihn Enttäuschung überkam. »Ich habe deinen Plan bezüglich Lord Gregory Blakemore mitbekommen. Ich kenne ihn, und möglicherweise ist er nicht so leicht zu manipulieren, wie du annimmst. Dein schauspielerisches Können ist allerdings so gut, dass ich an deinen Erfolg glaube. Beinahe habe ich Mitleid mit ihm – er ist ein guter Mensch.«

Das Licht der Laternen auf der Terrasse tanzte über ihr Gesicht. »Ich habe ihn kennengelernt, und ja, das ist er. Ich bin zuversichtlich, dass er eine eifrige und verständnisvolle Frau finden wird. Ich muss gestehen, er war einer der am wenigsten nervigen Herren, deren Bekanntschaft ich im Laufe der Jahre gemacht habe.«

»Mich schaudert bei dem Gedanken, wie du mich beschreiben könntest.«

Jess legte den Kopf schief. »Du bist bemerkenswert wandelbar. Zuerst hätte ich gesagt, hochmütig. Dann hilfsbereit und kompetent.« Für einen kurzen Moment verengte sie die Augen. »Und dann unvernünftig. Ich habe mich noch nicht festgelegt, was du heute Abend bist.«

»Was kann ich tun, um mir deine wohlwollende Meinung zu sichern?«

»Du könntest mich erneut küssen, aber ich wage zu behaupten, dass du das nicht tun wirst.« Mit geöffneten Lippen hielt sie den Blick auf seinen Mund geheftet, und beinahe hätte er kapituliert.

Er betrachtete die Konturen ihres Gesichts – die sanfte Neigung ihrer Nase, die Erhebung ihrer Wangenknochen, den Schwung ihrer Unterlippe. Das Bild ihres Mundes und ihres Körpers hatten sich in seine Erinnerung eingeprägt.

»Es ist nicht so, als wollte ich nicht«, setzte er mit leiser Stimme an, während das Verlangen in ihm pulsierte. »Ich fürchte nur, ich wäre nicht in der Lage, nach nur einem Kuss aufzuhören.«

Sie sog die Luft ein und ihre Blicke verbanden sich. »In Anbetracht unseres Standorts wäre das ungünstig.«

»Genau das ist meine Überlegung.«

»Dann werden wir einen anderen Treffpunkt finden müssen. Und einen anderen Zeitpunkt.«

Dougal blickte zu den oberen Stockwerken des Hauses hinauf. Der Salon befand sich an der Vorderseite des Hauses, sodass niemand auf sie herabblicken würde. Trotzdem sprang er auf. Er nahm ihre Hand und zog sie von der Bank in Richtung des Hauses. Anstatt wieder nach drinnen zu gehen, dirigierte er sie zwischen Tür und Fenster und drückte sie gegen die Ziegelmauer.

Ehe sie noch reagieren konnte, küsste er sie. Er presste seinen Körper an ihren, während eine Hand ihre Hüfte umfasste und die andere ihren Kopf. Sie erwiderte den Kuss, wobei sie ihre Hände an seine Taille und Schulter legte.

Hitze und Staunen brachen über ihn herein, als er sich in ihrer Umarmung verlor. Ihre Hand wanderte an seinen Hinterkopf und hielt ihn fest, während sie ihn mit einer Leidenschaft küsste, wie er sie noch nie erlebt hatte.

Er glitt mit einer Hand ihren Brustkorb empor, bis er auf ihre Brust stieß. Mit einem leisen Stöhnen, das aus den Tiefen ihrer Kehle aufstieg, drängte sie sich ihm entgegen.

Dougal zog sich zurück und brach den Kuss ab. Ihre hektischen Atemzüge erfüllten die Nachtluft. »Wir müssen hineingehen«, röchelte er.

»Und was ist damit?« Sie löste ihre Hand von seiner Taille und streichelte über die Vorderseite seiner Hose an seinem erigierten Schaft entlang.

»Verführerin«, knurrte er, ohne einem weiteren Kuss widerstehen zu können.

Sie keuchte auf, als er die Haut über dem Mieder ihres Kleides streichelte. Dougal musste sich zwingen, damit wieder aufzuhören.

»Wir müssen hineingehen. Nur noch einen Moment. Aber keine Küsse mehr.« Er trat zurück und dann holte er tief Luft.

Sie lehnte sich an das Haus, die Augen vor Lust zu Schlitzen verengt, während sie ihn mit einer lasziven Sinnlichkeit musterte, die nicht das Geringste dazu beitrug, seine Erektion zu besänftigen.

»Du musst aufhören, mich so anzusehen.« Er wandte sich von ihr ab. »Rede bitte von etwas ... nicht Erregendem.« Er klammerte sich an ein Thema, das ihn interessierte, aber hoffentlich nicht dazu führen würde, dass er sie wieder berührte. »Hast du einen Bericht über unsere Mission geschrieben?«

»Das habe ich. Hast du?«

»Ja.« Eine kühle Brise umwehte sie, und er hoffte, sie würde seinen Eifer abkühlen. »Es war bittersüß, denn es könnte das letzte Mal gewesen sein.« Das war ein ausgezeichnetes Rezept, um sein Verlangen zu unterdrücken. Der Gedanke an die bevorstehende Veränderung seines Lebens und seinen Unwillen darüber. Er drehte sich erneut zu ihr um. »Für dich wird dies vermutlich der erste von vielen Berichten sein.«

»Um die Wahrheit zu sagen, weiß ich nicht, ob dem so ist.« Sie stieß sich vom Haus ab und richtete sich ganz auf. »Ich bin nicht sicher, ob ich eine gute Spionin bin. Wenn ich ehrlich bin, fand ich es deiner ruhigen und fachkundigen Anleitung zum Trotz anstrengend.«

Obwohl er sich freute, dass sie ihn wertschätzte und dankbar war, glaubte er nicht, dass sie der Krone keine Hilfe sein würde. »Du bist die fähigste, intelligenteste Frau, die ich je kennengelernt habe. Das Außenministerium wird sich glücklich schätzen, dich zu haben.«

»Wenn ich vielleicht einen Partner hätte, der ebenso gut ist wie du«, entgegnete sie mit einem Lächeln.

Wenn er noch einmal darüber nachdachte, wollte er sich nicht vorstellen, wie sie mit einem anderen arbeitete. Der Gedanke, sie würde so tun, als sei sie die Ehefrau des anderen, weckte in ihm den Wunsch, den anderen – wenn auch nicht vorhanden – in Grund und Boden zu prügeln.

»Jess?« Miss Shaughnessys Stimme trug auf die Terrasse hinaus.

Jess sog die Luft ein und drehte sich zur Tür. »Ich werde hineingehen.«

»Ich werde dich begleiten, es geht mir jetzt gut. Es wäre mir nicht recht, wenn du allen allein gegenübertreten müsstest.«

Sie nahm seinen Arm und ihre Blicke trafen sich. »Wir sind noch nicht fertig.«

Nein, er glaubte nicht, dass sie das waren. Und ihm kam der Gedanke, dass sie das vielleicht niemals sein würden.

Am schockierendsten war allerdings, dass er dies auch nicht wollte.

KAPITEL 18

*A*m folgenden Nachmittag ging Jess mit Kat im Park spazieren. Sie wurden von Kats Bruder und ihrer Schwägerin begleitet und sie holten Jess in ihrem Elternhaus in der Cumberland Street ab, die dem Cumberland Gate direkt gegenüber lag. Die Wexfords unterhielten sich mit einem weiteren Paar in der Nähe des Rings und überließen es Kat und Jess, einen Spaziergang zu machen.

Kat warf Jess einen argwöhnischen Blick zu. »Du schuldest mir immer noch eine Erklärung wegen Lord Fallin.«

Nachdem Kat gestern Abend ihren Namen gerufen hatte, waren Jess und Dougal nach drinnen gegangen und hatten sie in der Bibliothek vorgefunden. Mit ihrem üblichen Mangel an Feingefühl hatte sie sich erkundigt, was sie dort machten. Dougal hatte geantwortet, dass sie einen Spaziergang um den Garten genossen hatten. Später hatte Kat Jess beiseite genommen und von ihr Auskunft darüber verlangt, warum ein Spaziergang im Garten so lange dauerte. Jess hatte ihr scherzhaft geantwortet, dass sie ihn mehr als einmal umrundet hätten, doch Kat hatte das nicht lustig gefunden. Also hatte Jess versprochen, ihr die Sache später zu erklären.

Offensichtlich war es jetzt später.

»Es gibt im Grunde nichts zu erklären. Er hat mich zu einem Spaziergang um den Garten begleitet und wir haben uns unterhalten. Er ist, ähm, charmant.«

Kat starrte sie einen Moment an. »Ein Gentleman hat dir den Kopf verdreht.«

Es wäre so viel einfacher – und leichter –, wenn Jess ihr alles sagen könnte. Aber es war ihr natürlich verboten, irgendetwas zu besprechen, was mit dem Außenministerium im Zusammenhang stand.

»Er ist interessant.«

»Er ist auch ein neuer Viscount, der wahrscheinlich auf der Suche nach einer Frau ist«, meinte Kat bedeutungsschwer. »Sei vorsichtig. Dunkle Gärten sind perfekte Orte, um sich kompromittieren zu lassen.«

Jess lachte. »Das hat dich nicht gekümmert, als du – wie war noch einmal sein Name – im Garten bei dem Ball in Gloucestershire getroffen hast, damit du die Aktivität des Küssens erforschen konntest.« Auf diese Weise war Kat in den Mittelpunkt eines Skandals geraten. Als ob beim Küssen erwischt zu werden noch nicht schlimm genug war, war der Gentleman bereits verlobt.

Kat zog eine Schulter hoch. »Ich wusste, dass ich keine Gefahr lief, mit ihm verheiratet zu werden. Er war bereits einer anderen versprochen.«

»Es war trotzdem ein Risiko. Es war gut möglich, dass die andere junge Frau die Verlobung abgeblasen hätte, und dann hättest du ihn vielleicht heiraten müssen.«

»Bah. Das würde nie passieren. Die Verbindung ihrer Familien war seit einiger Zeit geplant gewesen. Ich habe mein Vorhaben mit großer Sorgfalt geplant. Tust du das auch?«, fragte sie. »Oder bist du von ihm hingerissen und hast eine dumme Entscheidung getroffen?«

»Zwischen Lord Fallin und mir ist nichts.« Das war das

Beste, was Jess antworten konnte. »Du weißt sehr gut, dass ich für das Leben einer Jungfer bestimmt bin.«

»Wie auch ich, aber das heißt nicht, dass wir nicht das Verbotene genießen können – solange wir diskret sind. Ich hatte nicht geplant, es bei meinen Nachforschungen bezüglich der Paarung bei ein paar Küssen zu belassen.« Kat zog ihre kecke Nase kraus. »Sie waren meiner Meinung nach nicht besonders gut.«

»Womit kannst du sie denn vergleichen?« Jess hatte den Eindruck gehabt, dass es sich um ihre ersten und einzigen Küsse handelte.

»Angesichts der Art und Weise, wie die Menschen anscheinend fast durchgängig sexuelle Handlungen genießen und suchen, und der Tatsache, dass ich seine Küsse *nicht* besonders genossen habe, kann ich daraus schließen, dass es bessere Küsse gibt.«

»Das ist in der Tat eine exzellente Schlussfolgerung. Ich habe mehr als einen Gentleman geküsst, und ihr Können ist nicht gleich gut.« Tatsächlich konnte sie sich nach dem Kuss mit Dougal kaum noch daran erinnern, wie Asa geküsst hatte. Sie war sich sicher, dass er nicht so gut war wie Dougal.

»Ich bin nicht überrascht, das zu hören. Hast du Fallin geküsst?« Während Jess darüber nachdachte, wie sie antworten sollte, winkte Kat mit der Hand. »Ich habe angenommen, dass du das getan haben musst. Du warst ganz errötet.«

Verdammt, darüber hatte sie sich auch schon Gedanken gemacht. Sie hatte aber angenommen, dass zwischen ihrem Kuss und dem Betreten des Hauses genügend Zeit vergangen sei. In Wahrheit war allerdings die Hitze in ihrem Körper geblieben. Sie war noch immer als ein leises Pochen spürbar, das sie daran erinnerte, wie der vergangene Abend ihr Verlangen nur noch mehr angeheizt hatte. Sie hatte ihm gesagt, sie seien noch nicht fertig, und das hatte sie auch so gemeint.

»Hast du deine Nachforschungen fortgesetzt?«, wollte Jess wissen.

»Meinst du, ob ich jemand anderen geküsst habe? Nein, noch nicht. Ich hatte Lord Fallin in Betracht gezogen, nachdem er gestern Abend eintraf. Er ist sehr attraktiv. Ist er ein guter Küsser?«

Jess sah keinen Sinn darin, Ausflüchte zu machen. Kat würde nur darauf beharren. »Ja.« Zudem wollte sie nicht, dass Kat ihn zu küssen versuchte. Was nicht gerade gerecht von ihr war. Schließlich gehörte er ihr nicht, und das wollte sie auch überhaupt nicht.

Oder etwa doch?

Sie schob diesen Gedanken beiseite und entgegnete: »Du hast ein überzeugendes Argument für diskrete ... Pläsiere.«

»Es kann von einer unverheirateten Frau nicht erwartet werden, dass sie im Zölibat lebt. Es sei denn, sie will es so.« Kat legte den Kopf schief und hatte eine Miene aufgesetzt, die bedeutete, dass sie sich eine Idee in den Kopf gesetzt hatte. »Auch das sollte genauer untersucht werden, denke ich. Ich gestehe, dass ich gezweifelt habe, ob es mir vielleicht nicht bestimmt ist, das Küssen zu genießen. Ich spürte keine Vorfreude, keinen Kitzel. Hast du diese Dinge bei Fallin gespürt?«

Ganz bestimmt. Tatsächlich machte ihr die derzeitige Vorfreude zu schaffen. »Ja.«

Kat schaute zu ihr hinüber. »Wirst du ihn wieder küssen?«

»Ich weiß nicht, wann wir Gelegenheit haben werden, uns zu sehen.« Und das war ein Problem. Wie sollte sie ihn zu einer verbotenen Liaison überreden, wenn sie sich nicht mit ihm treffen konnte? Sie brauchte einen Rat. Oder Hilfe. Oder beides. Sofort kam ihr Lord Lucien in den Sinn.

Dass er ihr bei der Herbeiführung eines Rendezvous mit Dougal behilflich sein würde, bezweifelte sie. Auch Evie half anderen Menschen. Sie hatte Jess geholfen, *und* sie war sich im Klaren darüber, dass Jess ihre Zeit wahrscheinlich damit verbracht hatte, so zu tun, als sei sie mit jemandem verheiratet.

»Dann sollten wir uns vielleicht darauf konzentrieren«, verkündete Kat mit großem Enthusiasmus. »Ich werde mir Gedanken darüber machen.«

Sie machten sich auf den Rückweg zu den Wexfords, und kurze Zeit später trennte Jess sich in der Nähe des Cumberland Gate von der Gruppe, wobei sie versicherte, den Rest des Weges allein gehen zu können. Sie wollte sich paar Momente der Einsamkeit verschaffen.

Als sie auf ihrem Weg durch das Tor kam, hörte sie ihren Namen. Sie drehte sich nach links um und erkannte ein vertrautes Gesicht, das sie von weiter unten auf dem Bürgersteig anlächelte.

Mr. Torrance winkte. »Guten Tag, Miss Goodfellow!«

Jess war überrascht, ihn zu sehen, aber eigentlich hätte sie das nicht sein müssen. Sie hatte sich gefragt, wann – oder ob – das Ministerium mit ihr Kontakt aufnehmen würde, zumal sie keinen Bericht über Dougal abgeliefert hatte, was man allerdings von ihr erwartet hatte.

Langsam ging sie auf ihn zu. »Guten Tag, Mr. Torrance. Ich dachte schon, ich würde nichts mehr vom Ministerium hören.«

»Dann haben Sie es also herausgefunden«, meinte er mit einem Lächeln.

»Das war nicht schwer.«

»Sicherlich nicht für jemanden mit Ihrem Intellekt. Wie kommen Sie darauf, dass Sie nichts von uns hören werden? Es ist noch nicht einmal eine Woche vergangen, seit Sie aus Dorset zurückgekehrt sind. Sie werden feststellen, dass Zeit relativ ist, was insbesondere das Außenministerium anbelangt. Es ist möglich, dass Sie recht häufig von uns hören, oder Monate vergehen, ehe Sie zu einem Einsatz herangezogen werden.«

»Ich verstehe.« Sie war sich nicht sicher, ob ihr diese Art von Ungewissheit zusagte. Sie merkte sich in Gedanken, Dougal zu fragen, wenn sie ihn das nächste Mal sah. Hoffentlich würde sie ihn wiedersehen.

»Das bedeutet, wie ich annehme, dass Sie bereit sind, uns in Zukunft zu helfen?«

»Ich weiß es nicht.« Der finanzielle Vorteil, der ihr durch die Arbeit für das Ministerium zugute kam, hatte ihr gefallen, aber wenn die Arbeit nicht zuverlässig war, wie konnte sie sich dann darauf verlassen, davon leben zu können? Es schien, als müsste sie sich ihre unangetastete Mitgift doch noch sichern.

Er machte ein langes Gesicht. »Hat Ihnen der Auftrag keine Freude gemacht?«

»Ich bin mir nur nicht sicher, ob ich für diese Art von Arbeit geeignet bin. Ich fand es ... anstrengend.«

»Ach. Ich kann mir denken, dass wir Ihnen zu viel zugemutet hatten, als wir sie baten, gegen Ihren Partner zu ermitteln.«

Jess fixierte ihn mit ihrem Blick. »Sie wissen davon?« Dem war ganz eindeutig so. »Ich kann immer noch nicht verstehen, warum Sie glauben, dass ich – ein Neuling in dieser Profession – überhaupt ohne Anleitung gegen jemanden ermitteln kann, insbesondere jemanden, der so erfahren ist wie mein Partner.«

»Es war alles umsonst, da er anscheinend ebenso loyal ist wie immer.«

»Wie können Sie das wissen? Ich habe in meinem Bericht nichts darüber geschrieben, da ich nicht sicher war, ob ich das tun sollte. Ehrlich gesagt besteht einer der Hauptgründe, dass ich nicht an dieser Arbeit interessiert bin darin, dass sie so verdammt verwirrend ist.«

Torrance schmunzelte. »Das ist nur gerecht. Wir dachten, Sie seien die richtige Person, um merkwürdige Dinge über MacNair zu bemerken, da Sie so unerfahren *waren* und als seine Partnerin fungierten. Damit hatte er sich noch nie zuvor konfrontiert gesehen und wenn es einen Moment gäbe, in dem seine Vorsicht nachgelassen hätte, gingen wir davon aus, dass es dann geschehen musste.«

»Nun, er ist ein echter Profi und eine Bereicherung für das Ministerium. Nie würde er gegen die Krone handeln.« Sie sprach aus echter Überzeugung.

»Das glaube ich auch«, meinte er. »Ich habe eine Möglichkeit gefunden, wie Sie das beweisen können. Wenn es Ihnen nichts ausmacht, einen weiteren verschlüsselten Text zu entschlüsseln?« Er lächelte hoffnungsvoll.

»Ich habe Spaß am Entschlüsseln und ich werde alles tun, um Dougals Unschuld unter Beweis zu stellen.«

»Ausgezeichnet.« Torrance zog ein gefaltetes Stück Papier aus seinem Frack und gab es ihr. »Schieben Sie dies in ihre Tasche, wenn es Ihnen nichts ausmacht.« Er warf einen Blick zur Oxford Street.

Wurden sie von jemandem beobachtet oder war er nur vorsichtig? Sie schob das Schriftstück in die Tasche ihres Kleides, während ihr Körper vor Vorfreude summte. Sie hatte es verabscheut, gegen Dougal ermitteln zu müssen und nun genoss sie die Gelegenheit, seine Loyalität beweisen zu können. »Was soll ich unternehmen, wenn ich den Code knacke? Abgesehen davon, das Schriftstück zu verbrennen, meine ich.«

»In diesem Fall müssen Sie das Dokument so erhalten, wie es ist. Ich werde es zusammen mit Ihrer Entschlüsselung zurückbekommen müssen. Stellen Sie eine Kerze ins Fenster, wenn Sie fertig sind.«

»Beobachtet jemand mein Haus?« Ein ungutes Gefühl kroch ihr über die plötzlich eiskalte Wirbelsäule.

»Machen Sie sich keine Sorgen. Es ist alles sehr sicher und untadelig. Ihr Land braucht Ihr fachliches Können, meine Liebe. Lassen Sie uns nicht im Stich!« Abrupt drehte er sich um und entfernte sich mit raschen Schritten von ihr.

Jess starrte ihm nach. Sie wollte ihm hinterherrufen, damit er stehen bliebe und ihr erklärte, auf welche Weise diese Verschlüsselung Dougals Unschuld bewies. Doch andererseits würde sie das vermutlich herausfinden, wenn sie den Text entschlüsselte. Sie konnte kaum abwarten, loszulegen – und sie hoffte auf ein rasches Ergebnis.

～

*D*ougal saß grübelnd in einem stillen Winkel der Bibliothek des Phönix Clubs.

Die Sonntagabende waren die ruhigsten der Woche, und in der Regel genoss er die Stille. Doch an diesem Abend waren seine Gedanken reichlich vorlaut. Zwischen dem Brief seines Vaters, in dem dieser ihn nach dem Zeitpunkt seiner Rückkehr nach Schottland fragte, und seinem bevorstehenden Ausscheiden aus dem Ministerium sowie den noch nicht abgeschlossenen Missionen, die alle einen schlechten Verlauf genommen hatten, fühlte er sich überfordert.

Und dabei war seine Besessenheit nach Jess noch gar nicht berücksichtigt. Vielleicht war Besessenheit ein zu starkes Wort. Er schloss die Augen und sah sie vor sich – das aufregende Blau ihrer Augen, der schlanke Hals, die üppige Rundung ihrer Brust.

Eigentlich fühlte sich Besessenheit genau richtig an.

Er warf einen Blick auf die Spirituosen und war der Ansicht, er hätte sich einen Whisky einschenken sollen. Aber er musste nachdenken, so schmerzhaft das auch war.

Der Mann, auf den er wartete, schlenderte in die Bibliothek und strebte direkt zu den Spirituosen. Die Bibliothek war der einzige Raum, in dem man sich selbst bedienen konnte. Überall sonst lieferte ein Diener die Getränke.

Mit einem Glas Portwein in der Hand setzte sich Oliver Kent auf einen Stuhl neben Dougal. »Guten Abend, Fallin.« Er betrachtete Dougals leere Hände, die auf den Armlehnen seines Stuhls ruhten. »Nichts zu trinken?«

»Noch nicht. Ich wälze Gedanken.«

»In Schottland gibt es viel zu wälzen«, bemerkte Kent mit einem leisen Kichern, ehe er an seinem Wein nippte. Er trank und hielt das Glas dabei hoch, um den Portwein mit zusammengekniffenen Augen zu betrachten. »Lucien hat immer nur das Beste. Wie bringt er das nur immer fertig?«

»Mrs. Renshaw und Lady Warfield sind ausgezeichnete Einkäuferinnen.« Dougal sollte eigentlich nichts davon wissen, doch da er im Mitglieder-Komitee saß, war er in die Abläufe des Clubs eingeweiht. Mrs. Renshaw kümmerte sich unter anderem darum, welche Spirituosen ausgeschenkt wurden und welche Menüs in den Speisezimmern offeriert wurden. Lady Warfield, die Buchhalterin, kümmerte sich um den Einkauf der besten Waren. Gelegentlich half Lucien insbesondere bei der Auswahl der Weine mit.

»Tatsächlich? Man kann sie nur beglückwünschen.« Kent trank noch einen Schluck, doch dann stellte er das Glas auf dem kleinen Tisch zwischen ihren Stühlen ab. »Freuen Sie sich schon auf Ihre nächste Mission?«

Auf diese Frage hätte Dougal normalerweise mit Ja geantwortet. »Es wird keine weiteren Aufträge für mich geben«, entgegnete er resigniert. Als er dies Kent gegenüber laut aussprach, und es somit zu einer Tatsache machte, war er über das Ausbleiben eines schmerzlichen Stichs erstaunt. Seine Karriere mit Jess abzuschließen, fühlte sich irgendwie ... richtig an.

»Dass es so kommen musste, wusste ich, aber ich hatte gehofft, es würde nicht so bald sein.«

Dougal weihte ihn nicht in seine Beweggründe und die Erkrankung seines Vaters ein. Seiner Vermutung nach hatte er zu lange Geheimnisse gehütet, als dass er einen Sinn darin sah, solche Dinge auszuplaudern. Eines wollte er aber doch erwähnen.

»Ich hatte gehofft, vor meinem Ausscheiden noch etwas klären zu können«, sagte Dougal. »Diese Missionen im vergangenen Frühling ...«

Kent hob die Hand. »Sie brauchen nicht fortzufahren. Ich weiß, Sie waren aufgebracht, insbesondere nach Girauds Ermordung, aber ich bin mir ziemlich sicher, dass er gegen das Ministerium agiert hatte.«

Dougal drehte sich zu Kent um. »Glauben Sie, er wurde ermordet?«

»Davon bin ich beinahe vollkommen überzeugt.«

»Warum nur beinahe?«

»Zufälligerweise warte ich noch auf eine letzte Information, die das bestätigen wird.« Schwungvoll nahm Kent sein Glas in die Hand.

»Warum sollte man uns das vorenthalten?«, erkundigte Dougal sich. »Sie haben mich zu beiden Missionen ausführlich befragt. Das hätten wir wissen müssen.« Dougal hätte zumindest informiert werden sollen. Verflucht, es waren seine Aufträge gewesen.

Kent nahm einen Schluck Portwein. »Sie wissen, wie geheim alles zugeht. Vergeuden Sie keine Zeit damit, sich die Sache durch den Kopf gehen zu lassen. Was hätte es für einen Sinn, sich zu belasten, wenn Sie kurz davor stehen, ein neues Projekt in Angriff zu nehmen?«

Da hatte er recht, doch Dougal mochte keine ungeklärten Angelegenheiten. »Werden Sie mich informieren, wenn Sie bestätigt bekommen, dass das passiert ist?« Wie oft hatte

Dougal die beiden Ereignisse Revue passieren lassen, um dahinterzukommen, wann und wie sie schiefgelaufen waren. Wenn er gewusst hätte, dass Giraud in die Lieferkette mit der faulen Nachricht verwickelt gewesen wäre, hätte Dougal den Mord an dem Mann eventuell aufdecken können. Er war jedoch mit seiner Familie beschäftigt gewesen. Zumindest ging jemand aus dem Ministerium der Sache auf den Grund.

»Gewiss«, entgegnete Kent.

Beinahe hätte Dougal gefragt, ob Kent ihm bislang Informationen vorenthalten hatte. Es kam ihm unwahrscheinlich vor, dass er von Girauds Machenschaften nichts gewusst hatte. Doch Kent hatte recht – es gab für Dougal keinen Anlass, sich damit zu befassen.

»Haben Sie mit dem Ministerium wirklich abgeschlossen?«, fragte Kent leise. Den Blick hatte er dabei auf Dougal gerichtet. »Oder könnte ich Sie vielleicht überreden, wiederzukommen und gelegentlich auszuhelfen?«

»Ich kann mir nicht vorstellen, wie das vonstattengehen soll, aber ich würde der Krone immer gerne zu Diensten sein.«

»Ausgezeichnet.« Kent trank seinen Portwein aus und machte Anstalten, aufzustehen.

Dougal bedachte ihn mit einem ernsten Blick. »Sie sollten nur wissen, dass meine oberste Priorität jetzt meine Familie ist. Das muss so sein.«

»Ich verstehe.« Kent reichte ihm die Hand und dann klopfte er ihm auf die Schulter. »Ihr Vater kann sich glücklich schätzen, Sie als Sohn zu haben. Sie beide verbindet etwas, das weitaus stärker ist als Blut.«

»Und was soll das sein?«

»Liebe.« Kent schenkte ihm ein sympathisches Lächeln, ehe er sich erhob und davonging, wobei er sein leeres Weinglas auf einem Tisch neben der Tür der Bibliothek abstellte.

Dougal lehnte sich in seinem Sessel zurück und fühlte

sich, als ob er England zu Pferd durchquert hätte. Und Schottland. Hatte er seine Verbindung zum Außenministerium wirklich abgebrochen? Nicht ganz, wie es schien. Kent hatte klargestellt, dass Dougal immer willkommen sein würde.

Im Lauf der letzten vier Jahre hatte er hart gearbeitet und es geliebt, im Dienst zu sein. Er hatte gewusst, wer er war und was von ihm erwartet wurde. Vorher hatte er das Gleiche bei der *Black Watch* getan. Und das war aus der Ermunterung seines Vaters entstanden, sich zu entscheiden, was er tun wollte. Er konnte nicht als jüngerer Sohn eines Earls ein zielloses Dasein fristen. Irgendwo in seinem Inneren hatte Dougal das gewusst, aber die Verlockungen von London für einen jungen Burschen frisch von Oxford mit seinen Freunden hatten ihn für eine Weile verdorben. Bis sein Vater ihn gezwungen hatte, sich zu verändern und sich als Soldat zu verdingen. Jetzt würde er es wieder tun.

Dougal erhob sich, um sich endlich den Whisky zu holen. Lucien fing ihn ab. »Was hat Kent gewollt?«, fragte er.

»Ich hatte ihn bestellt, damit ich ihn über meine Entscheidung informieren konnte, dass ich nicht länger für das Ministerium arbeite.«

»Dann ist es offiziell?«, brummte Lucien. »Du brauchst etwas zu trinken. Oder ich.« Er ging und schenkte ihnen beiden schottischen Whisky ein.

»Kent meinte, er könnte vielleicht irgendwann einmal wieder auf mich zählen.«

Lucien reichte ihm eines der beiden Gläser. »Dazu wärst du bereit?«

»Das wäre ich, vorausgesetzt, es würde sich nicht mit meinen Verpflichtungen überschneiden. Meine Familie und das Stirling Anwesen müssen nun Priorität haben.«

»Ich hoffe wirklich, dass das Kind von Con und Sabrina ein Junge wird. Wenn Con etwas zustößt, möchte ich diese

Verantwortung *nicht* haben.« Er schaute Dougal an und zog eine Grimasse dabei. »Entschuldigung.«

»Du würdest die Aufgabe meistern und das weißt du. Schau dir nur an, was du aus diesem Club gemacht hast.«

»Einen Club für Mitglieder zu führen, bedeutet nicht, verschiedene Anwesen und eine komplette Hinterlassenschaft zu verwalten.« Lucien erschauderte. »Nein danke.«

»Danke dafür, dass du es vollkommen überwältigend hast klingen lassen«, meinte Dougal trocken, ehe er an seinem Getränk nippte.

»Du bist der Aufgabe gewachsen. Die Frage ist, wann du vorhast, dir eine Viscountess zu suchen?«

»Ich habe keinerlei Pläne«, schnaubte Dougal.

»Wirklich? Ich habe mich gefragt, ob du das vielleicht tun könntest, nachdem du und Miss Goodfellow gestern Abend verschwunden wart.«

»Wir waren nicht *verschwunden*. Wir sind an einem angenehmen Abend im Garten spazieren gegangen. Wenn du es unbedingt wissen musst, wollte ich mich erkundigen, wie sie nach der Mission zurechtkommt. Es kann sehr aufrüttelnd sein, von einer Realität in die andere zu wechseln.« Das war vollkommener Unsinn, aber das hätte Dougal in Wahrheit tun sollen. Es schien, als schuldete er ihr eine weitere Entschuldigung. Das war ein weiterer Grund, sich mit ihr zu treffen.

Aber wann? Wie?

»Du könntest es schlechter treffen als sie«, sinnierte Lucien leise über sein Glas hinweg, ehe er einen Schluck trank. Seine Augen schimmerten vor Schalk.

»Misch dich nicht ein«, warnte Dougal ernst. »Hast du nichts aus deinen Erfahrungen mit deinem Bruder und deiner Schwester gelernt?«

Lucien verdrehte die Augen. »Immer wieder sagen die Leute mir, ich solle mich nicht einmischen, aber genau das ist es, was ich im Phönix Club mache. Ich stecke meine Nase in anderer Leute Angelegenheiten, um Gutes zu bewirken.« Er sprach leidenschaftlich. »Ich habe einen Ort geschaffen, an dem diejenigen willkommen sind, die am dringendsten einen Hafen brauchen. Und ich helfe denjenigen, die es brauchen. Wenn du Hilfe bei deiner Suche nach einer Frau brauchst, stehen dir meine Dienste zur Verfügung.«

»Vorsichtig, oder ich werde anfangen müssen, dich einen Ehestifter zu nennen.« Dougal schüttelte den Kopf. »Ich brauche deine Hilfe nicht. Wirklich. Es besteht keine Chance, dass Miss Goodfellow meine Viscountess wird. Sie ist sehr entschlossen, unverheiratet zu bleiben.«

Ihre Unterhaltung wurde von der Ankunft zweier sehr lieber Menschen unterbrochen – Maximillian Hunt, der Viscount Warfield, und seine Ehefrau Ada, die jetzt Lady Warfield war, und eine der Personen, denen Lucien geholfen hatte. Vor zwei Jahren hatte er sie als Buchhalterin für den Club eingestellt.

»Ihr seid gekommen«, begrüßte Lucien sie lächelnd. »Ich hatte schon befürchtet, ihr würdet es heute Abend nicht mehr schaffen.«

Max schüttelte ihm die Hand und dann Dougals. »Wir sind heute Nachmittag in der Stadt angekommen.«

»Also seid ihr bereits seit Stunden im Club.« Lucien zog die Augenbrauen zu einer stillen Rüge hoch.

Ada verdrehte die Augen über ihren Arbeitgeber. »Ich habe in meinem Büro gearbeitet.« Welches auf der Seite der Ladys des Clubs lag und Bestandteil der Suite war, die Max und sie bewohnten, wenn sie in die Stadt kamen.

Lucien küsste Ada auf die Wange und dann tat Dougal es ihm gleich.

»Es ist eine Freude, dich zu sehen, Ada«, meinte Dougal. »Es tut mir leid, dass ich deine Hochzeit mit diesem Bauerntölpel versäumt habe.«

»Das haben wir verstanden.« Sie nahm seine Hand und drückte sie ganz fest. »Wie geht es dir? Du siehst gut aus.«

»Es geht mir gut, danke.« Er wollte nicht über Alistairs Tod sprechen. Das tat er nie, wie ihm klar wurde. Und das hatte er auch nie getan.

»Ich bin so froh.« Ada wandte ihren Blick zu Lucien. »Können wir einige Dinge besprechen?«

»Das hatte ich erwartet.« Lucien nickte Max zu, während er sich an Dougal wandte. »Kümmere dich um ihn, ja?«

»Ja, man muss sich um mich kümmern«, murmelte Max trocken.

Adas Augen strahlten vor Liebe, als sie ihrem Mann einen Kuss auf die Wange gab. »Wir sehen uns gleich.«

Lucien und sie verließen die Bibliothek.

Max warf einen Blick auf Dougals Glas. »Schottischer Whisky, vermute ich?«

»Gewiss nicht dieses irische Gesöff.«

»Genau das werde ich einschenken.« Max füllte sich ein Glas, dann stellten sie sich vor die Fenster. Er nahm einen Schluck und lächelte. »Das ist definitiv kein Gesöff.« Er betrachtete Dougal für einen Moment. »Wie kann es dir gut gehen, nachdem du Alistair verloren hast?«

»Es ist zwei Monate her.«

»Bah. Ich habe Alec vor Jahren verloren, und es schmerzt immer noch.« Max' Blick war mitfühlend, während er aus seinem Glas trank. »Wenigstens hast du noch deinen Vater.« Er konnte nicht ahnen, dass diese Worte Dougal wie ein gut geschliffenes Messer trafen.

»Fürs Erste.« Plötzlich fühlte Dougal sich bitter und wütend. Das war nicht fair. Sein Vater war noch ein junger Mann. Er sollte noch viele Jahre vor sich haben. Was zum Teufel hatte Dougal noch in London verloren? Er sollte schon auf halbem Weg nach Schottland sein, um seinem Vater beizustehen. »Er liegt im Sterben.«

Max errötete, sein Gesicht war versteinert. »Nein.«

»Das sagt der Arzt. Sein Herz ist geschwächt.«

»Wie lange habt ihr noch zusammen?«, fragte Max leise, und in seinem Tonfall klang Furcht mit.

Dougal verabscheute es, in Max die Trauer über den Verlust seines eigenen Vaters und Bruders wachzurufen, aber er konnte nicht leugnen, dass ihm die gemeinsame Erfahrung höchst willkommen war, während er darum kämpfte, mit seinem eigenen Verlust fertigzuwerden. »Das ist unklar. Es könnten Monate sein, aber auch ein Jahr oder mehr.«

»Ich werde für Letzteres beten«, versprach Max.

»Ich danke dir. Es tut mir leid, dass das deinen Kummer auffrischt.«

Max zog die Mundwinkel nach oben. »Ich muss nicht allzu tief graben, um sie zu finden. Aber Ada hat es erträglicher gemacht. Sie erinnert mich jeden Tag daran, dass es auf der Welt auch noch Liebe und Glück gibt.«

Dougal wusste, dass seine eigene Perspektive weniger düster und hoffnungslos war als die von Max – oder es gewesen war. Während des Krieges hatte er furchtbar gelitten. Endlich schien er etwas Heiterkeit gefunden zu haben. Dougal berührte seinen alten Freund kurz an der Schulter. »Ich freue mich wahnsinnig für dich, Max.«

»Es ist sicherlich eine Verbesserung.« Dann hob er sein Glas zu einem stummen Trinkspruch, und sie tranken beide.

Dougal schluckte und beschloss, seinen Freund um Rat zu bitten. »Hoffentlich nimmst du mir die Frage nicht übel, aber wie hast du dich damit abgefunden, dass du den Titel geerbt hast, obwohl du nie damit gerechnet hattest? Ich kann das, was ich tun muss, nicht mit dem in Einklang bringen, was ich zu tun gedachte. Es ist ... überwältigend.«

»Das ist ein Wort dafür. Erinnerst du dich daran, dass Lucien meine Frau geschickt hatte, um mein Anwesen auf Vordermann zu bringen, weil es um meine Buchhaltung und die Bücher schlimm stand? Ich habe meinen Verwalter mit meiner Unmenschlichkeit vertrieben, und es war mir einerlei, ob das Anwesen auf ihn angewiesen war. Ich saß da und tat nichts, während meine Pächter sich abmühten, ohne Unterstützung auszukommen. Es war nicht nur überwältigend, es war *unmöglich*. Ich konnte einfach nichts tun, verdammt noch mal. Ich wage zu behaupten, dass es dir nicht so erbärmlich geht.«

»Nicht in dieser Hinsicht, aber ich habe nicht die geringste Ahnung, wie man ein Anwesen verwaltet oder ein Earl ist.«

»Das hatte ich auch nicht, aber ich lerne. Das wirst du auch. Wenigstens musst du nicht wie ich in den Lords dienen.«

»Nein, solange mich das schottische Parlament nicht eines Tages dazu auserwählt.« Daran hatte Dougal nicht gedacht. Zum ersten Mal dachte er, dass er als Earl of Stirling nützlich sein könnte. »Ich glaube nicht, dass mir das etwas ausmachen würde, um ehrlich zu sein.«

»Das würde es nicht«, meinte Max gutmütig. »Aber du bist ja schon seit Jahren im Außenministerium tätig, nicht wahr?«

Max wusste, dass Dougal bei *Black Watch* ausgeschieden war, um einen Auftrag für das Ministerium zu erledigen, aber er hatte nicht gewusst, dass es dauerhaft war. »Wie kommst du darauf?«, fragte Dougal.

»Ich hatte meine Nase in den letzten beiden Jahren vielleicht in Stonehill begraben, aber ich bin nicht dumm. Lucien hat mich über deine Reisen auf dem Laufenden gehalten. Nicht einen Moment habe ich geglaubt, dass du dich im Königreich herumtreibst, um dir die Sehenswürdigkeiten anzusehen. Ich weiß auch, wie verflixt schlau du bist. Die Regierung hätte dich auf keinen Fall nach nur einem Auftrag gehen lassen.«

Dougal konnte die zutreffende Schlussfolgerung seines Freundes weder bestätigen noch dementieren. »Ich kann mir vorstellen, wie das wirken musste.«

Max schnaubte. Nach einem weiteren Schluck runzelte er die Stirn. »Du kannst diesem Beruf nicht mehr nachgehen. Ich kann mir vorstellen, wie dich das quälen muss.«

»Eigentlich macht es mich zornig. Ich habe es genossen. Ich hatte gehofft, in der Rangliste aufzusteigen.«

»Deshalb wärst du eine hervorragende Ergänzung für die Lords. Ich wünschte, ich könnte dir meinen Platz überlassen«, meinte Max kichernd.

Dougal senkte seine Stimme zu einem eindringlichen Flüstern. »Sag mir, wie du die Veränderung in deinem Leben verkraftet hast. Ich weiß nicht, wie ich es anstellen soll. Ich bin hin- und hergerissen zwischen Pflicht und Sehnsucht.«

»Dann finde einen Weg, die Pflicht zu dem zu machen, was du dir wünschst.«

»Hast du das getan?«

»Nicht absichtlich, aber es hat sich so ergeben. Suche dir eine Frau, die dir eine Gefährtin ist. Ohne Ada würde ich immer noch in der Finsternis umherstolpern. Sie gab mir etwas, das ich begehren konnte – und zwar nicht nur sie.« Er formte die Lippen zu einem kurzen, aber verruchten Lächeln. »Sie hat mich inspiriert, ein besserer Mensch zu werden, und der Verantwortung gerecht zu werden, die ich jetzt trage, aber nie wollte. Ich bin schockiert darüber, wie gut mir die Leitung des Anwesens gefällt. Als du mich einen Bauerntölpel genannt hast, hattest du nicht unrecht.«

Dougal lachte. »Deine Lösung ist also, mir eine Frau zu suchen. Gerade eben hat Lucien mich diesbezüglich bedrängt.«

»Ach was? Hat er angeboten, den Heiratsvermittler zu spielen? Er ist so furchtbar einmischend.«

»Das hat er tatsächlich. Ich habe rundheraus abgelehnt.«

»Du brauchst seine Hilfe nicht. Du bist der Erbe einer Grafschaft mit einem umfangreichen Vermögen. Meiner Ansicht nach siehst du auch einigermaßen gut aus und besitzt einen bescheidenen Verstand.«

»Ich dachte, du sagtest, ich sei klug.« Dougal kicherte.

Max winkte mit der Hand. »Das auch.«

»Noch nie habe ich daran gedacht, mir eine Frau zu nehmen.«

»Nie?«

Dougal schüttelte den Kopf. »Ich dachte nicht, dass ich das müsste. Ich habe mich auf andere Dinge konzentriert.«

»Dann wissen wir vermutlich schon, was du in der nächsten Saison unternehmen wirst.«

Es sei denn, Dougal hatte bereits die perfekte Partnerin gefunden. Jess und er hatten ihre Rollen als Ehemann und Ehefrau sehr erfolgreich gespielt. Er konnte sie sich gut als seine Viscountess vorstellen. Sie wäre großartig.

Allerdings wollte sie nicht heiraten.

»Deine Gedanken sind gewandert«, bemerkte Max. »Falls du noch nicht bereit bist zu heiraten, solltest du nichts überstürzen. Ich hatte Ada überhaupt nicht gesucht, aber sie war da. Wenn die Liebe naht – und wenn man das Glück hat, sie zu erkennen –, ist jeder bereits geschmiedete Plan plötzlich wertlos. Nichts ist wichtiger als dieser andere Mensch.«

Liebe ... das war in Dougals Plänen absolut nicht vorgesehen. Und Max hatte recht. Es gab keine Eile. Doch langsam fing er an zu glauben, dass er seine Frau bereits kannte, und sie tatsächlich bereits seine Frau *gewesen* war. Ihre gemeinsame Zeit in Dorset hatte sich so wunderbar natürlich und ... gut angefühlt. Die Krönung ihrer leidenschaftlichen Nacht war richtig und sogar notwendig gewesen. Und er hatte sich mit seiner Behauptung, er hätte es nicht zulassen dürfen, lächerlich gemacht. Er hätte es nicht abstreiten können, selbst wenn er es versucht hätte.

»Ich kenne tatsächlich eine Frau, die eine exzellente Partnerin wäre. Aber sie ist fest entschlossen, unverheiratet zu bleiben.«

»Du kannst sie nicht umstimmen?«, fragte Max.

»Sie hat ihr Bekenntnis erst gestern Abend noch einmal bekräftigt, um genau zu sein.« Ehe sie sich geküsst hatten. Ehe sie ihm eröffnet hatte, dass sie noch nicht mit ihm fertig war. Gott, er musste sie heute Abend noch ausfindig machen.

KAPITEL 19

ie Kerze war schon schwach, als Jess endlich die Feder auf dem Schreibtisch absetzte. Sie streckte die Hand aus und las die dechiffrierte Botschaft noch einmal. Das war der Beweis, nach dem Torrance gesucht hatte. Ein Mann namens Giraud bestätigte die Zustellung einer nutzlosen, eigenständig verfassten Nachricht, während er die echte Botschaft aus Frankreich vernichtet hatte. Er war auch der Ansicht, bald wertvolle Informationen von MacNair zu erhalten, und dass MacNair ihm gegenüber überhaupt nicht misstrauisch sei.

Jess verspürte eine Woge des Triumphs. Das Befriedigendste an der Entschlüsselung dieses speziellen Codes war die Gewissheit, dass Dougal nicht gegen das Außenministerium aktiv gewesen war. Dieser Mann, Giraud, war der Übeltäter gewesen.

Gähnend rieb Jess sich die Augen. Sie hatte keine Ahnung, wie spät es genau war, aber es musste schon zu fortgeschrittener Stunde sein. Es war mindestens nach zwei Uhr.

Das Klicken des Türschlosses und das leise Knarren der Türscharniere ließen sie aufschrecken. Rasch schob sie die

Papiere auf dem Schreibtisch zu einem Stapel zusammen, griff nach einem Buch, das in Reichweite lag, und platzierte es auf den Papieren. Sie rutschte vom Stuhl und schlich zum Kamin, wo sie nach dem Schürhaken griff, um ihn als Waffe zu ihrer Verteidigung zu benutzen. Vielleicht hätte sie *doch* noch einmal einen Versuch mit der Schusswaffe unternehmen sollen. Das würde nichts nützen, es sei denn, sie besäße eine eigene, was sie nicht tat.

Eine Gestalt schlüpfte in ihr Zimmer. Sie ging auf ihn zu, den Arm erhoben, um ihm einen Schlag auf den Kopf zu versetzen. Er begann sich zu drehen, und sie ließ die Waffe niedersausen.

»Verdammt!« Dougal wich zur Seite, aber sie traf ihn mit dem Schürhaken an der Schulter.

»Dougal!« Sie ließ die Waffe fallen und stürzte auf ihn zu. »Ich wusste nicht, dass du es bist. Was machst du denn hier?«

Er rollte die Schulter zurück und schloss die Tür. Obwohl das einzige Licht ihre schwindende Kerze und die Kohlen im Kamin waren, konnte sie seine erschrockenen Gesichtszüge erkennen. »Ich bin gekommen, um dich zu sehen.«

»Es ist mitten in der Nacht. Wie bist du hereingekommen?«

Er schaute sie an. »Du weißt doch, was ich mache? Oder besser gesagt, gemacht habe.«

»Nun, jetzt komme ich mir töricht vor. Immer wieder bin ich von deinen Fähigkeiten beeindruckt. Du hast dich nicht nur unbemerkt ins Haus gestohlen, sondern wusstest auch, wo du mich finden konntest.«

Er zuckte mit den Schultern. »In diesen Dingen bin ich gut. Genau wie du.« Er beugte sich vor und hob den Schürhaken auf. »Keine schlechte Waffe. Ich bin auch weiterhin beeindruckt.«

»Ich habe gerade beklagt, dass ich das Schießen vielleicht zu früh aufgegeben habe.«

Leise lachend legte er den Schürhaken wieder zum Kamin und wandte sich ihr zu. »Ich wäre mehr als glücklich, wenn ich noch einmal mit deinem Unterricht beginnen könnte. Wahrscheinlich werde ich in Schottland viele Dinge schießen.«

»Hat dein Anwesen denn keinen Wildhüter?«

»Doch, aber mein Vater hat uns immer zur Jagd mitgenommen. Er sagt, es gibt nichts Befriedigenderes als einen Laird, der für seinen Clan sorgt.«

Sie blinzelte ihn an. »Wirst du Laird eines Clans sein?«

Er schüttelte den Kopf. »Nein, aber mein Vater gefiel sich in seiner betrachteten Rolle als Earl als solcher. Das Anwesen hat viele Pächter. Er weigert sich, sie fortzuschicken, um mehr Platz für die Schafe zu schaffen. Tatsächlich bietet er vielen Menschen Zuflucht, die gezwungen waren, ihr Heim aufzugeben.«

»Das hört sich an, als sei er ein wundervoller Mann.«

»Ich habe viel zu tun, um ihm gerecht zu werden. Ich werde mich allerdings nicht ins Zimmer stehlen und geheime Durchsuchungen durchführen. Und von mir wird auch nicht verlangt, mitten in der Nacht Botschaften zu überbringen oder an heruntergekommenen Orten Unterhaltungen zu belauschen.«

»Wenn du jemals glaubst, dass du in der Lage sein wirst, die Einzelheiten deiner Ermittlungen preiszugeben, werde ich liebend gern dein Publikum sein.«

»Vielleicht wenn wir alt und grau sind.« Er zwinkerte ihr zu und sie klammerte sich an das Gesagte. Glaubte er wirklich, dass sie sich dann immer noch kennen würden? Ein Bild von ihnen zusammen – alt und grau – während er sie mit Geschichten von seinen Wagnissen unterhielt, flammte in ihren Gedanken auf. Zusammen mit einem merkwürdigen Schmerz. Glücklicherweise wurden ihre abschweifenden

Gedanken von seiner Frage unterbrochen. »Was tust du so spät noch auf?«

Der Drang, ihm alles zu erzählen – dass sie mit der Aufgabe betraut gewesen war, gegen ihn zu ermitteln und warum, und noch wichtiger, dass sie gerade den Beweis entschlüsselt hatte, der seinen Namen eindeutig reinwusch. Aber die Worte wollten nicht kommen. Es war nicht nur, dass sie keine Erlaubnis hatte, etwas davon zu enthüllen. Vermutlich wollte sie nicht, dass er von ihren Ermittlungen in Dorset gegen ihn erfuhr, obwohl sie verdammt schlechte Arbeit geleistet hatte.

»Ich habe gelesen.« Dummerweise wanderte ihr Blick zu dem Buch auf dem Tisch. Es war wirklich das Beste, wenn sie nicht mehr spionierte.

Er drehte sich zum Schreibtisch und machte einen Schritt. »Worum geht es in dem Buch?«

Jess setzte sich rasch in Bewegung und machte einen Satz vor ihn. »Du schleichst dich in mein Zimmer und fragst mich, was ich so spät noch auf mache. Du solltest nicht einmal *hier* sein.«

»Nein, das sollte ich nicht«, gab er leise zurück und seine Stimme war eine Liebkosung, die ein Verlangen in ihr entfachte, das seit dem Kuss am Abend zuvor in ihr lauerte. In Wahrheit schon, seit sie sich vor beinahe einer Woche in Hampshire getrennt hatten.

»Doch hier bist du nun«, flüsterte sie.

»Ich glaube, du hast gesagt, du wärst noch nicht fertig mit mir. Das hat meine Neugier geweckt. Ich bin gekommen, um dir die Gelegenheit zu geben, zum Ende zu kommen.«

Jess war nicht sicher, ob sie das je konnte – nicht bei ihm. Sie dachte an ihre Unterhaltung vorhin mit Kat. Wäre er an einer Affäre interessiert? Wenn nicht, warum sollte er dann hier sein?

»Dann sollten wir vermutlich anfangen.« Jess bewegte

sich auf ihn zu, aber er kam ihr auf halbem Wege entgegen und schloss sie in die Arme, während seine Lippen auf ihre trafen.

Ihn an ihrem Körper zu spüren, beflügelte ihren Geist. Sie hatte gefürchtet, dies nie wieder zu erleben.

Dann riss sie sich von seinem Mund los und fixierte ihn mit einem entschlossenen Blick. »Du wirst später nicht sagen, wir hätten dies nicht tun sollen, nicht wahr?« Für diesen Unsinn hatte sie keine Geduld.

»Nein, das werde ich nicht. Ich werde mit dir ins Bett gehen und dich bis zur Besinnungslosigkeit vögeln, ohne es zu bedauern. Wenn du etwas dagegen einzuwenden hast, dann sag es jetzt.«

Sie drückte die Finger auf seinen Nacken. »Beeil dich bitte.«

～

*D*ougal küsste Jess erneut, als er sie zum Bett trug. Nachdem er vergangene Nacht kaum geschlafen und den ganzen Tag lang fast unaufhörlich nachgedacht hatte, wurde er vom Verlangen beinahe überwältigt. Wie hatte er je glauben können, dass sie in Dorset nur eine einzige Nacht zusammen verbrachten und einander nie wiedersehen würden – ganz zu schweigen davon, eine Nacht wie diese nie wieder miteinander zu teilen?

Er hatte nicht klar gedacht. Er hatte sein Leben unbedacht geführt und die Dinge genauso behandelt, wie die vergangenen paar Jahre. Seine Verbindungen und romantischen Abenteuer waren nicht von Dauer. Er hatte keine Zeit für sie und auch nicht das Interesse, irgendeine Art von dauerhafter Beziehung zu pflegen.

Es schien, als hätte eine vorgetäuschte Ehe all dies verändert. Oder genauer gesagt hatte eine bestimmte faszinierende Frau das zuwege gebracht, die seine Aufmerksamkeit gefesselt und ihn angezogen hatte.

Plötzlich kamen ihm eine dauerhafte Liebesbeziehung und sogar Häuslichkeit attraktiv vor.

Dougal setzte sie auf dem Bett ab. Sie trug den gleichen Morgenrock, den sie auch in Dorset angehabt hatte. Es sah sonderbar aus. Als ob sie ihn nicht tragen sollte, wenn sie nicht Mrs. Smythe war. Was für ein durch und durch besitzergreifender Gedanke. Er brachte ihn dazu, sie noch inniger küssen zu wollen und mit seinen Lippen und der Zunge jeden Teil ihres Mundes in Besitz zu nehmen.

Sie klammerte sich an seinen Kopf und die Schultern, und ihre Bewegungen waren ebenso fieberhaft wie er sich fühlte. Er war nicht ganz sicher, ob er warten wollte, bis sie ganz ausgezogen waren. Zumindest seinen Frack musste er ausziehen, da er seine Bewegungen behinderte.

Er straffte sich und zog das Kleidungsstück von seinen Schultern, ehe er es zu Boden fallen ließ. Dann zog er seinen Krawattenschal locker. Er war geknotet und er musste sich anstrengen, sich daraus zu befreien.

Während er abgelenkt war, knöpfte sie seinen Schritt auf. Jetzt lagen ihre Hände um seinen Schaft und er war froh, dass er seine Krawatte los war. Wenn nicht, wäre er nicht in der Lage gewesen, die Aufgabe zu erfüllen, während sie ihn so wundervoll streichelte.

Sie saß auf der Bettkante und ihr Kopf war seinem Schaft ganz nahe. Er stellte sich vor, wie sie ihn in den Mund nahm … Dann tat sie genau das.

Sie schob ihm die Hose über die Hüften und hielt ihn am Ansatz seines Schafts fest, während sie die Lippen um ihn legte. Mit einer Hand liebkoste sie sein Hinterteil, während sie die Fingernägel der anderen über seine Hoden streifen ließ. Seine Empfindungen und seine Lust brachen über ihn herein, als sie ihn tiefer in den Mund nahm.

»Jess«, murmelte er, während er ihren Zopf am Ansatz fasste und die Finger mit ihrem Haar verflocht. Er schloss die Augen und legte den Kopf in den Nacken, um sich vollkommen ihrer Kontrolle zu überlassen.

Er wusste, dass sie dies noch nie zuvor getan hatte – sie hatten letztes Mal darüber gesprochen, nachdem er sie auf ähnliche Weise befriedigt hatte. Sie hatte ihn gefragt, ob sie das Vergnügen erwidern konnte, das er ihr bereitet hatte. Er hatte mit ja geantwortet, doch er hatte nicht daran gedacht, dass es tatsächlich dazu kommen würde. Jetzt war sie hier und gab ihm mehr von sich, als er sich je erträumt hatte.

Ihre Finger gruben sich in seine Haut und drängten ihn, in ihren Mund zu stoßen. Er versuchte, die Kontrolle zu behalten, um sie nicht zu überwältigen, aber sie trieb ihn schnell über die Schwelle der Vernunft.

Es wäre so leicht, sich gehen zu lassen – sich ganz hinzugeben und in ihrem Mund zum Höhepunkt zu kommen. Doch er wollte mit ihr zusammen kommen.

Er umklammerte ihren Hinterkopf und zog sich von ihr zurück. Sein Schaft pulsierte von dem beinahe schmerzlichen Verlangen, zum Ende zu kommen.

»Was stimmt nicht?«, fragte sie und ihre Stimme klang tief und rauchig. Der Tonfall war unglaublich erotisch und trug nicht das Mindeste dazu bei, seinen Aufruhr zu beschwichtigen.

»Ich möchte mit dir zum Höhepunkt kommen.« Er knöpfte ihren Morgenrock auf und nachdem sie ihn gehorsam von ihren Schultern gestreift hatte, blieb das Kleidungsstück hinter ihr an Ort und Stelle.

Wieder streichelte sie ihn und ihre Hand bewegte sich gekonnt über seinen Schaft. »Ich möchte erfahren, wie es sich für dich anfühlt, in meinem Mund zu kommen.«

Dougal stöhnte. »Nächstes Mal. Ich verspreche es.«

Mit einem sündigen Lächeln schaute sie zu ihm auf und

ihre Augen verengten sich zu Schlitzen. »Ich bin hocherfreut, dass es ein nächstes Mal geben wird.«

»Ich hingegen mehr über dieses Mal. Ich fürchte, ich kann es keinen Augenblick mehr aushalten.« Sobald er die Worte ausgesprochen hatte, ging ihm auf, dass es in seiner augenblicklichen Situation eher schwierig sein würde, mit ihr zu schlafen. Er musste seine Hose ausziehen, was bedeutete, dass er zunächst seine Stiefel loswerden musste.

Nach einem recht profanen Fluch schälte er sich aus seiner Kleidung, bis er nur noch sein Hemd trug. In der Zwischenzeit hatte sie ihr Nachthemd ausgezogen, sodass sie nackt war. Sie hatte sich auf dem Bett zurückgelegt und die Beine gespreizt, wobei ihre Hand auf ihrem Geschlecht ruhte.

»Berühre dich für mich«, flüsterte er und die Qual seiner bevorstehenden Erlösung gipfelte in einem wilden Crescendo.

Ihre Finger glitten über ihre Klitoris. »So etwa?« Sie streichelte sich und zog die Fersen auf die Bettkante, wozu sie die Beine anwinkelte.

»Und deine Brustwarze.« Er schloss die Hand um seinen Schaft und bewegte ihn vom Ansatz aus.

Sie hielt ihre Hand über dem Geschlecht still. »Nur, wenn du dein Hemd ausziehst.«

Er bewegte sich schnell, um ihr zu gehorchen und riss sich das Kleidungsstück über den Kopf, ehe er es beiseite schleuderte. »Tu es.«

Erneut fing sie an, die Finger zwischen ihren Beinen zu bewegen und ihre andere Hand bewegte sich zu ihrer linken Brust, die sie zuerst umfasste und dann ihren Daumen und Zeigefinger um die Brustwarze schloss. Sie atmete schwer und ihre Verzückung war hörbar, was sein Verlangen weiter entfachte.

»Fester«, sagte er. »Kneif sie, wie ich es tue.«

Sie schloss die Finger um ihre Brustwarze und drückte. Keuchend hielt sie fest und zog an ihrer Brust, während sie mit ihren Fingern in ihre Scheide glitt.

Dougal bewegte seine Hand von seinem Schaft zu ihrem Geschlecht und legte seinen Finger auf ihren, um gemeinsam mit ihr in sie einzudringen. Mit einem Stöhnen warf sie den Kopf zurück, als ihre feuchte Scheide sich um ihn schloss.

Unfähig, einen weiteren Moment auszuhalten, ohne in ihr zu sein, legte Dougal seine andere Hand um seinen Schaft und führte ihn an ihre Scheide. Sie zog ihre Schamlippen auseinander und öffnete sich für ihn. Er glitt mit der Spitze in sie und dann stieß er tief zu.

Sie schlang die Beine um seine Taille und benutzte jeden Teil ihres Köpers, um ihn in sich zu ziehen. Sie klammerte sich mit den Händen an seine Hüften und nötigte ihn, heftiger in sie zu dringen. Das Gefühl, sie um sich zu spüren war die reinste Seligkeit. Er bewegte sich auf dem Bett und stieß sie beide weiter auf die Matratze.

Sie wölbte sich und schrie seinen Namen heraus. Ihm kam die vage Frage in den Sinn, ob sie zu laut waren, doch es fiel ihm schwer, einen vernünftigen Gedanken zu fassen. So oder so kümmerte es ihn nicht. Er ließ sich gehen und drang mit tiefen Stößen in sie, während ihr Körper unter ihm bebte. Er fühlte, dass sie kurz vor der Erlösung stand und drang mit tiefen Stößen in sie. Sie grub ihre Fersen in seinen Rücken und stieß einen kehligen Schrei aus.

Dougal küsste sie auf den Mund, um sie ganz zu besitzen, aber auch, um ihre Leidenschaft zu dämpfen. Er konnte wirklich darauf verzichten, dass jemand hereinkam, um nachzusehen, was in sie gefahren war.

Ihre Muskeln spannten sich um ihn an, als sie kam. Dougals Hoden spannten sich an und er wusste, dass sein Orgasmus bevorstand. Jetzt war der Moment, sich aus ihr zurückzuziehen, um die Zeugung eines Kindes zu verhindern.

Doch sie klammerte noch fester mit den Beinen, um ihn festzuhalten, während sie ihn gleichzeitig mit einem fieberhaften Verlangen küsste, das ihm den Verstand raubte. Sein Orgasmus brach mit einer erstaunlichen Heftigkeit über ihn herein. Er fand ihre Brust und drückt sie, während sein Körper in seiner Erlösung erschauderte.

Er fluchte im Stillen, als er wieder zu Verstand kam, und rollte sich von ihr weg. Sein zuckender Schaft spritzte seinen Samen heraus und benetzte seinen Bauch und seine Hüfte. Er schloss die Hand darum und führte seinen Orgasmus zum Abschluss.

»Ich wünschte, du hättest mich nicht verlassen«, hauchte sie zwischen zwei Atemzügen. »Ich war noch nicht ganz fertig.«

Wie ihm das gegen den Strich ging. Er rollte sich zurück, legte seine Hand auf ihr Geschlecht und stellte fest, dass ihre Hand bereits dort war. Er schob zwei Finger in sie hinein und bewegte sie vor und zurück, während sie ihre Hüften kreisen ließ. Sie stöhnte lang und tief, als sie sich noch einmal um ihn zusammenzog.

Er nahm ihre Brustwarze in den Mund und saugte daran. Dann zog er seine Lippen zurück und blies über ihr erhitztes Fleisch, als sich ihre Bewegungen zu beruhigen begannen. »Ich dachte, du wärst schon gekommen.«

»Bin ich auch. Aber gleich danach kam noch einer.«

»Du bist wirklich erstaunlich.« Noch nie hatte er eine so neugierige und begierige Partnerin erlebt. Sie kam ihm bei jeder Berührung und jedem Stoß entgegen. Er küsste sie lange und tief und wurde von ihrer Großzügigkeit und Neugierde beinahe zu einer unvorstellbaren Ansicht bewegt.

Sie rollte sich zu ihm, sodass sie sich ansahen. »Bitte sag mir, dass du nicht gleich wieder gehst.«

»Nicht sofort, aber bald. Es war kurz nach zwei, als ich hereingekommen bin. Wann werden die Dienstmädchen wach?«

»Gegen fünf. Wir haben also noch ein wenig Zeit.« Sie schmiegte sich enger an ihn, schlang einen Arm um seine Taille und bettete den Kopf unter seinem Kinn.

Er gab ihr einen Kuss auf die Stirn und seine Lippen verweilten auf ihrer Haut, während er zu ihrer Schläfe wanderte. »Das habe ich vermisst.«

»Ich denke noch immer, wir hätten dies in der ersten Nacht in Dorset tun sollen, anstatt bis zur letzten zu warten.«

»Ich will nicht behaupten, es wäre mir nicht in den Sinn gekommen«, entgegnete er lächelnd.

Sie legte den Kopf zurück und blickte ihn an. »Wirklich?«

Er blickte in ihre vertrauten Augen. »Ich fühle mich zu dir hingezogen, seit du mich in Luciens Arbeitszimmer berührt hast.«

Grinsend führte sie ihre Hand zu seiner Brust und strich mit ihrer Handfläche darüber. »Bei mir ist es schon viel länger, denke ich. Wenn ich ehrlich bin, wurde mein Interesse schon vor vier Jahren geweckt, als du mit mir getanzt hast.«

Er ließ den Kopf gegen das Kissen zurücksinken und stöhnte. »Es macht mich wütend, dass ich mich daran nicht erinnern kann.«

»Da macht nichts. Ich habe genügend Freude für uns beide daran.«

Ihre Worte erregten ihn. Vor vier Jahren. Und was wird mit den nächsten vier Jahren? Endlich vereinigten sich die Gedanken, die ihm schon seit Tagen im Kopf herumschwirrten, zu etwas Konkretem – etwas *Gutem*.

»Unsere Partnerschaft war sehr erfolgreich, bist du nicht auch der Meinung?«

Sie nickte. »Das bin ich. Ich glaube nicht, dass ich das alles ohne dich zuwege gebracht hätte.«

Er nickte und blickte sie noch einmal an. »Dann sollten wir nicht zulassen, dass es zu Ende ist.«

Ihr Blick wanderte zu ihm. »Aber du nimmst deinen Abschied vom Ministerium.«

»Ich *habe* es verlassen. Ich habe gesagt, dass Dorset meine letzte Mission war. Ich muss nach Hause zurückkehren. Mein Vater und das Anwesen brauchen mich.« Er holte tief Luft. »Und ich brauche eine Partnerin. Eine Ehefrau.« Er schmiegte die Hand um ihren Kopf und liebkoste ihre Wange mit seinem Daumen. »Ich kann dir die Unabhängigkeit bieten, nach der du dich sehnst. Ja, du wärest meine Viscountess, aber wenn du für das Ministerium arbeiten möchtest, werde ich dich in allem unterstützen, was du möchtest.«

Sie blickte ihn an und die Falten zwischen ihren Augenbrauen traten stärker zutage als je zuvor. »Du willst, dass ich deine Frau werde?«

»Denke an die Abenteuer, die wir zusammen erleben werden. Du sagtest, du wolltest Schottland kennenlernen.«

Sie war einen Augenblick still und ihre Hand ruhte an seiner Brust. »Ja, aber das kann ich tun, ohne deine Frau zu werden.«

Ein harter Kloß bildete sich in seinem Bauch.

»Bis du Erbe geworden bist, warst du nicht an einer Heirat interessiert. Wie stehst du jetzt dazu?«, fragte sie und klang ein bisschen distanziert. Oder vielleicht war das auch nur das Trommeln seines plötzlich rasenden Herzschlags in seinen Ohren.

»Ich bin in Hinsicht auf eine Zukunft mit dir optimistisch. Ich denke, wir könnten ein wundervolles Paar werden.«

Sie presste die Lippen zusammen und er wusste, dass sie

sagen würde, was er befürchtete. »Ich bin dir dankbar für
deinen Antrag aber meine Ansichten über eine Heirat haben
sich nicht geändert. Ich muss deinen Heiratsantrag
abweisen.«

~

*J*ess richtete sich auf und griff über das Bett
hinweg nach ihrem Morgenrock, der über die
inzwischen zerknitterte Bettdecke geworfen
worden war. Sie zog sich das Kleidungsstück über den Kopf
und verhinderte damit, dass sie ihn anschauen musste.

Auch er setzte sich auf. Allerdings macht er keine Anstalten, sich zu bekleiden, sodass sie entweder auf seine verlo-
ckende nackte Brust schauen oder den Blick abwenden
musste. Sie entschied sich für Letzteres.

»Dass du keine Heiratsabsichten hegst, weiß ich, aber wir
sind ein gutes Team, nicht wahr?«

Das konnte sie nicht leugnen. »Als leistungsstarkes Team
bei einer Ermittlung zusammenzuarbeiten, bedeutet nicht,
dass wir ein gutes Ehepaar sein würden.« Nur hatte sie das
schon oft in Erwägung gezogen und schien mit sich zu
hadern, ihren angeblichen Plan von der Wirklichkeit zu
trennen.

Er wandte ihr seinen Oberkörper zu und legte die Stirn
in Falten. »Unsere Aufgabe *war* es, Ehemann und Ehefrau zu
spielen.« Seine Gesichtszüge entspannten sich. »Es hat mir
ehrlich gesagt mehr Freude bereitet, als ich erwartet hatte.«

»Das ist ein faszinierendes Bekenntnis«, murmelte sie
ironisch. Aber sie hatte ihm nicht widersprochen. Wenn sie
heirateten, würden ihre Eltern sie außerdem nie wieder mit
dem Thema Heirat behelligen. Allein das veranlasste sie, ihre
Antwort noch einmal zu überdenken.

Wollte sie nach all den Jahren allen Ernstes ihre Einstellung zur Ehe ändern? Wenn sie ehrlich zu sich selbst war, hatte sie bereits angefangen, darüber nachzudenken, als sie sich mit Mary über die Ehe unterhalten hatte, wenn nicht sogar schon früher. Es *hatte* ihr Freude gemacht, mit Dougal verheiratet zu sein. So sehr, dass ihr seine Worte, dass er keine Intimitäten zwischen ihnen hätte zulassen dürfen, mehr wehgetan hatten, als dass es der Fall hätte sein sollen.

»Hatte es dir nicht?«, fragte er. »Dann habe ich mich geirrt.«

Sie blieb ihm eine Antwort schuldig. Es ging nicht um die Frage, wie sie über ihre Scheinehe dachte. Sie redeten von der Zukunft und darüber, wie sie diese Scheinehe in die *Realität* umsetzen würden. »Unsere gemeinsame Zeit genossen zu haben und es dauerhaft machen zu wollen, ist nicht dasselbe.« Ihre Gedanken überschlugen sich noch immer mit ihren wechselhaften Vorstellungen.

Er hatte sie gebeten, ihn zu heiraten. Im Grunde hatte er das nicht getan. Er hatte davon gesprochen, ein Team zu bilden und Abenteuer zu erleben.

»Ich verstehe.« Er rutschte von der Bettdecke.

Sie warf ihm einen Blick zu, als er sich das Hemd über den Kopf zog. Als sie sich wieder der Decke zuwandte, zupfte sie an einem losen Faden. Sie stützte ihre Hände auf die Oberschenkel und verfolgte schweigend, wie er sich anzog. Aus den Augenwinkeln erkannte sie, wie er sich auf den Stuhl an ihrem Schreibtisch setzte, um seine Strümpfe und Stiefel anzuziehen. Die Anspannung ließ sie ganz steif werden. Sie hoffte, er würde die Papiere unter dem Buch nicht entdecken. Nicht, dass er sie entziffern konnte, ohne den Roman hochzuheben, wozu er aber keinen Grund hatte.

Er fuhr fort und lenkte sie von ihrer Beunruhigung ab. »Ich hatte gehofft, du würdest die Vorzüge einer Heirat mit mir erkennen. Willst du dich wirklich vor der Ehe drücken, um deinen Eltern weiterhin die Stirn zu bieten?«

Sie begegnete seinem Blick, allerdings nur kurz, bevor sie stattdessen irgendwo rechts von ihm hinschaute. »Du würdest das nicht verstehen. Sie hatten mir die Entscheidung abgenommen. Ich habe mir geschworen, niemals zu heiraten.«

»Mir scheint dies als ein unreifer und oberflächlicher Grund, einen absolut vernünftigen Antrag abzulehnen.«

Asas Heiratsantrag, den er ihr vor sieben Jahren gemacht hatte, kam ihr in den Sinn. Schon lange hatte sie nicht mehr an diesen Tag gedacht. Er hatte vor ihr unter den rosafarbenen Blüten eines Kirschbaums gekniet und ihr seine Liebe zu ihr erklärt. Er hatte gesagt, er sei zum Forschen und Lernen nach England gekommen, und dass er nie davon geträumt hätte, die Frau zu finden, die er zu seiner Ehefrau machen wollte. Er hatte ihr ein Leben voller Liebe und Abenteuer versprochen, denn er wusste, wie sehr sie sich beides wünschte. Den Aspekt der Liebe hatte sie ganz vergessen.

Bis jetzt.

Dougal hatte sie zu einem Abenteuer mitgenommen und ihr – unwissentlich – Liebe geschenkt. Es war nicht, als hätte er sie besessen und ihr geschenkt, sondern er hatte ihr etwas gegeben, das dieses Gefühl in ihr hervorgerufen hatte. Er hatte sich ihrer angenommen, mit ihr gelacht und sie unterstützt. Er hatte ihr das Gefühl gegeben, etwas Besonderes zu sein und wichtig. Vielleicht *war* sein Vorschlag vernünftig ...

Sie wollte keinen vernünftigen Vorschlag. Wenn sie ihr Versprechen, unverheiratet zu bleiben, aufgeben wollte, dann nicht nur aus Bequemlichkeit. Sie verlangte Liebe.

»Jess?«

Sein schottischer Akzent riss sie aus ihrer Träumerei. Sie konnte fast so tun, als seien der schottische Lord Fallin und der walisische Dougal Smythe zwei unterschiedliche Menschen. Das schien der Fall zu sein. Sie konnte sich einfach nicht vorstellen, dass ihr »Ehemann« aus Dorset so gefühllos mit ihr sprach – wie er es auf dem Weg zu Lady Pickering und heute Abend wieder getan hatte.

Sie drehte ihren Kopf und sah ihn an. »Bist du heute Abend hierher gekommen, um mir einen Heiratsantrag zu machen?«

Für eine kurze Sekunde flackerte Überraschung in seinen Augen auf. Hätte er ihr nicht beigebracht, wie man Menschen beobachtet, wäre ihr das vielleicht entgangen. »Du spielst eine Rolle sehr gut«, sagte sie leise. »In der Tat bin ich mir nicht sicher, wer du heute Abend bist.«

Bis auf sein Halstuch, das er sich um den Hals gelegt hatte, war er vollständig bekleidet, als er aufstand. »Ich wäre dein Mann.«

»Aber wer ist das, Dougal? Du befindest dich mitten in einem großen Umbruch. Wie kannst du überhaupt wissen, was du willst? Oder wen? Ich mag eine gute Lösung für ein Problem sein, das zu beheben du trachtest, aber du bist kein Ermittler mehr, der nach Antworten sucht und Situationen löst. So solltest du definitiv nicht vorgehen, um eine Frau für dich zu suchen.« Sie richtete ihr Rückgrat gerade. »Du kennst meine Einstellung zur Ehe. Es sollte dich nicht überraschen, dass ich dich abweisen würde. Unsere Liebschaft hat meine Meinung nicht geändert.«

»Dann wünsche ich dir eine gute Nacht.« Er verbeugte sich vor ihr und verließ ihr Zimmer, um dann die Tür mit einem kam hörbaren Klicken hinter sich zu schließen.

Jess griff nach dem Kissen hinter ihr und schlug mir ihrer Faust in die Mitte. Sie bauschte es auf und lehnte es gegen das Kopfteil des Bettes, um sich dann mit einem tiefen Seufzer dagegen sinken zu lassen.

Was war gerade passiert? Sie hatten eine absolut wundervolle Begegnung gehabt, die er mit seiner Erwähnung der Ehe ruiniert hatte. Das hatte sie veranlasst, auf eine Weise an ihn zu denken, die sie zu vermeiden versucht hatte. Sie hatte kein Problem damit, sich von ihm angezogen zu fühlen, und ihn so zu begehren, um eine Affäre mit ihm fortzusetzen. Sie wollte sich allerdings nicht in ihn verlieben.

Unglücklicherweise fürchtete sie, dass genau das geschehen war.

Warum hatte sie dann nicht ja gesagt, ihn zu heiraten? Weil es nicht den Anschein hatte, dass er ihre Liebe erwiderte. Vor Jahren hatte sie einen Mann heiraten wollen, der sie geliebt hatte, doch ihre Eltern hatten es verboten. Also hatte sie sich geweigert, sich ihren Plänen zu fügen und sich mit einem Mann zufrieden zu geben, den sie guthießen. Sie hatte nicht vor, einen Antrag anzunehmen, den ihre Eltern von Herzen begrüßen würden, selbst wenn sie diesen Mann liebte. *Insbesondere* weil sie ihn liebte, denn er erwiderte ihre Liebe nicht. Das wäre die Verbindung, die ihre Eltern sich wünschten und die sie die ganze Zeit erwartet hatten.

Aber wenn Dougal sie liebte, wäre es die Heirat, die *sie* sich wünschte.

Was wäre, wenn sie sich, um ihren Eltern zu trotzen, etwas derart Wundervolles versagte? Ihre Eltern hatten sie enttäuscht und sie wollte es ihnen heimzahlen. Es war eine absurde Art und Weise so zu leben.

Wenn diese Mission mit Dougal Jess etwas bewiesen hatte, dann war es die Erkenntnis, dass sie sich eine Beziehung, einen Gefährten, einen Ehemann wünschte. Sie wollte Liebe. Sie beneidete Mary und Gil und wenn es eine Chance gab, dass sie haben könnte, was die beiden miteinander verband, würde sie sie ergreifen. Leider traf dies auf Dougals Heiratsantrag nicht zu.

Die Kerze auf ihrem Schreibtisch ging flackernd aus und ließ sie in einer beinahe vollkommenen Finsternis zurück. Die Glut im Ofen gab nicht viel Licht ab. Oder Wärme. Plötzlich war ihr kalt.

Jess verkroch sich unter der Decke, rollte sich auf die Seite und zog die Knie an die Brust. War es wirklich erst kurze Zeit her, dass sie in Dougals Armen gelegen hatte, überflutet von unvergleichlicher Leidenschaft? Offenbar zum letzten Mal. Sie musste denken, dass sie jetzt wirklich fertig waren.

Wie niederschmetternd, wo ihr doch gerade erst bewusst geworden war, wie wunderbar sie zusammen hätten sein können.

Eine Träne rann ihr aus dem Augenwinkel, und sie wischte sie frustriert weg. Sie weigerte sich, wegen ihm zu weinen. Bis zu seinem törichten Heiratsantrag hatte sie noch nicht einmal erkannt, dass sie ihn liebte. Konnte sie nicht wieder in die Zeit zurückkehren, als sie das noch nicht wusste, und ein Dasein als Jungfer ihr Ziel gewesen war? Sie hatte gelernt, sich zu verstellen. Ganz bestimmt konnte sie so tun, als wäre ihre ganze Zeit mit Dougal nur ein Traum gewesen.

Morgen fand der Verlobungsball statt. Sie würde sich mit Lord Gregory unterhalten und mit ihm tanzen, wenn er sie darum bat. Sie würde Sorge dafür tragen, dass er sie niemals wieder aufsuchen und ihr keine weitere Aufmerksamkeit schenken würde. Dann wäre sie frei.

Sie war sich nicht mehr ganz sicher, wovon sie frei wäre.

KAPITEL 20

*D*ougal wäre noch am selben Morgen nach Schottland aufgebrochen, aber nachdem er kurz vor Sonnenaufgang zu Hause angekommen war und sich in einen traumlosen Schlummer getrunken hatte, fühlte er sich nicht imstande zu reisen. Seine Abreise musste also morgen sein.

In der Zwischenzeit begab er sich in sein Arbeitszimmer und verfasste eine Nachricht an Lucien, in der er ihn über seine Abreise informierte und ihm gestand, sich nicht sicher zu sein, wann er wieder in London wäre. Der Gedanke fühlte sich seltsam an. In den letzten vier Jahren war London sein Zuhause gewesen. Und die Jahre zuvor hatte er mit *Black Watch* im Ausland verbracht.

Ihm fielen Jess' Worte ein, als sie erfuhr, dass er im Highland-Regiment gedient hatte. Sie hätte ihn gerne in einem Kilt sehen wollen. Jetzt würde sie nie in den Genuss kommen.

Er unterließ es, an sie zu denken und ließ seine Erinnerung an seine Zeit im Regiment zurückkehren. Daran dachte er selten. Der Krieg gehörte nicht zu den Dingen, die er im

Kopf haben wollte. Es war viel einfacher – und besser – ihn als etwas zu betrachten, das ein anderer erlebt hatte.

Wieder dachte er an Jess. Diesmal besann er sich auf das, was sie ihm gestern Abend gesagt hatte:

»*Aber wer ist das, Dougal? Du befindest dich mitten in einem großen Umbruch. Wie kannst du überhaupt wissen, was du willst? Oder wen? Ich mag eine gute Lösung für ein Problem sein, das du zu beheben trachtest, aber du bist kein Ermittler mehr, der nach Antworten sucht und Situationen löst. So solltest du definitiv nicht vorgehen, um eine Frau für dich zu suchen.*«

Sie hatte ihn in einem Maße durchschaut, das nicht einmal er selbst erkannt hatte. Wenn er zurückblickte, war er viele Menschen gewesen – der eifrige Sohn und Bruder, der junge Bursche, der sich mit seinen Freunden amüsiert hatte, der ernsthafte Soldat, der selbstbewusste Spion. Wer sollte er jetzt sein? Der Erbe, der nicht wusste, was er nach dem Tod seines Vaters unternehmen sollte, wenn er das Erbe der Familie eigenständig verwalten müsste.

Dougal lehnte sich auf seinem Stuhl zurück und richtete den Blick zur Decke des Arbeitszimmers. Er hatte gedacht, es sei ein guter Plan, Jess zu heiraten. Und das nicht nur für ihn, sondern auch für sie. Er hatte sich sehr geirrt. Offenbar hatte sie ihn nur wegen des Liebesaktes gewollt. Das geschah ihm recht, denn das war das Einzige, was er je von Frauen gewollt hatte, und in den letzten Jahren dazu noch sehr selten.

Ganz gleich, was er auch ausprobierte, konnte er nicht aufhören, an sie zu denken. Vielleicht brauchte er mehr Spirituosen. Mit einem frustrierten Schnauben stand er auf und umrundete den Schreibtisch. Dann hielt er kurz inne, als eine vertraute Gestalt durch die Tür trat.

»Pa!« Dougal grinste, als er auf ihn zu eilte.

Malcolm MacNair, der Earl of Stirling, mochte jetzt auf

einen Gehstock angewiesen sein, aber auf Dougal wirkte er immer noch so imposant wie eh und je. Er war groß, hatte dichtes weißes Haar, das einmal kupferfarben gewesen war, und beeindruckend buschige Augenbrauen. Und er betrachtete Dougal mit stechend blaugrünen Augen.

»Vorsichtig, mein Junge«, mahnte er, während er Dougal umarmte.

»Mach ihn nicht kaputt.«

Dougal schaute an seinem Vater vorbei und erblickte den grinsenden Robbie. Dougal war auf der Stelle klar, dass sein Cousin seinen Vater begleitet hatte, wofür er ihm ungemein dankbar war.

Dougal klopfte seinem Vater auf die Schulter und trat einen Schritt zurück. »Du hast Robbie mitgeschleppt?«

»Darauf hatte er beharrt.« Pa kam ins Arbeitszimmer, damit Robbie ebenfalls hereinkommen konnte. Er umarmte Dougal.

»Danke«, flüsterte Dougal seinem Cousin zu, ehe sie sich voneinander lösten. Er wandte sich an seinen Vater und fragte: »Warum bist du den ganzen Weg hierher gekommen? Ich hatte vor, morgen abzureisen.«

Papa winkte mit der Hand. »Ich war ungeduldig. Außerdem war ich schon ewig nicht mehr in London, und ich wollte wenigstens noch einmal kommen, und sei es nur, um mir ein Bild davon zu machen, wie du dich um das Haus gekümmert hast.« Er schaute sich in dem Zimmer um, das eigentlich sein Arbeitszimmer war. »Es passt gut zu dir. Und jetzt kannst du Robbie herumführen.«

Dougal konnte die Verlockung nicht leugnen, die darin lag. »Was ist mit deiner Ausbildung?«

»Ach, Johnson hat Verständnis gehabt. Denk dir nichts dabei. Ich bin so lange hier, wie ihr mich braucht.«

Dougal freute sich, die beiden hier zu haben, und ging zur

Tür. »Ich werde Henderson bitten, eure Zimmer vorzubereiten.«

»Das habe ich schon getan.« Pa schlenderte zu dem Sessel, der immer sein Lieblingssessel gewesen war, wenn er nach London gekommen war, und ließ sich mit einem Schnaufen darin nieder. »Schenk uns einen Whisky ein, bitte.«

»Für mich keinen«, widersprach Robbie. »Ich werde euch beide allein reden lassen.«

Dougal schenkte trotzdem drei Gläser ein und reichte seinem Cousin eines. »Nimm es wenigstens mit.«

Robbie grinste. »Du hast mich überredet. Ich sehe euch später.« Er verließ das Arbeitszimmer und schloss die Tür hinter sich.

Dougal reichte seinem Vater das andere Glas. Pa gab ihm zum Austausch seinen Gehstock und Dougal lehnte ihn seitlich an den Sessel.

Mit einem Lächeln griff Dougal nach seinem eigenen Glas und setzte sich seinem Vater gegenüber. »Ich sitze selten in diesem Sessel.«

»Warum nicht?« Pa nippte an seinem Whisky und schloss in stiller Anerkennung die Augen.

»Es ist albern, aber mir gefällt es, in diesem Sessel zu sitzen und mir vorzustellen, dass du in dem anderen sitzt. Dann unterhalten wir uns.« Das hatte Dougal noch nie jemandem erzählt. Warum sollte er auch?

»Was sage ich?«

Dougal lachte. »Nicht viel, leider.«

»Nun, es ist gut zu wissen, dass du mich genauso vermisst wie ich dich. Manchmal habe ich mich das gefragt.«

»Hast du das?« Dougal fand das überraschend. Er hatte oft geschrieben.

»Seitdem du *Black Watch* verlassen hast, bist du irgendwie

verändert. Ich hatte gedacht, du würdest mehr Zeit zu Hause verbringen. In Schottland, meine ich.«

Pa wusste natürlich nicht, dass Dougal ein Spion gewesen war. Dougal hatte immer nur gesagt, er hätte *Black Watch* verlassen, um einen Auftrag für das Außenministerium auszuführen. Nie hatte er zur Sprache gebracht, dass er weiterhin für das Ministerium tätig war, und auch nicht, um was für einen Auftrag es sich dabei handelte. Glücklicherweise hatte Pa ihm nie Fragen gestellt. Bis jetzt.

»Was meinst du mit verändert?«, fragte Dougal und fühlte sich ein wenig unbehaglich.

»Ich würde fragen, wo sich mein Sohn verborgen hat.« Er beugte sich vor, seine Züge waren von ernster Sorge gezeichnet. »Hat es während des Krieges einen Vorfall gegeben? Hast du in irgendeiner Weise Schaden genommen?«

»Nein.« Dougal konnte sich viele Männer vorstellen, die Schaden davongetragen hatten. Insbesondere Max.

»Warum bist du dann nicht öfter nach Hause gekommen? Und komm mir nicht mit diesem Unsinn über das Reisen.«

Lügen lagen Dougal auf der Zunge, doch er brachte keine davon hervor. Da er mit dem Ministerium abgeschlossen hatte, konnte es nicht schaden, seinem Vater – der nicht mehr lange auf dieser Erde weilen würde – die Wahrheit zu sagen. Tatsächlich bedauerte er plötzlich, ihn nicht schon früher eingeweiht zu haben, und zwar gerade deshalb, weil er Robbie in sein Geheimnis eingeweiht hatte. »Ich habe weiter für das Ministerium gearbeitet. Das konnte ich dir nicht sagen.« Er warf seinem Vater einen äußerst verlegenen und hoffentlich entschuldigenden Blick zu.

»Ach.« Papa lehnte sich zurück und war einen Moment lang still. »Ich kann mir vorstellen, dass du ihnen eine große Hilfe warst. Ich bin stolz auf dich, mein Sohn.«

Emotionen bildeten einen Kloß in Dougals Kehle. Er

bemühte sich, sie hinunterzuschlucken. »Ich danke dir. Das bedeutet mir alles.«

»Ich bin froh, das zu hören. Wirst du das jetzt auch weiterhin tun?«

»Nein. Ich habe meine Stellung aufgegeben.« Dougal bewahrte die Ruhe in seiner Stimme. Er wollte verhindern, dass sein Vater die Schuld für das Ende seiner Karriere auf sich nahm.

Papa schnitt trotzdem eine Grimasse. »Ich würde dich fragen, ob dir das leidtut, aber ich bin mir sicher, dass dem so ist. Nie hast du etwas Halbherziges getan.« Er betrachtete Dougal mit Stolz und Bewunderung. »Immer hast du härter gearbeitet als alle anderen. Ich weiß, dass du wegen deines Aussehens und deiner Abstammung das Gefühl hattest, du müsstest deine Zugehörigkeit unter Beweis stellen. Du weißt hoffentlich, dass das alles nicht nötig war, um meine Liebe zu verdienen. Du hattest sie in dem Moment, als du auf die Welt gekommen bist. Ich habe versprochen, dich wie mein eigenes Kind aufzuziehen, und es war mir eine große Ehre, dies zu tun.«

Lang verborgene Gefühle wallten in Dougals Brust und Geist auf. Er brauchte einen Moment, um sich unter Kontrolle zu bringen. »Du demütigst mich.«

»Wohl kaum. Du bist einer der bescheidensten Menschen, die ich je kennengelernt habe«, entgegnete Da lachend. Ernüchternd fügte er hinzu: »Es tut mir aufrichtig leid, dass ich deine Karriere abgebrochen habe.«

»Du brauchst dich nicht zu entschuldigen. Es ist schon in Ordnung«, meinte Dougal und als er sich auf sein Gespräch mit Max besann, war er seinem Freund dankbar für den Rat, den er von ihm erhalten hatte. »Es ist nicht, was ich geplant hatte, aber ich bin für eine neue Herausforderung bereit. Ich habe darüber nachgedacht, und wäre daran interessiert, bei den Lords zu dienen, falls sich das je ergeben sollte.«

Als er lachte, funkelten Papas Augen vor Freude. »Das ist
mein Junge. Ich werde dafür sorgen, dass die richtigen Leute
davon erfahren. Du wärst ein ausgezeichneter Vertreter für
Schottland.«

Dougal liebte es, wie sein Vater sich immer für seine
Kinder einsetzte. »Du glaubst doch nicht, dass meine ...
Herkunft ein Problem sein könnte? Es ist nicht gerade ein
Geheimnis, dass ich nicht von dir bin.«

»Du gehörst in jeder Hinsicht zu mir, vor allem vor dem
Gesetz.« Papas blaue Augen verengten sich und ein Hauch
von Wut glitzerte darin, wann immer das Thema von
Dougals Vaterschaft aufkam. Was wegen Pas Zorn nicht oft
vorkam. »Das ist längst geklärt, zumindest zu Hause. Ich
dachte, das wäre es auch hier. Wirst du nicht gut behandelt?«

»Doch«, versicherte Dougal ihm. Es gab immer wieder
Blicke und Geflüster, ob die Leute von seiner Abstammung
wussten oder nicht. Er war ein Farbiger in einer Gesellschaft,
in der Farbige, insbesondere solche von seinem Stand,
auffielen.

»Gut. Wenn ich während meiner Anwesenheit etwas
Unpassendes sehe, werde ich es nicht dulden.«

Dessen war sich Dougal absolut sicher. »Heißt das, du
willst nicht sofort nach Schottland zurückkehren?«

»Nein, verdammt. Das ist eine verflucht lange Reise. Du
wirst mich und Robbie herumführen und uns all deine Lieb-
lingsorte zeigen, angefangen bei diesem Phönix Club, in dem
du ein und aus gehst.«

Dougal war sehr froh, dass er gekommen war. »Wir besuchen ihn morgen, wenn du ausgeruht bist. Dienstags ist
ohnehin der beste Abend.«

»Richtig, dann werden die Damen in den Herrenbereich
des Clubs eingeladen?« Pa lächelte, während er sein Glas
erhob. »Wie sich die Dinge geändert haben. Ich bin froh, das
zu erleben.« Kaum hatte er seinen Whisky herunterge-

schluckt, fügte er hinzu: »Aber ich habe Lust, heute Abend einen Ausflug zu machen, nachdem ich eine kurze Ruhepause eingelegt habe. Falls du Pläne hast, werden Robbie und ich dich begleiten.«

Tatsächlich hatte Dougal ursprünglich den Verlobungsball des Marquess of Witney und seiner Verlobten besuchen wollen, weil er wusste, dass Jess dort wäre, um Lord Gregory Blakemore von seiner Werbung um sie abzubringen. Aber nachdem sie ihm gestern Abend eine Absage erteilt hatte, sah er nun keinen Sinn mehr darin, dort hinzugehen. »Eigentlich habe ich keine Pläne.«

Pa verengte die Augen, und zeigte auf Dougal. »Nun.«

Dougal blinzelte und fragte sich, was zum Teufel sein Vater damit meinte. »Wie bitte?«

»Da steckt mehr dahinter, als du gerade verraten hast. Das kann ich hinter deinen Augen erkennen. Als ich dich fragte, wo du dich versteckt hast, ging es nicht nur um deine physische Anwesenheit und dass du nicht zu Hause warst. Wenn du nach Hause kamst, warst du reserviert und verändert. Du warst nicht mehr der ungestüme, offenherzige Junge, der du einst gewesen bist.« Er atmete aus, und es lag ein Hauch von Traurigkeit in diesem Geräusch. »Ich nehme an, du bist erwachsen geworden.«

»Ja.« Der Krieg hatte ihn zwar nicht zerstört, doch er hatte einen Wandel seiner Sichtweise und wahrscheinlich auch seines Benehmens bewirkt.

»Ich nehme darüber hinaus an, dass du die letzten Jahre sehr verschlossen warst. Dich zu verstecken war unerlässlich. Vielleicht gelingt es dir nun, da du damit abgeschlossen hast, hinter der Mauer hervorzukommen.«

Er versteckte sich tatsächlich. Jess hatte zum Teil recht gehabt, als sie behauptete, er kenne sich selbst nicht – dazu hatte er sich keine Gelegenheit gegeben. »Das war mir nicht bewusst, aber du hast recht«, entgegnete er leise.

»Heißt das, wir können endlich über Alistair reden?«

Da war es. Der eindeutigste Hinweis auf Dougals Gewohnheit, Gefühle zu verbergen, und so zu tun, als wären sie keine starke, treibende Kraft – oder sie nicht zuzulassen. »Wir haben uns über ihn unterhalten.« Das stimmte zwar, aber Dougal wusste, worauf sein Vater aus war. Warum zauderte er dann? Weil er weiterhin danach trachtete, sich hinter der Mauer zu verstecken, und das durfte er nicht. Nicht mehr. Nicht bei seinem Vater. Nicht bei Jess. Und schon gar nicht vor sich selbst.

»Ich vermisse ihn«, bemerkte Dougal schlicht. »Ich versuche, nicht an ihn zu denken.«

»Warum?«

»Es quält mich.«

Sein Vater nickte. »Ich möchte hoffen, dass es auch Freude gibt. Das Problem beim Unterdrücken oder Ignorieren von Gefühlen besteht darin, dass man mit dem Schlechten auch das Gute ausschaltet. Das alles ist es wert. Es tut mir weh, zu denken, dass du dir nicht erlaubst, das zu erfahren.«

Dougal verabscheute es, seinem Vater Sorgen zu bereiten. Er hatte genug mit sich selbst zu tun, worüber er sich sorgen musste. »Wie machst du das nur? Wie bringst du es fertig, an Alistair zu denken und dabei nicht deiner Trauer zu erliegen?«

»Das war so und das passiert mir noch immer, wenn auch nicht mehr so oft wie früher. Ich denke an die glücklichen Zeiten, und ich besinne mich darauf, dass Alistair mich nicht traurig sehen wollte. Er würde wollen, dass ich lebe.«

Aber selbst das war in Gefahr. »Das werde ich versuchen.« Dougal sprach in einem tiefen, gequälten Tonfall. »Aber Papa, das alles kann ich nicht und dabei gleichzeitig in Betracht ziehen, dich zu verlieren. Doch das muss ich.«

Da setzte er sich vor und seine Augen beschlugen. »Tu es

nicht. Ich bin hier, und ich habe vor, noch eine Weile hier zu bleiben, ganz gleich, was der Arzt redet. Wir haben jede Menge zusammen zu erledigen.«

Erleichterung überkam Dougal, und zwar nicht, weil sein Vater sich auf wundersame Weise selbst heilen würde, sondern weil dies – das Zulassen seiner Gefühle – sich gut anfühlte. Papa hatte Recht mit dem, was Alistair sich wünschen würde. »Ich erinnere mich an meinen ersten Sturz von einem Pferd«, meinte Dougal. »Ich war sechs, und Alistair kam herbei, um mir aufzuhelfen. Es hat wehgetan und ich weinte, und doch versuchte ich, tapfer zu sein, sobald Alistair kam. Er sagte zu mir, ich solle mich ausweinen, weil es mir dann besser ginge, und damit meine Entschlossenheit zurückkehren würde, wieder auf ein Pferd zu steigen.«

»Grundgütiger, er war acht Jahre, als er dir das erzählte?« Pa lachte leise. »Die Seele des Jungen war sehr alt.«

»Außer wenn es um Frauen ging.« Dougal kicherte. »Er war wie ein Schuljunge mit gelähmter Zunge.«

»Ja, du warst derjenige, der *ihn* an dieser Front mit Ratschlägen unterstützt hat.«

Dougal lächelte, doch dann traf ihn eine Woge von Traurigkeit. Endlich hatte Alistair die richtige Frau gefunden und nun war er verschieden. Als Dougal gänzlich hinter seiner Schutzmauer hervortrat, erkannte er, dass auch er die richtige Frau gefunden hatte.

Außer seinem Vater hatte niemand ihn verstanden, wie Jess ihn verstand. Lag es daran, dass sie so scharfsinnig war? Oder hatte er ihr gegenüber seine Vorsicht auf eine Weise aufgegeben, wie noch nie zuvor? Was auch immer der Grund sein mochte, war sie eine einzigartige Person und er wäre ein Dummkopf, wenn er nicht um sie kämpfen würde. Nicht weil sie eine gute Partnerin war, oder eine ausgezeichnete Viscountess abgeben würde. Weil er sie liebte.

»Hast du wirklich keine Pläne für heute Abend?«, fragte

Pa und unterbrach die glorreiche Flut der Emotionen, die über Dougal hinwegspülte.

»Das hatte ich, doch ich hatte vor, sie fallenzulassen. Du hast mich allerdings zu der Erkenntnis gebracht, dass es ein Fehler wäre, das zu tun. Heute Abend findet ein Ball statt, und dort wird eine Frau sein, die ich dir gern vorstellen möchte.«

Papas Gesicht leuchtete zuerst vor Überraschung und dann vor Freude auf. »Das hatte ich nicht erwartet.«

»Ich ebenfalls nicht. Offensichtlich gibt es aber viele Emotionen, die nur darauf warten, nicht länger von mir versteckt zu werden. Das schließt auch meine Liebe zu ihr ein.« Er blickte seinen Vater an. »Warst du jemals verliebt?«

Pa schmunzelte. »O ja. Ich habe sogar deine Mutter geliebt. Ich weiß allerdings nicht, ob sie diese Emotion ehrlich erwidert hatte. Ich denke, von ihrer Seite könnte es Vernarrtheit gewesen sein.«

»Hast du sie immer geliebt? Das dachte ich nicht, und dass deine Heirat für beide Seiten vorteilhaft war, und ihr Freunde wart.« Dougal und Alistair hatten sich bei mehreren Gelegenheiten darüber unterhalten.

»Es *war* in der Tat vorteilhaft und wir waren Freunde – nachdem wir uns einige Jahre viel gestritten hatten. Dies hatte sich bereits vor deiner Geburt gelegt. Aber andererseits lebten wir natürlich relativ getrennte Leben. Und das sehr glücklich.« Er unterbrach sich und sein Ausdruck wurde resolut. »Das würde ich mir für dich nicht wünschen. Erwidert diese Frau deine Liebe?«

»Ich weiß es nicht.« Dougal zog eine Grimasse, als er sich an das Debakel seines Heiratsantrags vergangene Nacht erinnerte. »Gestern Nacht habe ich sie um ihre Hand gebeten. Vergeblich. Das Schlimmste war, dass sie mich gefragt hat, ob ich mit der Absicht gekommen war, ihr einen Heiratsantrag zu machen. Um ehrlich zu sein, war ich das nicht. Ich habe sie spontan gefragt und es vollkommen verpatzt. Ich würde ihr keinen Vorwurf machen, wenn sie sich in dem Moment von mir entliebt hätte.«

»Das geschieht nicht so schnell«, entgegnete Pa mit einem Lächeln.

»Das ist eine Erleichterung. Ich bin allerdings nicht einmal sicher, ob sie mich überhaupt geliebt hat.«

»Es gibt nur eine Möglichkeit, das herauszufinden, mein Junge.« Pa trank seinen Whisky aus. »Ich werde nach oben gehen und mich ausruhen und dann werden wir diese arme Frau betören, bis sie dich unmöglich abweisen kann. Ich kann mir ohnehin nicht vorstellen, warum sie das tun sollte.«

Pa griff nach seinem Gehstock und stand auf. Dougal machte Anstalten, sich zu erheben, doch Pa bedeutete ihm mit einem Winken, sich erneut zu setzen. »Setz dich und denke über deine Strategie nach. Darin warst du immer gut. Ich kann mir vorstellen, dass das Ministerium genau das an dir geschätzt hat.« Auf seinem Weg hinaus schlug er Dougal aufmunternd auf die Schulter.

»Ich liebe dich, Pa«, rief Dougal, ohne den Kopf zu drehen.

»Ich liebe dich, Dougal.«

Dougal lächelte vor sich hin und fühlte eine ungemeine Dankbarkeit gegenüber dem Mann, der ihn aufgezogen hatte. Wenn er nicht vor Ungeduld den ganzen Weg bis nach London gekommen wäre, könnte Dougal immer noch durch den Morast seiner verkümmerten Emotionen wandern. Nicht verkümmert – begraben. Versteckt. Ignoriert.

Nicht mehr. Er liebte Jessamine Goodfellow und er wollte, dass die ganze Welt davon erfuhr.

∼

*H*ätte Jess den Ball der Ringshalls absagen können, hätte sie es getan, denn sie war außerordentlich müde, nachdem sie in der vorigen Nacht kaum ein Auge zugetan hatte. Aber sie wusste, dass ihre Mutter das niemals dulden würde. Selbst wenn Jess an einer schrecklichen Krankheit litte, würde ihre Mutter sie zu Lord Gregory geschleppt haben.

Auf dem Weg zum Ball war ihr Vater guter Dinge und gesprächig. Nicht, dass er das sonst nicht war, doch Jess konnte sich nicht besinnen, wann er das letzte Mal solche Begeisterung für eine derartige Veranstaltungen gezeigt hatte. Ihr wollte allerdings auch nicht einfallen, wann er sie das letzte Mal zu einem Ball oder einer Feier begleitet hatte. Ihm schien die gespannte Stimmung in der Kutsche nicht aufzufallen – Jess´ Sehnsucht, anderswo zu sein, und die Sorge ihrer Mutter, um einen günstigen Verlauf des Abends.

Und dann war da noch die unterschwellige Melancholie, die Jess jedes bisschen Freude stahl. Sie war bestrebt, nicht an Dougal und seinen unmöglichen Heiratsantrag zu denken. Nein. Sie versuchte nicht an die Tatsache zu denken, dass er sie nicht liebte, während sie hoffnungslos in ihn verliebt war.

Hoffnungslos, denn sie hatte die Hoffnung aufgegeben, dass sich daran etwas ändern ließe. Wahrscheinlich war er bereits auf dem Weg nach Schottland. Das sollte er auch.

Als sie bei den Ringshalls ankamen, verhielt sich Jess so gefügig wie möglich. Sie wollte diesen Abend einfach nur ohne Aufregung hinter sich bringen.

Sobald sie im Ballsaal angekommen waren, machte ihre Mutter sofort Lord Gregory ausfindig. Er stand in der Nähe der Terrassentür und war von einer Gruppe von Frauen umgeben. Er war außerordentlich attraktiv, obwohl er blass wirkte. Sein blondes Haar war kürzer geschnitten, als es der

Mode entsprach, und seine Garderobe bestand beinahe vollständig aus schwarz.

Der arme Mann. Jess verspürte einen Drang, ihn zu retten, doch dann besann sie sich darauf, dass sie sich unsympathisch machen sollte. Vielleicht würde ihn ihr Verhalten verstimmen – sie konnte nicht annehmen, dass ihm die Aufmerksamkeit, die er erregte, nicht willkommen war. Obwohl, seiner stoischen Miene nach zu urteilen, würde sie darauf wetten, dass er eine Gnadenfrist begrüßen würde.

»Schau sie dir an«, meinte ihre Mutter in einem spröden, zynischen Ton. »Aasgeier, der ganze Haufen. Komm mit, Jessamine.«

Jess biss sich auf die Wange, um nicht etwas Ironisches zu erwidern, womit sie ihre Mutter nur aufbringen würde. Was waren sie selbst denn, wenn nicht Aasgeier, als sie sich ebenfalls zum Festschmaus begaben?

Es dauerte ein paar Minuten, bis sie den inneren Kreis erreichten, und Jess hörte, wie alle die gleiche Ausrede benutzten, um ihn zu behelligen – sie bekundeten ihr Beileid und ihren Respekt für den Tod seines Vaters.

Sie sank in einen tieferen Knicks als gewöhnlich. Wenn sie auch nicht von ihm umworben werden wollte, hatte sie großes Mitgefühl mit ihm. »Guten Abend, Lord Gregory. Es ist schön, Sie wiederzusehen.«

»Der Verlust Ihres Vaters tut uns sehr leid«, fügte ihre Mutter hinzu und sank ebenfalls in einen Knicks.

»Mrs. Goodfellow, Miss Goodfellow. Danke, dass Sie gekommen sind, um die Verlobung meines Bruders zu feiern. Dies ist ein freudiger Anlass, aber ich weiß Ihre Anteilnahme zu schätzen.« Er sprach, als hätte er diese Sätze schon dutzende Male wiederholt. Jess war sich sicher, dass dem so war, und sie genau diese Worte gehört hatte, als sie darauf warteten, an die Reihe zu kommen. Er nahm auch keinen

Augenkontakt mit irgendjemanden auf. Er ließ den Blick kurz über jede Person schweifen und verharrte dann irgendwo in der Mitte.

Ihre Mutter stieß Jess mit dem Ellbogen an und raunte: »Sieh zu, dass du ihn allein erwischen kannst.«

Jess drehte sich zu ihrer Mutter um. »Nein. Er scheint nicht hier sein zu wollen.«

»Aber ich weiß aus zuverlässiger Quelle, dass er nach einer Frau Ausschau hält.«

»Heute Abend nicht.« Jess erkannte, dass ihre Mutter nicht kapitulieren wollte. »Bitte, schau dir nur seine Augen an. Er will nicht hier sein.«

Ihre Mutter schniefte. Aber sie rührte sich nicht.

Jess versuchte, ihren Vater ausfindig zu machen, der an der Tür zum Ballsaal zurückgeblieben war, durch die sie hereingekommen waren. Stattdessen sah sie ein überraschendes Gesicht – Dougal. Er war gerade eingetreten, und er war nicht allein. In seiner Begleitung befand sich ein attraktiver, älterer weißhaariger Gentleman und ein junger Farbiger, der aussah, als könnte er ein Verwandter von Dougal sein. Die beiden hatten die gleichen Augen und die gleiche Gesichtsform. Handelte es sich bei ihm um einen der Cousins, die Dougal erwähnt hatte?

Bei Dougals Anblick setzte ihr Herz einen Takt aus, und sie musste sich zurückhalten, um nicht alle umzurennen, die zwischen ihnen standen. Stattdessen beobachtete sie, wie die kleine Gruppe in den Ballsaal schritt und sich mit mehreren Leuten unterhielt.

»Er verabschiedet sich«, meinte ihre Mutter in düsterer Enttäuschung.

Sie meinte natürlich Lord Gregory. Jess riss ihren Blick von Dougal los und wandte sich wieder Mutters Zielobjekt zu. Lord Gregory löste sich aus dem Getümmel um ihn herum. Es dauerte einen Moment, doch dann schlüpfte er durch eine der Türen zur Terrasse hinaus.

So blieben Jess und ihre Mutter inmitten einer Schar enttäuschter Mütter und Töchter zurück. Jess wollte ihm Applaus spenden, weil er einen Ausweg gefunden hatte. Selbst wenn er geneigt war, sich zu vermählen, schien er den Anforderungen des heutigen Abends nicht gewachsen zu sein.

»Liebe Güte, ist das der Earl of Stirling? Er war seit Jahren nicht mehr in London.« Der Kommentar wurde ganz in der Nähe laut, doch Jess konnte nicht sehen, wer es gesagt hatte.

»Es ist regelrecht erschütternd, nicht wahr?« Das sagte eine andere Frau. »Man fragt sich, warum Stirling ihn anerkannt hat.«

Jess wusste nicht, wer so eine Unverschämtheit von sich gegeben hatte, was wahrscheinlich zum Besten war. Niemals würde sie eine Antwort zurückhalten können.

»Ich wusste, dass sein Jüngster – vermutlich ist er jetzt Lord Fallin – nicht sein eigen Fleisch und Blut war, doch es ist schockierend, die beiden Seite an Seite zu sehen.« Dieser Kommentar war von einer Person zu hören, die direkt hinter Jess stand.

Jess drehte sich um und starrte die Frau an, die das gerade gesagt hatte. Sie wusste ganz genau, was die Frau meinte, und sie machte sich nicht die Mühe, ihr Missfallen zu verbergen. »Sagen Sie uns, was daran so schockierend ist.«

»Ich verstehe nicht, wie er akzeptiert worden ist, ganz zu schweigen von toleriert. Sie sind eindeutig nicht Vater und Sohn. Und wer ist der andere Mann bei ihnen?« Sie erkannte nicht, dass Jess' Missfallen sich gegen *sie* richtete und nicht gegen Dougal und seinen Vater.

»Es ist ganz und gar nicht schockierend, Sie unverschämte Harpyie. Ich bezweifele, dass sich irgendjemand für

Ihre Meinung in dieser Angelegenheit interessiert. Jeder kann sehen, dass sie sich eng verbunden fühlen. Ich frage mich, ob Sie von sich und Ihren Kindern dasselbe sagen können?« Jess hatte keine Ahnung, wer die Frau war, aber sie nahm an, dass sie zumindest eine Tochter haben musste, da sie sich in dem Schwarm um Lord Gregory befunden hatte.

Jess wirbelte herum und ging auf Dougal und seine Familie zu.

»Was war das?«, verlangte ihre Mutter zu erfahren.

»Diese schrecklichen Leute haben hässliche Kommentare über Lord Stirling und Lord Fallin abgebeben. Hast du das nicht gehört?« Jess hoffte inständig, dass ihre Mutter nicht zustimmte. Wenn sie das täte, wusste Jess nicht, was sie äußern würde, dass ihre Beziehung nicht für immer ruinieren würde.

»Ich dachte, ich hätte etwas in dieser Richtung vernommen.« Ihre Mutter warf einen wütenden Blick in die Richtung, wo sie gerade eben noch gestanden hatten. »Ich verabscheue boshaften Klatsch.«

»Warum sollten diese Klatschbasen sich für die Einzelheiten einer Vater-Sohn-Beziehung interessieren, die nur die beiden etwas angeht?«, erkundigte Jess sich, deren Empörung immer noch ziemlich feurig war, während sie weiter voranschritt.

»Wohin bist du unterwegs?«

»Ich dachte, ich würde ihnen guten Abend wünschen.«

Ihre Mutter sah überrascht aus. »Du kennst Lord Fallin?«

Beinahe hätte Jess gefragt, wie ihre Mutter hatte vergessen können, dass sie vor vier Jahren mit ihm getanzt hatte, da sie scheinbar jeden Gentleman registrierte, der ihr auch nur einen Hauch von Interesse entgegenbrachte. In diesem Moment wurde ihr jedoch klar, dass sie nicht ganz gerecht war. Vielleicht lag es an der Situation, die sie gerade erlebte, und ihrem Bedürfnis, die Beziehung zwischen einem

Elternteil und seinem Kind zu verteidigen, was sie innehalten ließ. Ihrer Mutter waren Fehler unterlaufen und sie
war eigenwillig, aber letztendlich hatte sie stets das Beste für
Jess im Sinn. Zumindest das, was sie als das Beste für Jess
hielt.

Anstatt noch in der Wunde zu bohren, entgegnete Jess:
»Er war neulich beim Dinner der Wexfords.«

»Tatsächlich?« Mutters Augen leuchteten auf. »Warum
hast du mir das nicht erzählt?« Sie winkte ab. »Unwichtig.
Ich kann es mir gut vorstellen. Du würdest nicht wollen, dass
dich zu etwas ermutige, oder Gott bewahre, mich einmische.
Was für einen Eindruck hast du denn gemacht?«

Jess hätte beinahe gelächelt, aber das hätte zu viel verraten. »Einen guten, denke ich.« Bis zu dem Zeitpunkt, an dem
sie seinen Heiratsantrag abgelehnt hatte. Diesen Teil würde
sie auslassen.

»Dann unterhalten wir uns also mit ihm.« Mit relativer
Mühelosigkeit bahnte Jess' Mutter sich einen Weg durch die
sich auflösende Menschentraube, die Lord Gregory
umgeben hatte. Doch sie war ja auch schon seit Jahren darin
geübt.

Als sie sich Dougal näherten, gerieten Jess' Schritte ins
Stocken. Würde er sie überhaupt sehen wollen? Sie hatte ihn
abgewiesen.

Bedeutete das etwa, sie wollte ihren Standpunkt ändern?
Würde sie seinen Antrag ohne seine Liebe annehmen, nun da
sie sich jetzt bewusst war, dass sie ihn liebte?

Ihr kam der Gedanke, an ihm vorbeizulaufen und den
Ballsaal zu verlassen, doch es war zu spät. Ihre Blicke begeg-
neten sich. Der Mann, der ein Leben voller Geheimnisse und
Täuschungen geführt hatte, trat deutlich zutage. Sein
Ausdruck war freundlich, doch er gab ihr nichts preis.

»Lord Fallin«, begrüßte Jess' Mutter ihn laut und formte
die Lippen dabei zu einem verführerischen Lächeln. »Wir

freuen uns sehr, Sie hier zu treffen.« Sie sorgte dafür, dass Jess direkt vor ihm stand.

Dougal verbeugte sich vor ihr und dann vor Jess. »Erlauben Sie mir, Ihnen meinen Vater, Lord Stirling, und meinen Cousin, Robert Clark, vorzustellen. Vater, Robbie, ich möchte euch Mrs. Goodfellow und Miss Goodfellow vorstellen.«

Jess vollführte einen anmutigen Knicks, und ihre Mutter tat es ihr gleich. »Ich freue mich sehr, Ihre Bekanntschaft zu machen, Mylord.« Sie meinte jedes Wort ernst. Dougals Vater kennenzulernen war eine große Ehre, mit der sie nie gerechnet hatte. »Lord Fallin spricht in den höchsten Tönen von Ihnen.«

»Tatsächlich?« Mit einem leichten Schmunzeln blickte Stirling zu seinem Sohn. »Ich frage mich, warum er mich Ihnen gegenüber erwähnt hat.« Sein Blick bekam etwas Prüfendes, als würde er ein Rätsel lösen.

»Das ist die Lady, von der ich sprach«, erklärte Dougal.

Robbies Augen funkelten, als er Jess' Blick erwiderte. »Guten Tag, Miss Goodfellow. Sie müssen einen erstaunlich guten Charakter haben, um Dougal hier zu ertragen.«

Dougal verdrehte die Augen, und Jess konnte die innige Kameradschaft zwischen den beiden Männern spüren. Es gab so vieles, was sie Dougal über die Familie fragen wollte, die er kaum zur Sprache gebracht hatte. Er hatte ihr viel verheimlicht, wie ihr klar wurde. War das Absicht, oder lag es daran, dass er diese Dinge vor allen verbarg? Sie tippte auf Letzteres.

Jess' Mutter berührte sie am Unterarm. »Das klingt alles sehr vielversprechend.« Die Begeisterung in ihrem Tonfall war mit Händen zu greifen. Jess hoffte nur, sie würde nicht vor Aufregung platzen.

Gleichzeitig konnte Jess allerdings nicht anders, als sich darüber zu freuen, dass Dougal seiner Familie von ihr erzählt hatte. Sie machte den Mund auf, um zum Ausdruck zu bringen, wie hocherfreut und geschmeichelt sie war, doch sie wurde durch eine höchst unpassende Ankunft unterbrochen.

»Könnten das die Smythes sein?«

Im selben Moment drehten Jess und Dougal die Köpfe. Dort, in einem Londoner Ballsaal, standen die *Chesmores*.

Gil hatte gesprochen, seine blauen Augen waren vor Schreck geweitet. Mary wirkte ebenso fassungslos, ihr Mund stand offen, als sie Jess und Dougal anstarrte. Wie es sich für Mary gehörte, erholte sie sich schnell mit einem strahlenden Lächeln. »Es sind die Smythes! Meine Güte, fast hätte ich Sie nicht erkannt. Ihr Haar sieht so verändert aus.« Sie richtete ihre Aufmerksamkeit auf Dougal. »Und Sie tragen Ihre Brille nicht.«

»Wer in aller Welt sind die Smythes?«, erkundigte Jess' Mutter sich. Sie starrte die Chesmores an, als wären sie mythische Meeresungeheuer.

»Unsere sehr lieben Freunde«, antwortete Mary.

Gil lächelte ebenfalls, aber seine Ausgelassenheit schwand, und seine Stirn legte sich in Falten. »Vielleicht sind es doch nicht die Smythes, mein Schwänlein«, meinte er leise und nahm seine Frau sanft beim Arm. »Wir haben uns wohl geirrt.«

»Das haben wir natürlich nicht. Ich sehe, dass sie etwas anders aussehen, aber das sind die Leute, die gegen uns ermittelt haben.«

Das Wort ‚ermittelt' traf wie ein Stein auf Jess' Gehör. Aus dem Augenwinkel bekam sie mit, dass der Earl Dougal etwas zuraunte. Wusste er etwas? Hatte Dougal ihm etwas über sein geheimes Leben erzählt?

Jess' Mutter warf sich in ihre – beachtliche – Brust. »Ich weiß nicht, für wen Sie meine Tochter halten, aber sie ist Miss Jessamine Goodfellow. Und dies ist Lord Fallin und sein Vater, der *Earl of Stirling*. Sie irren sich beträchtlich, wenn Sie glauben, dass diese beiden Personen irgendjemand namens Smythe sind, oder Sie ihnen früher schon einmal begegnet sind.«

Und dann war da Jess' Vater, der direkt hinter Mary stand. Er kam dichter heran, um zu hören, was los war. Wie auch viele – sehr viele – andere Gäste. Nun bildeten sie den Mittelpunkt einer Menge, die noch größer als diejenige war, die den armen Lord Gregory umgeben hatte.

»Ich verstehe nicht«, brachte Mary hervor und wirkte dabei sehr verwirrt. »Wie können sie nicht die Smythes sein? Ich würde meine Freunde überall erkennen – und sie haben die gleichen Taufnamen. Wie viele Jessamines kennen wir? Genau eine.« Sie blickte Dougal an. »Ist Ihr Name nicht Dougal?«

Dougals Augen begegneten Jess'. Er nickte ihr unmerklich zu und formte still die Worte *Es tut mir leid*.

Gil zog Mary ganz nah zu sich und flüsterte ihr etwas ins Ohr. Sie schnappte nach Luft und schlug sich die Hand vor den Mund.

»Wie kann sie eure Namen kennen?«, fragte Jess' Mutter mit deutlichem Nachdruck. »Warum glaubt sie, dass du mit Fallin verheiratet bist?«

Mary fasste Jess an der Hand. »Es tut mir so leid. Ich habe das nicht erkannt. Und dann sind Sie noch nicht einmal wirklich verheiratet.«

»Komm mit mir, mein Kätzchen«, meinte Gil mit einem gezwungenen Lachen. »Lass uns deine Cousine suchen, damit wir ihr unsere Glückwünsche zu ihrer Verlobung aussprechen können.« Das erklärte, warum sie hier waren.

Jess sah dem Paar nach, als es davonging, und wünschte, sie könnte mit den beiden entkommen.

»Verheiratet?« Jemand hatte das Wort sehr laut ausgesprochen, doch Jess hatte keine Ahnung, wer das gewesen war.

Das Getuschel nahm bereits an Lautstärke zu und breitete sich im Ballsaal aus.

Jess' Vater kam auf sie zu und rückte nahe genug, um in einem leisen, aber durchaus wütenden Ton zu sprechen. »Kann mir bitte jemand erklären, was zum Teufel hier los ist? Warum haben diese Leute geglaubt, dass ihr die Smythes seid und dass ihr *verheiratet* seid?«

In ihrer Verzweiflung darüber, dass dies der größte Skandal des Jahres würde – und diese Möglichkeit bestand durchaus immer noch –, drehte sich Jess zu ihrem Vater um. »Das ist eine lange und komplizierte Erklärung, Papa. Das Wichtigste ist allerdings, dass Lord Fallin und ich verlobt sind. Er wollte heute Abend mit dir sprechen.«

Ihre Mutter würde diesen Unsinn wahrscheinlich sofort durchschauen, aber etwas Besseres fiel Jess im Moment nicht ein. Sie hoffte nur, dass Dougal sich darauf einlassen würde. Falls er es sich anders überlegt hatte und sie nicht heiraten wollte, konnte er später absagen, und das wäre zwar immer noch ein Skandal, aber wenigstens würde er in einem weniger öffentlichen Rahmen stattfinden. Dann würde Jess zu einer unverheirateten Jungfer werden und alle würden sie vergessen. Als Viscount könnte er anschließend nach einer Frau Ausschau halten, die er liebte, und sie heiraten, ohne dass sich jemand dafür interessierte, dass er einmal im Mittelpunkt eines großen Debakels gestanden hatte.

O Gott, was hatte sie getan? Vielleicht wäre es besser gewesen, sich wegzuschleichen, als seine Zurückweisung aushalten zu müssen.

Sie fürchtete sich davor, Dougal anzusehen, doch sie wagte es trotzdem. Wieder einmal war er undurchschaubar. Er widersprach ihr jedoch in keiner Weise.

Ein Gentleman trat näher zu ihnen heran. »Habe ich richtig gehört, dass Sie verlobt sind?«, erkundigte er sich. Entweder war er sich seiner Unhöflichkeit nicht bewusst oder es kümmerte ihn nicht, dass er sich in ihr Gespräch einmischte. Sein Blick wanderte zu Robbie. »Und wer ist das?«

Dougal wandte sich dem Mann zu und seine Züge waren dabei hart und undurchdringlich. »Sie stecken Ihre Nase in Dinge, die Sie nichts angehen.«

Der Earl stützte sich auf seinen Spazierstock. »Suchen wir uns einen diskreteren Ort, um uns zu unterhalten, bitte?«

»Ja, das werden wir tun«, entgegnete Jess´ Vater knapp. Er bot ihr seinen Arm an, und da sie ihn noch nie in ihrem Leben so wütend gesehen hatte, nahm sie ihn ohne zu fragen an.

Als sie den Ballsaal verließen, bemühte sie sich, die Blicke und das Getuschel zu ignorieren, aber vor allem hoffte sie, dass Dougal es verstehen würde.

KAPITEL 21

Dougal schäumte vor Wut, als sie den Ballsaal verließen. Er hatte das Geflüster gehört und den Schock auf den Gesichtern der Umstehenden gesehen, die sich in ihre Richtung drehten. War es wegen Marys Worten? Oder lag es daran, dass er ein farbiger Mann war, der es wagte, eine weiße Frau zu heiraten? Konnte es eventuell beides sein?

»Versuche, tief Luft zu holen«, flüsterte Robbie ihm zu und trat an seine Seite, als sie weitergingen.

»Das tue ich.«

»Du siehst aus, als würdest du im nächsten Augenblick einem armen Teufel den Kopf von den Schultern reißen. Das ist wahrscheinlich nicht der beste Eindruck, wenn du Miss Goodfellows Vater davon überzeugen willst, dir zu erlauben, seine Tochter zu heiraten.«

Dougal lockerte die Schultern, was allerdings wenig dazu beitrug, seine Anspannung zu lindern. Hatte Jess tatsächlich ihre Meinung über die Heirat mit ihm geändert, oder versuchte sie nur, den Schaden in Grenzen zu halten?

Mit Jess am Arm führte Goodfellow sie aus dem Ballsaal

und er blieb erst stehen, als sie in einiger Entfernung ein kleines Wohnzimmer fanden. Er wollte vermutlich so weit es ging, von neugierigen Augen und Ohren entfernt sein. Dougal konnte es ihm nicht verdenken. Er konnte sich kein verhängnisvolleres Spektakel vorstellen als dasjenige, das sich gerade ereignet hatte.

Nicht nur, dass Jess und er nun im Mittelpunkt eines ungeheuerlichen Skandals standen, sondern sie liefen auch Gefahr, als eine Art geheime Ermittler entlarvt zu werden. Die Spekulationen würden ins Unendliche wuchern, und das Außenministerium würde sich von ihnen distanzieren. Was sie auch tun sollten. Wenn Dougals Karriere nicht schon am Ende war, dann jetzt.

Am liebsten würde er Jess weit fort von hier bringen, damit sie unter vier Augen reden konnten. Er verstand vollkommen, warum sie gesagt hatte, sie seien verlobt. Was hätte sie in dieser Situation sonst tun können? Da sie ihn bereits abgewiesen hatte, kombinierte er, dass sie nicht wirklich beabsichtigte, ihn zu heiraten.

Papa betrat das Wohnzimmer vor Dougal, und Robbie schloss die Tür hinter allen. Dougals Vater schritt zu Goodfellow und reichte ihm die Hand. »Ich freue mich, Ihre Tochter und Sie alle in unserer Familie willkommen zu heißen.«

Dougal war so ungemein dankbar für die Anwesenheit seines Vaters. Er würde eine beruhigende Wirkung haben, und wenn ein Earl sprach, hörten die Leute in der Regel einfach zu.

»Ihre Familie«, entgegnete Goodfellow und ließ seinen Blick von Pa über Dougal zu Robbie wandern. »Und wer ist dieser junge Mann?«

»Mein Cousin«, antwortete Dougal mit fester Stimme. Ihm war klar, dass die Anerkennung von Robbie als Mitglied seiner Familie auch die Anerkennung bedeutete, dass er nicht das Blut seines Vaters geerbt haben konnte – als ob das jemals in Frage gestanden hätte. Sich allerdings öffentlich zu seiner schwarzen Familie zu bekennen, war eine Sache, die er noch nie hatte tun müssen – zumindest in London nicht – und zum ersten Mal fühlte Dougal sich bloßgestellt. Das von ihm lange Zeit geführte Doppelleben zerbröckelte, und er erkannte – endlich –, dass dies nur wenig mit seiner Arbeit für das Ministerium zu tun hatte.

Nein, er hatte Jahre damit zugebracht, dem Ideal eines weißen Adelssohns gerecht zu werden. Das *war* er zwar auch, aber er war auch ein farbiger Cousin und Neffe von guten, hart arbeitenden Menschen. Er wollte beides sein und mit weniger würde er sich nicht zufrieden geben.

Goodfellow stand Dougal gegenüber, und seine dunklen Augenbrauen lagen tief über seinen hellblauen Augen. Sein elfenbeinfarbenes Gesicht war mit roten Flecken übersät. Dougal brauchte den Mann nicht zu kennen, um zu sehen, dass er wütend war. »Ich bin äußerst enttäuscht über diesen Vorfall hier. Ich erwarte eine ausführliche Erklärung.«

»Die werde ich dir liefern, Papa«, versprach Jess neben ihm. Sie hatte ihre Hand von seinem Arm genommen und hielt die Hände nun fest vor sich verschränkt. »Es ist ganz allein meine Schuld. Ich habe darauf bestanden, dass Dougal und ich Zeit miteinander verbringen – allein –, ehe ich seinen Antrag annehme. Ich wollte sicher sein, dass wir zusammenpassen.«

Mrs. Goodfellow wurde feuerrot im Gesicht. »Du hast *was?*«

»Ich wollte sicher sein, nachdem ich all die Jahre nicht hatte heiraten wollen«, erklärte Jess. »Was glaubst du, warum ich das so lange vermieden habe?« Dougal wusste, dass sie ihrer Mutter nichts als Unfug erzählte und lobte ihre schnelle Auffassungsgabe aus vollem Herzen. Sie würde noch eine ausgezeichnete Spionin werden. Oder das wäre sie geworden, wenn sie nicht aufgeflogen wäre.

»Ich dachte, du wolltest mich nur ärgern«, entgegnete ihre Mutter, als sie die Sache verstanden hatte. »Willst du damit sagen, dass du mit ihm nach Hampshire gefahren bist und nicht mit Lady Pickering? Ich muss ein strenges Gespräch mit ihr führen, weil sie das zugelassen hat!«

»Du wirst niemandem außer mir die Schuld geben, Mutter. Das war allein mein Werk. Dougal war so freundlich, mir meinen Willen zu lassen.«

»Er wird einer Schuldzuweisung nicht entkommen«, meinte Goodfellow düster und richtete seine Aufmerksamkeit erneut auf Dougal. »Sie sind mit meiner Tochter durchgebrannt, ohne wenigstens einen Ehevertrag zu haben. Das ist untragbar.«

»Das verstehe ich, und ich wäre ebenfalls wütend«, meinte Pa, ehe Dougal etwas erwidern konnte.

Dougal knirschte mit den Zähnen. »Darf ich bitte etwas sagen?« Er wartete eine Erlaubnis der anderen nicht ab. »Das war *unsere* Entscheidung. Lady Pickering hatte nichts damit zu tun.« Er ging zu Jess, legte den Arm um sie und spürte sofort, wie sie sich versteifte. Er versuchte, nicht zu viel hineinzuinterpretieren, doch er konnte sich nicht vorstellen, dass dies für ihre wirkliche Zukunft etwas Gutes bedeutete.

»Es führt zu nichts, auf dem Geschehenen herumzureiten«, erklärte Pa ruhig. »Ich denke, wir sind uns alle einig, dass unsere Kinder die Dinge anders hätten handhaben können, doch das haben sie nicht getan, und jetzt müssen wir den Schaden in Grenzen halten. Deshalb werde ich eine Sondergenehmigung für ihre morgige Hochzeit einholen.«

Goodfellow blickte vom Earl zu Dougal und wieder zurück, und in seinen Augen zeichneten sich Zweifel ab. »Er ist wirklich Ihr Sohn?«

Dougal tat es leid, ihn das fragen zu hören, doch er war

nicht überrascht. Noch mehr tat es ihm leid, dass Pa es hören musste, denn er würde in Erwägung ziehen, den armen Mann herauszufordern.

Papas Augen funkelten vor Empörung. »Natürlich ist er das. Warum stellen Sie mich in Frage?«

Goodfellow besaß die Intelligenz, den Blick abzuwenden, und die Flecken verblassten aus seinem Gesicht. »Das wollte ich nicht«, murmelte er. »Er sagte, Clark sei sein Cousin, und wie kann das sein, da ich doch weiß, dass seine Mutter ...« Der Mann drückte seine Lippen zusammen, bis sie weiß waren – eine gute Entscheidung angesichts der Wut, die in Dougals Vater brodelte. »Bitte nehmen Sie meine Entschuldigung an«, fügte er leise hinzu.

»Die Stimmung ist bemerkenswert hitzig«, stellte Robbie mit einem friedlichen Lächeln fest. »Wir alle sollten einen Moment innehalten. Hier gibt es etwas zu feiern, zweifellos.«

»Ja.« Dougal neigte den Kopf in Jess' Richtung. »Ist es nicht so, mein Kolibri?« Er spürte, wie sie sich entspannte, und erspähte den leichten Anflug eines Lächelns. Hoffnung keimte in seiner Brust auf.

Robbie fuhr fort: »Was die beiden getan haben, mag nicht traditionell gewesen sein, aber sie haben es am Ende geschafft.«

Mrs. Goodfellow wirkte noch immer erbost. »Was hat diese Frau mit der Ermittlung gemeint?«

»Das habe ich nicht gehört«, flunkerte Dougal. Er wollte dieses Thema wirklich nicht erörtern. Es war das Beste, wenn alle spekulierten und darauf zu hoffen, dass sie irgendwann zu dem Schluss kamen, Mary falsch verstanden zu haben.

Wieder spannte Jess sich neben ihm an, und Pa warf Dougal einen leicht amüsierten Blick zu.

»Ja, feiern wir diese glückliche Verbindung«, verkündete Pa. »Hat jemand etwas dagegen, dass ich eine Sondergenehmigung einhole? Ich denke, je eher sie heiraten, desto schneller wird sich das Gerede legen. Dies wird zu einer Geschichte über wahre Liebe und die Kunst der Romantik werden, die sicherlich oft wiederholt werden wird.«

Dougal wollte seinen Vater umarmen – und Robbie. Später würde er genau das tun. »Ich habe keine Einwände. Ich bin sogar ganz begierig auf eine Heirat.« Das meinte er ernst. Er wünschte nur, er könnte Jess sagen, dass er sie liebte – unter vier Augen – und ihr einen zweiten, viel schöneren Heiratsantrag machen, als er es gestern Abend getan hatte. »Wenn ihr uns alle entschuldigen würdet, würde ich gerne einen Moment mit meiner Braut …«

»Auf keinen Fall«, widersprach Goodfellow mit einem festen Kopfschütteln. »Ihr könnt nach der Zeremonie für euch sein, und keinen Augenblick vorher. Zumindest nicht mehr, als ihr das bereits gewesen seid.«

»Das ist wahrscheinlich das Beste«, stimmte Pa zu.

Dougal wollte widersprechen. Er fing offen gestanden an, sich darüber aufzuregen, dass diese ganze Situation völlig außerhalb seiner Kontrolle zu liegen schien. Nicht, dass er enttäuscht gewesen wäre, denn das Ergebnis entsprach genau seinem Wunsch. Er hoffte nur, es entsprach auch Jess' Wunsch. Im Moment konnte er das nicht wissen, und das nagte an ihm wie nichts anderes je zuvor. Das galt auch für alles, in Verbindung mit dem Außenministerium. Daher wusste er seiner Vermutung nach, dass er sie liebte – sie war zum Hauptpunkt seines Lebens geworden. Alles andere verblasste neben ihr.

»Bitte seien Sie nicht so hart zu ihr.« Dougal wollte nicht, dass Jess mit ihnen nach Hause ging, aus Angst, dass sie sie ausschimpfen würden.

»Das werden wir nicht«, erklärte ihre Mutter, womit sie Dougal überraschte, und scheinbar auch Jess, denn sie zuckte neben ihm zusammen. »Unsere Tochter wird einen Viscount heiraten. Ich denke, das ist ein Anlass für eine große Feier, wenn der Weg dahin auch ein wenig … holprig war.« Die Furchen auf ihrer Stirn verschwanden, und sie lächelte Jess tatsächlich an.

Jess entspannte sich wieder. »Danke, Mutter«, meinte sie leise.

»Wir sollten uns hinausstehlen«, schlug Goodfellow vor. »Ich habe keine Lust, in den Ballsaal zurückzukehren. Komm, Jessamine.« Er ging zur Tür.

»Wir sprechen bei Ihnen vor, sobald wie die Sondergenehmigung haben«, meinte Pa zum Abschied.

Goodfellow nickte, und dann hielt er die Tür für seine Frau und seine Tochter auf.

Jessamine schaute zu Dougal zurück, doch er wusste nicht, was sie sich dachte. Ihr Gesicht war ein Durcheinander von Emotionen und er wollte nichts anderes tun, als sie wegzuwischen.

Bald.

Die Tür fiel ins Schloss und Pa stieß die Luft aus. »Nun, das war aufregend.«

»So kann man es auch sagen«, brummte Dougal. Er wischte sich mit der Hand über die Augenbrauen.

»Sie ist ganz entzückend – dein … Kolibri, nicht wahr?«

Robbie kicherte und Dougal brachte ein Lachen zustande.

»Das war ein Scherz zwischen uns«, erklärte Dougal. »Das Paar aus dem Ballsaal – die Chesmores – wir haben in Dorset gegen sie ermittelt. So haben Jess und ich uns kennengelernt. Wir wurden mit der Aufgabe betraut, uns als Eheleute auszugeben, damit wir feststellen konnten, ob die Chesmores Spione sind.« Dougal massierte seine Schläfe. »Ihr beide solltet einfach vergessen, was ich gerade gesagt habe.«

»An manch einem Morgen vergesse ich, wer ich bin«, entgegnete Pa gelassen.

Dougal schaute ihn entsetzt an. Stand es schon so schlimm um ihn? »Meinst du das ernst?«

»Nein.« Pa lachte ein bisschen zu heftig und Robbie versuchte – vergeblich – seine Belustigung zu unterdrücken. »Du hättest dein Gesicht sehen sollen. Es war ein Scherz Dougal.« Er nahm sich einen Moment Zeit, um seine Fassung wiederzuerlangen. »Ich bitte dich um Entschuldigung. Das war ein überaus anstrengender Abend. Sei versichert, dass deine Geheimnisse auch unsere Geheimnisse sind.« Pa schaute zu Robbie, der zur Antwort nickte. »Ich weiß, dass dies nicht so abgelaufen ist, wie du es dir erhofft hast, aber das Endresultat ist das, was du dir wünschst.«

»Das ist es. Ich hoffe nur, dass sie es auch will. Sie war sehr aufgewühlt. Es ist möglich, dass sie mit dem erstbesten Gedanken herausgeplatzt ist, der ihr in den Sinn gekommen war, und sie nicht wirklich heiraten will.«

»Warum glaubst du das?«, fragte Robbie.

»Weil das seit langem ihre Absicht ist. Sie hat mehrere Saisons damit verbracht, eine Eheschließung zu umgehen und sie freut sich auf ihr Dasein als Jungfer. Sie könnte es möglicherweise vorziehen, die Sache abzusagen und still ihrer Zukunft entgegenzusehen. Allein.«

»Du sagst, ihr hättet so getan, als ob ihr verheiratet seid«, meinte Pa. »Du hast sicherlich eine Vorstellung davon, ob ihr zusammenpasst.«

»Ich denke, das tun wir.«

Pa nickte ihm aufmunternd zu. »Dann wirst du sie überzeugen. Vielleicht solltest du versuchen, sie allein zu sprechen.«

»Du liest meine Gedanken, Pa.«

Robbie legte den Kopf schief. »Dougal, warum hast du mich als deinen Cousin vorgestellt?«

»Weil du das bist. Hätte ich das nicht tun sollen?«

Es war Pa, der auf die Frage antwortete. »Natürlich solltest du das.«

Dougal holte tief Luft. »Heute Abend in diesem Ballsaal habe ich etwas erkannt. Ich habe so gut wie mein ganzes Leben eine Maskerade gespielt. Ich habe viele Rollen gespielt und neige dazu, sie auseinanderzuhalten. Das möchte ich nicht mehr.«

»Und das solltest du auch nicht«, meinte Pa leise. »Es tut mir leid, dass du dafür eine Notwendigkeit gesehen hast.«

»Ich weiß nicht, ob das bewusst geschehen ist«, erklärte Dougal. »Aber jetzt, da ich es erkenne, kann ich so nicht weitermachen.«

Robbie lächelte. »Amen, Dougal.«

Papa sah ihn mit sichtlichem Stolz an. »Ich habe dich gut erzogen, mein Junge.«

Dougal ging zu ihm und umarmte ihn innig. »Ich danke dir für alles, was du gesagt hast, und vor allem für deine beruhigende Gegenwart.« Dann umarmte er Robbie. »Und danke, dass du hier bist. Ich hoffe, du stehst zu mir, wenn ich Jess heirate – vorausgesetzt, sie will es wirklich darauf ankommen lassen.«

»Das wird sie«, bekräftigte Robbie und klopfte Dougal auf den Rücken, bevor sie sich trennten. »Du bist beinahe unwiderstehlich. Zumindest warst du das, als wir jünger waren. Erinnerst du dich an Sorcha …«

»Das reicht, Robbie«, warnte Dougal lachend und warf einen nervösen Blick in Richtung seines Vaters, der mit einem leichten Lächeln den Kopf schüttelte.

Der Vater gestikulierte in Richtung der Tür. »Ergreifen wir die Flucht, ehe wir entdeckt und endlos verfolgt werden.« Als sie sich auf den Weg nach draußen machten, fragte er: »Hast du gesagt, ich sei beruhigend?«

»Das hat er«, antwortete Robbie.

»Ich weiß nicht, ob das stimmt, aber manchmal hat es seine Vorteile, ein Earl zu sein. Das wirst du noch früh genug herausfinden, Dougal.«

Nicht zu früh, hoffte Dougal.

~

arum war er noch nicht hier?

Jess schritt in ihrem Schlafzimmer auf und ab und schaute dabei auf die Uhr. Es war genau fünf Minuten her, seit sie das letzte Mal nachgesehen hatte. Er sollte ganz bestimmt schon hier sein. Es war fast zwei, und sie waren schon seit Stunden zu Hause.

Zum Glück war ihr Vater ohne ein Wort direkt in sein Arbeitszimmer gegangen. Jess' schlechtes Gewissen bedrückte sie, als hätte sie ihn enttäuscht. Das hatte sie nämlich. Welche junge Frau verließ schon heimlich die Stadt, um herauszufinden, ob sie und ihr potenzieller Ehemann zusammenpassten?

Nicht Jessamine. Aber sie konnte ihnen nicht die Wahrheit sagen, ohne preiszugeben, was niemals zu verraten sie sich geschworen hatte.

Ihre Mutter hingegen hatte beinahe ununterbrochen geredet, seit sie das Haus der Ringshalls verlassen hatten. Zuerst hatte sie wissen wollen, warum Jess ihr erlaubt hatte, um Lord Gregory zu werben, anstatt ihr von Dougal zu erzählen. Jess hatte lapidar geantwortet, sie hätte nur einem Streit aus dem Wege gehen wollen, insbesondere, weil sie wusste, dass ihre Verlobung mit Dougal unmittelbar bevorstand.

Das war das einzige Mal gewesen, dass ihr Vater auf dem Heimweg gesprochen hatte. Er hatte bemerkt, dies sei nur einer von vielen Fehlern gewesen. Mutter hatte ihn zur Vernunft gebracht und gesagt, sie müssten sich auf die

Zukunft konzentrieren, wenn Jess eine Viscountess werden würde! Und eines Tages eine Countess! Wäre das nicht wunderbar?

Falls die Hochzeit nicht stattfand – und Jess war nicht sicher, ob sie stattfände –, würde ihre Mutter untröstlich sein.

Vielleicht kam er ja gar nicht. Wenigstens konnte sie dann die Kerze für Torrance ins Fenster stellen. In der Nacht zuvor hatte sie das nicht getan. Sie war nicht nur zu erschöpft gewesen, nachdem Dougal gegangen war, sondern sie hatte auch gedacht, es sei zu spät. Auch heute Abend hatte sie nichts unternommen, da sie auf Dougal wartete. Sie hatte keine Ahnung, was passieren würde, sobald sie das Signal gesetzt hatte. Würde Torrance vor ihrer Tür stehen, wie Dougal es getan hatte? Oder würde er sie bei Tageslicht kontaktieren? Sie wusste es nicht und das irritierte sie. Das war ein weiterer Grund, warum sie sich nicht sicher war, ob sie eine gute Kandidatin für die Arbeit im Ministerium war. Es gefiel ihr nicht, im Unklaren zu sein, über was sie erwartete.

Endlich hörte sie ein Knarren vor ihrer Tür. Sie wusste genau, wohin Dougal getreten war, um dieses Geräusch zu verursachen.

Sie beeilte sich und öffnete die Tür, bevor er sie öffnen konnte. »Ich hatte schon befürchtet, du würdest nicht kommen.«

Er ging an ihr vorbei, und sie drückte die Tür zu. Als sie sich umdrehte, sah sie, dass er nicht mehr die Kleidung trug, die er im Ballsaal angehabt hatte. Ein Jammer, denn er hatte in seiner beeindruckend gestärkten Krawatte und der bestickten smaragdfarbenen Weste ungemein gut ausgesehen.

»Du hast deine Kleidung gewechselt.« Das hatte sie nicht laut sagen wollen. Es war vollkommen unbedeutend.

»Das hast du auch.« Sein Blick schweifte mit einem Feuer über sie hinweg, das jeden Teil von ihr durchdrang. Plötzlich war sie nicht im Entferntesten daran interessiert, über irgendetwas zu reden, und schon gar nicht über ihre Kleidung.

Ihre Blicke trafen sich, und sie erkannte, dass ihre Erregung sich in seinem widergespiegelte. Rasch traten sie aufeinander zu und hielten sich umklammert, während sich ihre Münder in einem verzweifelten, schwärmerischen Kuss verbanden. Nur das wollte sie – diese unwiderstehliche Anziehungskraft, der sich keiner von ihnen entziehen konnte.

Er streifte seinen Frack ab, während sie ihn rückwärts zu der gepolsterten Bank am Fußende ihres Bettes führte. Als er über das Kleidungsstück stolperte, fiel er zurück auf die Bank und unterbrach ihren Kuss. Jess hob ihren Morgenrock an, spreizte sich über ihn und stützte ihre Knie zu beide Seiten seiner Hüften auf. Er umklammerte ihre Taille, während sie ihren Mund tiefer sinken ließ, um sich mit seinem zu einem sengenden Kuss zu verbinden.

Als sie sich hinabbeugte, spürte sie seinen steifen Schwanz an ihrem Geschlecht und nur seine Kleidung trennte sie. Noch ehe sie Abhilfe schaffen konnte, knöpfte er seine Hose mit einer Hand auf. Ihre Lust durchzuckte sie wie ein Blitz den dunklen Nachthimmel.

Sie legte ihre Hand um seinen Hinterkopf und küsste ihn leidenschaftlich, während er seinen Schaft in sie einführte. Dann stieß er fest und schnell zu, während sie in seinen Mund keuchte. Gleich darauf zog er an ihrem Morgenmantel, bis die Vorderseite aufklaffte und er ihn rücksichtslos von ihren Schultern schob. Seine Hand kehrte zu ihrer Taille zurück und drückte sie durch den Stoff ihres Nachthemdes, während die andere ihre Brust umfasste.

Sie wurde von ihren Empfindungen überwältigt,

während sie darum kämpfte, die Kontrolle zu behalten. Noch wollte sie sich nicht in die Vergessenheit stürzen, aber sie war ganz kurz davor. Er unterbrach ihren Kuss, legte seinen Mund auf ihre Brust und saugte durch das Nachthemd hindurch daran. Sie schrie auf und schlug sich mit der Hand vor den Mund, ehe sie den ganzen Haushalt aufweckte.

Verzweifelt sehnte sie sich nach Erlösung und da sie wusste, dass diese so nahe war, packte sie ihn an den Schultern und ritt ihn mit wilder Präzision. Er schob die Hände unter ihr Nachthemd, umfasste ihre Hüften und dirigierte sie, während er sich erhob und sie mit langen, schnellen Stößen in sie drang. Er grub die Fingerspitzen in ihren Hintern, massierte und manipulierte sie so, dass sie sich ihm gegenüber einladender fühlte als je zuvor.

Die Lust, die sie durchströmte, erreichte ein schnelles und erschütterndes Crescendo, als sie zum Höhepunkt kam. »Verlass mich nicht«, brachte sie mit Müh und Not röchelnd an seinem Ohr hervor.

Um ihrer Forderung Nachdruck zu verleihen, umklammerte sie ihn fester und drückte stärker zu, um ihn tief in sich aufzunehmen. Er stieß einen tiefen, gutturalen Laut aus, bevor er ihren Mund mit seinem verschloss. Dann, als sein Orgasmus ihn überrollte, hielt er sie fest. Sie genoss das Gefühl, wie er unter ihr und um sie herum erzitterte.

Er zog sich zurück und atmete tief ein und aus. Sie tat dasselbe und rieb ihre schlüpfrigen Schenkel an seinen, während ihre Körper allmählich zur Ruhe kamen.

»Du trägst immer noch dein Halstuch«, bemerkte sie und fand das irgendwie lustig.

»Heute Abend bist du auf entzückende Weise von meiner Garderobe abgelenkt«, sinnierte er.

»Das ist einfacher, als das Notwendige zur Sprache zu bringen.« Sie wandte den Blick ab und fühlte sich verlegen.

Dann stieg sie von ihm herunter und bewegte sich schnell, ehe er sie festhalten konnte.

Sie ging in ihren Ankleideraum, wo sich hinter einem Paravent eine Waschschüssel befand. Nachdem sie sich gesäubert hatte, trat sie zurück ins Schlafzimmer und sah ihn mit zugeknöpftem Hemd und einer Hand auf dem Stuhl neben ihrem Schreibtisch stehen.

»Wir müssen das Notwendige besprechen«, sagte er.

»Was auch immer das heißen mag. Was ist heute Abend auf dem Ball passiert?«

Jess setzte sich auf die Bettkante. Sie wünschte, sie hätte ihren Morgenrock genommen. Sie fühlte sich schrecklich entblößt und nach der Art und Weise, wie sie übereinander hergefallen waren, vielleicht ein bisschen verlegen. »Du warst dort.«

»Ich meine, warum hast du unsere Verlobung verkündet? Du hattest mich abgewiesen.«

»Ich hatte nicht mitbekommen, dass du eine bessere Lösung angeboten hast«, entgegnete sie abwehrend. »Wir standen im Kreuzfeuer.«

Er ließ die Schultern sinken, was sie für eine verwirrende Reaktion hielt. »Das war es dann? Du hast nur versucht, der Katastrophe zu entkommen?«

»Natürlich. Was hätte ich denn sonst tun sollen?«

Er lächelte schwach, als sich Bewunderung in seinem Blick abzeichnete. »Genau das. Du hast schnell kombiniert. Du würdest wirklich eine ausgezeichnete Spionin abgeben.«

»Ich habe gerade das Gegenteil gedacht. Es missfällt mir wirklich, nicht zu wissen, was passieren wird und auch die ganze Heimlichtuerei. Ich wäre über meine Motive viel lieber offen und eindeutig.«

»Ich bin froh, das zu hören. Nicht, dass du nicht für das Ministerium arbeiten willst, sondern dass du lieber ehrlich und geradeheraus bist. An beidem hat es mir seit einiger Zeit gemangelt, während ich in eine Reihe von Rollen geschlüpft bin.« Er ließ den Stuhl los und richtete sich auf. »In meinem Bestreben, diskret zu sein und unterschiedliche Menschen darzustellen, habe ich meine Emotionen begraben. Mein Vater hat mich daran erinnert, dass ich nicht immer so gewesen bin. Tatsächlich würde mir mein Bruder, wenn er hier wäre, den Kopf waschen und mir sagen, ich solle ich selbst sein.«

Jess schaute ihn über seine Enthüllungen erstaunt an. »Wer ist das?«

»Ein Mann wie mein Vater und mein Bruder. Und mein Cousin. Jemand, der Emotionen neben Vernunft und Bedachtsamkeit zulässt. Das ist der Mann, der ich sein will, der Mann, der ich sein muss, um ein Viscount und eines Tages ein Earl zu sein. Und hoffentlich als dein Ehemann.«

Er zog eine leichte Grimasse und hob dabei die Hand. »Verzeih mir, ich will das nicht schon wieder verpatzen.« Er sank auf ein Knie, ergriff ihre Hand und schaute mit einer puren Emotion zu ihr auf, die zu benennen sie sich fürchtete. »Ich bitte dich inständig, meine Frau zu werden, weil ich dich liebe. Es gibt eintausend andere Gründe, aber das ist der wichtigste. Ich liebe dich, Jess, und die Zukunft wird so viel wunderbarer sein, wenn ich die Ehre habe, sie mit dir zu teilen.«

Der Moment zog sich in die Länge, als sie seine Worte in ihren Gedanken verarbeitete und ihren Seelenfrieden fand. »Nur das habe ich gewollt«, antwortete sie. »Deine Liebe. Ich liebe dich. Ich hatte dich abgewiesen, weil ich nicht glaubte, dass du meine Liebe erwiderst.«

»Ich war, wie du es so treffend ausgedrückt hast, ein Dummkopf.«

Sie drückte seine Hand. »Ja, aber ich liebe dich trotzdem. Und du bist nicht immer ein Dummkopf.«

Er schmunzelte. »Das hoffe ich nicht. Ich werde mich

bemühen, es nicht zu sein.« Unsicherheit zog sich über seine Züge, während er zauderte. »Heißt das, du nimmst meinen Heiratsantrag an?«

»Ja, mit Freuden. Steh jetzt auf und küss mich.«

Er erhob sich, doch er nahm sie nicht in die Arme. »Es gibt keine anderen Gründe für dich, abzulehnen?« Er runzelte die Stirn. »Du warst so gegen eine Heirat.«

Jess stieß die Luft aus. »Ja, aber ich hatte sie nicht wirklich in Erwägung gezogen. Nicht, bis ich so getan habe, als sei ich verheiratet und es absolut wunderbar gefunden habe. Meine Bemühung, unverheiratet zu bleiben, war eher darauf zurückzuführen, meinen Eltern eins auszuwischen, anstatt mir einen Traum zu erfüllen, den ich für eine unabhängige Zukunft hegte. Das hatte ich nicht erkannt, bis ich anfing, die Vorteile einer Ehe zu erkennen. Nicht nur irgendeine Ehe, sondern eine mit einem Partner, der mich schätzt und unterstützt. Und der mir das Potenzial einer Verbindung zweier gleichgesinnter Seelen aufgezeigt hat.«

Sein Blick fand den ihren. »Habe ich das getan?«

»Ich denke, *wir* haben das getan – ohne es zu beabsichtigen«, fügte sie mit einem leichten Lachen hinzu.

»Ich würde dieser Einschätzung zustimmen. Aber wird das Leben, das ich dir biete … werde *ich* genug sein?«

Jess legte die Hände an seine Wangen und blickte ihm in die Augen. »Oh, ja. Deine Viscountess zu werden und in Schottland zu leben, was für ein Abenteuer wird das werden. In Wahrheit würde ich überall hingehen, wohin du mich führst.« Sie rief sich Marys Rat in Erinnerung. »Solange wir zusammen sind, wird selbst das ganz Alltägliche aufregend sein.«

»Es gefällt mir, wie das klingt. Und ich bin ganz deiner Meinung.«

»Ich würde mir wünschen, dass du dich mir ganz enthüllst«, sagte sie. Als er auf sich herabschaute und die

Hände dabei an die Knopfleiste seiner Weste führte, musste sie lachen. »Nicht auf diese Weise, obwohl mir das auch gefallen würde. Ich meine, dass ich all die unterschiedlichen Menschen kennenlernen will, die zu sein du versucht hast. Wirst du sie alle mit mir teilen?«

»Nichts würde mich glücklicher machen.«

»Ich kann es kaum abwarten, etwas über deinen Cousin zu erfahren. Obwohl wir uns kaum kennengelernt haben, kann ich ein starkes Band zwischen euch beiden spüren. Tatsächlich finde ich es merkwürdig, das du ihn während unserer gemeinsamen Zeit nicht erwähnt hast.«

»Ich habe alles auseinander gehalten. Er schüttelte den Kopf. »Ich werde dir alles über Robbie, meine anderen Cousins und meine wundervolle Tante und meinen Onkel erzählen. Sie besitzen eine Taverne in Edinburghs Altstadt. Du wirst es lieben.«

Sie grinste. »Ich kann es kaum abwarten, sie kennenzulernen.«

»Wenn ich jetzt darf, würde ich gern fortsetzen, was wir bei meiner Ankunft angefangen haben.«

»Und ich dachte, wir wären fertig.«

»Niemals.« Er schwang sie in die Arme und trug sie zum Bett. »Ich hoffe, es wird dir nichts ausmachen, wenn ich dieses Mal einen … disziplinierteren Ansatz wähle.« Er setzte sie auf der Bettdecke ab und fing an, sie zu entkleiden.

Jess riss sich das Nachthemd vom Leib und schleuderte es hinter sich. Dann legte sie sich auf den Rücken und breitete die Arme aus. »Ich werde versuchen, geduldig zu sein.«

Als er zu ihr kam, musste sie eingestehen, dass das fast unmöglich war. Aber sie *würde* es versuchen.

KAPITEL 22

Nachdem Dougal und Jess ein zweites Mal wieder zur Besinnung gekommen waren, lagen sie verschlungen unter Jess′ Bettdecke und waren vollkommen zufrieden. Zumindest empfand Dougal es so. Das musste er ihr auch sagen.

»Es ist so schön«, murmelte er und gab ihr einen Kuss auf die Schläfe. »Ich glaube nicht, dass ich jemals so glücklich gewesen bin.«

Sie drehte ihren Kopf, um ihm in die Augen zu blicken. »Das ist ein überraschendes Eingeständnis. In der Regel trägst du dein Herz nicht auf der Zunge.«

Er schnitt eine Grimasse. »Das werde ich ändern, und zwar ab sofort.«

»Das klingt, als müsste ich deinem Vater danken.«

»Ihm war aufgefallen, dass ich mich hinter irgendetwas versteckt hielt.« Dougal schnitt mehr als nur eine Grimasse. Er verzog das Gesicht zu einem beschämten Ausdruck. »Ich fürchte, ich habe meinen Schwur gegenüber dem Ministerium gebrochen. Wieder einmal.«

Sie stützte sich auf ihren Ellbogen und blickte auf ihn

hinab. »Das hast du nicht! Vergib mir, aber ich verstehe, warum du es getan hast. Ich bin nur überrascht. Und was meinst du mit ›wieder‹?«

»Robbie weiß über meine Stellung Bescheid, seit ich rekrutiert wurde. Er war mit mir bei *Black Watch*. Dann hat er sich alles selbst zusammengereimt, und ich habe nur bestätigt, was er bereits als Wahrheit erkannt hatte. Vor meinem Vater und meinem Bruder hatte ich dies immer verheimlicht. Ich glaube, ich war es einfach leid, mich zu verstecken. Vor meinem Vater, vor mir selbst, vor dir. Das habe ich nicht absichtlich getan. Es war mir einfach zur zweiten Natur geworden.«

Sie grinste. »Du konntest mir nicht widerstehen.«

»Das konnte ich nicht. Ich ergebe mich vollständig.« Er zog ihren Kopf zu sich herunter und küsste sie.

Als sie sich nach einem langen Moment voneinander lösten, runzelte sie die Stirn, wobei sich die vertrauten Furchen zwischen ihren Brauen zeigten. »Ich hoffe, du denkst nicht schlecht von mir, doch auch ich werde meinen Schwur brechen. Offen gesagt, war es mir eine Qual, Schweigen zu bewahren. Ich hoffe inständig, dass du mir nicht böse sein wirst.«

Dougal fühlte sich in Alarmbereitschaft versetzt und das Blut in seinen Adern erstarrte. Er setzte sich auf und zog die Bettdecke über die Taille. »Worum handelt es sich?«

Jess setzte sich ebenfalls auf. Sie zog die Bettdecke um ihre Brust herum hoch. »Als das Ministerium mich gebeten hatte, diese Mission zu übernehmen, wurde ich auch damit betraut, gegen dich zu ermitteln.«

Dougal starrte sie ungläubig an. »Warum sollten sie das tun?«

»Ich hatte keine Ahnung, und ich fürchtete mich schrecklich. Was wusste ich schon davon, eine Spionin zu sein, geschweige denn, einen anderen Spion zu überprüfen?«

Dass jemand so etwas von ihr verlangte, machte ihn unglaublich wütend – nicht nur, weil seine Loyalität angezweifelt wurde. Man hatte Jess in eine unhaltbare Lage gebracht. Was, wenn er dahintergekommen wäre, dass sie gegen ihn ermittelte?

Er dachte an Dorset zurück und konnte sich nicht daran erinnern, dass sie irgendetwas getan hatte, was auf eine Untersuchung hingedeutet hätte. »Was hast du getan, um ihre Forderung zu erfüllen?«

»Sehr wenig«, erwiderte sie mit einem Augenzwinkern. »Wie ich schon sagte, was wusste ich schon davon? Ich habe deine Sachen durchsucht und dein Verhalten beobachtet. Ich habe natürlich nichts Verdächtiges gefunden, und alles, was du getan hast, war – soweit ich das beurteilen konnte – über jeden Zweifel erhaben.«

»Ich kann nicht glauben, dass sie das von dir verlangt haben.«

»Offenbar haben sie geglaubt, ich würde dich aus dem Konzept bringen, und weil du noch nie eine Partnerin gehabt hattest, würdest du dir eine Blöße geben.«

»Wer hat dir das gesagt?«

»Torrance.«

Der verfluchte Kent? Dougal kochte innerlich. Der Mann, zu dem er aufgesehen hatte, hegte Zweifel gegen ihn. Für eine Weile schaute er an Jess vorbei.

»Dougal?«, flüsterte sie und berührte sanft seinen Unterarm. »Ist alles in Ordnung mit dir?«

Er blinzelte, und dann konzentrierte er sich wieder auf sie. »Ich fühle mich ein bisschen verraten. Torrance ist Oliver Kent, mein Vorgesetzter. Es tut mir weh, dass er meine Loyalität in Frage stellt.«

»Ich glaube nicht, dass er das beabsichtig hatte. Er gab mir einen verschlüsselten Text, den ich entziffern sollte, von dem er meinte, er würde dich entlasten, und er schien erpicht zu sein, dass dem so war.« Jess schlüpfte aus dem Bett und trat zu ihrem Schreibtisch. Einen Moment später kehrte sie mit mehreren Bögen Papier zurück, die sie ihm reichte, um dann wieder unter die Decke zu kriechen, während er las.

Er sah sich sowohl den verschlüsselten Text als auch ihre Notizen an und brachte ein kleines Lächeln über ihre Methode zustande. »Wie lange hast du dafür gebraucht?«

»Fast den ganzen gestrigen Tag«, antwortete sie. »Ich war gerade fertig geworden, bevor du gekommen bist, um mich zu besuchen.«

»Und da hast du mir nichts davon gesagt?« Er rang nach Luft und fühlte sich aufs Neue betrogen. Doch andererseits hatte sie dies von Anfang an vor ihm geheim gehalten. Weil sie das tun musste. Natürlich würde sie den Schwur nicht brechen, den sie geleistet hatte. Das würde sie insbesondere nicht gegenüber einem Mann tun, gegen den zu ermitteln sie beauftragt gewesen war.

»Das wollte ich«, antwortete sie sanft, und ihre Wangen wurden rot, als sie auf ihren Schoß hinabschaute. »Ich mache dir keinen Vorwurf, wenn du wütend bist.«

Er streckte die Hand aus und ergriff die ihre. »Das bin ich nicht. Ich verstehe, warum du es mir nicht gesagt hast, warum du es nicht konntest. Ich sage es noch einmal: Du würdest eine ausgezeichnete Spionin abgeben.«

Sie schüttelte den Kopf. »Nein, vielen Dank.«

Er wandte seine Aufmerksamkeit wieder den Schriftstücken zu und las die entschlüsselte Nachricht. »Ich bin erstaunt, wie schnell du dies gelöst hast.«

»Ich war ziemlich motiviert, als ich wusste, dass es deine Loyalität beweisen könnte.«

Er beugte sich vor, um ihr rasch einen Kuss zu geben. »Ich danke dir. Und danke, dass du mich eingeweiht hast. Ich bin überhaupt nicht wütend auf dich.« Er las einen Teil der

Nachricht noch einmal durch. »Ich kann nicht glauben, dass Giraud gegen uns agiert hat. Ich kannte ihn seit beinahe vier Jahren, und nie hatte ich das Gefühl, dass er illoyal sei. Er hatte nichts als Feindseligkeit für sein früheres Land und besonders für Napoleon empfunden.«

Sie blickte ihn mitfühlend an. »Er war vermutlich ein guter Schauspieler.«

»Vermutlich«, murmelte Dougal. Wieder dachte er an den toten Mann mit aufgeschlitzter Kehle. »Er wurde ermordet oder vielleicht von jemandem aus dem Ministerium aus dem Weg geschafft, der seine Doppelzüngigkeit aufgedeckt hatte.« Dougals Verstand arbeitete. Falls Kent gewollt hatte, dass Dougal Nachforschungen anstellte, und er Jess diesen Text zum Entschlüsseln gegeben hatte, dann konnte er wohl nicht wissen, was mit Giraud geschehen war. Das hieß, wenn jemand vom Ministerium ihn entlarvt und dann umgebracht hatte, konnte Kent nichts davon gewusst haben. Die Geheimnisse wurden immer brisanter. »Ich glaube, ich bin froh, dass ich mit der Spionage abgeschlossen habe«, sagte er und legte die Papiere weg. »Das hast du vermutlich noch nicht an Kent weitergegeben?«

Sie schüttelte den Kopf. »Ich sollte eine Kerze in mein Fenster stellen, wenn ich fertig bin, doch das habe ich gestern Abend nicht getan, weil du gekommen bist. Und heute Abend scheint es auch nicht möglich zu sein.«

Dougal fragte sich, was passieren würde, nachdem sie die Kerze ins Fenster gestellt hatte. Würde Kent oder eine andere Person auftauchen, um die Informationen abzuholen? Oder würden sie bis morgen warten?

»Tun wir es.« Dougal wollte mit Kent sprechen und hoffte, er würde auftauchen.

Ihre Augen weiteten sich. »Aber du darfst doch gar nichts wissen.«

Sie hatte recht, und er wollte sie nicht in Schwierigkeiten

bringen. »Ich bezweifle, dass sie heute Abend kommen werden. Wahrscheinlicher ist, dass du morgen früh eine Nachricht erhältst mit der Anweisung, dich irgendwo mit ihnen zu treffen.«

»Aber was geschieht, wenn sie herkommen?«, fragte sie. »Wenn sie heute Abend kommen, meine ich.«

»Dann werde ich mich verstecken.«

»Du könntest auch ganz gehen. Du kannst nicht die ganze Nacht hier verbringen.«

»Da hast du leider recht.« Er seufzte. »Gut, ich werde gehen. Aber wirst du mir Bescheid sagen, was passiert?«

»Natürlich. Und wenn ich morgen ein Treffen habe, werde ich dich wissen lassen, wann und wo. Du kannst mir dorthin ›folgen‹.«

Dougal grinste. »Wie ausgeklügelt. Das werde ich natürlich tun.«

Abermals stieg Jess aus dem Bett und stellte eine Kerze auf die Fensterbank. Als sie zurückkam, zog Dougal sie an sich und küsste sie.

»Habe ich dir schon erzählt, dass meine Mutter unverschämt glücklich darüber ist, dass ich einen *Viscount* heirate?«, fragte sie.

»Ich konnte erkennen, wie froh sie war«, meinte Dougal kichernd. »Und wie geht es mit deinem Vater? Ich gebe zu, dass ich mir Sorgen gemacht habe, als du am Abend mit ihm nach Hause gingst. Er schien ziemlich wütend gewesen zu sein.«

»Ehrlich gesagt, habe ich ihn noch nie so wütend erlebt.«

»Sein Zorn ist vollkommen verständlich. Ich habe mich dir gegenüber furchtbar benommen.«

»Bitte hör auf. Ich kenne die Anforderungen der feinen Gesellschaft, die sie an dich – an uns – stellt und es ist mir egal. Ich habe mein Leben bis zum reifen Alter von fünfundzwanzig Jahren nicht unverheiratet überstanden, um dann dem Ruin zu erliegen. Wir werden uns unsere eigene Zukunft erschaffen.«

»Wie sehr ich es liebe, wenn du ganz *du* selbst bist. Ich habe das ernst gemeint, was ich bei meinem ursprünglichen, grauenhaften Antrag gesagt habe. Wir sind ein ausgezeichnetes Team. Es gibt niemanden sonst, den ich an meiner Seite haben möchte.«

»Ich bin mit allem einverstanden, was du gesagt hast. Ich wollte nur sichergehen, dass du etwas für mich empfindest.«

»Für dich empfinde ich alles«, sagte er und zog sie an sich. »Insbesondere eine alles verzehrende Liebe, wenn ich das auch nicht erkannte, weil ich ein Dummkopf war.«

Sie berührte ihn an der Wange. »Das war ich ebenfalls. Ich habe so viel Zeit mit meiner Weigerung zugebracht, die Wünsche meiner Eltern zu erfüllen, dass ich es nicht gemerkt habe, als sie mit meinen eigenen Wünschen übereinstimmten. Es tut mir so leid, dass ich dich abgewiesen habe.«

»Du hattest absolut recht damit. Da ich meine Eltern in einer lieblosen Ehe erlebt habe, begreife ich, dass die Liebe für dich von größter Bedeutung ist. Für mich ist sie das auch.«

»Die Chesmores sind ein hervorragendes Beispiel«, meinte Jess.

»O Gott, die Chesmores.« Er konnte sich ein Lachen nicht verkneifen. »Der Gesichtsausdruck der armen Mary, als sie endlich alles durchschaut hat.«

»Und wir haben sie der Spionage verdächtigt.« Jess kicherte.

Die beiden brachen in einen Lachanfall aus, und es dauerte einige Minuten, bis sie sich wieder beruhigt hatten. Gerade noch so. »Die Chesmores müssen zur Hochzeit kommen, oder zumindest zum Hochzeitsfrühstück«, meinte Jess und wischte sich die Augen.

»Auf jeden Fall. Ich werde mich bei den Ringshalls erkundigen, wo sie untergebracht sind. Es hörte sich so an, als seien sie mit Mary verwandt.«

Jess schüttelte den Kopf. »Ausgerechnet zu diesem Ball mussten sie kommen. Hätten wir auch ohne sie zusammengefunden?«

»Ich bin sicher, das hätten wir«, entgegnete er fest. »Ich hatte schon die Absicht, dir zu beichten, dass ich dich liebe, und ich wollte dich anflehen, es dir noch einmal zu überlegen.«

»Das hatte ich auch vor. Meiner Ansicht nach war dieser Weg weitaus aufregender.«

Er gluckste. »Hoffentlich nur für eine kurze Weile. Vielleicht heiraten wir sogar schon morgen, wenn ich einen Pfarrer finden kann, sobald wir die Sondergenehmigung haben. Aber es wird wohl eher übermorgen sein. Willst du hier oder bei mir zu Hause heiraten?«

»Das ist mir einerlei. Mir ist nur wichtig, dass du morgen Abend herkommst, wenn wir nicht verheiratet sind. Ich will keine einzige Nacht mehr ohne dich verbringen. Ich weiß, dass unser Bett im Wordsworth Raum wirklich riesig war, aber ich habe dich vermisst, seit wir von dort abgereist sind.«

Er fragte sich, wie es möglich sein konnte, dass seine Liebe zu ihr noch weiter wuchs. Doch genau das geschah von einem Moment zum anderen immer mehr. »Das habe ich auch. Ich werde dich so oder so morgen sehen. Wir kommen vorbei, sobald wir die Genehmigung haben. Dann dachte ich, dass wir den Phönix Club besuchen könnten. Mein Vater und Robbie wollen ihn unbedingt kennenlernen und die Dienstage sind die besten Abende.«

Sie legte ihre Stirn in Falten. »Wie kann ich gehen? Ich bin kein Mitglied. Evie hat es vor unserer Abreise nach Dorset arrangiert, dass ich gehen konnte, als ich dich mit meiner Verkleidung überraschen wollte.«

Er rief sich diesen Abend in Erinnerung und wie beeindruckt er von ihr gewesen war. »Ich hätte dich beinahe nicht erkannt. Ich glaube, ich habe an jenem Abend angefangen, mich in dich zu verlieben.«

»Das finde ich schwer zu glauben.«

»Du hast recht. Ich denke, es geschah, als du mich an dem Abend in Luciens Büro berührt hast. Damals hast du bereits dein meisterhaftes Können für Auftritte und deine Listigkeit unter Beweis gestellt.«

»Ich bin auch nicht sicher, ob ich das glaube, aber mich interessiert nur, dass du mich jetzt liebst.«

»Immer«, korrigierte er.

»Jedenfalls kann ich keine Spionin sein, nicht dass ich eine sein wollte. Ich werde als Lady Fallin viel zu beschäftigt sein. Ich weiß, dass wir ein Anwesen zu bewirtschaften und zu leiten haben.«

Die Zukunft hatte für Dougal noch nie so einladend ausgesehen, und es begeisterte ihn, dass sie diese Ansicht teilte. »Bist du sicher, dieses Leben zu wollen? Nun obliegt es mir, dafür zu sorgen, dass du glücklich bist.«

»Das bin ich, und ja, dies hier ist eindeutig, was ich mir wünsche. Ich brenne sogar darauf, gen Norden zu reisen.«

Dougal freute sich, das zu hören. »Ich kann es kaum erwarten, dir mein Zuhause zu zeigen. Aber mein Vater will London besichtigen – genauer gesagt will er sehen, wie ich hier lebe – und dann kehren wir nach Schottland zurück. Außer dem Phönix Club weiß ich nicht genau, ob es noch viel zu sehen gibt, denn ein Großteil meiner Existenz war geheim.«

»Ich habe gehört, du seist früher ein Draufgänger gewesen. Vielleicht kannst du uns alle auf einen Rundgang durch deine Jugend mitnehmen. Ich kann mir vorstellen, das könnte auch Robbie gefallen.« Als sie ihn anschaute, lag schelmische Vorfreude in ihrem Blick.

Er stieß ein scharfes Lachen aus. »Das werde ich in Erwägung ziehen. Ich weiß nicht, was mir mehr Angst einflößt – es dir oder meinem Vater zu präsentieren. Oder Robbie. Mit allergrößter Wahrscheinlichkeit wird er es irgendwann einmal gegen mich verwenden. Oder zumindest einen entsprechenden Versuch unternehmen.«

Sie rollte ihn auf den Rücken und kletterte auf ihn. »Ich glaube, ich würde gerne mit einem Draufgänger schlafen.«

Er sah sie mit zusammengekniffenen Augen an und umfasste ihre Taille. »Zufälligerweise bin ich ein Wüstling, ein Soldat und ein Spion.«

Ein begieriges Lächeln kräuselte ihren verlockenden Mund. »Bald wirst du mir gehören.«

Er zog sie zu sich herunter und küsste sie. »Das tue ich bereits.«

~

Ohne Probleme konnten Dougal und sein Vater die Sondergenehmigung beschaffen, doch Dougal konnte die Zeremonie erst für den nächsten Tag arrangieren. Das hatte Goodfellow ein wenig enttäuscht, der allerdings insgesamt besser gelaunt zu sein schien. Jess' Mutter war überglücklich. Sie hatte bereits ein Frühstück im Anschluss an die Zeremonie organisiert, sodass die beiden im Haus der Goodfellows heiraten würden.

Leider hatte Dougal wegen der Beschaffung der Sondergenehmigung Jess nicht zu ihrem Treffen mit Kent »begleiten« können. Also hatte Dougal ihm eine Nachricht geschickt, in der er ihn bat, heute Abend hier zu erscheinen. Er hatte keine Antwort erhalten und hoffte nur, dass der Mann auftauchen würde. Dougal hatte den Grund nicht erwähnt, aus dem er ihn zu treffen wünschte, denn er wollte Kents Reaktion sehen, wenn er erfuhr, dass Dougal die

Wahrheit darüber wusste, dass er Jess beauftragt hatte, gegen Dougal zu ermitteln.

Die Kutsche hielt vor dem Phönix Club, und Dougal stieg als Erster heraus. Sein Vater folgte ihm und bewegte sich dabei so gut, dass Dougal sich fragte, ob der Gehstock nur Schau war. Robbie stieg als Letzter aus.

»Warum gibt es zwei Türen?«, fragte Papa.

»Die rechte führt zum Club für die Ladys. Die linke ist für die Gentlemen bestimmt. Dienstags kommt so ziemlich jeder links rein.«

»London ist so steif«, bemerkte Robbie und schüttelte den Kopf. »In Edinburgh kommen die Gentlemen – und die Ladys – aus der Neustadt herüber, und niemand zuckt mit der Wimper.«

Dougals Mutter hatte das getan, und auf diese Weise auch Dougals Vater kennengelernt.

Ein Diener öffnete die Tür, als sie sich näherten, und Dougal gab seinem Vater ein Zeichen, ihm voranzugehen. Sie blieben einen Moment in der Eingangshalle stehen, während Pa den Marmorboden und die große Treppe betrachtete, die sich an der gegenüberliegenden Wand hinaufzog. »Das ist ein aufregendes Gemälde«, bemerkte er mit Blick auf das riesige Bacchanal.

Dougal wies auf die Darstellung seiner Person hin und erklärte, dass Lucien seine engsten Freunde in den Auftrag einbezogen hatte. Wie durch ihr Gespräch herbeigezaubert, kam Lucien die Treppe herunter.

Er kam ihnen mit einem breiten Lächeln entgegen. »Lord Stirling, Robbie, ich freue mich sehr, Euch im Phönix Club willkommen zu heißen.« Lucien kannte Robbie aus der Zeit, als sie alle zusammen im Krieg gedient hatten. »Mylord, bedeutet das, dass Sie endlich unsere Einladung ange-nommen haben, dem Club beizutreten?«

Sie hatten Papa eingeladen, als der Club eröffnet wurde,

aber er hatte nie zugesagt, was wahrscheinlich daran lag, dass er seit mehreren Jahren nicht mehr in London gewesen war. »Das werde ich wohl müssen. Wie es scheint, pflegen alle guten Leute das zu tun.« Er drückte Lucien die Hand. »Es ist schön, dich zu sehen, Lucien. Wie lange ist es her, acht, neun Jahre?«

Lucien nickte. »So ungefähr. Wann immer es auch gewesen sein mochte, als Dougal mich nach Schottland geschleppt hat.«

»Es ist zu lange her«, stellte Pa fest. »Ich hoffe, du kommst bald wieder zu Besuch.«

Robbie nickte. »Ja. Mein Vater spricht immer noch von dir und Dougals anderem Freund – Max.«

Lucien legte den Kopf schief. »Wie schmeichelhaft.«

»So weit wird er sich nicht von seinem kostbaren Club entfernen«, meinte Dougal.

»Eines Tages werde ich genau das tun«, gab Lucien mit einem Anflug von Abwehr zurück. »Er ist noch ganz neu und bedarf meiner Anwesenheit.«

Dougal könnte argumentieren, dass entweder Evie oder Ada die Dinge gut beaufsichtigen könnten, doch er hielt sich zurück. Das hatte er bereits mehrfach zur Sprache gebracht.

Lucien runzelte die Stirn ein wenig, als er in Robbies Richtung blickte. »Ich entschuldige mich dafür, dass du keine Einladung in den Club erhalten hast. Das werde ich in aller Eile nachholen.«

»Das ist sehr großzügig von dir, aber ich habe keine Ahnung, wann ich wieder in London sein werde.«

»Bekommen wir eine Führung?«, fragte sein Vater erwartungsvoll.

»Freilich!« Mit einer schwungvollen Geste wies Lucien nach links in die Eingangshalle. »Fangen wir hier mit dem Speisezimmer an.«

»Speisezimmer?« Er blickte zu Dougal. »Warum haben

wir nicht hier diniert?«

»Das können wir morgen, wenn du willst.«

»An deinem Hochzeitstag?« Sein Vater gluckste. »Ich glaube nicht, dass deiner neuen Viscountess das gefallen wird.«

Lucien kicherte. »Selbst ich weiß, dass man das nicht tun sollte. Wo ist Miss Goodfellow heute Abend?«

»Evie bringt sie mit«, antwortete Dougal. »Ich nehme an, sie werden bald eintreffen.«

»Ausgezeichnet. Dann hier entlang.« Lucien ließ Dougals Vater und Robbie den Vortritt in das Speisezimmer.

Dougal entschuldigte sich und ging auf der Suche nach Kent nach oben. Hoffentlich wäre der Mann hier. Er saß tatsächlich im Mitgliederrefugium und nippte an einem Glas Port.

Dougal ging direkt auf ihn zu. »Kommen Sie in Luciens Büro mit.«

Kent stand wortlos auf und schritt aus dem Mitgliederrefugium zu Luciens Büro. Dougal folgte ihm nach drinnen und schloss die Tür hinter ihnen.

»Es ist an der Zeit, dass Sie mir ein paar Dinge erklären«, meinte Dougal ruhig.

Kent setzte sich in einen der Stühle und trank einen weiteren Schluck seines Ports. Entweder erkannte er nicht, wie wütend Dougal war oder es war ihm einerlei. Oder er wusste es bereits. »Sie haben keine Verbindung mehr mit dem Außenministerium. Ich muss Ihnen gar nichts erklären.«

Dougal wollte glauben, dass Kent und er Freunde waren und ihre Beziehung über das Ministerium hinausreichte. Vielleicht war es töricht, dass er gedacht hatte, Kent würde ebenfalls so denken. »Warum sind Sie dann gekommen?«

Seufzend nickte Kent zu dem anderen Stuhl. »Werden Sie sich setzen?«

Zögernd ließ sich Dougal auf dem Stuhl nieder. »Sie haben Miss Goodfellow angeheuert, um mich auszuspionieren.«

Die Enthüllung brachte keine Reaktion hervor, womit sich bestätigte, was Dougal bereits vermutet hatte: Kent wusste bereits, dass Dougal die Wahrheit kannte. »Ich verstehe, warum Sie aufgebracht sind. Sie wird Ihre Frau werden. Herzlichen Glückwunsch dazu.«

Dougal wollte seine Glückwünsche nicht, bis er die Erklärung des Mannes gehört hatte. »Haben Sie wirklich geglaubt, ich hätte etwas mit Girauds Tod zu tun gehabt?«

Kents Züge spannten sich kurz an. »Das habe ich nicht, nein. Aber andere wollten auf Nummer sicher gehen. Sie müssen wissen, dass ich Sie in Schutz genommen habe.«

»Das würde ich hoffen. Ich weiß auch, dass Sie mir nichts von dem Verdacht gesagt haben, unter dem ich stand.«

Kent zog eine Augenbraue hoch. »Sie wissen, warum ich das nicht konnte.«

»Ich weiß, dass wir die Regeln beugen, wenn es nötig ist.«

»Wie Miss Goodfellow es getan hat.«

So hatte er es also erfahren. »Wie Sie bemerkt haben, wird sie meine Frau werden. Wir haben keine Geheimnisse voreinander.«

»Gewiss nicht«, antwortete Kent leise. »Das jedenfalls hat sie mir vorhin erzählt, als ich sie getroffen habe, um die Nachricht abzuholen, die sie entschlüsselt hatte – sie ist verdammt wunderbar.«

Stolz und Liebe ließen Dougals Brust schwellen. »Ich weiß.«

»Sie sagte, sie könne nicht mehr für das Ministerium arbeiten, da sie keine Geheimnisse haben will und sie Ihnen ihre Ermittlungen gegen Sie, um die sie gebeten worden war, gebeichtet hat. Ihre Loyalität ist Ihnen sicher.«

Das wusste Dougal, aber er war trotzdem froh, das zu

hören. »Ich kann mich des Gefühls nicht erwehren, dass meine Tätigkeit für das Ministerium jetzt irgendwie befleckt ist. Ich habe vier Jahre lang alles riskiert, und so werde ich belohnt?«

Kent setzte sich vor. »Ganz und gar nicht. Sie müssen verstehen, dass zwei Ihrer Missionen mit einem Fehlschlag endeten. So etwas war vorher noch nie passiert. Sie waren einer unserer besten Agenten.« Er holte tief Luft. »Jetzt, da herausgefunden wurde, dass Giraud gegen uns gearbeitet hat, bleiben Sie einer unserer besten Agenten. Ihre Akte ist absolut lupenrein. Das Amt hofft weiterhin, Sie in Zukunft kontaktieren zu dürfen.«

»Ich halte es für das Beste, wenn das nicht geschieht.« Dougal zog es vor, seine ganze Energie seiner Familie zu widmen, und genau da gehörte sie auch hin. Wenn er überhaupt für die Regierung arbeitete, dann hoffentlich im Parlament, wo er auf wichtige und notwendige Veränderungen hinwirken konnte.

Kent runzelte die Stirn. »Es tut mir leid, das zu hören. Aber ich verstehe es. Sie sollen wissen, dass ich nie geglaubt habe, Sie hätten sich etwas Ruchloses zuschulden kommen lassen.« Sein Blick war ernsthaft, und Dougal wollte ihm Glauben schenken. Ihm war auch bewusst, dass sie in Zukunft nur noch wenig miteinander zu tun haben würden, und somit war es eigentlich unwichtig.

Dougal stand auf. »Ich denke, wir sind fertig.«

Kent erhob sich langsam. »Es scheint so. Ich wünsche Ihnen und Miss Goodfellow alles Gute. Wahrhaftig.«

Dougal sah dem Mann nach, als er das Büro verließ und folgte ihm hinaus. Er kehrte jedoch nicht in das Mitgliederrefugium zurück. Stattdessen begab er sich in die Bibliothek, da er glaubte, dass Lucien seinen Vater und Robbie dorthin gebracht haben würde.

Als er die beiden dort vorfand, bemühte Dougal sich, die

Anspannung in seinen Schultern zu lösen. Es *war* vorbei. Das Doppelleben, das er geführt hatte, lag endlich hinter ihm.

Dougal fühlte sich weitaus unbeschwerter als noch vor kurzem, als er auf seinen Vater und Robbie zuging. Vater saß in einem Sessel und Robbie stand neben ihm. Lucien brachte den beiden einen Whisky.

»Ach, hier ist deine Braut«, verkündete Pa und schaute mit funkelndem Blick zur Tür.

Als Dougal sich umdrehte, stockte ihm der Atem. Jess sah glücklich und wunderschön aus. Ihre blauen Augen waren lebhafter, als er sich erinnern konnte, insbesondere, wenn sie auf ihn gerichtet waren, und sie formte die Lippen zu einem bezaubernden Lächeln.

Evie und Jess kamen auf sie zu, und Dougal stellte die Anwesenden einander vor.

Evie warf ihm einen rügenden Blick zu, doch Dougal wusste, dass sie nur scherzte. »Du hast uns nicht viel Zeit für Vorbereitungen gelassen, aber ich freue mich, dir sagen zu können, dass Jess morgen in ihrem neuen Kleid prächtig aussehen wird.«

Sie würde in allem prächtig aussehen – oder in nichts. Das behielt Dougal für sich. Später, wenn er sich zum letzten Mal in das Haus ihres Vaters schlich, würde er Jess dies sagen.

»Es ist alles arrangiert«, meinte Pa vom Sessel aus. »Was für ein herrlicher Tag das werden wird. Und ich hoffe, es wird bald noch erfreulichere Nachrichten geben, wenn ein Erbe unterwegs ist.« Er warf Dougal einen verlegenen Blick zu. »Ich möchte euch nicht unter Druck setzen. Das ist meine größte Hoffnung.«

Dougal kam zu Bewusstsein, dass es auch seine war. Er blickte Jess mit grenzenloser Liebe an und wusste, dass die Zukunft wundervoll werden würde – was auch immer sie bringen mochte.

KAPITEL 23

Sie waren verheiratet.

Jess sah zu ihrem frisch gebackenen Ehemann hinüber und konnte es immer noch nicht ganz fassen. Wie schnell hatte sich ihr Leben verändert.

Viele ihrer Freunde waren zu der Zeremonie und dem Frühstück gekommen, das Mrs. Goodfellow ausgerichtet hatte. Jess und Dougal standen zusammen, als sie alle kamen, um ihre Glückwünsche und ihren Segen auszudrücken. Jess hatte sich besonders gefreut, Dougal ihrem Großvater vorzustellen. Sie bemerkte, dass er sich gerade mit Robbie auf der anderen Seite des Raumes unterhielt.

Kat, die nicht sonderlich begeistert davon war, dass Jess und Dougal geheiratet hatten, kam auf sie zu. »Ich kann immer noch nicht glauben, dass ihr verheiratet seid. Wir sollten doch zusammen Jungfern sein.«

Jess verstand ihre Enttäuschung. Vielleicht hätte sie das Gleiche empfunden, wenn die Rollen umgekehrt gewesen wären. »Ich kann es auch nicht ganz glauben. Das hatte ich nie erwartet.« Sie blickte zu Dougal hinüber und schenkte ihm ein kleines Lächeln.

»Nun, ich falle nicht darauf herein«, versicherte Kat fest entschlossen.

Jess ernüchterte. »Ich glaube nicht, dass du das tun wirst. Und unsere Freundschaft wird bestehen bleiben. Das verspreche ich.«

»Ich freue mich trotzdem für dich, auch wenn du in Schottland sein wirst und nicht meine Anstandsdame sein kannst.«

»Wir werden zumindest für einen Teil der Saison wieder hier sein«, versicherte Dougal ihr.

Beschwörend blickte Kat zu Dougal. »Enttäusche sie nicht. Sie hat Freunde, die dir das Leben zur Hölle machen können.« Sie warf ihm einen finsteren Blick zu, ehe sie davonstelzte.

»Ich bin gewarnt worden«, meinte Dougal.

»Das würde ich auch sagen. Sie ist eine wundervolle Freundin.«

»Das sehe ich.« Dougal schaute sich suchend im Raum um.

»Nach wem hältst du Ausschau?«, fragte Jess.

»Nach deinem Vater. Ich möchte mit ihm sprechen.«

»Musst du das wirklich? Er schien heute Morgen wieder ganz der Alte zu sein.«

»Das tue ich.« Dougal küsste sie auf die Wange.

»Lass mich wenigstens mitkommen.«

»Ich würde das gern allein erledigen. Ich werde dir alles erzählen. Das verspreche ich dir.« Er schenkte ihr ein besänftigendes Lächeln, ehe er den Salon durchquerte.

Jess behielt die beiden aufmerksam im Auge und wünschte, hören zu können, was Dougal sagte. Ihr Vater sah zunächst ein wenig verärgert aus, dann ... skeptisch? Als er überrascht blinzelte, wäre Jess beinahe zu ihm hinübergestürmt, um zu erfahren, was Dougal sagte. Dann blickte ihr Vater schockiert in ihre Richtung mit einem Blick voller ...

Bewunderung. Was um alles in aller Welt hatte Dougal ihm erzählt?

Endlich kehrte er zurück, und Jess verlangte, auf der Stelle zu erfahren, was vorgefallen war.

»Ich habe ihm lediglich ein Geheimnis verraten – dass unsere Eskapade nicht dazu diente, in einer Liebschaft oder anderem Unerwünschten zu frönen. Ich erklärte ihm, dass wir in einer heiklen Angelegenheit für die Regierung tätig waren. Dann habe ich ihm gesagt, dass er stolz darauf sein kann, dass seine Tochter brillant im Lösen von verschlüsselten Texten ist.«

Jess starrte ihn an. »Das hast du nicht.«

»Und ob ich das habe. Ich habe mich auch in dich verliebt, weil du so klug bist und einen Hang zum Abenteuer hast. Ich habe erzählt, wir hätten dies nicht geplant, aber auch, wie unglaublich dankbar ich bin, dass es sich so gefügt hat.«

»Meinst du, er hat dir geglaubt?«, fragte Jess.

»Gewiss. Hast du nicht gesehen, wie er dich angeschaut hat? Ich war mir sicher, du hast es bemerkt.«

»Das habe ich«, entgegnete sie leise. »Danke, dass du dies getan hast. Du bist wundervoll.« Sie küsste ihn auf die Wange und lehnte sich an ihn.

Er legte einen Arm um sie. »Es ist mir wichtig, dass dein Vater nicht schlecht von dir denkt. Dazu hat er nicht den geringsten Grund, und er sollte wirklich sehr stolz sein.«

Evie gesellte sich zu ihnen, was Jess zum Glück davon abhielt, noch tiefer in ihre Gefühle zu tauchen. »Das ist der Gentleman, von dem Sie mir erzählt hatten?«, fragte sie Jess.

»Ja.«

»Ich fühlte mich ein bisschen wie ein Dummkopf, als er an jenem Tag aufgetaucht ist, und ihr euch anscheinend nicht kanntet.« Evie schüttelte den Kopf. »Sie hätten mir die Wahrheit sagen können. Ich bin ausgezeichnet im

Bewahren von Geheimnissen. Wenn ich allerdings gewusst hätte, dass es Dougal war, hätte ich Ihnen einen anderen Rat gegeben.«

Dougal schaute Evie belustigt an. »Was hättest du gesagt?«

»Dass du eine Frau brauchst, und Jess es schwer haben würde, jemand Besseren zu finden.«

Dougal lächelte. »Du bist eine liebe Freundin.«

»Wie kommt es überhaupt, dass ihr beide befreundet seid?«, fragte Jess.

»Lucien«, antworteten sie wie aus einem Mund und brachten damit alle zum Lachen.

»Kennen sich nicht alle durch ihn?« Evies Augen funkelten vor Humor. »Ich freue mich, dass für euch beide alles gut verlaufen ist. Ich genieße in vollen Zügen, wenn meine Freunde sich verlieben, was anscheinend oft passiert.« Sie warf einen Blick auf mehrere Paare im Salon.

»Wann bist du selbst wohl an der Reihe?«, fragte Dougal.

Sie versetzte ihm einen leichten Klaps. »Niemals, wie du weißt. Ich werde Champagner holen. Wenn du mich das noch einmal fragst, kippe ich ihn dir über den Kopf.« Sie zwinkerte ihm zu, ehe sie davonging.

Dougal schob sich dicht an Jess heran. »Du hast mit ihr über mich gesprochen?«

»Du weißt doch, wie sie mir geholfen hat, die Verkleidung als Mrs. Smythe auszutüfteln. Da sie Witwe ist und ich eine verheiratete Frau spielen sollte, habe ich sie um gewissen ... Rat gebeten.«

Er grinste. »Dann erzähl mal.«

Jess verdrehte die Augen. »So war es nicht. Aber wie sich herausstellte, hätte ich um genauere Informationen bitten sollen. Hauptsächlich hat sie mir gesagt, wie ich mich verhalten soll, damit unsere Ehe nicht in Zweifel gezogen wird. Ich habe ihr eröffnet, dass es bei meiner Reise zu einem

Treffen mit einem Gentleman kommen könnte und wir vorgeben müssten, verheiratet zu sein.«

»Du hast eine Geschichte erfunden?«

Sie nickte. »Das hat sich später als nützlich erwiesen, als die Chesmores uns auf dem Verlobungsball erkannten.«

»Ich füge deiner ständig wachsenden Liste von Talenten noch Hellsichtigkeit hinzu.« Sein Blick wanderte zur Tür, wo das Paar, das sie gerade erwähnt hatte, hereinkam. »Du hast es wieder getan, denn hier sind die Chesmores.«

Gil schaute zu ihnen und grinste, als er Mary in ihre Richtung begleitete. »Herzlichen Glückwunsch!«

Mary wirkte beunruhigt. »Sind Sie wirklich Lord und Lady Fallin?«

Jess ergriff ihre Hände und drückte sie. »Ja. Mr. und Mrs. Smythe waren unsere ... « Sie drehte den Kopf zu Dougal.

»Decknamen. Es ist unerlässlich, dass Sie niemandem etwas von unserem ... Besuch erzählen. So etwas passiert normalerweise nicht. Wir hätten Ihnen nie wieder begegnen sollen.«

»Das werden Sie vielleicht nicht«, meinte Gil. »Wir kommen nur selten nach London. Mary bestand darauf, der Hochzeit der Tochter ihres Cousins mit einem Marquess beizuwohnen.«

»Sie bleiben also bis zur Hochzeit?«, fragte Jess.

»Sie hat mich dazu überredet.« Gil klang niedergeschlagen, doch dann blitzte er Mary mit einem strahlenden Lächeln an. »Aber für mein Entlein würde ich alles tun.«

Jess unterdrückte ein Lächeln und fragte sich, ob sie sich jemals an Gils Kosenamen gewöhnen würde. »Sie werden eine wundervolle Zeit haben. Es gibt hier vieles zu tun und zu besichtigen.«

»Ich hoffe, Sie werden uns etwas davon zeigen«, meinte Mary eifrig.

»Solange wir in der Stadt sind«, stimmte Jess zu. »In etwa einer Woche werden wir nach Schottland aufbrechen.«

Mary schüttelte den Kopf. »Ich kann immer noch nicht glauben, dass Sie keine Waliserin sind. Sie waren so überzeugend.« Ein Schatten zog über ihre Züge. »Und es tut mir *so* leid wegen des Balls neulich Abend.«

»Bitte denken Sie nicht mehr daran«, entgegnete Dougal. »Versprechen Sie einfach, unser Geheimnis zu wahren, und alles ist gut. In Wahrheit sollten wir Ihnen danken, denn Sie haben dazu beigetragen, dass wir zusammenkamen.« Dougal schmiegte eine Hand um Jess' Taille.

»Bestanden daran irgendwelche Zweifel?«, fragte Gil. »Ich konnte vom ersten Moment an sehen, wie verliebt Sie waren.«

»Tatsächlich?«, fragte Dougal und lachte leise. »Vielleicht sollten Sie Heiratsvermittler werden.«

»Lieber wäre ich ein Spion«, flüsterte Gil jovial.

Jess drückte sich an Dougals Seite. »Da können wir Ihnen nicht helfen. Sie sprechen mit einem Paar von Landwirten.«

»Landwirte, die hoffentlich noch ab und zu ans Meer fahren«, meinte Mary.

»Ich bin sicher, das werden wir«, antwortete Dougal. Lucien bat alle um Aufmerksamkeit, damit Dougals Vater einen Trinkspruch ausbringen konnte. Diener verteilten den Champagner im ganzen Salon.

Der Earl stand mitten im Raum und hatte seinen Blick auf Dougal und Jess gerichtet. »Ich möchte meine neue Schwiegertochter, Jessamine, in unserer Familie willkommen heißen. Dies war ein Jahr unglaublicher Traurigkeit, aber auch überwältigender Freude. Ich weiß, dass Alistair dich genauso geliebt hätte, wie ich es bereits tue. Er schaut heute auf uns herab und wünscht euch alles Gute. Auf Jessamine und meinen Sohn Dougal.« Er hob sein Glas, woraufhin ein schallendes »Hurra!« ertönte.

Dougal blickte seinem Vater in die Augen und musste dabei eine Träne der Liebe und Dankbarkeit zurückblinzeln. Er drehte sich zu seiner Frau um und stieß mit seinem Glas auf sie an. »Ich liebe dich.«

»Und ich liebe dich.«

EPILOG

Schottland, November

Nachdem Dougal diesen Vormittag mit seinem Vater und Jessamine auf der Jagd gewesen war, stahl er sich davon, um das Grab seines Bruders zu besuchen. Kürzlich war der Grabstein aufgestellt worden. Er war außerordentlich, genau wie sein Bruder gewesen war.

Der Boden war kalt und feucht, weshalb Dougal stand und mit den Fingern über die Buchstaben des Namens seines Bruders strich. Er war der beste Mann gewesen – gütig, großzügig und bescheiden. Dougal erkannte, dass dies auch die Worte waren, mit denen sein Vater ihn beschrieb, aber in seinen Gedanken würde er Alistair nicht übertrumpfen.

Und doch war er hier und hielt den Titel seines Bruders und lebte das Leben, das ihm bestimmt gewesen war.

»Du solltest hier sein«, sprach Dougal. »Wenn einer von uns gehen musste, hätte ich das sein sollen.«

»Wie wäre es, wenn keiner von euch gestorben wäre?«

Dougal drehte den Kopf und erblickte Jess, wie sie auf ihn zukam. Die Hutkrempe hatte sie tief in die Stirn gezogen, da es noch regnen könnte. »Stellst du mir nach?«

»Ich *suche* nach dir – Robbie ist gerade gekommen. Aber ich könnte auch sagen, ich verfeinere mein Können als Spionin, was inzwischen vollkommen überflüssig ist.«

Keiner der beiden bereute es, dem Ministerium den Rücken gekehrt zu haben. Und zum Glück hatte niemand Marys Benutzung des Wortes »ermitteln« auf dem Ringshall Ball aufgegriffen – der Skandal um Jess' und Dougals Eskapade mit der nachfolgenden raschen Heirat hatte den Klatsch und Tratsch in der feinen Gesellschaft für mehrere Wochen angeführt.

Sie blickte zu dem Grabstein, der höher war als sie selbst. »Was für ein wundervolles Denkmal.«

»Ich wünschte, du hättest ihn gekannt.«

»Mir ist so, als würde ich ihn kennen. Durch die Tatsache, dass wir hier sind, wo er einst gelebt hat, und die Geschichten, die du und Pa erzählen, ist seine Gegenwart überall um uns herum. Spürst du das nicht?«

Er zog die Mundwinkel nach oben, als sich Frieden in ihm bemerkbar machte. »Das kann ich.« Dann wandte er sich ihr zu. »Dank dir fühle ich vieles.« Dazu gehörte auch der Kummer. Als sie in Schottland angekommen waren, hatte er sich endlich gestattet, den Verlust zu empfinden und seine Traurigkeit anzunehmen. Dadurch und durch die Liebe und Unterstützung seiner Frau, sowie seines Vaters hatte er tatsächlich Trost gefunden.

Sie küsste ihn sanft und schmiegte sich an seine Seite. Er legte einen Arm um sie und hielt sie fest. »Zitterst du?«, fragte er. Sie trug zwar einen Umhang, doch es war kühl.

»Vielleicht. Ich verstehe immer noch nicht, wie du einen Kilt tragen kannst, ohne bis auf die Knochen zu frieren.«

»Ich dachte, du magst meinen Kilt.« Er warf ihr einen anzüglichen Blick zu, woraufhin sie lachen musste.

»Ich liebe deinen Kilt, insbesondere die Details darunter.«

»Details? Hoffentlich mehr als nur Details.« Als sie erneut erschauderte, sagte er: »Muss ich dich wieder in ein Bad stecken, wie in der ersten Nacht in *Prosperos Retreat*?«

Sie lachte leise und legte eine Hand auf seine Brust. »Ich würde mich nicht beschweren. Aber ich möchte dich auch nicht von Alistair wegreißen. Ich wollte nicht stören. Robbie kann warten.« Sie wollte sich von ihm lösen, doch er hielt sie fest.

»Das könntest du nie. Ich bin froh, dass ich ihn – und alles – mit dir teilen kann. Wir sollten ohnehin umkehren. Ich freue mich, Robbie zu sehen. Und meine Schwestern werden bald hier sein. Ich freue mich so, dass du sie endlich kennenlernen wirst.« Sie kamen für vierzehn Tage, und die Burg würde voller Kinder sein, denn sie alle hatten jeweils drei. »Hoffentlich bist du bereit, Tante Jess zu sein«, meinte er und drehte sich mit ihr um.

»Das bin ich in der Tat. Die wichtigere Frage ist, ob du bereit bist, Papa zu sein?«

Dougal erstarrte. Dann drehte er sich zu ihr um, seine Hände umklammerten die Unterseiten ihrer Unterarme. »Bist du guter Hoffnung?«

»Ich glaube schon. Es ist wahrscheinlich ein wenig zu früh, aber ich fühle mich sicher genug, um es dir zu sagen. Das, und ich bin schrecklich darin, Geheimnisse vor dir zu haben.«

»Das warst du früher nicht«, sagte Dougal ironisch.

Sie wirkte sowohl entsetzt als auch amüsiert. »Ich dachte, du verzeihst mir das!«

»Natürlich tue ich das. Es war ein unglücklicher Scherz.« Er blickte zu dem Grabstein seines Bruders. »Hast du das gehört, Alistair? Du wirst wieder Onkel, und ich werde Vater. Wer hätte das gedacht?« Für einen Mann, der seine Gefühle lange unterdrückt hatte, war die Freude, die ihn jetzt durchströmte, fast unerträglich.

Er schwang Jess in die Arme, stieß einen Freudenschrei hervor und küsste sie. Sie hielt sich lachend an ihm fest, bis er sie absetzte.

»Ich sollte jetzt wohl vorsichtiger mit dir sein«, meinte er und bot ihr seinen Arm an.

»Nicht zu vorsichtig, wenn es dir nichts ausmacht.« Sie warf ihm einen unverhohlen anzüglichen und verführerischen Blick zu.

»Zur Kenntnis genommen. Mein Vater wird über die Maßen erfreut sein.« Das machte Dougal nur noch glücklicher. Der Gesundheitszustand seines Vaters hatte sich stabilisiert, was wahrscheinlich zu einem nicht geringen Teil Jess' Pflege zu verdanken war. Als sie erfahren hatte, dass er krank war, hatte sie den Ärzten geschrieben und alles über seinen Zustand in Erfahrung gebracht. Dann sorgte sie dafür, dass er eine spezielle Diät einhielt und sich ausreichend bewegte. »Ich kann dir gar nicht sagen, wie sehr ich mich freue, dass er sein nächstes Enkelkind kennenlernen wird.«

»Ich weiß«, stimmte Jess strahlend zu. »Aber ich will es ihm noch nicht sagen. Bald. Wenn wir absolut sicher sind.«

»Es wird schwer sein, es zu verbergen, aber du hast recht.«

»Das habe ich häufig«, entgegnete sie mit einem spielerischen Zwinkern.

»Ich würde dich nicht anders haben wollen, mein Kolibri.»

»Wie ich dich liebe, mein Hirsch. Und jetzt küss mich noch einmal.«

Kichernd zog er sie ein weiteres Mal in seine Arme, wo er

sie für immer halten wollte.

Evangeline Renshaw erklärt sich bereit, den tugendhaften Lord Gregory Blakemore in der Kunst der Verführung zu unterweisen. Aber was wird er tun, wenn er herausfindet, dass die respektable »Witwe« einst eine erfolgreiche Kurtisane war? Finden Sie heraus, was passiert, wenn Evie in UNTADELIG den einen Mann trifft, der ihren Schutzwall endlich durchbrechen könnte!

Ich danke Ihnen sehr, dass Sie **Unmöglich** gelesen haben. Ich hoffe, es hat Ihnen gefallen!

Möchten Sie erfahren, wann mein nächstes Buch verfügbar ist? Sie können sich für meinen Deutscher Newsletter anmelden, mir auf Amazon.de folgen und meine Facebook-Seite liken. Alle Newsletter-Abonnenten erhalten exklusive Bonus-Geschichten, die sonst nirgends erhältlich sind, unter anderem auch die einleitende Vorgeschichte zur Buchreihe *Der Phönix Club.*

Rezensionen helfen anderen, Bücher zu finden, die für sie geeignet sind. Ich schätze alle Bewertungen, ob positiv oder negativ. Ich hoffe, dass Sie erwägen werden, eine Bewertung bei Ihrem bevorzugten der Seite Ihres bevorzugten Internet-Netzwerkes abzugeben.

Ich mag meine Leser so sehr. Danke!

Sind Sie an weiterer Regency-Romantik interessiert? Schauen Sie sich meine anderen historischen Serien an:

Die Unberührbaren

Geraten Sie ins Schwärmen über zwölf der begehrtesten und schwer fassbaren Junggesellen der feinen Gesellschaft und die Blaustrümpfe, Mauerblümchen und Außenseiterinnen, die sie in die Knie zwingen!

Die Unberührbaren: Die Prätendenten

In der faszinierenden Welt der Unberührbaren spielend, handelt die Saga von einem Geschwistertrio, die sich darin auszeichnen, sich als jemand auszugeben, der sie nicht sind. Werden ein unerschrockene Bow Street Ermittler, ein niedergeschmetterter Viscount und eine desillusionierte Dame der feinen Gesellschaft es schaffen, ihre Geheimnisse zu lüften?

Ruchlose Geheimnisse und Skandale

Sechs unglaubliche Geschichten, die sich in den glamourösen Ballsälen Londons und den herrlichen Landschaften Englands abspielen. Das erste Buch, **Ihr ruchloses Temperament** erscheint in Kürze!

Die Liebe ist überall

Herzerwärmende Nacherzählungen klassischer Weihnachtsgeschichten im Regency-Stil, die in einem gemütlichen Dorf spielen und von drei Geschwistern und dem besten Geschenk von allen handeln: der Liebe.

Der Club der verruchten Herzöge

Sechs Bücher, geschrieben von meiner besten Freundin, der New York Times Bestseller-Autorin Erica Ridley, und mir. Lernen Sie die unvergesslichen Männer von Londons berüchtigtster Taverne, dem Verruchten Herzog, kennen. Verführerisch attraktiv, mit Charme und Witz im Überfluss, wird eine Nacht mit diesen Wüstlingen und Filous nie genug sein ...

ANMERKUNG DER AUTORIN

Die Handlung in *Unwiderstehlich* wurde, was die Spionage anbelangt, durch die Spy Nozy Affäre inspiriert. Im Jahr 1797 zogen sonderbare Mieter in Alfoxton House in Somerset ein. Sie zeigten Interesse für die Natur und beobachteten und notierten alles um sie herum. Nachts gingen sie sogar hinaus, um die mondbeschienene Küste zu bewundern. Ihr Verhalten, ihr Auftritt und ihre Kleidung waren für die Menschen in der Gegend ungewöhnlich – es bestand ein großer Unterschied zwischen den Bewohnern auf dem Land und in der Stadt. Es war eine Zeit erhöhter Spannungen mit den Franzosen, da man den Einmarsch Napoleons befürchtete.

BÜCHER VON DARCY BURKE

Der unverhoffte Herzog

Der charmante Marquess

Der verwundete Viscount

Die Unberührbaren: Die Prätendenten

Geheimnisvolle Kapitulation

Ein skandalöser Pakt

Des Gauners Rettung

Ruchlose Geheimnisse und Skandale

Ihr ruchloses Temperament

Sein ruchloses Herz

Die Verführung des Halunken

Verliebt in eine Diebin

Die Schöne und der Halunke

Einmal Halunke, immer Halunke

Die Liebe ist überall

(eine Regency Weihnachtstrilogie)

Der Earl mit dem flammendroten Haar

Das Geschenk des Marquess

Eine Freude für den Herzog

Der Club der verruchten Herzöge

Eine Nacht zum Verführen by Erica Ridley

Eine Nacht der Hingabe by Darcy Burke

Eine Nacht aus Leidenschaft by Erica Ridley

Eine Nacht des Skandals by Darcy Burke

Eine Nacht zum Erinnern by Erica Ridley

Eine Nacht der Versuchung by Darcy Burke

ÜBER DIE AUTORIN

Darcy Burke ist die USA Today Bestsellerautorin für sexy,
emotionale, historische und zeitgenössische Romantik.
Darcy schrieb ihr erstes Buch im Alter von 11 Jahren – mit
einem Happy End – über einen männlichen Schwan, der von
der Magie abhängig war, und einen weiblichen Schwan, der
ihn liebte, mit nicht sehr gelungenen Illustrationen.
Schließen Sie sich ihr an newsletter!

Darcy, die in Oregon an der Westküste der Vereinigten
Staaten geboren wurde, lebt am Rande des Wine Country
mit ihrem auf der Gitarre spielenden Ehemann und ihren
beiden ausgelassenen Kindern, die das Schreiben geerbt zu
haben scheinen. Sie sind eine nach Katzen verrückte Familie
mit zwei bengalischen Katzen, einer kleinen, familienfreund-
lichen Katze, die nach einer Frucht benannt ist, und einer
älteren, geretteten Maine Coon, die der Meister der Kühle

und der fünf-Uhr-morgens-Serenade ist. In ihrer ›Freizeit‹ ist Darcy eine regelmäßige ehrenamtliche Mitarbeiterin, die in einem 12-stufigen Programm eingeschrieben ist, in dem man lernt, ›Nein‹ zu sagen, aber sie muss immer wieder von vorne anfangen. Ihre Lieblingsplätze sind Disneyland und das Labor Day Wochenende in The Gorge. Besuchen Sie Darcy online unter https://www.darcyburke.de.

facebook.com/darcyburkefans

twitter.com/darcyburke

instagram.com/darcyburkeauthor

pinterest.com/darcyburkewrites

goodreads.com/darcyburke